朝内
766
人文文库

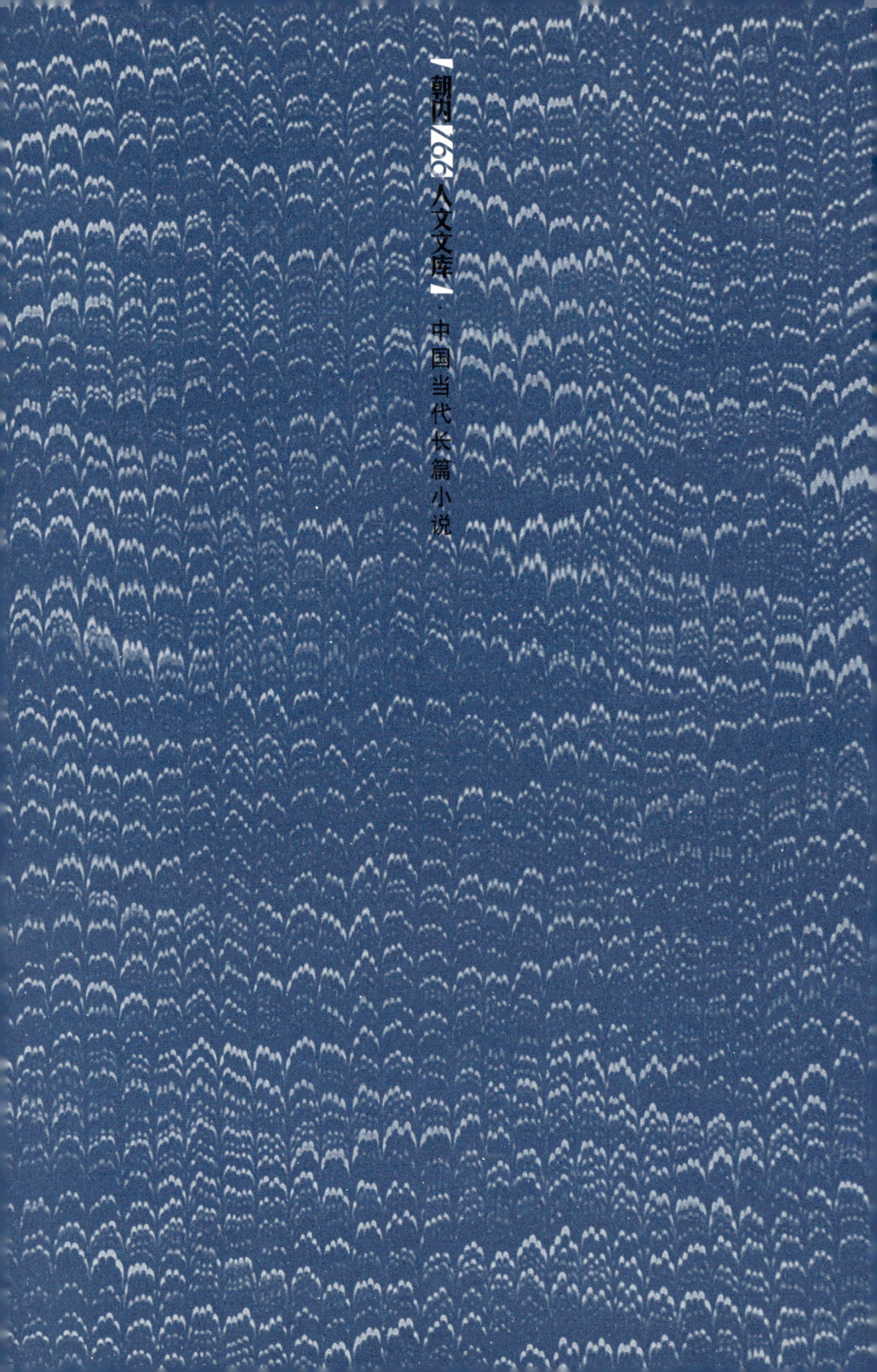

朝内166人文文库·中国当代长篇小说

无土时代

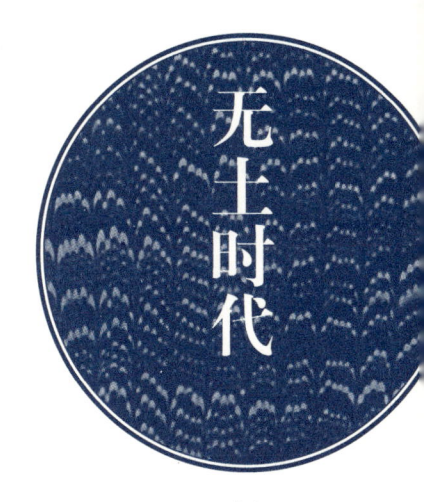

赵本夫 著

人民文学出版社

图书在版编目(CIP)数据

无土时代/赵本夫著.—北京：人民文学出版社,2012
（朝内166人文文库.中国当代长篇小说）
ISBN 978-7-02-009385-4

Ⅰ.①无… Ⅱ.①赵… Ⅲ.①长篇小说—中国—当代 Ⅳ.①I247.5

中国版本图书馆 CIP 数据核字 (2012) 第 171750 号

责任编辑　刘　稚
装帧设计　刘　静
责任印制　苏文强

出版发行　人民文学出版社
社　　址　北京市朝内大街 166 号
邮政编码　100705
网　　址　http://www.rw-cn.com

印　　刷　河北新华第一印刷有限责任公司
经　　销　全国新华书店等

字　　数　277 千字
开　　本　880×1230 毫米　1/32
印　　张　11.25　插页 3
印　　数　1—10000
版　　次　2008 年 1 月北京第 1 版
印　　次　2013 年 1 月第 1 次印刷

书　　号　978-7-02-009385-4
定　　价　26.00 元

如有印装质量问题，请与本社图书销售中心调换。电话：01065233595

出 版 说 明

以"文库"形式荟萃本社历年出版物之精华，是国际知名品牌出版企业的惯例和通行做法。作为新中国建社最早、规模最大、读者知名度最高的国家级专业文学出版机构，人民文学出版社在自己六十余年的历程中，已累计出版了古今中外文学读物凡一万三千余种，沉淀下了丰富的精神资源，出版我们自己的"文库"不仅生逢其时，更是为了满足广大读者精品阅读的需求。

有必要对"朝内166人文文库"这样的命名予以简要说明："朝内166"是我们赖以栖身半个多世纪的所在地，从这里走出了一位位大师，沁透着一股股书香，这里是我们的精神家园与灵魂地标；"人文文库"似已毋须赘言；而随后还将对文库该辑所集纳之图书某一门类予以描述，我们的描述将是客观的、平实的，诸如"经典"、"大全"、"宝典"一类的炫丽均不是我们的选择。

"文库"将分门别类推出，版本精良、品质上乘是我们的追求，至于门类的划分则未必拘于一格，装帧也不强求一致。总之，我们将通过几年的努力，为广大读者奉上一套精心编就的、开放的文库。恳请广大读者不吝赐教。

人民文学出版社编辑部
二〇一二年五月

目　录

第一篇　有巢氏…………………………………………… 1
第二篇　留守村长………………………………………… 28
第三篇　天易失踪记……………………………………… 56
第四篇　寻找柴门………………………………………… 87
第五篇　天柱的木城……………………………………… 113
第六篇　石陀是谁………………………………………… 142
第七篇　荒原邂逅………………………………………… 167
第八篇　马主席和他的委员们…………………………… 194
第九篇　即将消失的村庄………………………………… 225
第十篇　三百六十一块麦田……………………………… 261
第十一篇　石陀＝天易？………………………………… 291
第十二篇　星光下的木城………………………………… 320

花盆是城里人对土地和祖先种植的残存记忆。

——题　记

第一篇　有　巢　氏

　　夜空下的木城一直在燃烧。

　　那是一场旷日持久的冲天大火。几十年了,大火不仅没有一点熄灭的迹象,反而越烧越旺。

　　大火是从黄昏时分烧起的。那时太阳已经落下,天色渐渐暗下来,整座城市和楼房街道都变得模糊了。这时不知从哪里钻出成千上万只蝙蝠,在马路上空和楼房之间的空隙里吱吱飞行,倏然间阴风骤起。这些长相怕人的怪物总是在白天和黑夜交替之际悄然出现,把白天引渡到黑夜,又把黑夜引渡到黎明。这些神秘的使者老让人产生一种恐惧和惊慌,它仿佛预示着某种未知某种不祥。

　　这是一天中木城人感觉最不好的时刻。

　　但这样的时刻很快就过去了。就在人们有些犹疑、有些恐惧、有些沮丧、有些不知所措的时候,几乎在一瞬间,大火在全城范围内突然腾地烧了起来。一条马路就是一条火龙,一簇建筑就是一片火海,夜色越是浓重,火光越是明亮。耀眼的火光把黑暗从城市的每个角落里赶出来,逼退到深邃的夜空,星星月亮都被遮蔽了。

　　日复一日,年复一年,木城每天都演绎着同样的场景。

　　木城人为此骄傲,把每个这样的夜晚都叫做灯火辉煌。

　　木城人害怕黑暗,害怕夜晚,但他们并不在乎星星和月亮。星星和月亮早已退出城里人的生活,他们有电和电灯就足够了。造型美观形态各异的各式灯具,安装在家庭、马路、大楼和公共场所,色泽绚丽,五彩缤纷,的确比星星和月亮都漂亮得多也明亮得多。

在木城人眼里,星星和月亮都是很乡下很古老的东西,在一个现代化的城市里,早已经没有了它们的位置。

当然,木城人也不在乎春秋四季,他们甚至讨厌春秋四季。因为四季变换对城里人来说,除了意味着要不断更换衣服,不断带来各种麻烦,实在没有任何意义。比如春天一场透雨,乡下人欢天喜地,那是因为他们要播种。城里人就惨了,要穿上雨衣雨靴才能出门,烦不烦?刚走到马路边就发现到处汪洋一片,车子堵得横七竖八,交通事故也多起来,碰坏车撞死人,你说城里人要春雨干什么?夏天到了,酷暑难耐,再加上马路楼房反射日光,上百万车辆在大街小巷排成长龙排放热气,整座城市就像一个大蒸笼,一蒸就是几个月,木城人有理由诅咒夏天。至于日照对农作物的作用,真的和城里人没什么关系。秋天更是个扯淡的季节,雨水比春天还多,麻烦自然也就更大。天气又是忽冷忽热,弄得人手忙脚乱,不知道穿什么才好。医院的生意格外红火起来,里里外外都是些受了风寒的人,打喷嚏流鼻涕犯胃病拉肚子头疼腰疼关节疼,任哪儿都不自在。乡里人说秋天是收获的季节,城里人收获的全是疾病。冬天来临,北风一场接一场,把人刮得像稻草人,大人不说,光孩子上学就够受罪的了。突然一场大雪,除了早晨一阵惊喜看看雪景,接下来就剩麻烦了。洁白的雪很快被城市废气污染得黑乎乎的,化出的脏水四处流淌,然后又冻得硬邦邦滑溜溜,一不小心摔得人不知东西南北。

不过话说回来,城里人不摔跟斗也不知东西南北。木城人没有方向感,东西南北像星星月亮春秋四季一样,都属于自然界的范畴,他们一辈辈生活在人造的大都市里,对自然界的依赖已大为减少,对东西南北的辨识能力就会退化,这很正常。木城人表示方向的语言是向前走向后走向左拐向右拐,这比说东西南北方便得多也准确得多。木城方圆三千平方公里,像一座巨大的迷宫,高楼大厦林立,大街小巷蜘蛛网一样,外人走进来真会晕头转向,于是就有许多乡下人进城闹笑话的故事。木城人却如鱼得水,因为这是他们的地方。他们穿行在高楼大厦大街小巷之间,就像庄稼人穿行在高粱地里一样自由。高楼大厦就是城里人的高粱地。唔,这话不大得体,木城人不会认同这个土得掉渣的比喻。高楼大厦怎么能是高粱地呢?首先高楼不是高粱,这是很明白的事,其次和"地"毫不沾边。高粱地里的地是土地,而木城到处都是水泥地,分子结构完全不同,而且水泥地要比土地金贵得多。比如在城里,一公里马路铺上水泥起码值四千万,再加上它创造的效益,就没法估算了。假如一公里马路占用十亩土地,这十亩土地用来种麦子,大致可以收获六七千斤,也就卖个四千元。四千元和四千万,相差一万倍,还好意思比吗?由此可知,木城人像不在乎星星月亮春秋四季一样,也不在乎土地。

事实上,木城人已经失去对土地的记忆。

又是一个多雨的季节。

潇潇秋雨笼罩了整座木城,木城就有点风雨飘摇的意思。

然后楼房湿了,汽车湿了,当然马路也湿了。行人也都湿湿的,有些惶惶,仿佛遭了灾。

石陀就很高兴,还有点幸灾乐祸的样子,好像他是个局外人。

于是石陀行走在风雨中气宇轩昂,时不时拍一拍路边的树,溅出一簇簇水珠。他知道树和他一样高兴。

每逢风雨侵袭木城,石陀就会放下手头的事往外跑。哪怕正看着稿件,有人喊一声:"下雨啦!"石陀会立刻穿上他的雨靴,提上伞,踉跄下楼,冲到马路上淋雨去。

石陀走在马路上,并不把伞打开,只像手杖一样提着,往地上一点:"嗒!"人已走出几丈远。

任凭风吹雨打。

他的蓝布长衫先还翻卷着飘,渐渐就坠下来,沉沉的,后来就往下滴水。

迎面走来一个妙龄女郎,深秋季节居然穿着夏装,一袭翠绿长裙裹在身上,也不打伞,半裸着雪白的肩在风雨中悠悠地走,旁若无人。

不断有匆匆走过的路人看她一眼,有些怪异的神态。但很快就走开了,仍是匆匆的。

雨越下越大,人冷得直打哆嗦。

女郎形态毕现。夏裙早已湿透,紧紧贴在身上,纤腰、丰臀、丰胸都显露出来,甚至能看到粉红的乳头。

她居然没戴胸罩!

还有下头……内裤……天哪!……哦,有的,米白色。

石陀明白了,这是木城最时尚的一族。一些大胆而自信的女孩子时兴不戴胸罩,她们认为戴胸罩的女人都老了。而且穿衣服不分四季,高兴了冬天穿夏裙,三伏天穿羽绒服,这叫反季节行为。就像反季节蔬菜。

石陀并没有吃惊,相反,他喜欢在木城看到这样的异类。

女郎似乎正享受天浴,完全不在乎秋雨的寒冷。她走路的样子,一点都不着急。

石陀又看一眼,她的确没戴胸罩,乳房挺拔着,雨水从乳峰顺流而下,像两把喷壶,洋洋洒洒。

此时,雨正下得急。

石陀在她面前站住了。这是难得一见的景观。

他发现她长相体态像个越南姑娘,两只眼睛大而明亮,有些凹进去,左边眉心里藏一颗痣,水灵灵的很俏皮。

越南姑娘站住了。

她发现有人挡了她的路,略显惊奇地抬起头。站在她面前的像个油漆工,身材高大单薄,有点驼背,戴一副深度近视镜,蓝布长衫有些破,正往下流水,形成一圈小小的水瀑。

她盯住他:"干么挡我的路?"

石陀眨巴眨巴眼:"你知道理论的基本属性是什么?"

越南姑娘愣了一瞬,突然笑了,露出一口洁白的牙齿:"你知道男人和女人的根本区别在哪里?"

石陀愕然。

越南姑娘已姗姗而去。走过一段路,回头见他仍愣在那里,于是喊道:"喂!油漆工,我见过你发表演说,什么时候请我喝茶,我要和你理论理论!"

石陀循声望去,声音有些遥远飘忽,风雨声太大了。越南姑娘的背影和美丽的臀正消失在密密的雨帘里。

满大街已是涛声一片。

马路两旁的人行道上落一层桐叶,雨靴踩上去软软的,冒出一圈水泡,同时发出咕叽咕叽的声音。

石陀深深地陶醉了。

踩在桐叶上的感觉像踩在松软的土地上。

他蹲下身,扒开桐叶,从怀里掏出一把小锤子,几下砸开一块水泥砖,露出一小片黑土地。然后把锤子藏进怀里,站起身笑了。

他知道要不几天,这里肯定会长出一簇草,绿油油的一簇草。

石陀迷恋土地近乎病态。

他一直有个雄心勃勃的计划,就是唤起木城人对土地的记忆。他记得作家柴门在一篇散文里说过:"花盆是城里人对土地和祖先种植的残存记忆。"这话给了他信心,他崇拜柴门,也佩服这句话说得精彩,就是说城里人还是有救的。可他一个出版社的老总,和土地的事毫不搭界,又能做什么?每天拿个小锤子偷偷敲马路,尽管很开心,到底成不了大事。

好在石陀是木城政协委员,可以参政议政。于是在每年的政协会上,他总会拿出一个长长的提案,核心内容是:"……拆除高楼,扒开水泥地,让人脚踏实地,让树木花草自由地生长……"这话无异痴人说梦,当然不会被采纳,也一直被大家嘲笑。

但石陀不灰心,下次政协会,他还拿出这个提案,并且在发言中顽强宣扬他的观点,说木城人所有身体和精神的疾病,如厌食症、肥胖症、高血压、性无能、秃顶、肺病、肝病、癌变,以及无精打采、哈欠连天、心浮气躁、紧张不安、焦虑失眠、精神失常、疑神疑鬼、心理阴暗、造谣诬陷、互相攻讦、窥视、告密、歇斯底里等等,都源于不接地气。大地是一个能吸纳、包容、消解万物的无与伦比的巨大磁场。但在城市里,一层厚厚的水泥地和一座座高楼,把人和大地隔开了,就像电流短路一样,所有污浊之气、不平之气、怨恨之气、邪恶之气、无名之气,无法被大地吸纳排解,一丝丝一缕缕一团团在大街小巷飘浮、游荡、汇集、凝聚、发酵,瘴气一样熏得人昏头昏脑,吸进五脏六腑,进入血液,才有了种种城市文明病,才有了丑陋的城里人。

石陀的言论不仅荒唐,简直就是混账话。尤其他把木城人称为丑陋的城里人,一下子引起公愤。政协委员们纷纷站起来指责,说他是偏执狂,说他污蔑城里人,说他企图否定城市建设和现代文明……

眼看会场闹成一团,石陀一脸无辜的样子,市政协主席马万里连忙起身保护,笑着冲大家摆摆手:"各位委员不可以无限上纲,石委员心是好的,他……这个人……啊啊……是不是……大家不必……啊啊……"

会后众人议论,仍是义愤填膺,说石陀在美国念过博士,美国的高楼大厦比咱们还多,这么发达的国家怎么教出个土包子?可见美国人坏得很,他们自己搞现代化,却要咱们走回头路。由此有人很快交上一个提案:《年轻人去美国留学要慎行》。

石陀在市政协会上的言行传回出版社,社长达克耸耸肩,什么也没说。

达克也是经常出国的人，所以能耸得一手好肩。

对石陀每年一次的同一个提案，有关部门都有很客气的答复，当然内容也是一样的，大体意思是：经研究认为，石委员的提案很有创意，但鉴于目前城市住房、居民就业、行路交通、卫生状况等各方面的困难较大，一时还不能拆除高楼扒开马路，等以后条件允许时再予考虑，请石委员谅解，并请石委员继续关心木城市政建设，云云。

领导并不认为石陀居心不良，只是读书太多读得迂腐了，不了解国内现代化建设的必要性紧迫性，不了解中国只有加快现代化建设才能让中华民族强大起来，不了解所谓现代化建设的过程其实就是城市化的过程，不了解中国的城市化建设不是过头不是要拆除高楼扒开马路的问题而是才刚刚起步还要加快城市建设还要征用更多土地修路造楼的问题……

市政协马万里主席很爱惜石陀，每年开会都认真阅读他的提案，然后转给有关部门，然后端起茶杯摇头叹息，说石陀呀石陀，你就不能说点别的吗？

但石陀就是一根筋。

其实让马主席操心的不止石陀，还有其他委员。政协不乏迂腐之士。

政协委员多是各界名人，某个领域的权威。他们曾提出不少好的建议，一条建议创造几百万效益或者让老百姓拍手叫好，是很平常的事。但也有些意见不切实际，难以操作。比如有位老诗人就主张学校教育应当恢复私塾制，利用孩子记忆好的特点，多学一些传统文化，比如背诵经、史、子、集，背不会可以打戒尺。一位防治性病专家主张妓女合法化，开个红灯区，持证上岗，别像现在大街小巷都是暗娼还装作不知道，古罗马因性病而亡国，前车可鉴！一位环保专家鉴于大气污染严重，建议造一个巨型玻璃罩，把整个木城罩起来,再安几个大抽风机。一个小炉匠出身的政协委员,看到郊外炼油厂有个烟囱样的东西日夜喷火,很觉心疼,建议由他主持设计打造一把大茶壶放在上头,烧出的开水免费供应全城。有位社科专家提出,研究"文化大革命"在国外已成显学,咱们也应当把"文化大革命"纳入学术领域,不要下个结论就此完事,应当具体探讨八亿人怎么在一夜之间疯掉的。有人提议木城取消汽车恢复马车,不仅减少污染,而且热喷喷的马粪还增添了生活气息。一位养殖大王要求政府发个红头文件,要求市民每人每天吃三只蝎子,滋阴补阳,以利健康……诸如此类,五花八门。其中不少事关重大,根本无法回答。即使在政协会议上也是大有争议,常常吵得人仰马翻。

马主席通常一言不发,只是捧个茶杯,耐心而宽容地听他们发表各种奇谈怪论,一脸都是快活,有时忍不住哈哈大笑。他真是从心里喜欢他们,他觉得听他们发言是一种享受,这些家伙太有想象力了。

有一天市里开会,市纪委书记铁明提醒马万里:"马老,当心那些宝贝,别惹出什么乱子。"

马万里不明白:"我那里能有什么乱子?"

铁明说:"有人说你那里说话太随便。"

马万里吃一惊:"有人举报?"

铁明点点头。

马万里哈哈大笑。

铁明说:"马老,你笑什么?"

马万里:"重赏之下必有勇夫啊!铁明,你那里举报信还是那么多?"

铁明说:"一天少说三蛇皮袋。"

马万里拍拍他的肩:"形势大好!"

铁明无奈地摇摇头。他明白马老说的是反话。在这个问题上，其实铁明和马万里有共同的认识。有一次两人在一起聊天说起这事，铁明有些忧心忡忡，说邮筒里永远塞满举报信，咱们这个民族还是伟大的民族吗？马老说，倡导举报无异疗饥于附子，止渴于鸩毒，会把我们这个民族毁掉的！……

石陀和他的木城出版社在出版大厦的第九十九层。站在窗前，可以鸟瞰整个木城。但真正能看清全貌的时候很少，因为木城上空老是灰蒙蒙的。

走进石陀的总编室，时常看到他的办公桌后头空着，一把精美的皮制沙发椅子闲置在那里无人落座。可是猛一抬头，却发现他正坐在墙角的一架木梯上。

石陀老是坐在那架木梯上。

看书、审稿、打盹。

编辑们叫他有巢氏。

他的宽大的办公室四壁，排放着十几个高大的书橱，上头摆满了木城出版社和兄弟出版社新出的书，以及各种资料书、工具书。要从上头取一本书，必须借助一架木梯。这架木梯是石陀自己动手做的。石陀喜欢自己动手，除了木工，还会修伞、补鞋、修车，也会修理高级手表和相机等等。

他做的这架木梯粗糙而笨重，和办公室豪华的装修配置很不协调，就像当初装修时木工留下的东西。达克几次派人来要把它扔出去，说是给他买一架漂亮的不锈钢的梯子来，但石陀不答应。石陀说我就用这架木梯。石陀对自己的这件作品十分钟爱，经常在办公室搬来搬去，爬上爬下，找到一本书，就势坐在上头翻看。后来就干脆坐在木梯上办公和审阅书稿。

达克就很生气，认为他这是有意找别扭，是藐视他的劳动成果。木城出版社整个装潢都是由达克主持的，可以说富丽堂皇。

石陀的总编室有上百平米,地面上铺着漂亮的大理石和贵重的地毯,办公桌大得可以睡两个人,比木城任何一个公司老板的桌子都不差。但石陀对这些似乎全无兴趣。他宁愿坐在木梯上做这做那。除了吃饭、上厕所,一天都不肯下来。别人找他商谈事情,就不得不仰视他。达克认为他连起码的修养和礼貌都没有。此事反映到出版局,局长笑笑说他就那样,你看我那天找他有事,他不也没下梯子吗?达克耸耸肩走了。他感到这些领导的智商都有问题。

好在编辑们没觉得石陀是个傲慢无礼的人。相反,他们感到和他打交道是件有趣而轻松的事,因为你不必用上下级关系或任何世俗的常礼对待他,不管用什么方式,只要你不介意,他是肯定不会介意的。比如你可以站在木梯下和他说话,也可以坐到他的皮椅上再把双脚搭到桌子上和他商讨书稿的事。那时你像个牛皮烘烘的老总,他像个下属。石陀决定事情很快,因为选题都事前报上来经他审阅过,只要看着合适,他马上就批,从不拖泥带水。对于出书,石陀似乎有特殊的嗅觉,他的判断一般都不会错。除了各编辑室上报选题,他还常常直接策划项目,然后派人执行。

石陀在国内出版界被誉为奇才,他策划的书不是赚了大钱,就是有重要的学术价值,这也是出版局特别器重他的原因。当然他们也知道石陀的迂腐,关于他在政协会上老是吵着要拆除高楼扒开马路,在局领导看来,那不过是个好玩的事,说说而已。至于喜欢坐在木梯上办公,根本就不是个什么事,完全可以忽略不计。出版局要的是一个合格的优秀的总编。

石陀当然也有失误。
为柴门出书,就让他栽了跟斗。

柴门只是一个普通的作者,媒体几乎没谈过他,国内各种文学奖更不沾边。但石陀却认为他是一个伟大的作家。石陀极力推崇柴门,缘于他作品中的大地情结。这个叫柴门的作者主要写乡村和旷野,也有些作品写都市。但即便写都市,也能让人感受到大地的气息,对世人向往的都市文明,则充满了批判精神,对拥挤在方寸之地的城里人充满了同情。他们为权为名为利为生存而拼搏而挣扎而相煎而倾轧而痛苦或精疲力竭或得意忘形或幸灾乐祸或绞尽脑汁或蝇营狗苟或不择手段或扭曲变态或逢迎拍马或悲观绝望或整夜失眠或拉帮结派或形单影孤或故作清高或酒后失态或窃笑或沮丧或痛不欲生等等所有这些,都属于城市特有的表情。城市把人害惨了,城市是个培育欲望和欲望过剩的地方,城里人没有满足感没有安定感没有安全感没有幸福感没有闲适没有从容没有真正的友谊。所以柴门认为人类在发展史上最大的失误就是建造了城市,那是个罪恶的渊薮。他在一篇文章里说:"生活在都市里的人们,离开乡野已经太久了,为什么不重回大地,过一种简单的生活呢?……"

石陀捧读柴门的作品,常常会泪流满面。

他确信自己找到了知音。柴门的作品简直就是他政协提案的最好诠释。他惊异于柴门的与众不同。几乎所有的政治家、哲学家、经济学家、作家及芸芸众生,都在歌颂都市文明,称颂都市文明是人类的巨大进步。在众多作家描写乡下人进城的故事里,乡下人几乎都是一个面孔,就是充满对都市生活的憧憬和向往。在都市面前,他们需要仰视,心态是卑微的。为了在城市立住脚跟,他们也许会像仆人一样逆来顺受,也许会像阴谋家一样不择手段,但骨子里还是自感轻贱,追求的永远是认同。但唯独柴门说人类错了,城市错了,从垒上第一块城墙砖就错了。城市是人类最大的败笔,城市是生长在大地上的恶性肿瘤,城市并不是个值得羡慕的地方。

阅读柴门的作品,石陀会感到羞愧。

石陀置身都市并感受着人性的扭曲和种种丑陋,常会产生不可遏止的鄙视和愤怒。而柴门却没有。他用他的作品说:"宽恕他们吧!这不是他们的错,都是城市这个怪物造成的。那里人多,太拥挤,任何人放在那个环境里,都会变形和扭曲。"

和柴门大地般的胸怀相比,石陀知道自己仍然是个俗人。

石陀断然决定为柴门出版文集!

他希望让更多的人了解这个作家,了解他的思想,了解他对人类和生命的思考。

但这个决定却在木城出版社引起很多人的反对,特别是社长达克。因为明摆着这是个赔钱的买卖。达克分管行政财务,当然要反对。

木城出版社是个综合性出版社,经济效益一向很好,一年总有上亿元的赢利。按理说偶尔出一本赔钱的书不算什么,比如有时会出一些学术价值很高但经济效益并不好的书。问题是柴门什么都不是,在文学界什么角色都算不上,甚至连柴门是谁都不知道。木城很有一些全国出名的作家,有的还拿过政府"工程"大奖,问起柴门,他们不是茫然摇头,就是矜持地笑笑。像这样一个人连"作家"的名头都没有,还只能在"作者"的层面上,出一本小册子算作扶持提携还说得过去,出一大套文集就是乱来了。

如果问题仅限于此,也还罢了。

最荒唐的是世上有没有柴门这个人还很难说。因为迄今为止,没有任何人见过柴门。

据初步了解,这么多年,确有一个署名"柴门"的人,到处发表作品,但就是没人见过他。

可是石陀却坚定不移地对谷子说:"我注意他已经很久了,你必须找到他!"

达克听说后很恼火,找到石陀说:"你疯啦?"

石陀说:"我没疯。"

达克说:"你怎么能为这个人出文集?"

石陀说:"我怎么就不能为这个人出文集?"

达克说:"柴门是个什么东西?"

石陀说:"柴门是个伟大的作家。"

达克说:"荒唐!伟大能是乱用的吗?"

石陀说:"因为他是小人物吗?"

达克说:"柴门是谁大家都不知道啊!"

石陀说:"那是大家的问题,不是柴门的问题。我现在要做的就是让大家知道他!"

达克耸耸肩,尽量放缓了语气说:"老石,我是为出版社考虑。老实说,我知道柴门这个作者,也曾经看过他的作品,真的没什么价值,那是个很疯狂很偏执的人,比你还要偏执!"

石陀说:"那太好了。现在缺少的就是偏执,圆滑和面面俱到的人已经太多了。"

达克说:"老石,你能不能从木梯上下来,咱们好好谈谈。"

石陀说:"我现在不上厕所。"

达克摔门而去。

命中注定,谷子要把自己的命运押在那个叫柴门的家伙身上。

谷子大学毕业刚分到出版社不久。有一天,石陀找她来办公室,并特意从木梯上下来以示隆重,说谷子你知道柴门这个人吗?谷子想了想,好像听说过,是一个作家吧?石陀立刻高兴起来,说对对对,是个作家,你读过他的作品?谷子有些不好意思,说没读过,只是有天听刘教授讲过。石陀眼睛一亮说刘天香给你们讲过柴门?谷子点点头。石陀说太好了,我这里有他的一些作品,你先拿回去看看,然后一面注意搜索他的作品,一面想办法把他请来,我要见见他,当面请教一些问题。石陀说得很虔诚也很轻松,好像柴门就在马路对面的茶馆里,去一趟就把他请来了。只是石总说要向他当面请教,让她感到有些意外。因为报到第二天,室主任许一桃就向她说过,石陀是一个很有学问很了不起的人,没想到他还是这么一个虚心的人。

石总交给的任务,当时谷子并没有觉得太难。相反她感到自己很幸运,喜欢文学就到了出版社,刚做编辑就要和作家打交道。她听说有些大学生分到杂志社、出版社,要干几年杂务,比如收发登记跑腿打扫卫生提茶倒水,像学徒一样苦熬几年才能编稿。谷子从心底感激石总给自己这样一个机会。

那时谷子还不知道,她大学毕业分配到出版社,其实是石陀直接要来的。

木城大学中文系主任刘天香是石陀的大学同学,石陀找到她,说天香我那里缺一个女编辑,你给我推荐一个。

刘天香说为什么一定要女编辑?

石陀一时语塞,吞吞吐吐说一定要个理由吗?

刘天香说不方便说就别勉强。

石陀说也没啥不方便的,就是女编辑好组稿,男作家都喜欢。

刘天香笑道:"原来你也这么俗。要是向女作家组稿呢?"

石陀说我手下不缺男编辑,都很英俊,也有才华,还很性感,会挑逗女作家。

刘天香说你们出版社就是这么组稿的?真恶心人。

石陀说你不是要个理由吗?给你个理由还这么啰嗦。你到底有没有合适的人?

刘天香说笑话,我堂堂木城大学中文系,还会缺人才吗?你老实说要个女学生到底要干什么?

石陀看了她一眼,说天香你还是喜欢刨根问底。

刘天香说不想说就算了。

石陀说我不是都说了吗?就是做编辑,只是有个特殊任务要她完成。

刘天香又紧张起来,说什么特殊任务?不会是当公关小姐吧?告诉你啊,要是搞歪的邪的,我可不答应,我得对我的学生负责。

石陀说你别紧张,我不会害她的,也不会搞歪的邪的,木城出版社是大出版社,不需要歪的邪的。我会重用她,待遇也好。

刘天香说好吧,你要什么样的?漂亮一点?

石陀说也不要太漂亮,但身材要好,能吃苦能跑路,不要娇气俗气。

刘天香笑起来,说身材好是什么意思?

石陀说没什么意思。

刘天香说好吧,我想想再给你推荐。

石陀刚要转身,又回头压低声音说还有一个条件,乳房不要太大。

刘天香吃惊地看着他,说为什么,这和乳房有什么关系?

石陀说乳房太大了,跑路不利索。说罢转身就走。

刘天香讷讷道,这家伙还是这么怪怪的,什么标准啊?

后来,刘天香就向他推荐了谷子。

谷子是个孤儿,性格有些内向,刘天香喜欢和怜爱她,想给她找个放心的地方。

那天石陀接到她的电话,就匆匆赶到木城大学。刘天香把石陀带向大操场,说谷子可能会在那里。

一到操场,石陀果然看到一个身材健美的高个子女生正围着操场跑步,跑起来两条腿十分有力,神态专注,一脸都是汗水。两只眼睛不大,皮肤有点棕色,看上去十分性感。

刘天香指了指:"就是她!"

石陀一声不响,呆呆地看她跑了两圈,"嘎嘎"笑了几声,忽然转身就走。

刘天香忙在后头追,说:"石陀你怎么走了,这个人你要不要啊?"

石陀兴奋地说:"要要!就是她了,你把她分到出版社来吧!"然后大踏步向校门走去,好像内急的样子。

刘天香长舒了一口气,站住了。心想什么人啊!

她现在有点担心了,谷子到他手上,不知是福是祸。

谷子接到任务后,先把石陀交给她的作品看了一遍,大约有二十多万字,都是零星从各报刊搜集来的,看来石总早就在他身上下工夫了。

柴门的作品有小说,有散文,有随笔,但看看又都不像,有时像笔记,有时像梦呓,有时像谶语,长短不一,文风奇特。但不管写什么,总向人传递着遥远、空寂和神秘的气息。他像一位衣袂飘荡的智者,站在荒原的一处高山上,远远打量人间的浮华都会,目光里都是怜悯和无奈。

谷子对柴门的作品,一时说不上喜欢,阅读体验也是陌生的,作品中传递的观念和认知也是怪怪的,似乎不可理喻,又有点儿让人兴奋和新奇,好像跳出人间世态,有一种宗教的味道。

谷子明显感到了他的写作多么不同。

在她有限的阅读经验中,几乎都是入世很深的作品。要么是社会变迁、世事沉浮,要么恩恩怨怨、期期艾艾,一时甜甜蜜蜜,春风得意,一时颓废消沉,痛不欲生,或者就是勾心斗角,处处陷阱。一个比一个深沉,一个比一个阴险。总之说不尽人间沧桑,逃不脱世俗得失。

在大学校园里,这些作品曾让谷子对未来的生活充满恐惧,越是临近大学毕业越是恐惧。她不知道自己将如何面对校园外那个深不可测的社会。

但柴门的作品却告诉她:"你完全可以是一个救赎者,就像一位高僧或神父。"

这可能吗？

谷子却因此对他产生了兴趣。

她想阅读他所有的作品，更想见到这个叫柴门的人。她想知道他是一位真正的智者，还是一个可笑而虚伪的家伙。

他凭什么这么居高临下看待城市和城里人？

后来，谷子就到处搜集他的作品。

她有些急不可待了。

图书馆、杂志社、报刊亭、书店。

谷子意外发现柴门的作品数量很大。

她还给全国各地的杂志社、出版社打电话，写信，甚至连分到全国各地的同学都发动起来了，让他们记住柴门的名字，一旦发现他的作品，就赶快寄过来。

谷子在同学中有相当的人缘和号召力。

她是个孤儿，从小在孤儿院长大，从懂事就学会了自己照顾自己，也学会了用适合自己的方式和人打交道。谷子和别人相处的基本方式是安静地倾听而不是表达。这让所有和她接触过的人，都觉得她是个善解人意的女孩。

其实她内心里远不似表面那么平静和从容。

相反她的内心充满恐惧和孤独感。

尽管周围的人对她很好，可她还是时常感到害怕，有时半夜会惊厥而醒。在这个世界上，在茫茫人海里，你没有父母，没有兄弟姐妹，没有亲人，甚至找不到一个有血缘关系的人，无论如何都是一件令人沮丧令人纳闷令人不解令人气恼令人无助令人不甘心的事。你是谁你从哪里来你的祖辈在哪里你应当姓什么是谁创造了你又把你抛弃？

谷子走在大街上，看到熙熙攘攘的人群，觉得所有人都和她没有关系，又怀疑每一个人都可能和她有关系。一个干部一个军人一个商人一个乞丐一个看门的老头一个大学教授一个邮递员一个老交警一个下岗工人一个中学老师一个艺术家一个小老板一个出租车司机甚至一个犯人都可能是她的生身父亲，所有四十岁以上的女人都可能是她的生身母亲，这让她兴奋，又让她茫然和惶恐。

每当谷子压抑得受不了时，就去大操场跑步，跑一圈又一圈，在大汗淋漓中释放自己。好在同学们看不出这有什么异常，因为谷子是木城大学长跑队的队员，曾在全国大学生运动会上拿过一万米冠军。她也因此成为木城大学的明星。

谷子长得不算漂亮，可她健美，让人看到的都是青春和阳光，因此很多男生都喜欢她。谷子收到过很多求爱信，却没有接受任何人的追求。她觉得自己的人生还没有开始，这一生有许多事情在等她去做，其中最重要的就是寻找自己的亲生父母。

那是她生命的源头。

没有比这更重要的了。

谷子在搜集柴门作品的同时，也在到处打听柴门的住址和联系方式，结果却让她失望了。

没有任何杂志社和出版社能回答她。

这些杂志社和出版社都发表或出版过柴门的作品，却没有人知道柴门是谁，当然也就不知道这个叫柴门的作者住在哪里。他们只是从大量自然来稿中发现了柴门和他的作品，觉得很有特点，甚至可能引起争议，然后就发表或出版了。现在的杂志社和出版社不怕有争议的作品，有争议才会引起更多人的关注，有关注才会有市场，有市场才会有效益。这和有些女演员故意制造绯闻一个道理。但可惜的是柴门的作品被淹没掉了，并没有引起什么争议。北京某家出版社有个姓冉的小伙子，曾做过柴门作品的责任编辑，他在电话里向谷子发牢骚，说现在的人太阳痿，放着一些重要问题不争议,老是争议领导要不要好好休息。谷子不懂他说什么,吓得赶紧挂掉了。

但诸多信息还是让谷子感到一点鼓舞。

这些信息证明柴门的确有些不同寻常,那么多报刊杂志出版社从堆积如山的来稿中发现他,说明他的作品一定有打眼之处,那么自己在他身上花费劳动就是有意义的。这也说明石陀对柴门的推崇并非没有道理。

据这些杂志社或出版社的人说,柴门通常只是把书稿寄来,此后再无消息,既不打听,也不催问,好像书稿写出来能不能和愿不愿发表出版与他无关。柴门没去过任何一个编辑部,也不参加任何形式的文学活动。总之没有人见过他。

杂志社和出版社为柴门寄稿酬时,常常大伤脑筋。他当初邮寄稿件的信袋上没有地址,唯一可以查到的只是信袋上的邮戳。可是邮戳上的地址又有什么价值呢?有的杂志社试图按邮戳查找他的地址电话,对方邮局回话说没法查找,因为每天都有许多人寄信,所有的信件都盖这个邮戳。所以很多编辑部至今还存着他的稿酬不知往哪里寄。

当谷子向他们打听柴门的通信地址时,他们似乎有点兴奋,还有的表示要把稿酬寄来请谷子代转,并请谷子帮他们向柴门组稿。看来他们仍然对他感兴趣。

谷子每天坐在电话机旁,一百次两百次地往外打电话,手发麻了,耳朵发木了,没有任何结果。

和她同在二编室的梁朝东很同情她,说谷子你别打了,这不是人干的活,连我的耳朵都听出茧子来了。

谷子忙说对不起梁老师,我打扰你了。说着眼泪就快流下来了。

梁朝东赶忙说谷子你别误会,我不是嫌你吵,我是说这个石总怎么给你派了这么个活,这个叫柴门的家伙是不是天外来客啊来无影去无踪的。不过话说回来,这人还是挺有意思的,要不我帮你打?

谷子忙说梁老师谢谢你不用不用还是我自己打吧,只要你不嫌烦就行了。

梁朝东说打吧打吧,我出去一趟。说着就提上包往外走,还回头笑笑说谷子你悠着点。工作是干不完的,要学会享受工作,享受生活。

谷子愣在那里半天没动。

她觉得这件事太难了。

谷子终于鼓起勇气向石陀汇报了寻找的艰难。她觉得自己太无能,领导交办的第一件事就办不好。

她红着脸说完这些时,脸羞得通红,眼泪扑嗒嗒往下掉。

但石陀却表扬了她。从抽屉里拿出一大堆柴门的作品,说我都看到了,你干得不错,你看这段时间你收集了这么多柴门的作品,有两百万字吧?可以为他出文集了。不过你还是要找到人,不要气馁,直到找到为止。在找到柴门之前,我不会分给你别的工作。

谷子看到石陀的神情充满期待。

她知道自己已别无选择。

其实,她并不是不愿做这件事,她只是怕石总着急,嫌她进展太慢。她非常想见到这个人。柴门的行为方式,仅仅是行为方式,就已经深深吸引了她。而对他的作品,也是越来越喜欢了。她暂时还不能理解,但在阅读中感到了轻松和愉快。这是在以往的阅读中从未有过的体验。

谷子振作精神,又依次向中国作家协会和各省作协去信去电查询,答复是一样的:没有这个人。

就是说柴门不属于任何组织和机构。

柴门完全是一个没头没脑不知来历不知籍贯不知年龄甚至不知男女的人。

谷子有时忽发奇想,柴门不会是个女人吧?这么想着,谷子就笑了。她发现自已已被柴门折腾得有些神经错乱了。

柴门已经成为木城出版社的热门话题,二编室主任许一桃就鼓励谷子说,石总的判断不会错,这个人值得花时间寻找。文学编辑梁朝东说,人家这才叫真正的写作者,从不露面,不追求写作以外的东西。不像有些作家,写点狗屁东西就自命清高。或者张牙舞爪,走到大街上都晃着走。生怕人不认得他。许一桃说梁子咱可不管那么多,只认稿子不认人,杀人放火有警察呢。美编小甲吸溜吸溜嘴,说这人有点怪啊,干么这么神出鬼没的,没必要嘛!达克一步跨进门,说谷子你别瞎折腾了,这人故弄玄虚,沽名钓誉,他就是靠这个吸引人的,和大街上裸奔没有什么区别。

梁朝东说:"社长,你这话有点刻薄,人家连面都不露,怎么叫裸奔?柴门实打实靠作品吸引人呢!"

达克说:"梁子你别瞎起哄,柴门的作品有什么好?文学界根本就不知道这个人。按他的话去回归荒野,过原始人的生活,你干吗?"

梁朝东哈哈大笑,说:"我当然不干!在城市里多好啊。你看我每日美食美女美车,神仙一般自在,我才不愿意回归荒野。不过,我还是很敬重这种人,能隐身多少年不露面,一般人做不到!"

达克大不以为然:"这种人没什么好敬重的,我就不信他能不食人间烟火!"

许一桃说:"我看你们两个大概没看过他的作品,人家柴门探讨的是人类生命状态,不是讨论和尚爱不爱吃肉的问题,岔到哪里去啦?"

梁朝东嬉皮笑脸道:"许大姐,你说对了,我还真没看过柴门的作品,以后向谷子小姐多请教!"说着冲谷子鞠了一躬,把谷子闹了个大红脸。

谷子一直不好插嘴,在这样的场合,她不知道说什么好。再说,她的确还不知道该怎样评价柴门和他的作品。这时她被梁朝东逗笑了,却仍然不知道说什么好。

达克说:"许主任,你官僚了吧?柴门的作品我还真看过,没法喜欢,整个反对现代化,反文明,反人类进步,荒唐至极!"

许一桃笑道:"天哪!社长你的帽子太多了,要是倒退三十年,寻找柴门就用不到谷子了,干脆派警察得了。"

达克也笑了:"不是扣帽子,是他太不懂历史,人类要进步,文明要发展,有谁能挡得住吗?这人太可笑了!"

许一桃叹口气:"可笑的也许是我们,悲哀就在于挡不住文明的脚步。人哪,就是太聪明了,说不定正应了《红楼梦》里的那句话,机关算尽太聪明,反误了卿卿性命!"

达克说:"许主任,我看你已经中了他的毒了。干脆,把柴门的作品拿回家去,让铁明书记看看,让他给你洗洗脑!"

许一桃说:"你别说,我还真地把柴门的作品拿回去几篇,铁明居然很喜欢,还问我柴门是什么人。"

达克吃一惊:"不会吧?铁明书记会喜欢?你肯定弄错了!"

许一桃说:"你以为他就会处分人啊?"

美编小甲忙打哈哈:"社长,这话题太沉重了,老说柴门没劲。该下班了,你不请我们撮一顿啊?我最近发现一家杭州菜馆,好极!"

达克笑道:"就你嘴馋。好好,你去招呼几个人,凑一桌。咦,梁子呢?"

原来梁朝东转眼间不见了。

小甲说:"别管他,肯定又和情人幽会去了,他忙着呢!"

正在这时,收发员钱美姿突然幽灵一样从门外闪进来,站在达克背后,冲小甲挤眼。

达克转身看到她,生气道:"干什么你,老是把人吓一跳!"

钱美姿笑嘻嘻道:"没做亏心事,你怕什么?社长,你们刚才的话我在门外都听到了,我支持你的观点,这个叫柴门的人反对现代化,应当举报他!你放心好了,这件事由我来办!"

达克说:"哪儿是哪儿?这里没你什么事,你别瞎搀和好不好?"

许一桃说我家里还有事你们先聊,转身走了。

小甲捂住嘴也走了。

钱美姿冲小甲背后嚷:"这好笑吗?"

小甲没回头。

达克也要走,被钱美姿一把扯住,压低声音说:"社长,你怎么能说我瞎搀和?我是帮你呢!石总不是要给他出文集吗?不用你出面,我能把这事搅黄了,你放心吧!今晚有饭局是不是?我愿意参加,咱们商量商量。"

达克拿开她的手:"今晚我还有事,取消饭局。"说罢大步走了。

钱美姿愣住了,问呆在一旁的谷子:"谷子,我先前在门外明明听到他们说有饭局的,怎么转眼又取消啦?"

谷子摇摇头:"我……不知道。"忙忙地也走了。

这天晚上有没有饭局,谷子不知道。但她在这天晚上做出一个决定,准备离开木城去寻找柴门了。因为她忽然有些害怕。她已隐约感到出版社不是个好呆的地方,她不知道该怎样和他们打交道。

那么,就不如走开。

寻找柴门毕竟是一件很单纯的事。

23

在这之前，石陀已经催过谷子，说你光在家里打电话不行，要出去寻找，要像侦探一样抓住每一点蛛丝马迹，从现场开始搜寻，路费资金不是问题。

可是这么大的中国，茫茫人海，究竟从哪里搜寻？

事实上柴门的行踪也不是没有一点线索。谷子从调查中得知，有的编辑部在事隔一二年甚至三四年后，会突然接到柴门的信，让把他的稿费寄到一个什么地方。那地方可能是一座小镇，可能是一个山村，可能是一座海岛，可能是一个码头，或者就是荒原、沙漠边的一个小邮电所。有时是一封加急电报，让把稿费寄到某一个地方的拘留所，让人怀疑他犯了什么事急等钱用。

让谷子感到意外的是，柴门还曾让人把稿费寄到过木城一家小客栈，不过那是七年前的事了。这说明柴门并不仅仅生活在荒野，有时也会流浪到城市里住上一段时间。

在短短几个月的时间里，除了收集柴门的大量作品，还得到这么多关于他本人的信息，谷子真是费尽了心力。所有这些信息已经清晰地勾勒出柴门的生活常态，那就是行踪飘忽。他好像永远都在旅途，永远都在流浪。

谷子由此猜测，柴门是个没有家的人，没有老婆，也没有孩子。

恰在这时，谷子得到一个信息，河南一家杂志社一个月前刚收到柴门一封信，让把他的稿费寄到甘肃敦煌的一家小客栈。这是个极为重要的线索，也是关于柴门行踪的最新消息！

谷子兴奋不已。

不能坐失良机，她决定立刻上路！

走前那天晚上，石陀在一个小饭馆为她送行。席间，谷子试探着向他提了一个问题，说石总听说你每年都在政协会上搞那个提案，土地在你心目中……真的那么神圣？

石陀想了想，说给你讲三个关于土地的故事。第一个故事是说军阀张作霖应邀出席一个酒会。席间,一个日本人请张作霖赏一幅字,他以为张大帅大字不识几个,肯定会当众出丑。没想到张作霖欣然答应,来到案桌前,挥笔写了一个"虎"字,然后落款"张作霖手黑",便掷笔而起。众人见了,有人鼓掌喊好,有人大笑不止。这时张作霖的秘书凑上来,小声提醒道,大帅,你落款的"张作霖手墨"的"墨"字下头少了一个"土"字。张作霖眼睛一瞪,说你懂个屁!老子故意把"土"留下来的,别忘了这是给日本人写字,不能把"土"送给日本人,这叫什么?寸土不让!明白吗?

谷子扑嗤笑了,说第二个故事呢?

石陀说,以前有个埃及国王,请来几位西方勘探者测量土地。勘探结束后,国王亲自接见,并送了许多金银珠宝,但告诉他们说,临离开埃及时要脱掉鞋子,把里头的尘土倒掉。

谷子点点头。

石陀说,第三个故事你可能不喜欢。相传三千年前,两个欧洲人率部乘船向爱尔兰进发,事前两人约定,谁的手先摸到爱尔兰的土地,谁就是爱尔兰国王。于是两船昼夜疾行,接近岸边时,落后的船主眼看前头的船就要靠岸,情急之下,挥剑砍下自己的一只手扔到岸上,抢先摸到爱尔兰的土地,结果他做了国王。所以至今爱尔兰的国徽上有一只红色的手。

谷子说,我的确不喜欢这个故事,太血腥太丑陋了。

石陀说其实这三个故事没有本质的区别,它们只是证明人和人类都把土地看成财富。如果从价值上看,这并没有错,因为土地是所有财富中最有分量的财富。小到地主、庄园主拥有几百几千亩土地,大到天子诸侯,宣称四海之内莫非土土,就成为无数人的梦想,古今中外,几乎所有的战争都是因为争夺疆域,血腥和丑陋就无法避免了。

那你说……土地到底应当是什么?

母亲!

母亲?

她是人类和万物的母亲!知道吗?

石陀忽然提高了声音,眼睛灼灼的,仿佛在和谁争吵。

谷子有些感动。这话并不陌生,过去听人说到这话像在唱歌。可此时从石陀嘴里说出,却有一种揪心的感觉。

……现代人太不把土地当回事了,城里人已经失去对土地的记忆,连乡里人也把土地扔了,纷纷涌进城市,太可怕了……

谷子不知说什么好,她还不能完全理解他的沉重。可她相信他的真诚。这个趋势还能逆转吗?……

石陀摇摇头。

就是说你和柴门都在做一件不可能做到的事。

你现在退出还来得及。我不怪你。

谷子摇摇头,不,我愿意参加进来。

寻找柴门也许要很多年。

我在大学时就是长跑运动员。

石陀猛然抓住她的手:"说谷子我找对人了。我做梦派一个人去寻找柴门,梦见的就是你,一模一样,那时我并没有见过你,你说怪不怪?……当时你在荒原上奔跑,柴门就在你前头奔逃,像一头鹿在追赶一匹狼。你跑得快极了,正一点点接近他,柴门不时惊慌回头,十分绝望的样子。你穷追不舍,头发一飘一飘的,你的衣裳被荆棘完全扯碎了,丝丝缕缕挂在身上,已经遮不住身体……你的身体差不多是裸露的,你的裸露的身体美得炫目,荒原上所有的动物都呆住了看……"

石陀沉浸在他的梦境里,喃喃自语。谷子感到他的手掌冰凉冰凉的,一直都在颤抖。谷子慢慢把手抽回,睫毛上挂满泪珠,红着脸笑道:"石老师,我会那么惨吗?"

石陀定定地看住她:"你……叫我石老师?"

谷子说:"行吗?"

石陀使劲点点头。却突然站起身,从窗户往外张望,一副惊喜的样子,神态一如孩童。

谷子有些纳闷说老师你看什么?

石陀说下雨了!噢下雨了!说着拿起那把随身携带的雨伞就往外走,急急的样子差点把椅子碰翻。他好像忘了谷子的存在,更忘了今晚是他请客应当埋单。

谷子赶忙付了钱追到饭馆门外,外头果然正下着小雨,小巷昏黄的路灯下细雨如网,发出沙沙的声响。石陀以伞作杖,正气宇轩昂地在雨中行走,已经走出几十步远,那件长衫一摇一摆的。

谷子没有追上去,只呆呆地站在原地,望着他的背影出神。先前那个侃侃而谈的老师,突然就不见了,现在他是一个灵魂出走的人。她忽然意识到,了解这个怪诞的老师,同样不是一件容易的事。

第二天,谷子终于上路了。

孤身一人。

这是她长这么大,第一次离开这座城市。

长途列车渐渐驶离木城进入旷野,面前的一切都是陌生的。谷子独坐窗前,望着遥远的天际,忽然感到一种苍茫。

一头鹿追赶一匹狼……会是怎样的结果呢?

第二篇　留守村长

方全林决定去木城走一趟。主要是为寻找天易。

方全林本来是走不开的。

他是一村之长,有太多的事情要他处理。短短几年光景,草儿洼的年轻人差不多都走光了。连一些身体好一点的中年人也走了,说外出打工挣不了大钱,到工地上搬搬砖、做做饭、看看门,挣点小钱总行吧。实在没人要,捡破烂也比种田强。城里人多,破烂也多。就王长贵那个熊样,瘸一条腿,捡破烂一年还能捡万把块。走啊走啊,大伙吃喝着就走了。

草儿洼的人有往外走的传统。解放初,方全林的爹方家远当村长的时候,就吃喝着往外赶,讨饭、打工,一群群外出。那时村里正闹饥荒,男人出去,女人也出去。女人有女人的办法,松松裤带,就能填饱肚子,还能挣些钱回来。当年的小鸽子就是靠这个买了十几亩地。但那时大伙的心不散,心思还在土地上,外出挣钱回来,还是为了盖房置地,草儿洼是他们永远的家。可现在不对了,外出打工的人,头几年挣了钱还回来盖房、买化肥农机,后来就不在房屋土地上投钱了,因为他们看到外头的城市,渐渐就不想回来了,不回草儿洼还盖新房干什么?还在土地上投什么鸟钱?不如攒起来,有一天也在城市里落户安家。差不多十年了,草儿洼再没有添一口新屋,看上去一片破败景象,老屋摇摇欲坠,一场大风大雨,总会倒几口老屋。方全林最怕这个,砸死人可不是好玩的。所以一看天气变化,要有大风大雨,就赶忙动员住在里头的妇女老人搬出来,不同意就生拉硬拽,临时找个地方把家安置进去。有几次下大雨前脚刚把人拉出来,后头房屋就倒了。

方全林太忙。

村里年轻人走光了,就剩些老弱残疾和妇女,方全林就成了收容队长。谁生病了要张罗着看病,哪个老人死了要张罗出殡,谁家老屋倒了,要张罗搭建临时住所。另外还有些尴尬事,也让方全林不得清净。比如经常有女人半夜敲门,说是听到有什么异常动静,让他去家里看看。女人吓得发抖,你当然得去。可是到了地方,院里院外搜索一遍,鬼影也不见一个。方全林就对女人说睡吧,没啥事。那女人却不让走,还是说害怕,扯住胳膊往屋里拖,说村长你得和我做伴。方全林当然不能进去,他知道进了屋就不是做伴的问题了,忙挣脱了说你去睡吧,我在外头给你巡逻。急急地走了。可是回到家刚睡倒,大门"嘭嘭嘭!"又响。方全林不敢怠慢,他怕哪个老人不行了,慌忙穿衣起床,出来开门一看,是又一个女人,哭着说有个人进了她的屋子。方全林说你没关门啊?女人说关得好好的,还从里头插死的。方全林说插死门怎么会进去人?女人说我看得清清楚楚,一个黑影来到我的床前,直喘粗气,我吓得尖叫起来,黑影就钻床底下去了。方全林说人呢?女人说我一骨碌爬起身把他锁在屋里了。方全林说奇怪了,说走吧我去看看,顺手抄起一根棍子。到女人家,满屋子乱捅,床底下箱子后头凡是有旮旯的地方捅个遍。方全林松一口气,说你是幻觉,没人进来,别自己吓唬自己,说着快步出了屋子。女人在后头追,说村长你别走……哎呀村长帮帮忙!……我裤裆里爬进一条虫子,痒死啦。方全林回头把棍子扔给她,说用这个捅,哪里痒就往哪里捅,捅儿下就不痒了,然后落荒而逃。

草儿洼的女人们都疯了。

她们没法不疯。男人外出打工,一年年不在家,虽说能挣几个钱回来,可那种分离之苦、思念之苦,实在让人难熬。还有的在外混几年,回来就离婚,甩下一叠钱走了,而后再不回来。草儿洼几乎所有的年轻女人都在忍受着煎熬,感受着危机。她们变得压抑而又疯狂,痛苦而又愤怒,谨慎而又大胆,女人的性情全变了。她们聚在一起时就是谈男人骂男人,满口脏话。她们互相同情又互相嘲讽,互相倾诉又互相戒备。

她们最佩服的男人就是方全林,他不仅是个好村长,而且是个好男人。老婆死了近二十年,方全林始终没有再娶,一个人把儿子玉宝带大,而且在村里没有任何绯闻。这让草儿洼的女人们佩服而又不解。一个四十多岁的鳏夫,怎么就熬得住呢?可他就是一点动静也没有。偶尔他也和女人调笑几句,但多数时候是沉默的,有一种不言自威的稳重。女人们敬重他,又有点儿怕他,更想勾引他。这是个值得勾引的男人,即使最正派的女人都有这个心思。勾引方全林成为草儿洼女人们最高的目标。当然,勾引的方式各有不同,有的拉拉扯扯,有的以眉目传情,有的不露声色。但方全林就是不上钩,多少年保持着金刚不败之身。自从男人们纷纷外出打工之后,方全林明显感到威胁在增加,女人们的攻击性更强了,让他越来越难招架。但他知道真正的危险来自他自己,因为他分明感到沉睡了多年的欲望在苏醒。深夜的草儿洼一片死寂,连狗叫声都听不到,太静了。那时他躺在床上辗转反侧,他知道他可以自由地在村里游走,那些狗不会因为他在黑暗中出现而叫唤,村里所有的狗都认识他并和他有良好的关系,它们熟悉他的脚步他的身影他的气味,它们像仆人一样对他充满敬意,因为他从来不会无缘无故踢一条狗,他不要村长的威风,他喜欢像主人一样爱抚它们。那么他在村里行走就不会有任何障碍。老人们都太老了,孩子们又都睡得太死。他可以任意挑选一个女人轻轻敲开她的门,或者干脆直接把门拨开。她们的门闩一律从左往右拨,两扇老式木门间的缝隙很大,一根指头可以伸进去,或者随便捡个木片也行,从左往右,一点点,拨动。这时你忽然感到大腿外侧热乎乎的,忙扭转头看,原来是这家的大花狗在舔你的裤子,仿佛在鼓励你进去吧进去吧我家女主人正想男人呢我见她睡觉前洗屁股的。你明白它的意思,弯腰拍拍它的头,大花狗就会很知趣地走开并且低声嘟囔了一句我可啥都没看见。是的,它对将要发生的一切准备佯装不知。这虽然有点无耻,可它又能怎样呢?人家是村长而且是个好村长,前些日子还曾给过我一块骨头,何况管闲事太多会遭灾的,那么就只能这样。于是你继续拨门,轻轻的像老鼠啃木头的声音,门闩也像狗一样退到一旁去了。这时,你吁一口气,轻轻把门推开,木门有点古老自然也有点守旧,发出不满的一声哼哼,你心跳了一下。还好,女人并没有觉察,屋内没有任何反应。女人在田里忙了一天,太累。这家的男人不在了,所有的农活和家务都要她干,女人睡得太沉了。你进了门往右拐,你知道她睡在哪里。你熟悉每一家的摆设,你甚至熟悉每一家的家具是用什么木头做的。进了卧室,看到一抹月光从窗棂照到床上。孩子睡在里头,正酣。女人睡在外侧靠床沿的地方,被子松松地盖到胸口,是一床薄被,两个指头就能挑开。顿时一股暖暖的被窝的气息让你沉醉了,特别是这气息的主要成分是女人肉体的香味,你已经久违了,你不能不沉醉。草儿洼的女人习惯裸睡,这女人也不例外。她只有三十多岁,依然显得年轻,尤其在月光下。月光修饰了她被风雨吹打得有些憔悴的面容,此时像一张虚光照片,朦胧而娇美。她的袒露的肩胛、胸乳和腹部在月光下发出白嫩的光泽。此情此景让你血脉贲张,你不由得伸出手去,抖抖地在她身上轻轻抚摸,温软滑腻的手感让你消除了最后的紧张。她的眉心跳了一下,依旧双目微闭,显然还没有醒来。你一时不知如何继续了,是轻轻唤醒她,还是就这么偷偷行事?尽管你相信即使她醒来也不会拒绝,但你还是决定不打扰她,这不能算是偷奸,是她委实太累了。你是村长,你不能不关心你的村民,你不忍心唤醒她,这样不就很好吗?毕竟还能避免一些尴尬。于是你轻轻搬动她的身子,将她的双腿移过来又轻轻分开。一切都很顺利,真他妈的顺利,你感到的美畅无法言说,连连在心里赞叹:真是的真是的!你看到她双目依然微闭,眼角却流出泪来,在你忍不住最后撞击的时候,女人紧紧咬住嘴唇,不让自己叫出声来。你终于明白,她其实一直醒着。从你拨开门她就醒了。开始时十分惊慌。但当你走进内室时,她认出是你,就紧紧闭上双眼。她在紧张兴奋和不安中等待着你靠近她的床。也许她已经等了无数个夜晚。

于是你狼狈逃窜了……

你躺在黑暗中搧了自己一个耳光,然后猛地坐起身,因为你感到下身一片狼藉。你知道你刚才哪儿都没去,一直躺在自家的床上,屋子里空空荡荡,没有任何女人的气息。你没去拨那个女人的门,更没有去偷奸任何一个女人,但你觉得自己很肮脏,这和去了没什么两样。因为你躺在床上时曾把全村的女人想了个遍,最后选择的是一个全村最俊也最无助的女人,并和她进行了神交。这个女人叫扣子,丈夫在结婚不久就死了,是外出打工时被火车轧死的。扣子没有改嫁,所有人都以为她会改嫁,可扣子就是不肯改嫁,她喜欢她曾经的男人并深深地怀念着他。半年后扣子生下遗腹子,就更不肯改嫁了。她平日里低眉顺眼,看见男人迎面走来总低着头,没有任何口舌是非。但有一次村长方全林去她家时,扣子脸红了。就那么一次,方全林知道她的内心不是一潭死水。多少女人公开挑逗,方全林没有动心,扣子却不能让他忘怀。他已经多次在想象中和扣子上床,也在臆想中和其他女人上过床。方全林知道他必须离开草儿洼了,这阵子欲火太盛,哪怕离开一阵子也好。不然他会做出对不起大伙的事。方全林不想对不起大伙。男人们把家把女人孩子交给他是信任他,他不能做下三烂。他得像过去一样做个好村长。

但真正促使方全林离开草儿洼,还是因为天易的事。

这是一件大事，也是一个承诺。

方全林是个讲信用的人。

天易失踪很多年了，天易是大瓦屋家的人。天易的爹柴知秋活着的时候就一直在找，却始终没有结果。大瓦屋家族的人并没有太当回事，说天易从小就痴痴迷迷的，老爱走神，走失是早晚的事，当初就不该送他去县城上学。大瓦屋家族人丁兴旺，到天易这辈有堂兄弟二十多个，走失一个像羊群里走失一头羊，不算什么。尽管天易是长门重孙，是这二十多堂兄弟的大哥，可是他在实际上并没有显得那么重要。因为他从小就游离于他们之外，甚至从不和他们玩耍。他几乎是跟那个古怪而又传奇的罗爷在蓝水河边长大的，他和那个精怪般的老人似乎有一种天生的缘分和默契。他和罗爷一样生活在人间又超然于世外，所不同的是罗爷打赢过第一次世界大战又经历了第二次世界大战然后对世事不屑一顾。而天易几乎从一出生就属于另一个世界，他早慧而又愚钝，早熟而又懵懂，他喜欢在夜晚追赶星月，在蓝水河里和奇形怪状的鱼们嬉戏，喜欢伏在地上谛听大地的呼吸。他和他的一群堂兄弟们几乎是生疏的。后来他去县城上学，就更远离了他们。其中有些堂兄弟还是在天易失踪之后出生的，他们根本就没有见过天易，只是稍大才听说过有关天易的事，知道曾有过这么一个大哥。天易根本就不在他们的生活之中。

但大瓦屋家的上辈人却不这么看。天易的曾祖母也就是大瓦屋家族的老祖宗柴姑，生前最爱的就是这个重孙，一天看不到就会念叨，他时常倚住门框悠悠打量她的目光让她惊悚，她相信这个重孙在血脉里有她的真传。天易的爷爷柴老大不喜欢柴知秋这个长子，因为他没有大志没有血性，可他喜欢天易这个长孙，因为长孙喜欢读书，还因为他的寡言和专注，他认定天易终有一天会为大瓦屋家族争得荣耀争得尊严。柴知秋当然更疼爱天易，只是因为天易是他儿子。他对儿子并没有多少期望，他知道天易从小体弱多病，性情孤僻，动不动就犯傻，小脑袋里全是些稀奇古怪的念头，就格外怜惜和呵护。他不想让儿子有多大出息，只想儿子能在自己身边平安一生。柴知秋一生最后悔的一件事就是听了妻子的话送天易去县城上学，让他远离了自己的视野。当初为啥送他去县城上学呢？上不上学有啥当紧？

　　天易是从北京失踪的。

　　那时正闹"文化大革命"，天下大乱，天易去北京大串联，然后就不见了。

　　天易一下子就不见了。

　　柴知秋夫妇俩一直在寻找，发了疯一样。

　　柴知秋寻找了十年。

　　柴知秋寻找了二十年。

　　柴知秋寻找了三十年。

　　他几乎找遍了当年和天易一块进京的学生，也找过带队的一位领导，没有任何结果。柴知秋甚至还去过木城寻找。因为他曾听说，天易可能是被一个教俄语的女老师领走的。那个女老师的家就在木城。但那次柴知秋到了木城，只在火车站前的广场上站了三天三夜，这么大个城市把他吓坏了。他不知道该怎么寻找。

　　柴知秋老了，心力交瘁，他再也找不动了。

　　柴知秋临死前，把方全林叫到床前，说大侄子，我寻思天易没死，他是被一个年轻女子领走的。你知道他从小就犯迷糊，他肯定走远了，不记得家了，不然咋也得捎个信来。我把天易交给你了，咱们两家是世交，我只能托付你，天易的堂兄弟们靠不住，他们好像都不太当回事。我记得天易和你同岁，你比天易大三个月，对不？方全林点点头，说柴叔你放心吧，我抽出空来一定去找天易兄弟！

　　但方全林一直抽不出空来，他只是嘱咐天柱、天云，说你们都是天易的堂弟，常年在外头打工，打听着有没有天易的踪迹。天柱天云答应着走了,却始终没有任何消息。

柴知秋死了,柴知秋的妻子还活着,当年那么一个精明强干的女人成了痴呆。但她见天就往方全林家里去,坐在门外一言不发。她什么话都不说,但方全林知道她在催他上路。

方全林决定去木城了。

木城有他的一个部落。

他想去看看他们。

草儿洼是个大寨子,大约有四千人口,常年外出打工的不下一千人。刚开始外出时,大家比较盲目,就是到处乱闯,碰到什么活就干什么活。人也是星散各地,至多也就三五一伙做个伴。但后来发现这样不行,不仅工作没有保证,而且太孤单,容易受人欺负,就渐渐有了联络,渐渐往一处归拢。现在光木城一处就归拢了三百多人。三百多草儿洼的人汇聚在一个城市,很有些规模了。

方全林为他们骄傲,又有些底气不足,因为现在很难说他们仍是他的村民了。

但不管怎么样,方全林还是决定去一趟木城,他想看看他们到底生活得怎么样,城市到底有什么好,值得他们抛弃故土。当然,他也想借机找一下天易,尽管他知道很难有什么结果,这么大一个中国,找一个人谈何容易。但找到找不到是一回事,找不找是另一回事,这是做人的道理,自己答应过柴知秋的。

方全林动身前没有给天柱打电话,他想悄悄去木城,突然出现在他们面前。这说不清是一种什么心理,也许是想更真实地看看他们的生存状况。也许是不想给他们大驾光临的感觉。他不想摆谱,他也不知道他们会不会像以前在村里一样尊重他。毕竟他们现在是半拉子城里人了。

方全林几经转车,第五天傍晚到了木城。他知道天柱他们住在城东一个叫苏子村的地方,他没有急着去,就在火车站附近一个小招待所住下了。是一个三十多岁的女人把他从火车站领来的,说是一个什么单位的招待所,吃住都干净,也便宜,住一晚才十块钱。女人说这些时眉飞色舞,滔滔不绝,好像一闭嘴客人就跑了。

方全林跟着她到地方一看,远不是女人说的那样,原来是个地下室,走道两旁有十几间房子,一股浊气扑鼻。方全林说这是什么地方啊,女人说这里原来是人防工程,结实呢,大门一关,什么人进不来,安全。方全林有些不快,本想退出另找地方,想想又算了,出门在外,将就一夜吧。女人把他推进一间门洞,里头刚够放开一张小床,转个身都困难,地上扔一堆烟头,还有纸团什么的。床上被褥油渍渍的,凌乱地堆在上头。方全林皱皱眉,说这么脏,怎么睡啊?女人笑道,这位大哥看你像是乡下来的,还这么讲究啊,十块钱你还想住星级宾馆呀?方全林说乡下比你这地下室干净多了。女人说大哥麻烦你自己收拾一下吧,我还要去接一趟客人,说罢匆匆又走了。

方全林伸头看看门外,走道尽头有一座茶炉,旁边坐一个四十多岁的男人,也不说话,一副傻乎乎的样子,大概是那个女人的丈夫。方全林叹口气,动了恻隐之心,这夫妻俩挣点钱也不容易。看看门旁放一把扫帚,拿进来扫了扫地。方全林是个爱干净的人,平日在家就是喜欢扫地,屋里院子里容不得半点脏乱,一早一晚都会拿把扫帚把里外打扫干净。

方全林扫干净自己住的客房,看着走道也是一地脏乱,犹豫了一下,索性一路扫过去。那男人也不说话,只直瞪瞪盯住他看。扫到跟前时,男人突然凶神恶煞的样子伸手要夺他手里的扫帚,却一下摔倒在地。方全林吓一跳,仔细一看,原来这男人是瘫子,也许是脑瘫,忙放下扫帚,抱起他放到原来的椅子上。男人死死抓住他的胳膊,嘴里呜噜呜噜直叫。方全林使劲拿开他的手,赶快离开了。他发现这男人虽然不能说话,但明显并不友好。

这天晚上，那女人又带几个客人，房间还是没有住满，也只能这样了。女人连跑几趟，累得像散了架。男人在家只是留守，什么事也干不了。女人一边洗脸，一边招呼方全林说，我马上做饭，大家一块吃吧，吃一顿饭两块钱。方全林忙推托说还不饿，想出去转转。他不是怕掏两块钱，他是怕这女人做饭不干净。他闻到她身上有一股汗馊味。

方全林出了地下室，在外头小馆子里吃了一碗水面，然后信步在车站广场转转。这里到处灯火闪烁，人往人来，其中不少是农民工，扛着行李上车下车。方全林有点新奇，也有点头晕，城市怎么这样啊，该天黑的时候不天黑，该安静的时候不安静，这样不好，不好。

不断有人拉他去住宿，他不得不反复说我有地方住。还有年轻姑娘凑上来，低声说大哥我陪你玩玩。方全林开始不明白什么意思，但后来看她们妖眉狐眼的样子，一下明白了，不由得慌乱起来，敢情是些妓女！过去听村里打工的人说过，说城市里到处都有妓女，熬急了就找一个玩玩。看来真是了，怪不得他们不怎么想家。

方全林不敢在广场停留太久，连日坐车也有点累，赶忙找到住的地方进了地下室。其他旅客都已经睡了，傻男人也不见了，走道里静静的。方全林打开自己的门洞，正要收拾睡觉，女主人提一瓶水进来，笑嘻嘻说这位大哥你回来啦，地方简陋，委屈你了。方全林说大妹子不客气，凑合一夜吧。女人放下水瓶，却没有要走的意思，拿一只茶杯倒点儿水冲洗一遍，又重新倒上水递上来说大哥喝点水吧。方全林只好接过，站在那里不知如何是好，只说谢谢，就不知说什么了。他发现这女人已经洗过澡换了一身睡衣，胸颈白花花露着，身上透一股淡淡的香气，和白天判若两人，就有些尴尬。可又不好赶人家走，毕竟人家是主人。女人见他局促，笑道大哥坐吧，说着先坐到床沿上了，两腿一跷，雪白的大腿从开岔处露出来。

小屋里没有椅子,方全林只好也坐床沿上,稍微离开一点,也远不哪里去,只觉浑身不自在。

女人倒显得大方,说大哥我得谢谢你,走道里这么干净,是你先前打扫的吧。方全林笑笑,说这不算啥,顺手的事,我就是见不得地上脏乱。女人叹口气,说我命太苦,丈夫中风成了废人,我又下岗,就承包了这个地下室,开个小客栈,一个人实在忙不过来。方全林点点头,说看来在城里生活也不容易。女人说城里人也有三六九等,有人活在天堂上,我就是活在地狱里,说着突然抹起泪来。

方全林一时不知所措。这时他才发现,这个沉静下来有些忧伤的少妇居然有几分姿色,她只能在不忙的时候在夜深人静的时候,才有机会和时间展露一下自己的容颜。

女人抬起头,不好意思地笑了,说大哥让你笑话了,我只是闷得慌,想找人说说话。方全林忙点头,说是啊是啊。女人说我叫王玲,大哥要是不嫌这里脏,以后再来我这里住,我不收你的钱。

方全林笑了,说不收钱不成,你要糊口呀。

王玲说再穷也不在乎这十块八块的。我看大哥是个勤快人,也是个厚道人,又爱干净,我喜欢爱干净的人。噢,你这床上被褥太脏了,还没得及洗换,我现在就给你换一床干净的。说着起身,三下两下卷起床上的脏被褥抱走了。不一会又抱一床干净的来,麻利地铺在床上,长舒了一口气,大哥你坐上去试试,床上软和多了。方全林说谢谢王老板,天不早了,你忙活一天,快去歇了吧。王玲异样地瞟了他一眼,笑道,大哥你还没告诉我你叫什么名字呢。方全林笑道,一个乡下人,过路客,不说也罢。王玲娇嗔地一瞪眼,这么说大哥不想再来这里啦,嫌我这里脏?方全林说哪能呢,有机会一定还来,你就叫我老方吧,我姓方。王玲扑嗤笑了,说看你紧张的,我又不是老虎,怕什么?哎,方大哥家是哪里人?方全林说很远。王玲说来木城打工的?要不就在我这里干吧,我不会亏待你的。方全林摇摇头,说我不是来打工的。俺们村在木城打工的很多,我来看看他们。王玲噢了一声,说我明白了,敢情你是个村干部啊!怪不得我看你就不像个一般的农民。方全林挠挠头笑了,说我一个小村长也算干部啊?没想到王玲突然大笑起来,看看外头又赶忙捂住嘴,说城里人有句话,叫别把村长不当干部!村长厉害呢,说是全村的女人想睡哪个就睡哪个,真的吗?方全林脸红了说瞎说!都是糟蹋村干部的。王玲看着他,目光热得烫人,说看你这么大个男人还会脸红,我相信方大哥是个好人。方全林当然看懂了她的目光,心想这女人大概也熬得苦了,守个瘫子像守寡差不多。可他清楚自己不能接这茬,到木城不知山高水低,别掉到陷阱里了。于是故意打哈欠,说王老板,天不早了,你去歇着吧,明天还有许多事等着你呢。王玲听出是在赶她,明显露出失望的神情,而且一想到一天接一天的忙和累,就有点心烦,不由叹口气,说大哥叫我老板是寒碜我呢,我像个老板的样子吗?整个是苦力。方全林笑道,老板有大有小,今天是小老板,以后就是大老板了。王玲站起身,苦笑道借你吉言,好啦方大哥,你也歇着吧,不打扰你了。说罢悻悻而去。

方全林躺在床上,一时无法入睡。他是个有条理的人,不像一般村干部粗枝大叶,平时在村里,他习惯每天晚上把当天的事梳理一遍,总结几条。现在是在木城,虽然才一个晚上,已有了几条感受:一是木城太闹,晚上也像白天,昼夜不分,这样不好,就像春秋四季一样,不能乱了套。人还是应当日出而作,日落而息。二是木城不是天堂。王玲说有人活在天堂上,他还没看到,但像王玲这样活在地下室里,他是看到了。这样的日子远不似乡下舒坦从容。三是人到城里会变坏。过去听村里民工说城里有很多妓女,大都是乡下姑娘,自己今晚上碰到的妓女大约也是。原本在乡下都是好孩子,一到城里就变了,为了挣钱让不认识的男人解裤带,这太不像话。四是村长在城里名声不好,什么想睡哪个女人就睡哪个女人,方全林像被人揭了短,有点心虚,又有点气恼。妈的,有那么容易吗?旧社会乡保长也不敢这么干哪!村长是想女人的,可哪个男人不想女人?古人说万恶淫为首论迹不论心,论心哪个男人都想女人,除非他有毛病,村长想女人,县长、省长难道就不想女人吗?乡下人想,城里人也想,那么多妓女都给谁睡啦?男人想女人,女人还想男人呢!你王玲就不想?看那眼神,我还不睡你呢!妈的,方全林想想就生气。他没想到,刚来木城一个晚上就弄得心情不畅,可见城里是个很容易让人焦躁的地方。他记得在草儿洼已有几个月没发火了。

　　方全林一夜没睡好,天不亮就起床了,他想尽快离开这里。结账时,王玲还是笑嘻嘻的,好像昨晚没发生过任何尴尬事,一口一个方大哥,亲热得很,倒叫方全林有些不好意思,心想自己太较真了,人家不过一句玩笑话,自己却生了半夜气,不好,这样不好。他不明白,自己在草儿洼向来大度,怎么忽然变得小肚鸡肠。王玲只收九块钱,又叫方全林吃一惊。王玲说,方大哥昨晚上你帮我扫了走道,不能让你白干,少收你一块钱。方全林说怎么能这样算账?放下十块钱赶紧走了。王玲在后头喊谢谢方大哥再来啊!

　　方全林出了地下室,一路感慨,这城里人真让他看不懂,说她小气吧,扫扫地还少收一块钱,住宿一天才十块钱呐,少收一块不算小数目了。可说她大方又不像,一块钱还要算账,扫几下地还要算钱,这在乡下提都不要提的,邻里之间帮忙盖房收种庄稼是寻常事,没谁说过要钱,也没谁说过要付钱。城里人把人情都折算成钱了。这不好,真的不好。

　　方全林在木城七问八拐,转了几趟公交车,又步行几里路,找到苏子村已是中午了。

　　苏子村三面环山,一面临水,小河上架一座小桥,这也是进村的必经之路。方全林一路走,一路赞叹这里风水之好。他想不出天柱他们怎么能住进这么好的地方。苏子村离木城有一段路程,但又不是太远,非常安静。看得出这是一座农家村子,没有高楼大厦,只有一些二层小楼和平房,但上头都用石灰水写上了大大的"拆"字。这让方全林又疑惑起来,这么说他们在这里住不长久了。

村子里很安静,几乎看不到人影,估计都去上班了,这样正好,自己可以从容看看。村道上两条狗正在嬉闹,一大一小,大狗是条狼狗,足有上百斤,小狗却只有一只猫大,却显得十分活跃。主要是小狗又跳又闹,不断往狼狗身上扑。大狼狗显然很无奈,又很宽容,只是象征性地和它逗逗。它的注意力明显不在小狗身上。果然,大狼狗很快发现了方全林,顿时一跃而起,大叫着向他冲过来。大狼狗的声音非常浑厚、威风。方全林当然是不怕狗的,草儿洼家家都有狗,他和狗打惯了交道。待大狼狗冲到不远处时,方全林从包里摸出一个剩馒头扔过去,剩馒头滚动着到了大狼狗的旁边,没想到它理也不理反而更凶地扑过来。这让方全林有点窘,也有点生气,妈的这是白面馒头哎!可他容不得多想,大狼狗眼看离他只有几步了,方全林突然往地上一蹲!这是对付狗的一个骗招,狗会以为你蹲在地上捡砖头向它攻击,会转身逃离。果然大狼狗猛刹身子,掉头跑开了。

这是一个有经验的人和一条有经验的狗之间的较量。

这时你很难说狗是胆小鬼,因为它不得不防,况且才是第一个回合。

方全林笑了,他认为他吓住了它,就缓缓站起身,继续往前走。他以为像在草儿洼一样,可以无视任何一条狗的存在。

但他错了。大狼狗并没有走远,它很快发现他是虚张声势,于是咆哮着又冲上来。此时方全林手头除了一个旅行包,并无别的东西可以防御,只好突然又往下一蹲!

大狼狗第二次转头跳开。

方全林这才发现这条狗有点难缠,但他仍然没有害怕,只是感觉有点窝囊。进了苏子村,一个熟人还没看见,先被一条大狼狗挡了道。笑话,一条狗怎么能挡住我呢?方全林背上旅行包,继续往前走。大狼狗却被激怒了,第三次咆哮着冲上来。而且来势更凶。方全林无奈,只好突然又往下一蹲!大狼狗又一次跳开。

如是数番。

一蹲一跳。

人和狗对峙在村道上。

这时近旁的院子里,有个人一直看着这一幕,他就是几年前跑出来捡垃圾的王长贵。他正在院子里整理捡来的垃圾,准备分类出售,因此今天没有外出。

他早已认出方全林,可他没有马上出来打招呼。他猜到方全林突然出现在苏子村是来看望大伙的。虽然有点意外,也有点喜悦,可他还是很沉得住气没有马上走出来。看到大狼狗堵住方全林不让走,居然有一种快意。他记得以前在草儿洼时经常挨训的情景,那时他很穷,只两间草房,娶个女人没过半年就跑掉了。方全林就训他,说你怎么连个女人也养不住啊?王长贵说不就是因为穷嘛。方全林说你的问题不是穷,是懒!每天睡到日出三竿,几亩地荒草比庄稼还高,你不穷谁穷?方全林和他爹方家远一样,最不能容忍的就是谁家地里有荒草。他说过,凡是地里长荒草、灶屋里没柴草的人家,肯定都是穷人,这种穷人一点都不值得同情,因为他们懒!那时王长贵经常被方全林训得像三孙子,后来就索性扔下土地跑出去了。他怕方全林又讨厌方全林,他觉得他像一座大山压得他喘不过气来。王长贵因此成为草儿洼最早外出讨生活的人。开始是讨饭,后来是捡垃圾。谁也没想到,他居然在外头立住了脚跟。

王长贵终于走出了院子,架式像个大爷。

这时方全林一蹲一蹲的已累得快要站不起身,大狼狗已经凶猛地扑到他的身上咆哮着撕咬。但方全林没有喊救命之类的话,他在无声地和大狼狗搏斗。苏子村太静了,静得有些不正常。这是正午时间,村子里不会有太多的人,但决不会没有一个人。他相信在某个门洞或某个院子里,正有一双或几双眼睛看着他如何被大狼狗扑在村道上。可他们无动于衷。他们已经认出他,可他们还是无动于衷,甚至有点幸灾乐祸。这伤了他的自尊心。就因为你们成了半拉子城里人,就可以不认我这个村长?我千里迢迢来看望你们,你们就这么对待我?人可以这样势利吗?哦,或许你们还记恨我?是的,我当村长二十多年,肯定得罪过你们,批评过你们,比如谁偷东西谁打老婆谁太懒谁家地里荒草太多谁摸了别人媳妇的奶子谁太脏谁赌博谁生孩子太多谁什么,可是我批评错了吗?当初你们在我面前狼狈不堪,今天要看我是如何狼狈不堪的,你们希望我向你们求救向你们示弱。不,我不会示弱,我仍然是你们的村长,我就不信斗不过一条狼狗,我要你们看着我是如何站起来的!

方全林如有神助,突然发力,翻身把大狼狗压到身子底下,伸手抓住它一条后腿,弯腰站起,奋力把大狼狗扔出去几丈远!

大狼狗被摔得惨叫一声,打个滚一瘸一拐地跑走了。

方全林威风凛凛地重又站到了村道上。

王长贵惊得呆了,那可是上百斤的一条狗啊!方全林居然还有这把子力气,将它扔出去几丈远!

这一瞬间,王长贵的肩膀又塌下去了。

他本来已经有了一点居高临下的意思,想上前为方全林解围,趁便说点风凉话,比如"大村长啊,啥时来的?怎么一来就和狗打起来啦?"可当他颠儿颠儿跑过去时,却一把拉住方全林,哭丧着脸说村长啊你没事吧都怪我出来晚了,天柱这条狼狗可厉害了我

43

都被它咬过……

方全林认出是王长贵,笑道,王长贵啊,你怎么也在这里?他决定装作无事的样子,这才像个村长。

王长贵看村长没有怪他的意思,也笑了,说我去年刚过来,是天柱让我来的,他说大伙住在一起有个照应。哎,村长先到我住的地方歇歇,天柱他们都不在,大伙可想你了!

方全林笑道,真的啊?

王长贵抢过他的旅行包前头带路,回头说当然是真的!大伙时常想家呢,喝醉了酒又哭又笑的。

这话方全林爱听。

二人相跟着走进一座小院,一股酸臭扑鼻而来。方全林看看满院子垃圾,皱皱眉道,王长贵,你哪里弄来这些烂东西,臭死人了!

王长贵笑嘻嘻,说村长你别小看这些烂东西,我送出去就卖好钱!

方全林说这些垃圾能卖多少钱?

王长贵说如果这么一股脑卖出去,大概能卖一千块。如果分类卖,能卖三千。你看我正忙着分类呢,金属、木头、塑料、编织袋,分得越细,卖钱越多。

方全林笑道,长贵你长进了。

王长贵受到夸赞,高兴道村长你以前不是老说我懒吗?我现在可不懒了,勤快就是金钱哪!出外捡垃圾有瘾,平日我天天进城的,木城这么大,捡不完的垃圾。

方全林转脸看到院子里一根绳子上晒着几样女人的东西:胸罩、花裤头、裙子。不由吃惊道,长贵你娶老婆啦?

王长贵立刻有些窘,说我没娶老婆,谁跟我呀,一个捡破烂的。

方全林指指绳子上的东西,这些东西是谁的?

王长贵越发不好意思,说村长你别笑话,这些东西都是捡来的,我挑出来洗洗干净,玩……玩玩的。

方全林摇摇头,说你这家伙!

王长贵一人住了两间平房一个小院,十分宽敞。别看院子里堆满垃圾,屋里收拾得倒还干净。方全林凑合着在这里吃了一顿中饭,又从王长贵这里了解到不少情况,竟是无限感慨。原来苏子村八年前就决定拆迁了,并在木城一个新区给村民安置了新居,村民们虽然留恋祖居之地,但不搬不行,当时拆迁办十分强硬,限期一个月内必须搬光。好在大家由农民变成了城里人,年轻人都给安置了工作,多数人也都满意。据说在木城扩建中,苏子村人是安置得最好的。后来大家才听说,是有个大老板看中这里风水,要在这里建度假村。这个老板的后台是分管城建的副市长,怪不得安置这么快这么好。

但就在苏子村成为一个空村,到处写满"拆"字不久,一个刑事案把老板扯上了,老板又把副市长扯上了。原来办理征地的过程中,副市长受贿一百多万。苏子村的规划建设就此叫停。这一停就是八年。本来是风水之地的苏子村成了是非之地,晦气之地,没有哪个老板愿来这里搞项目了。

天柱是五年前发现苏子村的。当时在木城打工的草儿洼人有四十多口,大家住得很分散,到处租房还租不到,城里人租房给农民工不放心,因此三天两头要换地方。天柱发现苏子村时欣喜若狂,他带着草儿洼的民工,一夜之间占领了苏子村,没费一枪一弹。他没向任何部门申请,也不知道该向谁申请,当然也就没地方缴房租,还有比这再好的事吗?但就在他们住进来不久,又有别处的民工结伙要住进来,都被天柱带人赶走了。后来发生过几次大的冲突,天柱和草儿洼的民工齐心合力,用拳头和棍棒捍卫了他们在苏子村的地位。冲突都是在深夜,几次打得头破血流,但没人报案。

双方都明白,如果报案将没有赢家,都会被赶出这个城市。在这个拉锯的过程中,天柱和天云四处打电话,把分散在各地打工的草儿洼民工招来很多,向他们保证一是有地方住,二是有活干。短短半年时间,这里汇聚了草儿洼三百多精壮后生,从此再没有人敢和天柱争夺苏子村。

但苏子村还是住了一些外人,都是零星的无处可去无家可归的人。这是天柱特许的。他们对草儿洼的人构不成威胁。

天柱很有能耐,他来木城打工十年,什么活都干过,到处都摸得很清了。后来他不知走什么门路,一下子承包了整个木城的绿化工程,什么种树种花种草,全归他管。这也是他敢于招来那么多草儿洼人的原因,他有底气。整个木城的常年绿化工程很大,没有几百人是不行的。除了草儿洼的几百人在手底下,他还另外招了很多人,不然不够用,有时每天要在很多处同时干。天柱自己已很少干活,他经常要往来指挥检查。王长贵说,天柱太忙了,时常半夜不回来,我都好多天没见过他了,万一有急事,就靠电话联系,说着从腰里掏出一部手机。

方全林吃一惊,说长贵你都有手机啦?我看看。方全林知道手机这码事,还没见过真的。

王长贵得意地递过去,说你掂掂,多轻巧,随身带着,方便呢。

方全林接过来看了又看,说你们都配了手机啦?行啊!

王长贵说也不是都有,这要看各人爱好,还有,是不是需要。

方全林笑道长贵你捡垃圾要个手机干什么?

王长贵有点忸怩,说村长不瞒你说,我有个相好,有时候电话联系联系。

方全林说你也有个相好?

王长贵不好意思道,也、也是个捡垃圾的,快四十岁了。

方全林说多不方便啊,结婚搬到一起住不好吗?也好相互照顾。

王长贵摇摇头，不行啊，人家在老家有丈夫，还有孩子，说过几年还要回去。

方全林点点头，说这样啊长贵，这种事你要留个心眼，两个就是玩玩的，不能成真，就不要当真，别让人家骗了，你挣点钱不易。

王长贵说是啊，我小心着呢。

方全林把手机还给他，说长贵你忙吧，我出去转转。

王长贵说要不我给天柱打个电话，就说你来了，让他早点回来。

方全林迟疑了一下，说也好，我的包先放你这里，我去村里走走。

方全林在苏子村转了一圈，发现这是个不小的村子，从前应当住有几百户人家。只是房屋损坏严重，显然是原住的村民搬走时拆毁的，又经过草儿洼的人修整过。保留完整的院房不多，但还有几所。方全林在一所完整的院房外，又发现了那条大狼狗，不过这次它没有扑上来，甚至没有站起来，只是卧在门口，似乎漫不经心其实又很警惕地看着方全林。它已经领教了这个人的厉害。但它卧在主人的院门口，坚守着最后一道防线，也保持着仅剩的一点尊严。这是一条不错的狗，方全林冲它笑笑，表示和解。他想狼狗既然是天柱的，这应当是天柱的住处了。

"村长啊？你怎么来啦！"

方全林突然听到一个女人的叫声，转脸一看，发现是本村的刘玉芬。正从一处房子里跑出来，忙高兴地迎上去："玉芬啊！"

两人在相距不到一米处停下了，都嘿嘿笑，却没有握手。他们不像城里人，还没有握手的习惯。但亲切之情都挂在脸上。

刘玉芬是一个月前来的，方全林知道。当时他还鼓励她来木城找安中华。安中华是玉芬的丈夫，出来打工几年了，这一年多一直在闹离婚，春节也没有回家。安中华闹离婚的原因很简单，就是玉芬不能生孩子。两个人都不到三十岁,但他们结婚却有十三年了。玉芬长得很漂亮,皮肤白白的,就是眼睛小一点,显得很迷人。中华本来很喜欢她,虽然一直没生孩子,却也一直没动过离婚的念头。但出来打工之后,中华的想法变了,他发现外头漂亮女孩子多得很,自己完全可以另找一个,他是家中独苗,不能没有后代。可玉芬就是不同意,她曾向方全林哭诉,说我从十六岁嫁过来,没做过啥错事,不生孩子说不定是他的问题,我身体好好的,每月的例假一点都不乱,咋能有毛病呢?方全林说你让中华去查查,不就清楚了吗?玉芬说他死活不去查呢!方全林说这个中华!后来玉芬说要去木城找他,方全林就说对去找他!你到木城,那里条件好,一块去查查,有病治病,离啥婚呀?这个中华!

这次在苏子村见到玉芬,方全林很高兴,说:"玉芬,和中华和好啦?"

不料刘玉芬脸色一下子难堪起来:"好啥好,他还是要离婚。一个月碰都不碰我一下。"

方全林生气道:"这个中华,我见到饶不了他!"

刘玉芬说:"有时候几天不回来,也不知道他住在哪里。"

方全林说:"我能找到苏子村,还找不到一个安中华?邪了门了!"

两人站在路边说了一阵子话,多是方全林安慰她。刘玉芬脸色渐渐开朗了,好像找到了靠山。就说:"村长,你去俺们家坐坐吧,我泡壶茶给你喝。"

方全林说:"算了,等中华回来了,我总要去你家的。"他是个很谨慎的人,这样一个心神不定的女人,最好不要单独相处。

方全林一转脸看到一辆绿色吉普车飞驰而来,正在惊诧,什么人开车这么野性?刘玉芬说:"是天柱回来了!"

说话间,吉普车嘎吱一声停在方全林面前,天柱推开车门跳下,高兴地嚷道:"全林哥,你来咋不事先打个电话?我好去接你呀!"冲上来一把抱住方全林,两个人来了个大拥抱。方全林拍拍他的肩,高兴地:"天柱,你们干得不错啊!"这时,车后头又跳下天云和飞毛、文学几个年轻人,跑上来抱住方全林一阵乱叫:"村长,你咋来啦!""村长,你想我们了吧?""村长!……"

方全林每人给了一拳头:"家伙!我还能不想你们?村里人都想你们哪!"

天柱说:"行啦行啦!全林哥,先到家坐坐,晚上我请你去木城下馆子!"伸手拉住方全林就往家走,天云几个人也跟上。方全林说:"下啥馆子?多费钱哪!不如在家弄点吃的,还随便。"

天柱想了想说:"也好,在家喝到天亮也没人管。天云,你们几个去城里弄点酒菜来,晚上咱们好好喝一场!"

到门口时,大狼狗站起来迎接天柱,却显得不够兴奋,天柱拍拍它的脑袋,说草狼客人来了也不欢迎?

方全林笑道我们已经认识了。

天柱说噢我明白了,它肯定在你进村时挡了道,你们打了仗,草狼吃了亏是不是?

方全林说我们打了个平手,它把我扑倒了,我把它摔了一跤。

天柱笑起来,说怪不得情绪不高,草狼打平手就算失败,它还没吃过这个亏。

方全林笑道,这有点像你。哎,你怎么给它起了这么个名字?

天柱笑道,还不是因为念家?草是咱们草儿洼,狼嘛意思是让它保持野性。

方全林说这名字好!上前拍拍草狼的脑袋,说草狼咱们是一家人啊。

天柱对草狼说他是咱们村长呢,浑小子!

两个人同时大笑起来。

两人进了院子,里头是一幢二层小楼,静静的。方全林忙问:"天柱,文秀呢?上班去啦?"

天柱说:"她那身体,哪上得了班?大概在楼上躺着,能自己照顾自己就不错了。"

文秀是天柱的妻子,一向体弱多病。儿子去年刚考上大学,天柱就把她接到木城来了。这件事曾在草儿洼引起很大轰动,尤其是那些女人们。大伙说天柱是个有良心的人,在外头混得好了仍然不忘结发妻。比那些在外头打几年工就闹离婚的人强多了。方全林没有感到奇怪,从小和天柱一块长大,他知道天柱的为人。

天柱止要掏钥匙,门从里头忽然打开了,文秀喜悦地迎接出来,衣服还没有完全整好,显然刚从床上爬起身。文秀笑道,天爷,全林哥真是你呀,你咋来啦!全林说我来看看你们啊!文秀说我在楼上睡不着,你们在楼下说话,听着是你的声音,真是没想到!

天柱说快泡茶吧,拿铁观音!

几个人进了屋门,方全林打量一下,虽说都是些旧家具,却摆设齐全,沙发、茶几、条案,什么都有,说你们两个小日子过得不错呀!

天柱笑道,都是捡来的家具,凑合用。

方全林说,文秀能适应这里生活吗?

文秀端上茶水,说我整天像丢了魂,就是想家,一天到晚啥事没有,光让我吃饭睡觉,哪睡得着?全林哥,过几天我跟你回家!

方全林开玩笑说我还想留下打工呢,不打算回去了!

文秀说你不回去我自己也要走,回草儿洼!这是哪里呀,离家几千里,人像在云里雾里,心里可不踏实了!

方全林哈哈大笑起来,说我看你是享不了福啊!

天柱说没办法,她就是一天到晚念叨回家,这就是娘们!

方全林说人之常情,在草儿洼过了半辈子,这乍一出来,自然会想家。天柱,你就不想家?

天柱挠挠头笑了,也想,只是一忙起来就忘了,事情太多。

方全林点点头,他很赞赏他说的实在话。现在他坐在天柱的家,已经有了一点家长的感觉。天柱接到电话,这么快就赶回来让他一下子觉得亲近了,和以前在草儿洼一样亲近。天柱还像过去一样尊重他,这让他很舒服。

方全林和天柱两口子聊了一阵子家常,互相问问情况。到傍晚时,院子里忽隆涌进一大群人,都是草儿洼的后生,大家听说方全林来了,都来看望,一片欢声笑语。后来人越聚越多,院里院外都站满了人,像是过年。方全林在屋里坐不住了。开始他还可以像接见一样在屋里见一拨又一拨,现在他必须出来了,就走出屋门和大家打招呼,一人一拳头,那个亲热劲!

天柱看大家不肯散去,就扯扯方全林的衣服,说全林哥,你开个会吧,给大家讲讲话。

方全林有些激动,又有些为难,说我讲啥?我不知道讲啥。

天柱鼓励他说你随便讲点啥,随便。

大伙也嚷起来,说村长咱们开个会吧!几年没开过会啦。开会,开会啦!……让村长给咱们开会!日他娘几年不开会啦,不开会怎么行啊!……

院里院外站着黑压压几百人,方全林的眼睛湿润了。开会,是啊是啊,好多年没开过会了,大集体生产的时候,三天两头就要开会,大会小会,结果谁也不把开会当一回事,要给大伙记工分才肯去,去了也是闹嚷嚷的,男人拧绳子,女人纳鞋底,叽叽喳喳。你每次要传达上级指示,说些不着边际的废话,没人听得进去。天柱就因为开会和方全林闹翻过脸,那时天柱是一个生产队的队长。有一次草儿洼全村开会,天柱的生产队全体缺席,连队长天柱也没去。方全林很奇怪,就亲自去喊,发现天柱正在地头上和几个人打牌斗地主,大呼小叫的。方全林火了,训斥说你咋不通知大伙去开会?天柱眼皮也不抬,说我没工夫。方全林吼道你打牌就有工夫?天柱说对了,我打牌有工夫,就是恶心开会!方全林一把夺过他的牌扔了,天柱跳起来给了他一拳头。结果两个人在田头打了一架,翻过来滚过去,打得鼻青脸肿,最后天柱还是没去开会。

可现在天柱却让他给大伙开个会,在几千里外的木城。大伙也嚷着让他开个会,几百人眼巴巴看着他。方全林真的被感动了,他知道他们想家了,还想着草儿洼,想着草儿洼的亲人和土地,甚至怀念起当年开会时闹哄哄的场面。但现在他们不闹了,等着村长给他们开会说点什么。

天柱拿出一把椅子,把方全林扶上去,大声宣布道:"大家鼓掌,欢迎村长给咱们开会!"于是一阵热烈的掌声响起来,像刮大风:"哗!……"

场面有点肃穆。

方全林一时无措。他看着大家,张了几次嘴,却突然笑了,说这么多年没开会,你们馋会了是吧?说真的,连我都不会开会了。人群轰地笑起来。方全林也很快恢复了镇静,他在轻松的气氛中,代表乡亲们向大家表示了问候,介绍了草儿洼现在的情况,夸赞了他们的创业精神。但说到最后,气氛就不那么轻松了。方全林说这可能是我最后一次给你们开会了,因为你们都已经是半拉子城里人,今后也不打算回去了,我也不再是你们的村长。但我仍然是草儿洼的村长!因为青壮年都走了,草儿洼已经没有了过去的兴旺劲,剩下的多是老弱残疾,还有那些几十年上百年的老房屋,是个破败的架式。可我告诉你们,我不会离开草儿洼,我会守着这些!你们把老房屋交我看管,把老弱病残托我照应,我都接受。可草儿洼还有你们的女人和孩子,日后你们发达了,要把她们接出来,不要动不动就离婚。她们不易,带着小的,照顾老的,还要侍弄土地,不容易……

人群静悄悄的。

方全林听到有人哭了。

方全林很满意听到哭声。他相信他的话是有分量的。听到哭声让他有一种温暖的感觉,那一刻他觉得他还是他们的村长。

但到晚上喝酒时却发生了一些不愉快,先是天柱说全林哥你不该在会上讲离婚这件事的,方全林说为啥?天柱说这是个很私人的事情,不适合在会上讲,况且草儿洼出外成千人,真正闹离婚的也就十几个人,你这一讲好像多严重似的。方全林说十几个还不严重啊?天柱说报纸上说木城年轻人闹离婚的占百分之二十,咱们才占百分之二不到,不算高。方全林说咱不和城里人比,咱只能和草儿洼历史上比,草儿洼几千口人,自打解放只有一对夫妻离婚,几十年才这一对,你比比看!天柱说不能那么比,时代不同了。再说,他们不也是生活在城里吗?方全林说生活在城里就该闹离婚啊!

天柱看他有点生气了,赶忙说全林哥咱们喝酒,不说这事了,反正我不离婚,行了吧?方全林笑了,说你要闹离婚,我让文秀告你。陪酒的天云、飞毛、文学几个人都笑了。文秀正好端菜上来,说他不和我离婚,我还想跟他离呢,这算过日子吗?把家丢了,跑这个鬼地方来,一天到晚闷在屋里,我都要疯了。天柱说什么呀你这是想家,想家和离婚是两码事,全弄混了!大家都笑起来。

后来,安中华就来了。

安中华本来是想给方全林敬酒的,方全林却不喝,说中华你铁了心要离婚?你闹离婚我不喝这杯酒。中华说村长,玉芬不能生孩子,我总不能断后吧?方全林说你敢肯定就是玉芬的毛病?说不定是你有问题!安中华急了,说我有啥问题?我一顿能吃四个馒头,一次能扛二百斤麻袋。方全林说这和扛麻袋没关系。安中华说那你说和什么有关系?就有些急红白脸的样子。方全林看他不服管教,就很生气,说还能和啥有关系?和鸡巴有关系,你鸡巴有问题!大家都笑起来。安中华把端着的酒杯往桌上重重一放,恼怒道方全林你毁我名誉,我要告你!天柱忙起身,把他推到门外,说去去去!安中华大喊大叫着走了。

方全林没想到这小子敢顶撞他,而且直呼其名,就指着外头说你告你告!

大家重新坐下喝酒,气氛就有点僵了。

文学说村长你别生气,最近玉芬和中华一直在闹,他心情不好。飞毛和天云也劝。

方全林看了天柱一眼,自嘲道,看来我又多嘴了。我还以为我是什么人物呢,其实啥也不是!说着端起酒杯,猛一下喝干了。

天柱笑道,全林哥你啥时变得这么酸?其实你今天都看到了,大伙对你敬重着呢。我们拍拍屁股出来了,整个草儿洼都搁给你,你才不易呢,大伙心里有数!来,咱们几个共同敬村长三杯!

三杯酒下肚,方全林心情平静了许多,就有意转换话题,说起寻找天易的事。天柱说我一直没忘,可找到太难,几乎没有可能。我只记得他小时候的模样,又黑又瘦,这么多年过去,就怕碰上也认不出了。

方全林说,奇怪啊,柴叔死前告诉我,说他在北京大串联被一个年轻女子领走,从此就不见了,怎么听着像遇上狐仙似的。

天柱说当时有人怀疑那女子是天易的俄语老师,姓梅,家就在木城。这也是我这么多年在外打工,一直没离开木城的原因。

方全林惊奇道,怪不得,你一直存着这份心哪?那……你觉得还有望吗?

天柱说我已经有了一些线索,但这要看天意了。也许当初他离开草儿洼去县城上学,就和大瓦屋家族的缘分尽了。

方全林纳闷道,我怎么听你说得神神道道的?缘分是什么意思?

天柱说不瞒你,我去龙泉寺问过一个老和尚,据说这个老和尚是个得道高僧。老和尚说天易和大瓦屋家没有俗缘,只有生身之缘。稍大就走了,他有他自己的事要做。但他带走了大瓦屋家的魂魄。

方全林说天柱你越说越玄,老和尚啥意思?魂魄?啥魂魄?

天柱摇摇头,说当时我也不懂,老和尚也不解释。再问,他索性闭上眼不理我了。可我知道这件事很大,就冲这句话,我得找到天易!凭什么?他是谁呀!

天柱说这话时,像在和谁赌狠。

方全林没想到天柱已经较真了。他知道天柱的性格,一旦较了真,八匹大马也拉不回。现在天柱要寻找的已不是他的堂哥和亲情,而是一个窃贼,一个骗子,他要向他追讨的是大瓦屋家的魂魄。

魂魄当然是不能丢失的。

但魂魄是什么?

方全林说你现在懂了吗?

天柱笑笑,说喝酒喝酒。

这一夜,他们喝到天亮。但天柱再没提寻找天易的事。

方全林喝得大醉。

第三篇　天易失踪记

火车已经走了几天几夜。

走走停停。

停停走走。

在这之前,大多数学生都还没坐过火车,所以开始时并没感到火车走得太慢,他们以为火车就是这样走的。这么长的火车走在路上,肯定要不断歇一歇,还会有许多不便,比如遇到汽车,遇到人,遇到牛,遇到羊群,火车总要停一停让让路。但后来大家发现,火车根本就没遇到什么障碍物,还是走走停停,停停走走。于是学生们又找到一个理由,就是火车太沉了,装的人太多了,火车实在负载过重,你从它沉重的喘息和钢轨嘎嘎嘎的响动中就能听得出来,它走一会歇歇气就很正常。

天易坐在车厢中间的走道上。准确地说,他是被卡在走道上。前后左右都是人,大家都是被卡住的,只是卡的位置不同,卡的姿势不同,有人站着,有人坐着,还有的躺在座位底下。你很难说谁的姿势更舒服一点,站着的人以为坐着的人舒服,可是你用一个姿势坐几天几夜试试,这时不仅屁股是麻木的,全身都是麻木的,你特别想站起来,心想能站起来就好了。你更不要以为躺着舒服,躺在座位底下,三十多厘米的空间里,其实更难受。你当初面朝上拱进去只能永远面朝上,面朝下爬进去的只能永远面朝下,想动一下都动不了,否则不是碰脸就是碰后脑勺。这里还是空气最污浊的地方,也是光线最差的地方,洞洞里大白天也像黑夜。
站着的同学脚脖子都肿了。
就是说任何一种姿势长时间保持不动都是酷刑。
但你必须得忍着。
定员一百多人的车厢,装载着大约五百人。想想吧,怎么装?座位上座位下靠背上箱架上窗沿上走道里洗脸间厕所里,凡是有空间的地方都堆满了大串联的学生。五百个年轻柔软的身体似乎可以无限压缩。当初大家奔腾着欢呼着拥进车厢的时候,像奔腾的融化的钢水流进每一寸空间,然后凝固在那里再也不能动弹,最后成一整个铸件。
但五百多张年轻得有些稚嫩的面孔,还是充满生动而丰富的表情而且越来越丰富:兴奋、期待、好奇、不安、焦虑、疲惫、隐忍、痛苦……

天易一直想把左腿伸出去,
没有人不让他伸腿。
腿是他自己的腿,
左腿也是。
天易一直想把左腿伸出去,
左腿一直在发抖,
左腿已不像自己的腿,
左腿啊左腿左腿左腿左腿……

天易现在的姿势是:左腿屈着,右腿伸着,坐在车厢的地板上。
天易已经想了很久,要不要把左腿伸出去。把左腿伸出去并不是特别困难,却不是一个很容易的决定。因为对面坐着的是一个女生,一旦把腿伸出去,后果难以预料。火车上那么多人,如果女生冷丁尖叫一声,可以想见会多么糟糕。

天易不认识对面的女生,也许是乡下一所中学的学生,年龄和自己差不多,也就十六七岁的样子,扎两根小辫子,眼睛很大,圆圆脸,却面带菜色。其实很多同学都面带菜色,这是六十年代最流行的颜色。天易和女生相距太近了,几乎面对面,双方四条腿紧紧贴着又相互交叉。事实上车厢里五百个学生全都是这样缠绕在一起的,根本分不清胳膊是谁的大腿是谁的。这样的拥挤肯定是人类发明火车以来没出现过的。为了不至于窒息,站着的同学都把胳膊抱在胸前,这样多少会有点缝隙。

天易的右腿挤靠在对面女生臀部的左边,虽然隔着棉裤,仍能感到对方的体温和柔软。同样,女生的右腿也是挤靠在天易屁股的左边,对方感觉如何,天易搞不清楚,也许她会感到坚硬,因为天易太瘦。

他和对面的女生谁都躲不开谁,互相能感到对方呼出的热气。

他们的右腿就是这样了。老是伸着当然也难受,但他们都不敢抽回来,因为一旦抽回来,就再也伸不出去了。

现在说说左腿。

现在最难受的是左腿。

对面女生的左腿屈在天易的两腿之间,天易的左腿也屈在女生的两腿之间。如果双方都把左腿伸直了,就会蹬在对方的裆部,那是个想一想就让人耳热心跳的地方。

裆部。想想吧。

天易不敢。

尽管他的左腿已经十二分难受、发木、发麻、发胀、发疼。还有,膝盖沉得像一架山,怎么会这么沉呀? 两人躬着的左腿不得不紧紧靠在一起,互相支撑。

看得出,对面的女生也在忍受着同样的煎熬。她已经很多次往天易脸上看,似乎要说什么,却欲言又止。她还飞快地装作不经意地往他裆部瞄过几眼,又飞快地闪开去,脸红红的,把头扭向一边。

显然,她和天易一样,也在想着要不要把左腿伸出去,伸出去又会怎么样,一个十六七岁的女生把腿蹬向一个十六七岁的男生裆里,对方会怎么想?

他大概不会尖叫。

一般来说,男生不会选择尖叫。

但如果他吼一声呢?比如说:"你干什么!"

可能也不会。

他不像个生猛的人,尽管个子很高,但看上去瘦弱、内向,还有点腼腆。虽然挤在一起面对面很久了,可他几乎没敢正面瞧过她一眼,偶尔碰上目光,会立即慌乱地闪开或者把头低下。为此她还在心里笑过他,这个男生胆小得像一只山羊。

两人就这么僵持着,谁也没敢把左腿伸出去。

两人似乎在比赛,看谁的忍受力更大一些。

但那个神秘的部位肯定已经占据了双方的脑海。

天易在心里老实承认,他在学校时曾经注意过女生的裆部并且充满激动,女生的裆部和男生有很大的不同,男生的裆部总是鼓凸出一块东西来,这他知道是怎么回事。但女生的裆部他就不明白了。那地方怎么会那样?当然他是无意间发现的,但自从发现就再也忘不了那个场景。

记得一次上体育课,全班几十个同学围着大操场跑步,老师要求跑三千米。哨子一响,男生的队伍立刻散开了,大家像脱缰的野马,争先恐后往前蹿。女生就不同了,十几个女生像事先商量好的,保持着整齐的队形跟在男生后头。她们跑步的姿势也差不多,都是脚底贴住地面平行移动,尽量减少身体的上下跳跃,因此两条胳膊架起来夹在胸前。后来天易明白了,她们采用这么幅度极小的跑步姿势,完全是为了减少乳房的跳荡。只有一个叫王雪梅的女生离开队伍,拼命追赶男生。王雪梅平时就喜欢和男生嘻嘻哈哈,性格有点马大哈。当她大步留星追赶男生的时候,胸前就像摇鼓一样跳荡起来,许多同学偷笑,王雪梅却浑然不觉。这样跑了几圈,大部分女生就撑不住了,纷纷下了跑道,蹲在旁边的草地上大口喘气。王雪梅在同一时间里,比其他女生多跑一圈,此时也累得撑不住了,重新回到女生堆里,也蹲在那里大口喘气,还咯咯笑个不停。当时天易刚好跑到她们旁边,就无意间发现了一个令他惊异的景观:十几个女生散散落落蹲在跑道旁边,裆部全部敞向跑道,开阔、紧绷、平滑、丰满、流畅。

天易的脑袋里轰地一下,两耳发出一阵尖利的鸣叫。

正是从那一刻起,天易从一个儿童变成了一个少年。那一年他十五岁。

从此,他变得更加内向、寡言。

他依然不明白的是男人和女人的区别,但他感到了某种身体的骚动。

对面女生的左腿终于伸过来了!

天易发现她屈起的膝盖在沉落,然后感到一只脚像猫一样拱动。那一瞬间,天易非常激动,好像是他盼望已久的一件事。他看到女生在慢慢伸腿的时候,故意把脸扭向一旁,给人的感觉这事和她无关,但她的脸却红了。于是天易也把脸扭向一旁,装作什么事也没发生,他在心里说伸过来吧伸过来吧,没关系的。

那只脚仿佛受到了鼓励,沿着大腿一点点往里推进,每推进一点,天易都能感觉得到,虽然隔着棉裤,毕竟贴得太紧。那时天易的脸在发涨,呼吸也急促起来。长到十七岁,他还是第一次和一个女生如此紧密的身体接触,他还不能从容享受这个过程,他只是感到新鲜新奇刺激紧张和不安。

天易的鼻尖都冒出汗来了。

他一动也不敢动,唯恐稍一动弹,就会惊走那只游走的神秘的脚,就会招来女生的猜疑,以为他有什么不良想法。

对面女生的脚终于触到他的裆部!

那一刹那间,天易的感觉是如此奇特,亢奋中夹杂着私密被触摸的窘迫。他似乎哆嗦了一下,那只脚立即像火烫似地缩了缩,但也仅仅缩回了一点点,然后若即若离,就停在那儿了。

女生当然是清醒的。她知道伸出的左脚已到哪里,可她不想再装下去了。再装下去,那条左腿就不是自己的了。在她把腿伸直的同时,忍不住瞟了他一眼。她发现他也正朝自己看,还好,并无什么敌意。

女生低下头,脸红得像一枚红山芋,就在天易不知所措时,女生突然抓住他的脚,往自己怀里猛地一拉,天易的左脚已抵到她的裆部。天易本能地几乎是惊慌地想往回缩,女生却用力按住不让它动弹。并且轻轻地却是不容置疑地说出两个字:"别动!"

两个人四目相对,都害羞地笑了。

事情原来这么简单!

事情本来就应当这么简单。

在这趟拥挤不堪的列车上,一切事情都简单化了。

你不必担心丢东西,这里绝不会有小偷存在。车上都是热血沸腾的学生,心中圣洁得像天使。再说大家也没有东西好偷,家境好一点的学生,会在棉裤棉袄里缝进两三块钱,家里穷的就一分钱也不带,反正一路都有接待站管吃管住。但大多数学生身上都会挎一只仿军用黄挎包,里头装有临时干粮、语录本和一只搪瓷缸子。

你不必担心碰着踩着谁,你当然会尽量小心,但真地踩着碰着挤着哪儿了,包括敏感部位,也不会有人说你要流氓,大家都是去北京接受毛主席检阅的,这点小事不算什么。何况绝大部分学生都来自一个县,大家有很强的团队意识。

你不要担心老要上厕所。临来时都带了干粮,多是些烙馍、窝头之类,已经干硬了,车上没有水喝,饿极了拿出干粮啃几口,难以下咽,只好又装进挎包。肚里东西少,不必老要解手。事实上想解手也不敢动弹,虽说时常停车,但没人敢轻易下去,你怕刚下车,火车又开动起来把你丢到荒郊野外,哪怕想解手,你也得忍着。

但忍耐到底是有限度的。

这天下午,当列车正在行进的时候,突然有人一声尖叫:"我要小便——!"

那时车厢里正一片沉寂,还有人昏昏欲睡。突兀的叫声把大家吓了一跳,而且是一种陌生的南方口音。有的学生笑起来。这个车厢里除了和天易同属一个县的学生,还有十几个南方学生,他们上车早,坐在一个角落里,不但穿着洋气,而且吃饼干和香蕉。他们很爱说话,可周围的人一句也听不懂。后来有人搭讪,其中一个女生用普通话说是上海人,然后就骄傲地转过脸去。他们有理由骄傲,因为他们吃饼干吃水果。大家都很羡慕,也很眼馋,饼干、苹果、香蕉,这些东西能是随便吃的吗?他们中的绝大多数人肯定都没有吃过,说不定还没见过,可人家却当饭吃当水喝!

十几个上海学生成了这个车厢的景致,附近的学生围着看,远处的学生伸头看。他们的一举一动都会引起大家的注意。因为他们上车早,占据了一个座位单元,在六个座位的空间里挤着十五六个学生,虽然也很拥挤,但比起车厢的其他地方它就显得宽松了。他们时常交换位置,站久了可以坐一会。在一个方寸之地的空间里,他们居然可以把生活安排得如此精致,如此从容不迫,这又是让大家羡慕的地方。让大家羡慕的还有他们脖子上的那个围领。上海学生除了衣服得体,多数人脖子上都有一个毛线织成的围领,颜色有红色、棕色、黑色。有了这个东西,不论男生还是女生,都显得俏丽而优雅了,加上他们白白的皮肤,简直就像小天鹅一样高贵。

大家看得瘟头瘟脑,不免自惭形秽。

可就在这时,他们中的一个男生突然叫起来:"我要小便!"

这的确太突兀了。"小便"这样的字眼,和香蕉、苹果和雪白的脖颈简直风马牛不相及。

这一声尖叫让大家如梦方醒:噢,原来他们也是要小便的。

大家在愣了一瞬之后都笑起来。这种事怎么好大声嚷嚷呢?

但那个上海男生无法不嚷嚷,因为他无法挤出人墙,即使挤出去也无法上厕所,因为厕所里早已挤满了人。

就是说车上无处可以小便。

那个上海男生憋得满脸通红,对着众人又是一声尖叫:"我要小便——!"

这一次大家没笑。

这一声尖叫是硬憋出来的,它几乎唤醒了所有人对小便的觉悟,这一泡尿大家都憋得太久了。

上海男生显然误解了大家,他以为没有反应是一种冷漠,于是带着哀求的哭腔又叫了一声:"这是生理要求呀——!"

这是个多余的解释,小便当然是生理要求,生理课上大家都学过的。但没人嘲笑。他的近乎凄厉的哭声具有强烈的感染力,让几乎所有人的下腹都有了痛感。

车厢里一下子变得人心惶惶。

火车正在行驶中:咣当咣当咣当咣当!……

但此刻大家的脑海里却是另一个词:膀胱膀胱膀胱!……

膀胱要爆裂了。

先是有一个女生哭起来。

接着从其他地方也传来哭声。

仿佛一路上所有的饥渴、疲惫、拥挤、痛苦再也无法忍耐,车厢

里一下乱起来,有人乱挤,有人乱叫:

"停车！停车！"

"我要下车！"

"我要撒尿！"

"我要屙屎！"

"我不去北京啦！"

……

这样的骚动是极其危险的。所有的窗玻璃早已挤烂,一些靠窗的学生只是用手抠住窗沿,几乎是悬挂在窗前,稍一拥挤就会被甩出车外去,摔得粉身碎骨。更要命的当然还是那一膀胱尿。悬挂在窗前的学生虽然极其危险,但毕竟是少数,可那一泡胀鼓鼓的尿却是人人都有的。每人的一泡尿把小腹胀得圆圆的,这么多人挤来挤去,真会爆裂,真会死人的！

一直被挤在墙角的方部长突然喊起来:"同学们不要挤！这样危险！大家不要乱动,再忍耐一下,等火车停下了就让大家下车！同学们,我们是毛主席的红卫兵,要守纪律！……"

方部长是县委宣传部的副部长,在县里时挨过几次批斗,但他温文尔雅的样子,总让人觉得他不像个坏人,学生们对他也下不了狠手。这次接到上级指示,组织全县一千多学生去北京集体大串联,县里就委派他当领队。一路上大家还是很听他的话。别看学生在校时张牙舞爪,但到底是些十几岁的孩子,一旦出门在外,就不免发怯,就没了主心骨,方部长的长者风度很快赢得大家的信赖。

车厢里渐渐安静下来。

但从腹部溢出的痛苦已经无法收回。一些学生终于尿了裤子,尿骚味很快弥漫开来,空气更加污浊。

天易忍住了。

尽管他的小腹胀得厉害。

在先前一阵骚乱的时候,他甚至伸出双手护住了对面女生的头。他们被卡在那里已经没有力气站起来,如果骚乱发展下去,完全会被踩到脚下。他们几乎是紧紧拥抱在一起,准备被人踩踏的。女生哭了,紧紧抓住天易的棉袄。天易闻到了一股热烘烘的尿臊味。他知道她尿裤子了。天易拍拍她的肩,没说什么。他不知道说什么,他觉得拍拍肩就够了,他们彼此已经十分信赖。

大约过了一个小时,火车终于停了。

这次停车引发一片欢呼声。

接着大家纷纷从车门往外跳,从车窗往外爬,人像蚂蚁样滚成疙瘩。

仿佛受到传染,天易所在的车厢刚开始往下跳人,其他车厢也欢呼着往下跳人了,整个列车像爆炸一样炸出无数人来。

这时已近黄昏。

列车停在荒原的铁轨上,前不靠村后不靠站,几棵高大的白杨树光秃秃地立在路基两旁。绚烂的晚霞把天空染得五彩缤纷,大地上一片宁静。

没有风。

没有雨雪。

只有哗哗的水响。

这是一个罕见的壮观场面,几千名少男少女顾不上任何羞耻和禁忌,拥挤在路基上下的斜坡上,急急地解开裤子,或蹲或站。

专注地撒尿、撒尿、撒尿……

一片白花花的屁股和低垂的头。

不再有嘈杂和喧嚣声。

只有无数欢畅的溪流在淙淙流淌。

天易听到一声声呻吟:哼哼!……

天易一生都记得那个场景。

又过了一天一夜，火车终于到达北京。

和天易同来的一千多学生被安置在北京西郊的西苑接待站。

这一千多学生是有组织进京的，而且是由县委派一位宣传部副部长带队，这和以前的学生大串联有很大不同。以前学生大串联都是自发的，或单枪匹马，或三五一伙，或十个八个，想去哪就去哪，天南海北。还有的是步行串联，打个红旗，跋山涉水，千山万水。目标当然大多数是革命圣地，比如韶山、比如井冈山、比如延安。也有个别学生以大串联为名去各地游山玩水，看一些风景特别好的地方和文化古迹，比如峨眉山、比如黄山、泰山，比如秦淮河、乌衣巷，比如寒山寺、西湖，比如咸阳秦汉墓、卧龙岗等等。这些地方和革命毫不搭界，可以想见去的多是逍遥派，缺乏革命热情的学生。天易的同学田方和卓铭就去了很多这样的地方。但不管哪类学生，北京是必定要去的。在这之前，毛主席已经多次检阅红卫兵，都是在天安门广场。每次检阅过后，一批学生走了，又一批学生从全国各地如潮水般涌向北京，谁不想见见毛主席啊！

天易和他的一千多同学到达北京之前，毛主席已有七次接见，谁也不知道会不会还有第八次接见。当然，大家都盼着，热切地盼着。

这批有组织进京串联的学生，在校时大多安分守己，出身也不太好，比如中农、富农，大串联起来后，一直不敢轻举妄动，也不敢参加造反派。这时最流行的口号是"老子英雄儿好汉，老子反动儿混蛋"，他们也有革命热情，却不敢付诸行动，唯恐给自己甚至给父母带来灾难。在如火如荼的造反运动中，他们大多是些看客。他们想去北京，却又不敢去。但这次县里却组织大家来了，可想而知多么高兴。有人分析，这次有组织进京，带有大串联扫尾的意思，应当还有一次接见，到底赶上末班车了。

当晚住进西苑接待站后,所有人都兴奋得无法入睡,一路的疲劳忘得光光的,许多同学干脆结伴连夜去了天安门广场。

天易是第一趟出来。

在这之前,他从来没有离开过学校。大串联开始后同学们天南海北地跑,他也没离开学校。

他一直没弄明白天下发生了什么事。

这一年的夏天注定是不寻常的。一夜之间校园里贴满了大字报,"文化大革命"开始了,事情来得突然又好像必然。大家先是惊讶,怎么能这样呢?但很快就释然了而且哈哈大笑,当然应当这样怎么不能这样呢!还有比这更好的吗?想想吧你不用一日数次地再给老师鞠躬,不用再关在教室里闷头闷脑做作业,不用再遵守什么鬼作息时间,不用再悄悄走路以免破坏校园的肃静。你尽可以没日没夜地聊天没头没脑地争论,争论得饿了可以去食堂抢馍吃,如果没有馍尽可以喝令食堂工人下一锅香喷喷的面条吃得稀里呼噜,你尽可以大声说笑喧哗放肆地奔跑,你尽可以对校长老师直呼其名,开始你还有点胆怯害羞但很快就可以毫不顾忌地大声呵斥,你可以弄一捆纸弄半桶墨弄一把刷子随便写谁的大字报再给他画个大花脸贴到墙上供人观赏。你的年轻的不受约束的天性被包藏了多少年一下子袒露出来,你曾经是个乖孩子不管是家长还是老师的教育你一向服从而且以服从为美德你曾经以为自己什么都不懂只有被教导的份儿,但现在你被告知你很了不起你不仅可以和校长老师具有平等的地位而且应当是教导者,只有这时你才感到过去的日子多么窒息,于是你长长地大大地舒了一口气他妈的!这一声骂不知包含了多少层意思但起码有彻悟和自豪,因为你第一次发现了自己的重要。你过去一直以为校长老师就是党中央的代表只能听从不能反抗,但现在你被告知他们什么都不是还可能是坏人完全可以打倒在地再踏上一只脚,过去你从来不敢想也从来没想到要审视什么现在你有权怀疑一切比如老师的牙齿里藏着发报机你可以用老虎钳子把它扭下来检查一下。过去你总在接受一切现成的东西现在你尽可以去创造包括在校长被剃光的脑袋上每日泼墨写意。而这一切都是以革命的名义,你有什么理由不释然而欣然而哈哈大笑呢?于是大家都成了快乐的革命家,那种与生俱来的压抑感也一扫而光。

但天易看到这一切发生的时候,却整个儿傻了,他比过去的任何时候都惶然不知所措。同学们纷纷成立各种战斗队轰轰烈烈闹革命去了,他却常常一个人坐在空荡荡的教室里把书本摊开了望着讲台,仿佛仍有老师站在那里讲课,他仍然坐得笔直,仍是一脸的恭敬,仍然不时举起手要求发言回答问题。这时窗外便会围着一些同学看,笑嘻嘻指指点点说这个家伙是个傻瓜大家都看呀这里有个傻瓜!还有学生冲进去抓住天易往外拖说要批斗,说他是资产阶级路线的孝子贤孙。天易就抱住桌子不放手也不说话只用异样的目光看着他们一脸都是不解。有一次正闹着,田方和卓铭赶来了,他们是天易的同班同学也是最好的朋友,他们推开众人说你们不能伤害他,天易最多是资产阶级教育路线的受害者你们批斗他干什么!

田方和卓铭其实家里成分并不好,一个是中农,一个是小业主。但他们为人仗义并且有主见。后来田方和卓铭外出串联动员天易一块去,天易不去天易说我要读书。他们知道一时半会劝不转他就急不可耐离开校园大串联去了。当然他们是偷偷跑走的,因为他们成分不好。

没有老师再到课堂教书,天易就到处找。可老师们正惶惶不可终日,全校早已停课,没人敢再说教书的事。于是天易就找到了梅老师。梅老师是天易的俄语老师,大约二十一二岁,人长得小巧玲珑、精致漂亮。"文革"开始后,别的老师惊慌失措,被人写了大字报,被人拉出来批斗,她却安然无恙。校园里的事好像与她无关,除了每日外出买点菜回来,自己用煤油炉烧点饭吃,一天到晚闭门不出,就在自己宿舍里看看书听听音乐打打毛衣,一副悠然自在的样子。梅老师没有被冲击,大概和她的出身有关。据说她父亲是一位将军,根正苗红。其实另有一个潜在的说不出口的原因是梅老师讨人喜欢。一个漂亮的招人喜欢的俄语老师,你怎么好拉出来批斗?你根本下不了手。

天易敲开梅老师的门,梅老师吃了一惊,说天易你来干什么?天易说梅老师我要上课。梅老师说学校里不是都停课了吗?天易说我要上课。梅老师就笑了,说天易你是说想学习吧?天易点点头。梅老师就很感动,这时候了还有想学习的人,就把他拉进屋说天易你不去革命啊?天易说我要上课。梅老师搓搓手说好吧好吧,我来教你俄语别的我可不会呀。

从此天易就成了梅老师唯一的学生。

天易平时俄语成绩就特别好,他对俄语好像有特殊的天赋,不仅记得快,而且念得准。比如俄语里常有"儿"字音,又轻又颤,像音乐一样好听。多数同学学了几年俄语,还是把"儿"念成"嘚儿",像赶驴一样,不这样念就发不出声来,这让梅老师大伤脑筋,她总是一遍遍教大家发声,满教室还是一片赶驴声。天易却一学就会,根本就没有任何障碍。每次俄语考试,天易都是全班第一。梅老师就很喜欢他,有一次开玩笑说天易你有俄罗斯血统吗?天易想了想说,有。结果把梅老师吓一跳,说你还真有啊看不出来呀。天易就不好意思地笑了笑,却没说什么,那一刻他想起了曾祖母的蓝眼睛和一身大红寿衣。

县一中的校园很大,是以文庙为中心修建起来的,几乎占去旧城的四分之一,校园里有很多古建筑和古柏古槐,还有几个莲藕塘。校园外头有院墙,文庙在校园里又是单独一个院子,成为园中院。文庙主殿和附属建筑大都做了图书馆,平时只住几个工作人员。梅老师因为没有家庭累赘,加之爱读书,就成了义务管理员,也住在文庙里,单独一间房。"文革"开始后,图书馆被同学破四旧,很多书被焚毁了,还有一些图书堆在那里无人过问。几个图书管理员都是当地人,看学校乱成这样子,就把一个残破不堪的图书馆交给梅老师,各自回家去了。

别看梅老师一副文弱的样子,到底生在军人家庭,一个人住在空荡荡的文庙里居然不害怕。天易来学俄语,让她非常高兴。每天上午,她教天易学俄语,下午就带天易到图书馆整理图书,把掀倒在地上的乱七八糟的书籍一本本重新放到书架上。天易干得十分开心,和梅老师在一起,他肯定是开心的。

道理很简单,他喜欢梅老师。

这种喜欢是一团雾,朦胧神秘。

梅老师爱唱歌,爱和同学们围在一起做游戏,比如"丢手绢"、"瞎子摸象",谁被捉住了谁唱歌。梅老师被捉住了也唱,站在同学们中间摇晃着娇小柔软的身体,大家就打起拍子:春寒未了女郎窈窕一声叫破春晓花儿真鲜香味真好买朵鲜花还春早。这是一首意大利民歌。忽然梅老师抿嘴一笑说完啦,就蹦跳着跑出圈子和女生蹲在一起了,她蹲下时不忘把裙子往两腿间按一按,同学们爱听她唱歌和爱看她活泼的样子,她比一般女生还显得活泼。女生在大庭广众之下过于忸怩作态,而梅老师就落落大方尽管也有点羞怯。但羞怯和忸怩作态不一样。她那件洁白的带点黄花的软柔柔的裙子也叫人喜欢,有时她也穿另外颜色的裙子,都很素雅而不失俏丽。梅老师是一中几千名师生唯一穿裙子的女性,因此特别惹眼,为此还受过校团委的批评,梅老师还是校团委宣传委员。但校长说穿裙子批评什么,女孩子就要穿得漂亮一点,现在是困难时期将来生活好了女孩子都要穿裙子。这位校长叫秋枫,据说是国务院文化部下放来的音乐家,一副儒雅派头。秋校长这么一说校团委就不好再说什么了。但也没有女教师或女学生随着穿裙子,一是生活困难,二是总觉穿裙子太那个了两条白嫩嫩的小腿时隐时现的怪难为情。梅老师好像并不在乎,只是她坐下或蹲下时老要把裙子往两腿间按一下,那是一个必定忘不了的动作也是一个最能引发人想象的动作。梅老师每次往下一蹲,男生都会盯着看,天易也不例外。而且天易更爱看,自从他发现了女生的裆部之后,就对那里产生了十分的好奇。女生的裆部是这样,女老师呢？这也许是个很幼稚的问题,但天易确实很想知道,他想应当差不多吧。可梅老师并没有给他这样一个证明的机会,她每次蹲下时都有裙子挡着都把裙子往裆里按一按,结果就弄得更加神秘。天易对此充满好奇,并没有任何具体的不洁念头,他只是像对知识一样充满渴望,甚至像学者求证一样充满固执,只有当自己裆里出现麻烦比如小鸡鸡蠢蠢欲动的时候,他才隐约感到事情并不那么简单,就有点不解,莫名其妙！有你什么事啊？

梅老师的房间很整洁,还有点淡淡的香味。一开始天易有些拘谨,但梅老师的笑声很快让他放松下来。梅老师教他朗诵,教他阅读,给他一个人布置作业,天易都认真完成。

有时候梅老师还留他吃饭,天易也不推辞。两人坐在一张小桌前,吃得津津有味,吃得有些家庭的意思。梅老师厨艺很好,做的汤菜都很精致。她爱在菜里放一点糖,糖很珍贵了,可她舍得放,天易爱吃。梅老师为他夹菜,为他盛汤,目光里都是慈爱,可又不像慈爱,有点欢喜的味道。她常常搁下筷子,久久地看天易吃饭。天易吃得鼻尖上冒出汗来,她就拿一条毛巾为他擦一擦,天易就脸红了。有一次梅老师问天易,你怎么会有俄罗斯血统？天易犹豫了一下,就给她讲了曾祖母的故事。梅老师哦了一声,摸了摸天易的脸,说怪不得你对俄语这么敏感。让梅老师摸了一下脸,天易的身体却敏感起来,他觉得有点躁,有点想在哪儿用力气。就去搬书,搬书橱,这些力气活都是天易干,干得身上冒汗,才觉得舒坦一些平静一些了。天易站在那里用袖口擦擦汗,同时把眼睛看向梅老师,梅老师正蹲在地上捡书。天易一直想看到她的裆部,现在是大冬天,梅老师正好没穿裙子可以看清楚。但梅老师一直在挪动,不断调整方向捡拾散落的书籍,而且怀里还抱着一摞书,仍然无法看清。天易的眼睛就一直追踪。梅老师终于发现了什么,低头看了自己一眼说天易你在看什么?天易就慌了忙说没没没没看什么。梅老师站起身走过来,把书交给天易说你肯定在看什么,说说看?就笑盈盈的。天易转身把一摞书放到书架上,梅老师却突然从背后抱住了他的腰,把头抵在他的背上。天易吓得一哆嗦,站住了也不敢动,他不知道为什么梅老师要抱住他。梅老师什么也不说,只是喘气有点粗。天易的身材像他爹柴知秋,瘦瘦高高的,梅老师的脑袋只到他的后肩背。天易的心又躁起来,浑身发热,又想在哪里用力气。可这样被梅老师从背后抱着,一点力气也使不上。他的身体明显有了反应,一点点在膨胀,这一瞬间他明白了,要转过身来拥抱住梅老师才能使上力气。他试图转身,可梅老师觉察到了,梅老师更紧地搂住他的腰不让他转身,同时发出一声呻吟。天易不敢动了,他以为把她弄疼了。他感到自己憋闷得难受,有些呼吸不畅,他说梅老师我难受。梅老师在他背后说我也难受。天易说梅老师我想转过身来。梅老师说你别转过来我靠在你背上就很好我就想靠一会。天易就不动了,心里就有些温暖,有些激动,有了一点男人的感觉。梅老师累了,梅老师也许心里有什么事,可她不肯说,只用头抵住他的背。这感觉很陌生,好像骨骼在生长,长得很快,能听到嚓嚓的声音,然后就感到了自己的强大。他忽然想到,梅老师其实比他大不几岁,而且是个南方人,孤零零的。他不知道梅老师为什么一个人到这个偏僻的县城来教书。梅老师平时很快乐的,为什么突然不快乐了呢?天易这么想着,就想说点什么,可他到底没说,他不知道应当说什么。这样过了很久,也许十分钟,也许二十分钟,梅老师突然松开手低头跑走了。

　　这样的场景有过几次。天易很享受,他想天天这样多好。

　　但这样互相厮守的日子也就过了二十多天,他们就被发现了,并很快在校园里引起轩然大波,什么闲话都出来了。

这件事的确很叫人生气,大家都在热火朝天闹革命,他们却躲起来学习上课,而且是学俄语!学俄语不就是学苏修吗?更重要的是他们是躲在梅老师的宿舍里上课。宿舍,那是什么地方?睡觉的地方啊!谁知道他们在里头干什么?

这件事动了众怒。梅老师本来是让所有学生爱戴的,现在却让天易一个人占有了,大家不能不生气。但他们又知道天易是个混沌人,什么都不懂,何况他又是个学生,能拿他怎么样?就只能怪梅老师!肯定是她勾引了天易,她勾引了天易就是抛弃了大家,就是藐视大家,这是不能原谅的。

当天下午,校园里就出现了三张大字报,题目分别是:
"不准梅萍勾引革命同学!"
"梅萍的爹是国民党降将!"
"梅萍是苏修特务!"

这三张大字报如同三颗深水炸弹,炸出一个埋藏很深谁都没想到的坏人。但恰在这时候学校正组织大批学生进京,第二天就要集合上路,而先前大串联走的人还在外地没有回来,学校几乎空了。就没有来得及组织对梅老师的批斗,只在她的宿舍门口贴了一张"勒令",大体意思是勒令梅萍不准离开学校,等革命小将从北京回来接受批斗。

天易知道了,但天易仍不明白怎么会这样。晚上他去了梅老师的住处,说不去北京了,要留下来陪她。梅老师好像并不惊慌,安慰天易说你还是要去北京,说不定会赶上毛主席最后一次接见,机会不可错过。天易哭了,说梅老师你怎么办啊,梅老师笑道我没事的,你放心走吧,并且掏出二十块钱塞给天易,说你拿上万一有事会用得上的,然后把天易推出门外。天易攥着二十块钱,回头看看,梅老师已经把门关死了。门旁那张"勒令"就很显眼,天易上前撕了下来,然后走了。他觉得撕了这张"勒令",梅老师就不会有事了。

天易是在到达北京第二天去天安门的。

走出西苑接待站时本来有一群同学,大家说说笑笑,蹦蹦跳跳,十分兴奋。天易走在一群同学后头,没人理睬他。大家都已知道他是那个被梅老师勾引的男生,既在心里嘲笑他,又在心里恨他。大字报上说梅萍勾引了他,说不定他也勾引了梅老师,梅老师就是因为他倒霉的。到现在为止,许多人还在心里暗恋着梅老师,就是这种心理让他们仇视天易的。天易又是内向和寡言的人,不会主动和人套近乎。后来同学们一拥而上挤进公共汽车走了,天易却选择了步行。到达天安门他差不多用了两个小时。这一路他对所有的马路建筑都很好奇,走走看看,居然没觉得孤单。事实上,北京城到处都是学生,天易淹没其中还有拥挤的感觉。他觉得这样很好,和谁都不认识,行走和休息都可以随心所欲。

天易在天安门广场坐了很久,他是被惊呆了,不仅被天安门惊呆了,而且被北京城惊呆了。世界上还有这么奇怪的地方,还有这么高的房屋,这么古老的建筑。这里完全是另一个世界。他感到了威严,感到了激动,但没有感到亲切,他知道这不是他的地方。他坐在天安门广场,仍然觉得这地方很遥远。

后来的很多天,天易几乎跑遍了北京城,当然也去了清华、北大、北师大。这些大学是外地大串联的学生必去的地方,叫取经。天易也去了,他只是对这几所名校好奇。这几所大学曾是他梦中的圣殿,也曾是老师常挂在嘴边的,以此激励大家发奋读书。但走进校园后却让他非常失望,到处乱糟糟的,到处是铺天盖地的大字报,不少外地学生在抄大字报的内容。天易一路浏览过去,视觉上最多的是惊叹号:!!!!!!!!!!……天易看得心惊胆战,好像每句话都是火药桶,每篇大字报都像一颗炸弹。内容实在太多,天易根本记不住,但他记住了两张大字报的标题,一张是"刘少奇何许人也",第二张是"聂元梓无蛋可捣"。天易所以记住这两个标题,是因为语气温和,没有惊叹号,头一张用词文乎,第二张有点幽默。走出校门时,天易还在嘴里念叨。

同学们都在焦急地等待毛主席的第八次接见。时间一天天过去,没有任何动静,大家都在担心,毕竟这是来北京最大的愿望。在等待中大家也没有闲着,每天成群结队离开西苑接待站进北京城,到处跑到处看,半夜三更才回来,带回这样那样的新闻。对这些来自偏远县城的学生来说,北京所发生的一切都是新闻,每天都在一惊一乍中。

但也有学生兴趣不在这些事情上。和天易同屋的一位乡下中学的学生叫巩三墩,他在去了一趟天安门之后,就哪里也不去了。每天呆在住处就是等吃饭。北京的饭太好吃了,每顿都是白面馒头大米饭猪肉白菜粉条,而且吃饭不限量,想吃多少就吃多少,能吃多少就吃多少。想想吧,大家都是吃红芋长大的,灾年还要吃树皮野菜,有时逢年过节也吃不上一顿白馍猪肉,有的同学长到十七八岁,吃过几顿白馍猪肉能数得清,你只要看看很多同学面带菜色就知道了。现在却是天天白面馒头大米饭还有猪肉炖白菜粉条,简直就是天天过年!对白面馒头猪肉好吃这一点,大家并无异议,甚至对大白菜粉条好吃也无争议,但到北京来不是为了吃,而是为了大串联取经为了革命为了造反,所以同学们吃饱喝足之后没有忘记正经事。但巩三墩似乎就是为了吃,或者说当他发现了白面馒头猪肉白菜之后就什么都忘了。他每天吃了早饭接着睡回笼觉,睡到十点多钟才起床,然后在食堂附近转悠等待,到十一点半左右就冲进食堂,一把抓四个馒头,盛一碗猪肉白菜粉条,往旁边一蹲,稀里咔嚓,转眼吃光。起身走过去,一把又抓四个馒头,盛一碗猪肉白菜粉条,还蹲老地方,稀里咔嚓,头也不抬,转眼又吃得精光,这才送回碗筷,离开食堂。对于吃巩三墩有深刻的认识。巩三墩兄妹七个,常年都在饥饿之中。有一次巩三墩被评为三好学生,学校发奖状时,他却不要。校长问他三墩你要什么?三墩说我要粮食。校长流泪了,校长破例买了三十斤玉米奖给他。巩三墩肚子里太穷,就把吃看得最重。吃完午饭,巩三墩就在院子里转,看人打篮球。西苑住有两万多人,七八个省份的学生,接待站有篮球,可以借来打,一些学生不愿往外跑了,就留在接待站打篮球,有时还有比赛,这个省对那个省,打得热火朝天。巩三墩不会打篮球,看一会就走开,心想一群人争一个篮球,有啥意思?到吃晚饭时,巩三墩已把午饭消化光,还可以吃四到六个馒头,两碗猪肉白菜粉条。到晚上睡觉时,同屋的人就倒霉了。房屋都是大通铺,地上铺草毡,几十个人睡进去,就不断放屁,天易和巩三墩紧挨着。巩三墩因为吃得太多,就不断放屁,咣一个,咣一个,有时也拖得很长,像炮弹尖利的呼啸,而且臭不可闻,大家只好蒙头睡觉。天明有人指责他放屁太多,巩三墩就憨厚地点点头,说是哈是哈,多少年没放过响屁了,到底东西好啊!

但大家对巩三墩的坏印象很快就改变了。不久西苑接待站发生一起严重的武斗事件,事情源于天易的十几个同学和湖南十几个男生争夺篮球场,先是互相推搡,后是打斗,再后来双方互搬援兵集体打斗。当时正是傍晚,外出的不少学生都回来了,所以双方兵源很足,都有几百人参加进来,上千人打在一起,可想多么惨烈。天易所在的县向来崇文尚武,史籍上有载:"性剽悍,不善谑,意态狂豪,不拘小节。"而湘人也历来骁勇,又是毛主席家乡的人,双方自然没个相让处,打架就怕打小,就怕不见血,整个西苑接待站偌大的院场都成了战场。

巩三墩本来是看球玩的,但双方动手之后,他就是自始至终的参加者。到底身大力不亏,打起架来异常勇猛,一直冲在最前头。后来打得兴起,抡起一条板凳乱砸,打伤对方很多人,他自己也被打破了头,血流满面。可他全然不顾,还是一直往前冲。幸亏解放军闻讯赶来,两个连的战士左挡右拉,才制止这场武斗。

天易也参加了。天易因为那天有点发烧没有外出,正躺在铺上睡觉,忽听有人喊打架了快走!天易爬起身,稀里糊涂就被拉去了。但天易显然不会打架,他从小都是挨打,从来不会打人。到了现场先把两手伸出去呈招架之状,躬着腰原地踏动,样子十分紧张可笑。整个过程他没打到一个人,却被人抓破了脸,混乱中被一个勇敢的女孩拉了出来。出了人群,天易才认出是火车上坐在他对面的那个女生。天易拉住那个女生一脸茫然地问,他们为什么打架?女生又好气又好笑,说你还问我,你为什么去打架?天易说他们喊我去的。女生说你真是个呆子。算了,解放军来了,快走吧!就拉他去卫生所涂了些紫药水。

这天晚上,天易和那个女生一块吃了饭,直到这时,他们才互问了姓名和学校。女生果然是一名乡下中学的学生,叫梁艳艳,正读高一,比天易低一届。但她显然比天易懂事得多,也成熟得多。在北京住了十几天,好吃好喝,梁艳艳的菜色不见了,两颊红扑扑的很有光泽,两只大眼特别有神。饭后,梁艳艳大胆邀请天易一块出去,天易爽快地答应了。他觉得和梁艳艳已经很熟了,就像是从一个村出来的。两人出了西苑接待站,沿马路往前走,梁艳艳走在前头,天易跟在后头,开始时不知说什么。梁艳艳在前头突然扑嗤笑了,不知她想起什么,天易说梁艳艳你笑啥?梁艳艳说没笑啥。天易想了想说噢我知道你笑啥了。梁艳艳转回身看着他,说你知道我笑啥你说。天易说你笑咱们在火车上伸腿的事。梁艳艳说还说呢差点把人羞死不说了不说了。天易被她挑起话头,还想说这件事就说其实我早就想伸腿了就是怕你喊,梁艳艳说我才不会喊,我也想伸腿,伸开腿多舒服呀。可她立刻意识到这话有点暧昧,伸开腿和叉开腿差不多,乡下说女人叉开腿就是说女人浪,于是忙说你别误会啊我是说把腿伸直了才舒服不是那个意思,说完了又嗤嗤笑。天易不明白她到底想说什么就噢噢点点头,心想这有什么不同吗?看她笑着的样子,天易想起婶娘八音,八音就是爱笑,大家都说她浪,这个梁艳艳也浪吗?好像有点,起码野着呢,你看她笑的样子,有点勾魂。天易搓搓手,突然说梁艳艳我抱抱你吧,他想她肯定希望这样的。梁艳艳说你说啥啊!天易有点意外,又搓搓手说多冷啊,梁艳艳又嗤嗤笑,说天冷就想……梁艳艳突然脸色大变,她发现一辆汽车正飞驰而来,眼看就要撞到天易,天易仍浑然不觉,梁艳艳尖叫一声扑上去,抱着他推向路旁,两人都差点摔倒。汽车跑远了,两人还抱在一起,谁也不说松开。梁艳艳仍在大口喘气,一副惊魂未定的样子。天易一使劲将她拦腰抱起,拖到一棵大树后头的黑影里,用力把她搂在怀里,顿时感到胸前有鼓凸的两坨,他猜到那是梁艳艳的乳房,天易不由搂得更紧。在搂着梁艳艳时,天易想到了梅老师。他曾无数次想过要搂住梅老师的,可梅老师每次都是从背后搂住他不让他转身。那时他心里憋得真想喷火。现在好了,他终于可以使上力气了。梁艳艳被他搂得喘不过气,哪儿骨头响了一声,就扭动了一下身体,却没有挣开。天易浑身发烫,腾出一只手从下头伸进她的棉袄,又伸进一件褂子里,立刻感到了温暖和柔滑。他想摸住她的乳房,就弯下腰往上伸手。梁艳艳挣扎着说你别这样你别这样你怎么这样,天易什么也听不进去,像一个疯狂的歹徒,终于伸手抓住一坨热乎乎弹嘟嘟的东西,大概抓得太重了,梁艳艳哎唷叫了一声,猛地推开他,转身逃走了,一直跑向接待站大门。天易怀里突然空了却仍然保持着原先的姿势,一只手悬在那里半天没动,似乎还托着一个东西。这时他有点晕,又有点怕,自己是在耍流氓吗?要是以前,他肯定不敢,但现在置身北京,好像什么都敢,他被自己的胆大妄为吓了一跳。梁艳艳大概是去告状了,她会告诉方部长?梁艳艳会大哭大闹吗?天易脑子乱糟糟的,有些后悔。一路上看到很多学生出出进进,都极兴奋的样子。他不明白他们高兴什么。

　　天易走进西苑接待站,梁艳艳突然从黑影里闪出来,快步走到天易跟前,低声说天易你不要告诉别人啊……明晚八点我还在大门外等你,说罢冲他一笑跑走了。

原来啥事也没有,而且还有明天晚上!明天晚上……这太叫人兴奋了,天易使劲挥了一下他的长臂,差点打到路过的一个学生脸上。那时他又想到了梅老师,似乎梅老师和梁艳艳成了一个人。他没有觉得对不起梅老师,没有觉得在情感上背叛了梅老师,他还没想到过要忠于一个女人。他什么都不懂,只感到生理的冲动和莫名的欲望,兔子一样乱蹿。梅老师不也几次搂过自己吗?

天易回到住处才知道,同学们已接到通知,明晨两点起床集合。大家立刻猜到,肯定是毛主席要接见了!

许多人都决定不睡了,干脆围在一起彻夜畅谈。于是三五一伙,或者兴奋地聊天,或者低声唱歌:"抬头望见北斗星,心中想念毛泽东……"唱着唱着,大家流出泪来。那个夜晚,显得如此神圣和幸福。巩三墩没像往常那样吃饱了傻睡,也和大家围在一起唱歌,巩三墩泪水流得最多。后来他说他家几代都是乞丐,母亲和二姐都是在讨饭的路上饿死的,土改一下子分了八亩地,全家才翻了身,父亲把毛主席像供在家里当神敬,每天都会烧香磕头。巩三墩说,这次来北京前,父亲告诉他,见了毛主席的真身,要替他向老人家磕三个头,如果有机会靠近毛主席,还要转告他一句话:别搞人民公社了,人民公社把地养懒了,把人也养懒了。大家先还感动地听巩三墩说话,这时却吓白了脸,说巩三墩你别反动啊!一个学生上前捂住巩三墩的嘴,说三墩你刚才啥也没说啊!睡觉睡觉,咱们还是睡一会吧!于是大家都散开睡了。

天易始终没参与同学们的谈话唱歌,一个人躺在铺上发呆。他真是有点呆了,双重的兴奋让他不知所措。他想应当表示一下他的兴奋,比如说点什么,可他意识到这事不能乱说。明晚和梁艳艳的约会,肯定是不能说的。你能告诉同学什么?在火车上用脚蹬了她的裤裆,今晚在大门外的树底下摸了她的乳房,梁艳艳的乳房多么滑润多么柔软多么坚挺温暖,明天我还有约会,还会重复今晚的事甚至更多,这些能说吗?当然不能说。梁艳艳嘱咐过的,这事不能告诉任何人,这是自己和梁艳艳两个人的秘密。就像小时候迎娶婶娘八音时发生的一件事一样。那时他在轿子里掀开了她的盖头,而按照风俗,盖头是不能提前掀开的,尤其不能让丈夫以外的男人掀开,哪怕是小男孩天易也一样,不然就会成为一个浪女人。但当时八音没有生气,只是把他揽在怀里,嘱咐他不要告诉任何人。那时天易靠在新娘子八音的怀里,小脑袋蹭着她鼓鼓的奶子感受着温暖和被信赖的感动,在心里想我永远都会守着这个秘密。天易从小在罗爷身边长大,和罗爷之间也有过许多秘密,比如蓝水河深处的古船和机关枪,他至今没告诉过任何人。罗爷说过,有些秘密是要保守一辈子独自享受的。现在和梁艳艳也一样。这是他长这么大第一次和一个女孩子约会,而且是她主动约自己,这真是太美妙了。他只是奇怪自己怎么这么容易就喜欢上一个女孩子。以前他喜欢梅老师而且至今仍然喜欢,现在又喜欢上梁艳艳,以后还会喜欢上别的女孩子吗?

对于明天要见到的那个伟人,他觉得更是无法言说的。全国人民都说他是红太阳,可这个说法其实很狡猾,因为红太阳只能照耀在白天,不能照耀黑夜。就是说大家只在白天做些冠冕堂皇一目了然的事,到了夜晚你老人家就别管了。白天属于红太阳,夜晚则属于自己,该干什么还干什么,想干什么就干什么。天易在心里感叹,真叫众人是圣人,全国人民太聪明了,全国人民心照不宣,配合得那么默契,不声不响就扣下一半的时间留给自己,而且留下的是黑夜。黑夜多好啊,不然像摸到梁艳艳乳房这类的事就会被发现。由此他相信,摸乳房这类活动肯定大多在夜里进行。当然,还会有一些天易尚不明白的事都适宜在夜里来做。天易为自己的发现感到奇怪,自己怎么老是发现一些奇怪的事情呢。

这么胡思乱想着,他忽然觉得明天其实是两个约会,一个是和梁艳艳,一个是和毛主席。这两个约会有相同之处,就是情感上都很激动,不同的是和梁艳艳的约会还会让他身体也很激动,浑身发热发烫,肌肉绷得很紧,好像百米赛跑时站在起跑线上,单等一声令下,立刻就会飞出去。

凌晨两点,同学们在一阵阵急促的哨音中起床了。大家都有些紧张和慌乱,当然更多的是兴奋。秩序空前的好,没有人喧闹,甚至没人说话,一切都在静悄悄地进行。一排排长队走出接待站大门时,夜色正浓,北风也刮得紧。大家赶忙把棉衣裹紧了,紧紧跟着队伍往前走。谁也不知道去哪里,这肯定是一件绝密的事。此时所有人都感到了神秘、神圣和莫名的恐惧气氛。按说大家不应当害怕什么,这是去接受毛主席检阅,而且有这么多人在一起。但大家就是有些恐惧。两万多人的长队匆匆行走在黑夜里,除了杂沓的沉重的脚步声和喘息声,几乎听不到别的声音;带队的偶尔压低了嗓门催促:"跟上!快!"更增添了紧张的气氛,仿佛战争年代的一次深夜大转移,不远的地方就有敌人埋伏。而且越往前走,这种恐惧气氛就越浓。因为大家发现,队伍渐渐走出了北京城,走进了一片旷野里。原来在城里时还有些昏黄的零星的路灯,现在什么灯光都没有了,就是黑乎乎一片,只有朦胧的天光笼罩着影影绰绰的队伍。带队的要求后头的人扯住前头人的衣服,以防迷失,但还是不断有人跌倒绊倒,而且更让人疑惑和不安的是,这是去哪里?为什么会走出北京城,走向黑暗中的旷野?大家都知道,毛主席前七次大检阅都是在天安门广场,现在去野地里干什么?这让人想起电影中看过的场景,一群人拴着绳子,押到旷野去枪毙。不会是因为在北京闹得太过分了,拉出去枪毙吧?应该不会。怎么会呢?但这场景实在有些恓惶。

突然从后头传来几个人的叫声,叫得人毛骨悚然,大家惊得汗毛直竖,都站住了往回看,可是什么也看不见,队伍开始有些乱了,纷纷打听后头出了什么事,同时不由自主地围拢在一起,仿佛为了壮胆。在一阵嘈杂声过后,终于从后头传来话说,是有几个学生掉进河沟里了,浑身的衣服都湿透了,这么冷的天怎么受得了,一个个冻得打哆嗦。方部长要他们回接待站,可他们哭着死活不肯,结果还是来了几个解放军脱下军大衣送给他们,让他们脱下棉衣棉裤拧去水再穿上,然后外头裹上军大衣。虽然里头棉衣棉裤还是湿的,也只有用身体慢慢暖干了。他们宁愿这样,谁也不肯错过见毛主席的机会,这可是一辈子乃至几辈子的大事啊!

  天易个高步大,一直从容跟着队伍前进。他的身旁还是巩三墩。巩三墩一边走一边吃东西,一边还劝天易,说吃了算啦,老在手里拎着多麻烦。头天晚上,每人都发了一个食品袋,里头有几个面包,两截香肠,是作为次日早餐用的。面包和香肠是稀罕东西,大家都是第一次看到,有人试着咬了一口面包,又咬一口香肠,连说真香。可巩三墩当场把香肠丢了,一截香肠红红黑黑白白,他嫌这东西太难看,说怎么像一截大便啊!众人就骂他,说巩三墩你是作孽你吃肥肠了吧?说巩三墩你捡起来!但巩三墩坚决不捡说我不能吃大便!弄得大家都想呕吐。但现在巩三墩显然有些不够吃了,就在黑暗中扯了扯天易的衣服,说天易你不吃啊,你要是不吃,就让我吃了吧,也省得老是拎着。天易就把食品袋交他手上,说那你就吃了吧,里头还有两截香肠,你如果不吃就留下给我,不要扔啊。巩三墩说不扔不扔,反正天黑看不见香肠的样子,我把它吃了算啦。

  队伍忽然停止不前了,大家不知道又发生了什么事。大约一个小时以后才开始缓慢移动。走到前头时,天易才知道队伍正通过一座桥。这座桥够宽敞的,但要通过的人太多了,不仅有西苑接待站的两万多学生,好像其他地方的学生也要通过这座桥,根据以往的经验,每次接见都不少于五十万人。如果五十万人都通过这座桥,可想而知会多么拥挤。好在队伍有解放军带队,大家排队缓缓通过,没有发生意外。

大约走了三四个小时之后,天易和同学们终于到达了目的地,原来这里是西郊机场。这时天仍然没亮,但光线明显好了许多,可以看到较远的地方。天易没有发现飞机,只发现一片很大的开阔地,没有树木,没有庄稼,更没有沟渠,平平坦坦,空空荡荡。天色迅速明亮起来,周围的一切都看得很清了。天易突然发现了无数学生,黑压压无边无际。他真是惊讶不已,他从来没见过这么多人挤在一起。在解放军战士带领和指挥下,各支队伍正进入预定区域,有的已经坐好,有的还在寻找位置。另有更多的学生队伍还在源源不断地向机场走来。这是很令人激动和振奋的场面。天易不断扭动脖子向四处张望,到处已经响起了歌声,还有舞动的红旗,清晨的西郊机场洋溢着鲜活昂扬的气氛,夜间行路时的忐忑不安已经一扫而光。

这时天易突然发现了梁艳艳。就在二十多米远的地方。其实夜间行军时他就在寻找,可惜什么也看不见,但他知道她肯定在队伍里,这让他一直觉得很温暖,并没有别的同学那么乱七八糟的情绪。只在有几个人掉到沟渠里时,他曾担心过会不会有梁艳艳。现在看来好像没有她。梁艳艳正坐在那里,和周围的几个女生说笑什么,乐得前仰后合的。如果穿一身湿透的棉衣,断然没有这个情绪。

天易久久地看着她。

他不能过去,只能按要求老老实实坐在地上,保持整齐的队形。解放军战士很多,分布在学生中间,稍有人试图走动,都会大声制止:"坐好!别乱动!"看起来他们负有极大的责任,一点也没有学生们的轻松和喜悦之情。好在天易个子高,坐在那里比别人高出半个头,他能清楚地看到梁艳艳。梁艳艳似乎也在寻找天易,她在和别的女同学说笑的同时,不断左顾右盼,天易真想大声喊喂我在这儿哪!可他知道不能喊,一喊全露馅了。他还没这个胆量让大家知道他们两人之间的秘密。

但梁艳艳终于还是找到了天易,天易就在她的右后方。梁艳艳真是个大胆的女孩子,她转过脸,朝天易笑着挥了挥手,又迅速转过脸去。天易看到她兴奋得脸红扑扑的。在梁艳艳朝右后方挥手的时候,这个方向的学生都在转头寻找,不知她向谁挥手。所有人都一副茫然的样子,唯独天易坐着没动。大家就有些疑惑,又是这傻小子啊,他倒有福,怎么走到哪儿都有艳遇呀!于是大家交头接耳议论开了,不时朝天易指指点点。但天易毫不在乎,还有些洋洋得意的神态。

为什么不呢?

既然你们都猜到了。

在解放军战士的发动下,各地学生纷纷唱起了革命歌曲,唱到后来就完全是赛歌了。谁都不甘认输,于是大家都可着嗓子唱,可着嗓子喊,喊得整个西郊机场像开了锅,一锅沸水,扑噜扑噜直冒泡。

正在大家拼命喊歌的时候,突然左前方欢呼起来:"毛主席万岁!万岁!万万岁!……"

没有任何预告,毛主席来了。

毛——主——席——来——啦!

尽管事前解放军战士曾一再要求,等毛主席的车子来到时,都坐着别动,这样可以保证每个人都能看到。但现在一点作用也没有了。当左前方欢呼声刚起时,整个西郊机场先是一阵死一般的寂静,那是大家愣住了。多少个日日夜夜盼望的时刻,终于变成现实,毛主席就要出现在面前,你几乎不敢相信这是真的。其实这个过程也许只有几秒,然后所有人都蹦了起来!然后是震耳欲聋的欢呼声、哭喊声……

天易的反应稍慢了一点,等他站起来时,只见整个西郊机场已是山呼海啸,尘土飞扬。他把脸转向左前方,看到一个车队在尘烟中驰来,速度不快,但也不慢。天易正要看个清楚时,却突然有人从后头蹿起,爬上他的肩背。天易差一点摔倒,他挣扎着努力想甩开背后的人,可那人却像藤一样缠住他的脖子,勒得喘不过气来,也根本甩不开。无奈之下,天易只好奋力抬起头往前看,但车队通过前面三百多米的地方很快驰走了,他什么人都没看到!

就这么一眨巴眼的工夫,一切都结束了。

事后天易听说,其实很多人都没有看到,但只有极少数人愿意承认,绝大多数没看到的学生都说看到了,说他老人家红光满面,神采奕奕,和蔼可亲……

事后天易还听说,当天在西郊机场接受检阅的有一百五十万人。等全部学生离开西郊机场,光踩掉的鞋子就拉了几卡车。

这他信。

因为接见结束,队伍全乱了,大家只能自己回去。在通过那座石桥时,人挤成疙瘩,天易一直等了六个多小时,到了晚上才走过桥去。就这样,大桥上还是拥挤不堪,他几乎是两脚悬空被人架过桥的。

天易一路问着回到接待站,已是深夜。但他却听到一个惊人的消息,他们一个县的同学通过石桥时被踩死两个,一个男生,一个女生,女生就是梁艳艳!

天易如雷击顶,一下子蒙了,只觉天旋地转。

等他清醒过来时,发现同学们一片哭声。

天易再也没见到梁艳艳。

据说梁艳艳和那个男生在一家医院的太平间里,只有方部长带几个学生去看了。大家闹腾了几天,到处请愿,要求追认他们为革命烈士,但没人理睬。后来听说,当天踩死的还有外省的学生,踩伤的不计其数。

天易很后悔,在西郊机场散场时,为什么不找到梁艳艳,带她一同回来呢？

梁艳艳和那个男生终于被火化了。那天傍晚，方部长和几个学生捧回两个骨灰盒，同学们接到大门外，又是一片哭声。

看到骨灰盒，天易的眼睛瞪得很大，嘴巴也大张着，可他没有流泪，只觉心里堵得厉害，好像全身在痉挛。晚上，他痴痴呆呆去了那次和梁艳艳拥抱的地方，突然抱住那棵树号啕大哭起来。许多外省的学生围住看，天易不管不顾，一直哭嚎了很久，像一头受伤的狼。

就是那天晚上，天易失踪了。

事后大家听说，是一个年轻女子把他领走的，就从那棵大树旁。那女子长相娇小精致，掏出手帕为他擦去泪水，然后拉着他的手就走了。天易像丢了魂魄，像很乖地跟在后头，只是脚步有些打晃。

同学们分散开来，找遍了北京城。

但没有一点头绪。这么大个北京，那么多学生，要找一个人太难了。

大家纳闷的是，那女子是谁呢？

数日后，同学们在方部长带领下，回到县里，回到学校。这时大家才发现，梅老师并没有留在家里等待学生回来批斗，她早已经逃离学校，不知去了哪里。

第四篇　寻找柴门

　　谷子是平生第一次离开木城,说起来还是第一次坐火车。当初拿万米冠军的那次大运会就是在木城召开的,没有出城,特别没劲。这次上了火车,一切都觉得十分新鲜,这里看看,那里摸摸,自己在心里好笑,一个大学毕业生,居然这么老土。相比之下,还不如那些农民工,背个行李卷,有座就坐,没座就把行李卷往地上一放,靠上去聊天或者打盹,一副神闲气定,走惯江湖的样子。

　　出版社为她买了一张硬卧,石陀派梁子把谷子送上火车安顿好才下去。谷子有点胆怯,和这么多陌生人住在一起,不知道如何相处。她是上铺,爬上去试了试,虽说空间狭小,躺下去还算舒服。她不想这么早就睡,又爬下来。下铺是个男人,另外还坐了一个男人,大概是中铺,两人都有三四十岁的年纪,看来他们已经认识了,也许就是一同出差的。看到谷子从上铺爬下来,两人都抬起头看,先是看她两条美腿,又看胸部,然后看脸,目光躲躲闪闪的。谷子一下来就发觉这两个男人有点不对头,不由有些发慌。她强作镇静转身走到窗前,扳下座位坐下,脸朝外看着车外的风景,渐渐把背后的两个男人忘了。

　　这时火车已奔驰在旷野里,近处一片葱绿,起起伏伏,不是树木就是庄稼,令人心旷神怡。而远处一派苍茫无际,又叫人生出敬畏之心,在这苍茫无际之中,包含了多少未知,这是一个充满生命的鲜活的世界,比之一片灰暗楼房的木城,这才是真正的奇迹。她想柴门就在这苍茫之中奔波,只是不知道在哪个点上。谷子有些感慨,不管愿意不愿意,自己还是离开学校,到了社会上。社会上的天地真是比学校大多了,自己还要独立承担一份工作,胆怯也没用。出门在外,一切都要自己去应付、判断,结果会怎样,一点底也没有。她在心里祈祷,希望此行能一把抓住那个叫柴门的人。

谷子走神了,望着车窗外呼啸而过的景物,却两眼空茫,直到一只手伸进她的胸前,才惊叫一声醒来。

这时,她才发现车厢里黑漆漆的,所有人都睡了。她的一声惊叫引得许多人抬起头,纷纷打听出了什么事。

这时一位女列车员快步走来,问谷子怎么啦,谷子一时大窘,吞吞吐吐说没……没什么,我刚才差点……滑倒,说罢赶紧往上铺爬去。这时她听到下铺那个男人正发出夸张的鼾声。

谷子几乎一夜无眠,她被吓坏了。

辗转三天三夜,谷子赶到敦煌,一路打听找到那家客栈时,还是晚了一步!

柴门已在两天前离开,不知去向。

其实,小客栈登记中并没有柴门这个名字。据服务员讲,倒是有一个叫天易的人在这里住了一个多月,白天到处转游,莫高窟、月牙泉、阳关、玉门关、戈壁、荒滩,有时坐汽车去,有时骑骆驼,有时租一辆毛驴车,就是到处跑,兴致勃勃。晚上回来就关在客房写东西,一写就是半夜。有时白天也不出去,躺在床上呼呼大睡。平时不大和人讲话,头发胡子老长,看不出多大岁数,也许三十多岁,也许四十多岁,个子瘦瘦高高的,脚特别大。平日抽烟很凶,每晚从街上拎一包猪耳朵花生米之类的东西,慢慢喝酒,喝得高兴了还唱,手舞足蹈,简直像个疯子。

平日小客栈客人很少,除了天易,连续住一个多月的客人从没有过。谷子分析,这个叫天易的人大约就是柴门了。

可他怎么又叫天易呢?柴门是他的笔名?

柴门与她几乎擦肩而过。

她本可以轻易找到他的,可她就是错过了!

谷子懊悔不已。

谷子当晚就住在那家小客栈,住进了柴门住过的小房间,似乎能闻到淡淡的烟味。

房间真的很小,一床一桌一椅。

靠窗的小桌上放一只简陋的台灯,打开来光线很暗。桌面很粗糙,也不平整,中间裂开一道长缝,可以伸进一根手指。谷子用手抚摸了一下,感觉有些刮手。桌面左上方放着一只烟缸,谷子拿起来看了看,这只烟灰缸实际上是一件天青色小瓷碗,周围是莲花,中间趴一只小青蛙,周边有烟火烧烤的痕迹和陈旧破损,看样子像个古董。莲花瓣在佛教图案中经常出现,这个谷子知道,但她不知道这么一个精美的小瓷器怎么做了烟缸,可见敦煌有太多的文物。这件瓷器和柴门有缘,谷子顿感亲切。烟缸里还残存着一些烟灰,看样子服务员只是把烟蒂倒掉了,却没有认真清洗,来前就听说敦煌缺水,看来是真的了。谷子放下烟缸,又晃了晃椅子,椅子是粗木做成的,已经有些歪斜,像要散架的样子,摇一摇嘎吱嘎吱响,谷子想不出柴门坐在上头怎么能够写作,并且一坐就是一个半月。他也许是在完成又一部作品才离开这里的。

谷子从小在城市长大,没到过乡村,没到过这么偏远的地方,当然也没有单独住过这样一个简陋的小客栈。可奇怪的是她居然没有觉得生疏,没有觉得孤单和害怕。在路上时,她还曾胆战心惊,但现在却坦然了,这个小客栈特别是这个小房间,居然让她感到一种温馨,像是有个熟人在和她做伴,这个人就是柴门。她没能捉住柴门,但她距柴门已是如此之近。就在两天前,他还住在这里,这房间的一切都是他曾使用过的,通过这些物品用具,她几乎可以触摸到他,似乎还能感到他的呼吸,听到他的脚步声,闻到他一身的烟味,看到他深夜伏案的背影。

当谷子坐在床沿上静静地看着面前简陋的桌椅、台灯和烟缸时,她似乎懂得了柴门为何能写出那样的作品。达克社长说他是沽名钓誉,可是有这样沽名钓誉的写作者吗?其实柴门应当是一个与世无争的人,一个苦行僧,一个简单、潦倒而又对生活充满激情的人。

木床很矮小,但很结实。

谷子起身摸摸床梆,摸摸枕头、薄被,这些都是柴门曾用过的东西。谷子忽然觉得那个叫柴门的男人还没有走,恍惚间似乎看到了他躺在床上的样子。柴门侧身躺在床上有点佝偻,骨架很大,却显得很瘦,不知是不是因为吸烟太多老是咳嗽,一条胳膊露在被子外头又细又长,皮肤苍白,有些营养不良的样子。也许是因为白天走了太多的路,或者熬夜太久了,他显得十分疲惫,睡觉时发出轻轻的鼾声,两只手护住脑袋,像要把自己藏起来。由于木床太矮小,尽管他腿是屈着的,两只大脚还是伸到被子外头去了,偶尔动一下就像抽筋。谷子顿生怜悯之心,忍不住伸出手去,想把他两只裸露的大脚拿到被子里去,一伸手才发现什么也没有。

谷子猛地抽回手,脸颊一下子红了。

房间里没有卫生间,也没有洗澡间。客栈里倒是有一间公共浴室,服务员说是男女公用,谁洗澡谁闩上门。谷子本想将就去洗一下,可当她拿出毛巾香皂刚出门,就发现一个肥胖男人拿着毛巾挤进浴室。那人真是太胖了,进门时就像硬塞进去的,进了门又回头往门框上踹了一脚,似乎嫌门框太窄小。谷子笑了一下,顿时打消了去那里洗澡的念头。她不能想象自己怎么能和这样一个肥得流油的陌生男人共用一间浴室。

但几天来长途奔波,身上脏得不行,实在要洗一洗了。谷子想了想,决定打盆水在自己屋里擦洗,她先打来一盆水洗洗手脸,又洗洗脚,倒掉后又打来第二盆水。这里天气仍很凉,水也是冰冰的,谷子本想用热水瓶里开水兑一下,想想又算了,不知为什么,她此时感到身上很烫,用冷水擦浴正好。她相信这些天柴门也是用冷水擦浴的,就想体会一下那种感受。可是当她要脱衣服时,心脏突然跳得厉害,于是本能地四处张望,门窗都已插死,窗帘也拉得严严的,一切都没有问题。可她还是有些发慌,感到有一双眼睛正看着她,这双眼睛不是从外头窥探,而是在房间里,那个人就坐在椅子上,站在空地上,或者就是躺在床上。没错,是柴门的一双眼睛。那双眼睛是温和的,鼓励的,欣赏的。怎么会呀?谷子知道自己在疑神疑鬼,柴门已经走了两天了,现在房间里只有自己住着,怕什么?谷子一边在心里为自己壮胆,一边再次巡视了一遍房间,在确信没有任何问题后,开始慢慢解开衣扣,脱掉上衣和裤子。当身上只剩下内裤和胸罩时,谷子又停了手,她还是觉得有一双眼睛在看着自己,真是见鬼了!看就看吧,反正我也没脱光,谷子有点生气,也有点赌气,还有点儿示威。然后她用湿透的毛巾擦洗起来,在冷水触到身体的一刹那,浑身猛一哆嗦,打了个寒战。这时已不能停手,谷子哈着寒气,又擦又搓,又蹦又跳,忍不住自己哈哈笑起来。她忽然感到这是一件很好玩的事。其实,谷子对洗澡一向有心理障碍。过去在学校时,她最怕和同学们一块进澡堂,尽管都是女生,可是当着大家的面把衣裳脱光了,总觉得是一件难为情的事。所以她总是拖到最后,等没人了或者人少的时候再去洗,就是这样还是胆战心惊,躲到一个角落里,赶快冲一把完事。她怕自己的裸体被人看见,也怕看见别人的裸体。看到别的女生的裸体后,第二天在校园里碰上,不管她穿什么衣服,还是觉得对方是裸着的,然后觉得自己也是裸着的,然后就羞得无地自容,赶忙低了头匆匆走开。谷子一直怀疑自己心理变态,自己把内心把身体都包裹得太紧了。但奇怪的是,一到运动场上,谷子就像变了一个人,在数千数万人的呐喊声中,浑身热血奔腾,恨不得撕扯光自己的运动衣,在跑道上裸奔。那时她不仅不胆怯,反而显得十分狂野。她知道自己很美,紧身运动衣勾勒出所有的线条,几乎和裸体没有什么区别。她向所有观看呐喊的同学老师充分展示着自己,心理和身体都得到完全的释放,而每一次释放都能让她平静几天。但过后又会胆怯害羞,像一头惊鹿一样惶然不知所措。

现在不同了。

这个小客栈的小房间只属于她自己。

至多还有那一双无形的眼睛。

看吧看吧,我不怕你!

在快速的擦洗中,谷子白嫩的皮肤渐渐变红,热力开始往外散发,她不再感到冷了。凉水撩到身上只觉得爽爽的,有一种受虐的快意。后来索性脱去内裤和胸罩,端起剩下的半盆水,从肩上一股脑儿浇下去,谷子欢快地叫了一声,突然想到一幅叫《泉》的油画,只觉得浑身都爽透了。

当她擦好身体重新换上干净的内衣钻进被窝时,突然闻到一股混浊的男人的气味。让她奇怪和难为情的是,这气味居然让她沉醉!以前可不是这样的,以前只要靠近一个成年男性特别是吸烟的男人,她都会感到头晕恶心,更不要说使用他们用过的被褥。这是怎么啦?

谷子呆呆地望着斑驳的天花板,紧紧咬住嘴唇,泪水一点点流出来,内心充满了委屈和伤感。因为她忽然觉得自己真的告别了学生时代,自己已经不再那么单纯。

后来谷子就睡着了。

也许是路上太累的缘故,她睡得很深。但半夜时却被一阵激烈的吵闹声惊醒了。谷子不知道出了什么事,好像是一个男人和一个女人在争吵,吵得很厉害。谷子爬起身,隔着一点点门缝朝外看,院子里站着两个人,一男一女,朦胧看不清晰。听语气女人好像是服务员,男人是旅客。旅客说你们的床太烂了,压塌了不怪我,还摔伤了腰,你们要赔我医疗费和惊吓费。女人说呸!是你自己不正经,那么胖还找个小姐,在床上杀猪样乱折腾,什么床都经不住,你必须赔偿客栈物品损坏费!男人很凶,女人也很凶,互相用手指着,各不相让。谷子听得似懂非懂,大体明白是那个客人的床压坏了,客人还摔伤了腰。谷子想起傍晚挤进洗澡间的那个胖男人,大概就是他了。但女人说他不正经,说他找个小姐在床上杀猪样乱折腾,她就不懂了。找小姐什么意思?和他睡到一张床上?在床上乱折腾又是什么意思?怎么会把床压塌?谷子似乎猜到一点什么,大约和男人女人的那种事有关,可她还是不懂,只是觉得好笑而新奇,又有点不好意思,因为自己在偷听别人的私密事。但这样的事怎好乱吵呢?

就在谷子云里雾里胡乱猜测的时候,突然听到院子里女人大叫一声,说你不要歪搅胡缠了,咱们去派出所解决!奇怪的是男人再没有应声,转身回房间去了,吵闹戛然而止。

谷子却睡不着了。

她回到床上打开随身带来的小电筒看看表,才两点十七分,离天亮还早。这时院子里没有争吵声了,却另有一种强大的声音渐渐传来,如浪如涛,在黑夜里汹涌而至,好像要摧毁小客栈,门窗都在摇动。谷子感到十分恐怖。她判断大约是风,这里就在大沙漠旁边,不会是沙尘暴吧?谷子不敢开灯,也不敢拉开窗户往外看,只听到门窗乱响,劈里啪啦,就像许多人在敲门,又像许多怪兽在爬窗。谷子吓得捂上头,一动不敢动,她真怕这小小的客栈会房倒屋塌,自己会不会死在这个遥远而荒凉的地方?想到这些,谷子浑身都在哆嗦,忍不住哭起来。那一刻,她感到自己这么无助,如果柴门还在这里,她想她会毫不犹豫地扑到他怀里。

到天亮时,沙尘暴戛然而止,外头一点声响也没有了。谷子疑疑惑惑爬起身,掀开窗帘往外看,天空碧蓝如洗,风平浪静,就像夜间什么事也发生。只是路边几棵树仆倒在地,还砸断了一棵电线杆,地上一片狼藉,可见夜间沙尘暴的威力。回头看被子上,竟落了厚厚的一层沙土。真不知沙子是从什么地方钻进来的。

从暗至明,这一夜让谷子恍若隔世。

石陀打发谷子外出寻找柴门,自己在家操持为柴门编选文集。他决定亲自编目,让谷子和梁朝东做责编,谷子不在家,由梁朝东做些技术上的工作。梁朝东说石总,搜集柴门的作品都是谷子做的,还是让她一个人做责编吧,我就不挂名字了,其余技术上的工作我照做。石陀说你也别客气,下面事还多呢,谷子还不太懂,就是在家也做不了,你挂名字不是空挂,要做实事的。梁朝东爽快答应了,说好。

美编小甲神神秘秘找到梁朝东,说梁子你最好别搀和这事,达克社长反对出这套文集,你又不是不知道。梁朝东说我不管,总编安排的工作,我不能不接。小甲说你就不怕得罪达克社长?梁朝东笑道,达克没这么小心眼吧?小甲说他总会不高兴的。梁朝东说这就没办法了。小甲说我看你还是找个理由抽身为好。梁朝东狐疑道,是达克派你来的?小甲忙否认,说不是不是,是我揣摩达克的意思。梁朝东说小甲你累不累?你还说我搀和,我看你才是瞎搀和!

小甲很没趣地走了。刚出门,见钱美姿正在门外偷听,气不打一处来,说你干么老是偷听人说话?钱美姿小声说小甲你别生气,我是来劝你的,梁朝东是狗咬吕洞宾不识好人心。小甲说你省省吧,我不需要!说罢气哼哼走了。

钱美姿愣了愣,立马走进梁朝东办公室,说梁朝东,柴门的文集你只管做,我看达克不能把你怎么样!梁朝东知道是她来了,也不抬头,说这事和你没关系,你少插嘴。

钱美姿也不尴尬,说梁朝东我知道你对我有意见,肯定有误会在里头,说不定有人挑拨我们的关系。

梁朝东抬起头,字正腔圆地说,我们没有关系。我对你也没意见,我现在正忙,请你去忙自己的事吧。我听那边房间好像有人吵嘴。

钱美姿说是吗?我去看看!立即旋风样出去了。

钱美姿是木城出版社耳朵最灵脚步最勤快的人。

除了一早一晚收收发发,钱美姿大部分时间无事可做,实在闲得无聊,她也会找一些书看,出版社有的是书。但看不一会就打瞌睡,必须到处走一走。她是个天生耐不住寂寞的人,总是想方设法引人注意。钱美姿巡视各编辑室的次数,远比达克和石陀都多。

当然各编辑室并不欢迎她。

各室编辑看稿累了,难免会有一些闲聊的时间,诸如社会新闻、黄色段子,笑闹一阵,调剂一下精神。但一看钱美姿推门进来,立时鸦雀无声,都低了头看稿,装作没看见她。

钱美姿最气的就是这个。他们时常无视她的存在,让她的自尊心大受打击。因此好多时候,她只能在走廊里走来走去。这种时候,她走路的脚步会很轻,耳朵却支棱着,细心捕捉各编辑室的声音,就像一头高度警觉又潜心伪装的母狼,随时准备扑向猎物。如果哪个房间哪位编辑不慎碰落一只茶杯,她肯定会在第一时间赶到事发现场:"出事啦?"一脸都是兴奋和激动。乃至发现掉落茶杯仅仅是个意外,既没有烫伤人,也没有扎伤人,立刻就显出失望的表情。

为此达克曾训她多次:"你什么心态啊?老巴着别人出事!"

钱美姿有时也想,是呀,这样不好。她记得小时候自己并不是这样的,那时她是个讨人喜欢的小姑娘,人长得胖嘟嘟的,一双眼睛不大却会说话,看见人就笑,邻居都爱逗她。在学校里特别乐于助人,经常把铅笔、橡皮送给同学。在街上看见乞丐,她会掏出自己的零用钱送给他们。那时她整天都是快乐的,这种快乐伴随着整个小学时代。升入初中以后,她发现自己的快乐在一点点减少,衣服的好坏,零花钱的多少,家庭背景,同学之间的关系,都能引发一些不愉快的事情。特别是学习上的竞争压力,几乎让她每天都在紧张状态中度过。钱美姿本来是很聪明的,但聪明的孩子实在太多了,大家都在争取前十名、前三名、第一名,但谁也无法牢牢占据前头某一个位置,这次考试是第一名,下次可能掉到第十名,老师就会批评,家长就会唠叨,同学们就会嘲笑,于是你只能拼命学习。大家就像掉到滚筒里,在名次上滚来滚去滚上滚下,真像脱了一层皮。同学之间的关系也不像小学时那么单纯了,互相戒备,互相嫉妒,互相排挤,互相嘲笑,互相提防,互相敌视,你一团我一伙也出现了。钱美姿在这个过程中成了一个三人小团体的头头,两个女生一个男生。三人中的任何一个人和别人发生矛盾,钱美姿都会冲到前头,和人争吵和人拍桌子。钱美姿发育很早,胸脯鼓起两坨,初中一年级就戴上了胸罩,身体壮壮的,显得人高马大。和她的身体一样,在学校这个小社会里,她的头脑也发育极快,和小学时的单纯、明净几乎判若两人。她懂得了戒备,懂得了竞争,懂得了嫉妒,懂得了排挤。她的三人小团体成了整个初中时代最显眼的组合。钱美姿就像一场拼搏后占据了一个制高点,刚刚松了一口气,却接连遭到沉重的打击。她先是发现自己的学习成绩在逐年下滑,从初一时的前十名,到初三时已滑到中游。接着又偶然发现她的三人组合中的那个女生和那个男生瞒着她在约会,这简直是背叛!她偷偷跟踪,居然发现他们在街角和公园拥抱接吻,还互相在对方身上乱摸。钱美姿简直气昏了头,冲上去每人甩了一巴掌,三人团就此散伙。这件事让钱美姿的自尊心、自信心大受打击。她的后院起火,让她在同学们面前失去颜面,一下子成了孤家寡人。她恨死他们了。他们互相搂抱接吻互相抚摸的场景在脑子里反复出现,她真是想不通那个男生能摸到什么,那个女生瘦得皮包骨头,胸前平板板的,屁股也是窄窄的。而自己这么丰满的身体却让他视而不见,钱美姿夜间躺在床上,既愤怒又伤心。这时她已无法集中精力学习，成绩直线下滑，终于没能考上高中。

这次人生的挫折，对钱美姿来说，几乎是决定性的。她昏睡半个月，起床走出门时，神经有点不正常了，时常会自言自语，看人的目光都是直直的，样子有点吓人。但清醒时又和常人无异，只是说话有点夸张，有点过分热情做作。钱美姿初中毕业后，先后到过五个单位，其中三家工厂，两家商店。她很想成为一个淑女，可她怎么做都不像，一是因为她骨子里就不具备那种气质，二是因为她内心里东西太过汹涌，她时而自言自语两眼发直，时而夸张的笑声和言行，让人感到害怕。表面上都和她敷衍着，实际上却和她保持着相当的距离。钱美姿是个聪明人，又极度敏感，当然感觉得到，可她无可奈何。她很想和周围的人处好关系，但她根本做不到。后来，钱美姿想通了，既然做不成一个可爱的人，就做一个可怕的人吧。而且她很快发现，做一个可怕的人比做一个可爱的人容易得多。做一个可爱的人要时时修正自己委屈自己，做一个可怕的人却是去挑剔别人，并把这种挑剔变成威慑。现在这个社会，去挑剔别人简直太容易了。因为这是个充满诱惑而又个性张扬的社会，只要你愿意，在你周围的任何人身上都会发现毛病，发现问题，甚至发现罪恶。

以正义的名义，去审视和揭露身边的所有人，没有比这个更合适更合算的了。

钱美姿意外地发现，上级鼓励这个。

钱美姿注意到，在木城大大小小的部门，都有一个举报箱。过去怎么就没留意呢？

举报是一件光荣的事。

可以受表扬。

还可以获奖。

钱美姿还发现，当她才意识到这是个名利双收的活儿时，木城已有了一个庞大的战果卓著的"举报族"。

很多罪恶被揭露出来:卖淫、嫖娼、吸毒、贩毒、拐卖人口、强奸、偷窃、黑社会性质的团伙、渎职……

很多贪官被揪了出来,很多犯罪分子被揪出来。

他们有的被判处有期徒刑,有的被送上断头台。

报纸、电台、电视,每天都在报道举报的伟大成果。

木城人欢呼雀跃。

于是举报就成了木城人最大的业余爱好。

木城大街小巷最大的风景不是文物古迹,不是花草树木,而是举报箱。成千上万个五颜六色的举报箱挂在每一个单位和街道的显著位置,充满了期待和诱惑,让你忍不住想举报点什么。

事实上,这些举报箱每天都被塞得满满的,装不下时,人们就往邮筒里塞,于是邮筒也成了举报箱。

钱美姿深受鼓舞,从此对举报充满了热爱,充满了激情。

钱美姿第一封举报信是举报她的车间主任。钱美姿本来很想在车间里干一个轻松些的活,比如登记材料、登记成品、检查质量什么的,因为她在工人中一直自认为是个文化人,可是车间主任不仅不同意,还经常批评她上班时间走神发呆。这是个机床车间,走神发呆不仅会影响生产进度,还容易出危险出事故。过去就有工人被削断手指的事发生。钱美姿很生气,车间主任竟然无视她这个文化人的存在,于是就盯上了他。不久,她就发现车间主任和一个年轻女工相好,两人下了班到城外约会。那天傍晚她一路跟踪,看到他们钻进河边一座树林子。钱美姿看看周围的环境,真是美极了,心里就很嫉妒。那时钱美姿结婚已经半年,丈夫是中学政治老师,一点情调也没有。从来也没带她去过公园什么的。就是做爱也不懂营造气氛,伸手就扒裤子,上来就是冲撞三下,然后一泻如注。这一点很精确,不多不少,就是三下。钱美姿还没回过神来,人就下去了。眼前这如诗如画的环境,让钱美姿心里更加不平衡。她本来想跟进树林看个究竟,她一直很纳闷,很想看看车间主任和那个女工是怎么做爱的,是不是也是三下。但她终于没敢,她怕被车间主任发现,就蹲在一片浓密的草丛里等候,内心就很委屈,人家在树林里做爱,自己却蹲在草丛里干等,这太残忍了。她想象着他们做爱的场景,不自觉把手伸进裙子里,却发现底下已经湿成一片,同时感觉大腿根痒得厉害。她想坏了,蚊子钻进来了。转头看看,天色已经黑下来,四周看不到一个人影,就有点害怕。眼看蚊子多得碰脸,她顾不上自慰了,赶忙把手抽回,挥打眼前的蚊子。但是没用,草丛里蚊子太多了,密密麻麻围住她叮咬。更可怕的是很多蚊子钻进了裙子里。她后悔下班时不该在更衣室换裙子了,穿着工装会好一些。她感到大腿小腿上也叮满了蚊子,于是又把手伸进裙子里胡噜,几乎一抓一把,感到手上黏糊糊的,那肯定是血。钱美姿这时很想立即逃走,可她咬咬牙忍住了没动。关键时刻,钱美姿是有狠劲的,她想来都来了,盯都盯上了,不能这么轻易放弃。就一只手挥打蚊子,另一只手抓紧裙摆,双目炯炯盯住树林的方向。抓紧裙摆后,外头的蚊子已不容易进入,但裙子里原有的蚊子却没法赶出来,它们仍在叮咬。根据皮肤痛痒的散面,钱美姿估计裙子里仍有上百只蚊子,现在只能这样了,让它们咬吧,喝饱了就不喝了。钱美姿这么想着,真有点悲壮的感觉。根据她的经验,做爱时只那么三下就完事了,加上脱衣穿衣,再亲亲嘴什么的,至多五分钟。谁知这一等就是一个多小时。直到钱美姿被蚊子叮得千孔百疮,车间主任和女工才搂着腰走出来,而且是女工搂着车间主任的腰,好像搀扶的样子。女工神采飞扬,车间主任疲惫不堪,看来这王八蛋累得不轻。做爱难道是个力气活吗?钱美姿记得丈夫每次都没费什么劲,就像做了几个俯卧撑,然后就起身看书去了。丈夫爱看书,一看就是半夜,都是些政治方面的书,还有报纸什么的。

钱美姿远远跟在车间主任和女工后面,离开河岸回城,看到他们在一个路口分开手各自回家,才停止跟踪。当晚回家,她就写了一封举报信,这是她的处女作。几天后,车间主任果然被调离了这个车间,降职为副主任。钱美姿这次写的是匿名信,虽说没受到表扬拿到奖励,但还是很高兴。她看到那个女工蔫头蔫脑的不敢看人,心里就很解气。由此她得出一个结论,决定一个人的命运不一定要去做官,一封举报信就够了。

钱美姿从此一发不可收。

从三个工厂到两个商店,走一路举报一路。她举报的都是小人物,身边的工友、同事。她很想举报大人物,比如厂长、经理之类,可她没机会接触他们,抓不住大鱼,抓几个小虾也是好的。事实上,钱美姿曾把所在单位的人全部举报过,有的还举报过几次。她惊喜地发现,举报根本就不是一件困难的事,只要你想举报,身边的每一个人都会有问题,比如经济问题,比如男女作风问题,比如贪小便宜,比如迟到早退。有些有真凭实据,有些可以是猜测,反正从来不会追究举报人。举报的结果可想而知。有的受了处分,有的被调离降职,有的挨了批评,有的被扣了奖金。钱美姿也因此拿了不少奖金,虽然零零碎碎没什么大数目,加起来也是一笔收入。钱美姿每次拿到奖金,第一件事就是买一瓶冰啤喝下去,因为她觉得心里很热,有股火在往上蹿,一瓶冰啤下肚,浑身就舒坦多了。钱美姿平时是不喝酒的,但这时候是个例外,钱是白赚来的,当然要慰劳一下自己。而且,她需要让自己平静下来,以便从容选择下一个目标。

通常情况下,木城各相关部门,对举报人的保密工作做得相当好,不然举报业不会这么发达。但消息还是会逐渐传出来,或者会逐渐被大家猜出谁举报了谁,这就会引起极大的混乱和麻烦,同事之间的矛盾不可收拾时,就只好把人调开。好在上级领导对此也是网开一面。所以在木城调动工作不是一件太难的事,这也是发展举报业的配套措施。钱美姿在十多年的时间里换过五个单位,就是因为在原单位无法再呆下去,大家像乌眼鸡一样互相戒备,互相检举,互相拆台,互相仇视。钱美姿来出版社之前,在一家肉联厂工作,因为举报一个女小刀手又偷肉,又偷男人,被小刀手知道后,拿一把剔骨刀追杀,小刀手被批评教育,钱美姿却不敢去上班了,从此失去工作。

钱美姿进木城出版社就是达克社长决定的。出版社老收发员退休,就派人去劳务市场挑人。劳务市场大多是农民工,也有木城下岗职工。去挑选的人带来三个让达克过目。两男一女,两个男的都是农民工,都三十多岁,而且还有高中文凭拿在手上。但达克对农民工没什么好印象。这个城市本来干干净净的,人也穿得整齐,但拥进来很多农民工,城市的秩序就乱套了,横穿马路,乱扔东西,随地吐痰,大声喧哗,穿着破衣烂衫到处行走。这叫达克非常生气。达克是个有洁癖的人,每天晨昏要两次冲澡(不是洗澡),一天换一次内裤,出门必是西装领带。走到大街上,看到那么多农民工到处乱窜,怎么能不生气?最可气的还不止于此,如果他们仅仅浮在大街上也就算了,问题是他们已逐渐侵入这个城市的内里。比如饭馆、澡堂。这也罢了,他们要吃饭,要洗澡。可是在舞厅、酒吧、公园,居然也能看到他们的身影。这就太过分了。有一次达克带一个外国朋友正在酒吧品尝法国葡萄酒,忽然拥进来七八个农民工,打头的像个工头,嚷嚷着说我请客我请客!达克立刻闻到一股热烘烘的汗酸味。他们坐定后竟然一下子要了三十瓶啤酒,一人抢了一瓶用嘴咬开盖就那么嘴对嘴地喝起来,且哄闹不断。外国朋友皱皱眉头,他是有理由皱眉头的,酒吧是个安静朦胧暧昧的场所,哪能这么闹腾?达克觉得很丢脸,忍不住起身走过去训斥说,你们是干什么的这么大喊大叫酒吧是个安静的地方想闹腾回工地上闹去!一群农民工立刻愣住了,面面相觑,他们看达克像个大官,都不敢吱声了。工头脸上有些挂不住,起身顶撞说你还能不让人说话?达克说酒吧里有你们这么说话的吗?工头也火了说你们那也叫说话叽叽咕咕全像他妈娘们似的老子就这么说话！说着嗓门又提高了。酒吧老板忙闻讯赶来，这时达克已经一把揪住工头的衣领，工头也揪住达克的衣领。酒吧老板忙上前拉开劝解。几个农民工怕惹麻烦，拉上工头提上啤酒就往外走，说咱们去马路上喝，总不会有人管了吧！后来他们就在酒吧外的马路边上席地而坐，把三十瓶啤酒喝光了才走。

但达克从此对农民工更加厌恶。他的出版社是不允许进农民工的，挥挥手就把两个高中生打发走了。后来他又看看面前的这个女人，三十多岁，正用巴结的目光看着他。达克喜欢这种目光，而且她身体壮硕，想必也是有力气的。出版社稿件书籍多，搬动这些东西需要一些体力。再看看她的文凭，是初中毕业，就摇了摇头。当时正好文学编辑梁朝东来看热闹，翻了一下她的文凭，随口说一句："才初中毕业呀？"那女人想这下完了，脸上现出绝望的表情，她在劳务市场已经转了三个月，才赶上这个机会的。但这时达克却说："你留下吧。"他不喜欢下属乱插嘴，更不能让下属代他做决定。

钱美姿就这么被招聘进来了。

这真是个意外的结果，当时高兴得真想搂住达克的脖子亲上一口。她知道这是个出版社，今后要和书和知识分子打交道，自己也成为他们中的一员了，就对达克千恩万谢。这之前，她一直在观察达克，一看而知，这是个握有权力并让人感到他有权力的人。根据她平日和举友的交流，这种人一般都会成为可以期待的举报对象。当时钱美姿就想，终于可以瞄准一条大鱼了。在这之前，她举报的都是小鱼小虾，让她在举友面前很没面子。钱美姿知道，有些举友是瞧不起她的，说她是家庭妇女式的至多是街坊大妈式的举报路数，太过琐碎，不上档次。他们中有些人是专门举报大官的。但举报大官并不容易，比如举报一个副局长以上的官，你就必须花大力气，明察暗访，跟踪窥视，长时间地收集各类信息。有人为此辞去了工作,一时没有了经济来源,闹得穷困潦倒,甚至夫妻离婚。但他们意志坚定,面黄肌瘦却双目炯炯,死死盯住一个目标不放松,所谓三年不开张,开张吃三年,终于掀翻一个大官,奖金也十分丰厚。那种成就感不是钱美姿所能体验的。钱美姿就认识一个叫刘三的举友,那人四十多岁,老婆早已和他离婚,就是一个人租房子住,穷困时在大街上捡垃圾卖钱糊口,但有钱了也会去五星级饭店,要几样很精致的菜和一瓶红葡萄酒,一个人慢慢喝,那派头丝毫不亚于一个亿万富翁。这叫职业举报人。钱美姿就做不到,她需要一个家庭,一份工作,举报只是副业或叫业余爱好。现在让她做职业举报人还做不到。但她崇拜像刘三那样的职业举报人。

　　钱美姿到出版社三个月后开始举报。第一个被她举报的人不是达克,倒不是因为达克聘用了她而心存感激,而是一时还抓不到把柄。她首先举报的是梁朝东。因为梁朝东在她应聘那天说了一句话:"才初中文凭呀?"就凭这句话,钱美姿就恨上他了。而且她很快发现这家伙喜欢上班时间外出,自由散漫,就这一条就该举报。但出版社好像和工厂、商店不一样,上班时间是可以到处走动甚至外出的,社长达克和总编石陀都不太管,任由那些编辑出出进进。钱美姿就感慨,当知识分子就是不一样。但梁朝东似乎格外散漫,常常上班迟到,下班早退,还一路打着手机,嬉皮笑脸说些调情的话,明显对方是个女人。这家伙毫无顾忌,好像根本就不怕别人听到。有时在收发室,当着钱美姿的面,一边翻看信件,一边还和女人打电话约会。

　　几天后,钱美姿就向达克反映了这件事,没想到达克说当好你的收发员,别的事你少管!完全是训斥和不悦的表情。这让钱美姿很意外。她本来以为达克是不喜欢梁朝东的,那次应聘时,达克不顾梁朝东对她的贬损,断然决定招聘她就是明证,平日也没见过梁朝东跟在达克左右。可达克为什么对梁朝东不敢管教呢,难道梁朝东有什么背景?钱美姿发现达克对二编室许一桃就特别客气,是因为许一桃的丈夫是木城市纪委书记铁明,这层关系她不久就打听到了。可她并没有听说梁朝东背后有什么硬关系。

钱美姿又向总编石陀反映梁朝东的情况,可她说了半天,石陀也看着她听了半天,神态非常专注,末了却说小钱你去看看,外头是不是下雨啦? 原来他根本就没听进去。钱美姿已经听说过石陀是个怪人,就没有太计较,看起来这个人像个书呆子,对有学问的人,她还是有些敬意的。

钱美姿决定,还是集中精力盯住梁朝东。举友的经验告诉她,盯住一个人一定不要放松,时间久了就一定会发现问题,这个社会上没有人没有问题。

后来证明,这个道理不仅是对的,而且是意外的容易。因为梁朝东这小子在女人问题上从不隐蔽什么,他几乎是毫无顾忌,大大咧咧,咋咋唬唬地搞女人。钱美姿跟踪过几次,梁朝东一到楼下,就会有漂亮女孩子走来。梁朝东也不怕人看到,上前不是揽住腰,就是搂住肩膀,有时还拍拍屁股,然后一同走向停车场。停车场有他一辆漂亮的蓝色小车,两人亲亲热热上车,然后就开走了。看得钱美姿目瞪口呆。

有时候,梁朝东还干脆把女孩子领到编辑部里来,而且隔些日子就换一个,几乎个个都是时尚漂亮的小姑娘,还有丰满美丽的少妇,后者钱美姿能看得出来,年龄要比梁朝东大好几岁。但梁朝东向大家介绍时,一概称为女朋友。还嘻嘻哈哈向大家发烟发糖,让你感到他马上就要结婚了。可他和谁都没有结婚,过些日子又换一个。这不是玩弄女性吗?

钱美姿很愤怒地写了举报信。

这次她学聪明了,直接把信寄给了出版局和木城纪检部门。她在信中粗略统计了一下,梁朝东玩弄女性按半月换一个,一年就有二十多个,按三年计算,就有六七十个,这简直太惊人了。流氓!这是个标准的道德败坏分子,不判刑起码也得开除公职。她真是想不通,出版社怎么能容忍这样的人当编辑!

这封举报信起了作用。

纪检部门倒是没有直接过问,因为梁朝东只是个小人物,光领导干部的事还查不完,哪顾得上这些小人物?但他们把信转给了出版局。出版局对梁朝东的事也有所耳闻,却没想到会这么严重,连市纪检部门都收到了信,这下不敢怠慢了。就派一位处长到木城出版社处理此事。

达克对梁朝东的作为当然是了解的。他也曾劝过他赶快确定个女朋友尽快结婚,梁朝东每次都笑笑说不急。可他没想到会有人把这事写成举报信,就有些不高兴。他是木城出版社的一把手,社里有事捅到纪检部门和出版局,让他觉得很被动。达克有很强的地盘意识,手下人他自己可以批评,但不能让别人说三道四。

达克给出版局派来的处长说,这事不能听一面之词,得商量商量。处长说有什么商量的,举报信都到市纪委了。达克说你以为举报信上说的都是事实啊?我看起码有一半都是捕风捉影。处长说达克你这话可没有依据啊不要乱说,咱们市重点保护的人群就是举报人员,这话要传出去可是原则错误。达克被他捏了一把,知道不好硬顶了,就顺水推舟说,要不你和石总说说,梁朝东是编辑,归他管。处长想想也对,就把石陀叫来商量,把举报信的事说了一下。没想到石陀吃惊地瞪大了眼,说你们是不是太闲了,这种事也管呀?

达克耸耸肩,他知道石陀会这么说。

处长知道这事和石陀说不清,达克是社长一把手,还得让他表态。就堵住达克不让出门。达克无奈,只好说你和梁朝东先谈谈,总要先核实一下情况吧。处长说也好,不过你得在场。达克说我还有事,和印刷厂说好的,今天要和他们洽谈业务,说着要走。处长一把拉住他说,谈完了你再去,无论如何你要在场,你是行政领导,不能不在场的。

达克没想到这个处长还是个牛皮糖,大家原都是认识熟悉的,不好太让他下不了台,只好答应下来,就派二编室的主任许一桃去喊梁朝东。梁朝东正好刚带了个新女朋友回到办公室,听说叫他,忙颠颠儿地跑进达克办公室,一看处长也在,一脸严肃的样子,就说是不是日本人又侵略中国啦?我报名上前线!达克说梁子你别嬉皮笑脸,处长要给你谈正经事呢。然后处长就问了梁子交女朋友的事,梁子说有是有,就是你说的数字不对。处长说怎么不对,三年处六七十个,还给你少算呢,梁子说干吗少算,那也是我的人生经历,实际我处了一百多。处长啊了一声说这么多?梁子就笑了,说一百多还多啊?你想中国有十多亿人口,女人占一半,适合谈对象的起码也得上亿,我才谈了一百多人,就能找到最适合我的人,怎么可能!达克插嘴说梁朝东你累不累啊?梁朝东说不累不累,实在累了我就休息两天,请领导放心。处长很生气,说你成何体统,还这样满不在乎?梁朝东很纳闷,说处长你让我在乎什么?处长说你不认为影响太坏吗?梁朝东说怎么个坏法?我是坏了国家法律还是坏了出版局的规定?谈对象最多可以谈几个有规定吗?处长一时语塞,说当然没有规定,但社会上有你这么谈对象的吗?梁朝东说你这么问就小儿科了,我既然不犯国法,也不违反规定,咱们就没什么好说的了,说罢转身就走。

处长气得面色铁青,说达克你看你看,这就是你带的兵,这种人也能当好编辑?达克说处长你别说,梁朝东在组稿编稿能力上可是一员大将,在出版社数一数二。处长摇摇头起身走了,说真是奇了怪了。达克耸耸肩,说老兄走好。

在这整个过程中,钱美姿一直没有出现,可她躲在门外什么都听到了。她没想到会是这个结果,连出版局也治不了梁朝东。梁朝东出门时看到她了,钱美姿冲他笑了笑。她决定佯装无辜。

事后达克排了一下队,他认定此事是钱美姿所为。虽然木城举报成风,但出版社从没有出过这样的事。再说梁朝东又是个活宝,大家都喜欢他,也经常为女人的事当面臭他,但不大可能背后下刀子。

达克没想到这个收发员会有这一手,看来也是木城举报族的一员。此前达克对这个人群差不多一无所知,虽然举报族在木城搞得很有声势,但他对他们不感兴趣,私下里把他们看成一群告密者,是一些上不得台面的人。有一次和许一桃聊起此事,许一桃说也不能一概而论,说举报者中有些人素质相当好,很富有正义感,看到丑恶现象不能容忍才举报的,有的甚至实名举报,以示光明正大。事后也不要什么奖金。只是这个队伍鱼龙混杂,加上上级提倡,一些人就带着个人目的加入举报队伍,情报真假难辨,纪委也是头疼得很。对许一桃的话,达克是相信的,她是木城纪委书记铁明的夫人,她的观点,大约也是铁明的观点。但达克对这些人还是没有好感。

梁朝东被举报,让达克很恼火,可他并没有把钱美姿开除,就像什么事也没发生一样。这让出版社的人很奇怪。大家都知道,达克对他不喜欢的人,一向下手很重。以前出版社曾有一个出纳、一个后勤人员、一个编辑,不知什么原因得罪了他,不久都被调走了。达克眼里容不得沙子,对石陀,他也老早就想把他赶走的,无奈出版局欣赏那个呆子,达克没办法,所以达克对出版局也是一肚子意见。

留下钱美姿是个意外。谁也不知道达克为什么突然温柔起来。有人开玩笑问美编小甲,说社长该不是看上那个女人了吧?小甲说扯淡!就社长这品位,会看上她?

谷子没有马上离开敦煌。

柴门几乎在她面前重又消失,让她很沮丧。她不知该往哪里追赶,更不想这么快就回木城。她想在敦煌住几天,从容想一想下一步怎么办。再说敦煌有那么多好看的东西,连柴门都被吸引来住了一个多月,自己来都来了,当然也应当看一下。

之后的几天,谷子看敦煌石窟、鸣沙山、月牙泉,也去了玉门关和荒滩戈壁,果然撼人心魄。历史上玉门关那么大名气,如今只剩下几面残破的土墙,矗立在荒滩戈壁上,真叫人感叹岁月的无情。玉门关前的空地上,坐着一位衣衫褴褛的老妇人,头发在风中飘散着,面如黑陶,满脸皱纹几乎看不出哪是眼睛哪是嘴巴。老妇人神态木讷,面前放着几件破旧的碗碟,不知属于什么朝代,看来是出售的。但玉门关并没有什么游人。谷子是租一匹骆驼去的,半天也没见什么人来,只有为她拉骆驼的老汉蹲在远处抽烟,一动不动,也是面如黑土。这老汉肯定是认识老妇人的,他拉骆驼来这里应当不止一次,可他们并没有打招呼,互相之间如同陌生人,神态冷漠得很,谷子感到这两个老人就像陶塑,似乎和玉门关一样,也是古代遗存,心里觉得有些苍凉。谷子知道,玉门关是汉武帝时设置的,因西域输入中原玉石取道于此而得名,又是一个兵家必争之地,她还记得"岁岁金河复玉关,朝朝马策与刀环"的句子,好像出自柳中庸的诗《征人怨》。谷子是学现当代文学的,古典文学功底也很好,她喜欢那些虚缈的唐诗宋词和古代文选,沉浸其中,让她和现实的世界隔得很远,内心沉静而孤独。她喜欢这种感觉。

差不多两千年过去,玉门关已经彻底废弃,除了几面千孔百疮的残墙,已空无一物。但它蕴含和传递的信息,就像它周围的堆积物一样深厚。不远处的疏勒河静静流淌着,这是一条和玉门关齐名却更古老的河,它肯定见证过玉门关的繁华和衰落,可它也是冷漠得很,近在咫尺的玉门关的故事似乎和它无关。就像面前的这两位老人,他们肯定共同经历过一段历史,互相看得见,互相熟悉对方,却沉默着什么也不说,连招呼也不打一个。日子就是这样流淌的。一千年,两千年,该发生的都会发生,有什么好说的?说与不说有什么区别吗?

玉门关已成历史的残片。柴门来时,看到此情此景,会有怎样的感慨？他会像自己一样，围着玉门关残墙转几圈，然后枯坐一旁感慨万千吗？

谷子又一次走近残墙，仔细察看，上头依稀有几个胡乱刻画的字："×××到此一游"。谷子心里一亮，又往别处察看，也许会发现柴门的名字？但她绕墙一圈，并没有发现。这其实是意料中的事。柴门当然不会像一些浅薄的游客那样，到处胡刻乱画。尤其像玉门关这种残破的遗迹，哪怕用瓦片划一道浅痕，都是对它的极大伤害。

谷子离开玉门关时，犹豫着走到老妇人面前，在距她几步远的地方站住了。不知为什么，她有点怕她。如果不是远处蹲着那个拉骆驼的老汉，谷子会以为这老妇人是这荒滩戈壁上的一匹女妖。谷子想向她打听一点什么，也许她是见过柴门的。但想想又算了，见过又怎么样？柴门终归已离开，消失得不见踪影。老妇人显然知道谷子就站在那里，可她对她似乎不感兴趣，眼皮抬了抬又合上了。她大概能看出，这个年轻漂亮的女子，不会买她的古董。

谷子咬咬唇，转身走了，眼里噙着泪水。她突然很想哭。

但就在这时，老妇人在后头说了一句："他来过的。"声音显得遥远而飘忽，很快被戈壁的风刮走了。

谷子一惊，又站住了。她是说……谁？……是柴门吗？如果是，她怎么会知道我在寻找柴门？如果不是，她又在说什么？

谷子毛骨悚然，转头看住她。

老妇人又把眼闭上了。神情依旧木讷而怪异，就像刚才什么话都没说过。

离开玉门关，谷子骑在骆驼上有点后悔，为什么不问老妇人一些话呢？也许她会知道柴门更多的情况，起码可以让她描述一下柴门的年龄、长相、个头，和客栈服务员的介绍互相印证一下，这样在今后的寻找中就会减少一些盲目性。

谷子骑在骆驼上回头张望了一眼,玉门关已经远去。拉骆驼的老人好像猜到她的心思,说:"那是个女巫。"

然后再没有话。

谷子一愣,这么说她只能知道这些了。女巫什么都知道,但她只是说她该说的和想说的话,不想说的话问也没用。谷子过去只在书本上知道女巫,今天还是第一次见到真人。她真是觉得奇怪,这么遥远的地方,这么荒凉的戈壁,怎么会碰上一个女巫,而且女巫会知道她在找谁。就连这个拉骆驼的墨炭一样的老汉也是怪怪的,简直就是半仙之体,他怎么猜出我的心思呢?谷子忽然有点害怕,看来寻找柴门不是个简单的事,好像藏着无数玄机,现在已陷入一个八卦阵,一切都显得扑朔迷离。

她无法预知,今后还会遇到什么稀罕古怪的事。

回到敦煌客栈,谷子就遇到了。

她没想到来得这么快。

她本来是收拾行装,准备第二天离开的。去哪儿还没想好,她想反正得离开敦煌,就先到兰州再说吧,兰州和敦煌同属于甘肃省,又是省会,不管去哪里,都可以从那里中转。

大体收拾好行装,谷子又坐在桌前检点钱包,一副无精打采的样子。钱还是很充足的。临离开木城时,石陀让人给她取了一万块,还几乎没动,有这么多钱在身上,可以去国内任何地方,石陀还说,在外头钱不够了就打电报打电话,他会立刻把钱汇过来。谷子想起石陀期盼的目光,一下又感到压力,这么样回去,肯定会让他失望的。她在心里说,必须打起精神继续寻找。可是到了兰州,又该去哪里?谷子叹一口气,把一枚硬币拿在手上把玩,硬币却脱手掉到桌子上,滚了几下,突然沿桌上一条缝隙掉到桌里了。她听到当啷一声响,大约是掉到抽屉里了。谷子觉得好笑,却并没有急着去找。因为她看到桌上那条缝隙又想起柴门趴在这张破桌上写作的情景:蓬首垢面、胡子拉碴、烟雾缭绕,佝偻着背伏案写作……

谷子没见过作家是什么样子,她只是凭想象为柴门写作画像,会是这样吗?当然只能是这样。这是从那天一住进来就形成的画面,已经无法改动,这样就很好,这形象让谷子感动又心疼。谷子感到身上又有了力气,当然还要去找,路途还漫长呢,这才找了一处地方就泄气,太不像话了。她记得石陀曾向自己描述过追踪柴门的景象:荒原上柴门像一头落荒而逃的狼,谷子拼命在后头追赶,衣服已被荒原的荆棘划扯得丝丝缕缕,几乎裸体一样,披头散发拼命追赶。谷子这么想着时心跳在加速,那是个多么让人神往的场景啊!

谷子收好钱包站起身来,才又想到那枚掉进去的硬币。她犹豫了一下,要不要捡出来,不就是一块钱嘛。可她还是弯腰去拉抽屉了。刚住进来时,谷子就拉过这个抽屉的,因为变形当时没有拉动,就再也没有动过。现在她抓住把手抖动了几下,一阵咔嚓乱响,抽屉终于被拉开了。没错,硬币果然在里头。谷子捡在手里,发现抽屉里还有半张纸,会不会是柴门的遗留物?一瞬间,谷子有点激动,如果是柴门的东西,一张纸片也是好的,那毕竟是他的东西啊!谷子伸手拿出来,白纸。是半张白纸,没有方格的那种,上头居然还有字,非常潦草,是一些省的名字和一些地名,很多名字都没有听说过。看得比较清楚的是下头一些地名:阿坝、黄河第一湾、九寨、黄龙、羌寨……另外还有一些划掉的字,已不清楚。

谷子手捧纸片,一时激动得发抖,这些好像都是地名,说不定就是柴门要去的地方! 她相信这半张白纸就是柴门留下的。

是的。

不是他,还能是谁?

他是无意遗落,还是有意留下的?

可能是无意遗落。他为自己下一步的旅行做了一个计划,随手划在纸上。想到一些地方,不知什么原因又划掉了。在划掉那些地方的时候,并没有想清楚究竟要去哪里,于是就在被划掉的地名上漫不经心地继续涂抹,直到再也认不出那是什么字。这时他终于想清楚了,就是要去纸片上写下的那些地方,然后写下来,然后随手丢在抽屉里。

如果是这样,也没有什么好奇怪的,人在旅途中总会丢失一些东西,甚至是最重要的东西,何况这半张白纸已不重要。心里想清楚去哪里并且记住了,这半张纸就可有可无了。但它对于谷子来说,却无异黑夜中的一座灯塔,找到了前进的方向。

这是又一个奇迹,让她在最后一刻得到了最想得到的东西。

可谷子并不满足于这个推测。因为有了遇到女巫的经历,她有点怀疑是不是柴门有意丢落的。就是说他知道有个女编辑在找他,却不愿让她找到,因为这会打扰他的生活。可他又觉得奇怪。他一直独自生活在世外,现在人间派人来找他了,他不明白为什么要找他,尤其派一个女编辑。他对这个女编辑有一点好奇,又说不上有多么大的兴趣,就故意留下这半张白纸片,放在抽屉里,不太容易发现,就看她有没有缘分了。即使发现这半张白纸,上头有他要去的地方,也是千山万水、云里雾里,找到他并不容易,这又要看她有没有决心了。

谷子宁愿相信后一种判断。

柴门,我和你有缘。

柴门,我一定要找到你!

谷子把那半张白纸收好,又擦个澡,上床睡觉。现在她不担心了,她相信在寻找的路途上,冥冥中,会有人给她指点迷津。

第五篇　天柱的木城

方全林见到天柱的第二天傍晚,就认定这个城市修造那么多高楼是造孽,这片方圆几百里的地方给毁了。

那天傍晚,天柱开着他的破吉普,带上方全林进城兜风,说全林哥我带你到处转转,看看楼房街道,木城的夜景可漂亮了。方全林笑道,天柱听口气好像木城是你家的菜园子。天柱也笑了,说我家菜园子模样倒忘了,这木城大街小巷可摸清了,你放心不会迷路的。

天柱开着吉普满城转,大街小巷,果然是高楼林立,灯光灿烂,看得方全林头晕。又看无数男男女女,蚂蚁样稠密,大都行色匆匆,面无表情。方全林就感慨,城里咋住了这么多人,都挤在这里怎么住啊？天柱指指路旁的住宅楼,说全林哥你看,都住这种楼上,一家一户的。方全林抬头看看,说这和养画眉鸟有啥区别？天柱说和养画眉鸟差不多,只是多了一把钥匙,可以自由进出。方全林忽然想到一个问题,说他们要是屙屎撒尿咋办,从楼上跑下来也来不及呀。天柱大笑,说他们每家都有厕所,拉屎都在屋里。方全林就吃一惊,屙屎在屋里头,还不臭死人？天柱说拉到马桶里,一按按钮,水一冲就从下水道里冲走了,不臭的。方全林说屎尿冲到下水道里又流到哪里去啦？天柱说我也不知道,反正一冲就没有了。方全林连说可惜了可惜了,这么好的东西,要是收起来放田里,都是上好的肥料,几百万人的粪便,一天就是几百万斤,多大一笔财富,可惜了可惜了！天柱笑道,全林哥我看你别当村长了,到木城来当市长吧。方全林说我要是当了市长,第一件要做的事就是把粪便收集起来,运回草儿洼去,咱们几千亩田会肥得流油。天柱笑起来,说全林哥说了半天,你还是村长的出息,什么脏东西都往草儿洼拉。方全林也笑了,说粪便在城里是脏东西,放到田里就是宝啊。天柱你算过没有,全国有多少城市?城里住了几亿人?要是把粪便收集起来,全都送到乡下田里,省钱不说,还改良了土壤,那些化肥不仅花钱,还把田都弄坏了,这笔账咋没人算?天柱摇摇头,说粪便还是小事,城里人糟践的东西太多了。就说饭馆,每天倒掉的饭菜就无数,一只鸡,一只鸭,一条鱼,没动几筷子都扔了。方全林说就没人管?天柱说谁管这个?你再看这满城的灯光,五光十色的,漂亮是漂亮了,可是得费多少电啊?这就是城市,和咱们乡下太不一样。咱们乡下夜间照明靠天光,靠星光,靠月亮,一分钱都不要花,看着还舒服。方全林说是啊,这城里咋看不到星星月亮?天柱说都让电灯光遮住了,城里人不在乎这个。算了,全林哥咱不说这个了,我带你去看一座高楼。方全林说高楼有啥看头,今晚看的不都是高楼吗?到处都是,看了晕眼。天柱说这座高楼不一般,叫出版大厦,木城第一高楼。方全林说有多高,天柱说究竟多高不知道,只听木城人说要是从出版大厦上掉下来得死三回。方全林说怎么死三回,啥意思?天柱说他们是这么说的,先是吓死,然后是饿死,最后才落到地上摔死。方全林哈哈大笑,说扯淡,饿死一个人得七八天,这么长时间掉不下来呀?天柱也笑了,说人家木城人也就是夸张夸张。

不大会,车子到了木城出版大厦旁边,天柱停下车,两人下来,天柱指指面前一座高楼,说全林哥你看够高吧?方全林仰起头,乖乖,差点仰面朝天摔倒,大楼高得入天,楼身被五颜六色的灯光包裹着,闪闪发光,形状有点奇怪。天柱说整座楼就像一部翻开的巨书矗在那里,那上头的光有字有图,还不断变化,就像翻书一样,据说那些字都是什么名著。人站在楼前,就能读书。方全林眯起眼看了一阵,说天柱我想撒尿。天柱笑道,全林哥怎么啦?方全林说我一不舒服就想撒尿。天柱说这一带没有公共厕所,要不你就在前头小花园里撒吧,里头有树木,别人看不见的。方全林说行吗?天柱说没问题,这小花园里树木还是我帮他们栽的,全当施点肥料。要不我陪你去。

两人走进小花园,在一棵树下各撒了一泡尿。方全林在撒尿的时候闻到一股土香,系上裤子弯腰抓起一把土,在手里捏了捏,说土质好得很,要是种麦子,一亩能打上千斤,种谷子也能收五百斤。日他娘,糟蹋了!

就在这时候,天柱说了一句让方全林惊心的话:"全林哥,你信不信,有一天我要把整个木城变成一片庄稼地!"

方全林本以为他在开玩笑,可抬头看他时,天柱一脸狡黠的样子。这神态有点怪怪的,他知道天柱一向稳重,不是个爱开玩笑的人,何况这玩笑也开得太大,这么大个城市变成庄稼地,咋变?除非把木城炸掉,整个夷为平地,可是炸一栋楼也得抓起来呀!

方全林一时愣住了,好一阵说不出话来,他还在掂量这句话的含义,还在想天柱怎么会说出这么没头没脑的话。他怀疑天柱遇上了什么不顺心的事,而且是大不顺心,心里藏满了敌意和仇恨。要是这样,问题就严重了。他是村长,不能看着天柱干傻事。但他又不能确定自己的判断,于是小心翼翼地说天柱你刚才说啥?

但这时出了一点意外,两个保安走过来,说他们在花园里撒尿,要罚款。天柱二话没说,掏出一百块钱交给他,拉起方全林就走,说全林哥,咱们找个地方喝酒去。方全林没有推辞,他想也好,喝点酒才好推心置腹,他得好好开导开导他。

走到马路边时,方全林突然停住了,说天柱你看那个人在干什么?天柱顺他手指的方向,往一条岔开的小路看去,那条小路上没什么行人,但有个人正蹲在地上,用一把锤子砸马路,发出很结实的声音。天柱觉得奇怪,就悄悄走过去看。那人戴个眼镜,穿一件蓝布长衫,神态十分专注,手里的长柄小锤扬起落下,嘴里还发出吭吭的声响。天柱发现,好好的马路已被他砸得酥了,马路边缘已被他砸坏了十几米长,上头的水泥块虽还连着,但出现很多缝隙。天柱弯腰抠出一小块破碎的水泥,下头露出黑乎乎的土层。他不明白这人在干什么,显然不像是修路工人,倒像一个破坏马路的。天柱突然有一种莫名的兴奋,尤其看到水泥块下的黑土层。就弯下腰,说师傅你这是干什么?那人看了天柱一眼,先是愣了一下,然后碰见老熟人似的,一把抓住他的手,压低了声音说别嚷嚷,又往周围看了一圈,才神神秘秘地说,把水泥地砸碎了,下头就能长出草来,懂不懂?说着抠出一把土来,说你闻闻多香啊?好土哇!我以前都是砸开一个洞,那样会崴了行人的脚。后来我发现,把表层砸酥就行,草芽的力量很大,只要有一点缝隙,就能钻出来,要不多少天就能发成一簇簇一片片的,有一天满城都是绿草植物,你说美不美?天柱兴奋地点点头:"美!美!"

仿佛他们早就是同谋!

天柱一瞬间变得异常恍惚,心里热热的。面前的这个人让他感到亲切,他们居然想到一起去了。天柱激动地看着他,说大哥你叫啥名字,以后我可以找你吗?那人连说当然当然,我叫石陀,就在前面出版大厦上班,以后你只管来,你叫什么名字?天柱说我叫天柱,木城绿化队的,我最喜欢绿草植物,木城很多树木花草都是我搞起来的,手下有一千多人马呢!石陀说好好好好,说着把长柄铁锤往蓝布长衫里一揣,起身走了,一副慌慌张张的样子。天柱回头看,两个巡警正慢慢走来,但看来他们并没有发现什么异常。

天柱赶忙走回,方全林正在纳闷,说那人你认识?天柱说比认识还认识。方全林说啥意思?天柱一挥拳头,兴奋地说都是道上的!方全林心里咯噔一下,心想完了,天柱入了黑社会了。拉起他就往车前走,说天柱咱们去哪里喝酒?天柱说你跟我走,有个老地方。

两人重新上车,天柱开车穿行在街道上,速度有点快。但方全林没有制止他,他知道天柱心里汹涌着什么,只是有点担心。天有点晚了,街上行人还是不少。方全林注意到,傍晚时在街头散步的中老年人不见了,游走在街头的年轻人多了,而且多数成双成伙,走路也快,好像要去什么地方。让方全林特别注意的还是那些年轻女孩子,说真的他有些耳热心跳。她们穿得很少,膀子露着,大腿露着,甚至肚脐也露着,皮肤都很白嫩,胸前几乎没有什么遮掩,就是一件短短的胸衣,紧紧勒出两个奶子的轮廓,一走一跳的,说说笑笑招摇过市,或者走进一个个酒吧茶社。方全林隐约觉得那不是什么正经地方。他有点担心天柱带他也去这样的酒吧,又暗暗希望他带自己去那样的酒吧,因为他很想看看里头的情景,看看那些人在里头干什么。他忽然想起火车站附近地下旅馆的老板娘,那个女人叫王玲,深更半夜还在忙着拉客人,她说过城里有人生活在地狱,有人生活在天堂里。面前这些人大概就生活在天堂里了,不由怜惜起那个叫王玲的女人来,心想走的时候应当再去看看她。

　　就在方全林胡思乱想的时候,天柱已把车子停在一个胡同口。方全林看胡同口有几个字"雨丝巷"。天柱说这雨丝巷是后来改的名,原先这里叫驴市巷。据说巷口这一带原先空旷得很,是个几百年的牲口市,又以卖毛驴居多,因为木城人爱吃驴肉,驴子又可以当脚力,所以这个牲口市差不多就是个驴市。别看木城现在满大街都是汽车,五六十年前满大街还是马车、毛驴车,到处都是马粪驴粪,这周围还是菜田、庄稼地。方全林笑道,城里人也是没出息,叫驴市巷多历史啊!天柱也笑了,说城里人就这毛病,容易忘本,比如说他们两代、三代前还在乡下,现在"乡下人"三个字就成了骂人的话。方全林说天柱你不会忘本吧?天柱笑道我还不是城里人呢。

　　两人说笑着下车往里走,巷子里灯光有些昏暗,这时天又下起小雨,石板路有些打滑,天柱扶住方全林,说你小心点。方全林拿开他的手,说我还没老,这里头有酒馆啊?天柱说这里有几家老酒馆,不像街里酒吧那么热闹,来喝酒的都是老客。方全林看窄窄的街道两旁,都是些旧房子,说木城还有这么破的地方啊?天柱说别看破,可是宝贝呢,头几年说要拆迁,城里一些老人就去市政府请愿。后来决定不拆了,要保护起来,现在老东西稀罕。这是修缮过的,修旧如旧。

  天柱带方全林进了一家叫"老酒坊"的馆子。摆设果然简单,一个老柜台,几张八仙桌,都是旧家什。老柜台上有酒坛,可以打散酒,买四两舀四两,买半斤舀半斤。也有瓶装酒,可拆封零卖,真是很方便。酒坊里没有热炒凉拌的菜,只有煮蚕豆、煮花生米两种茴香豆,用盘子盛上就能下酒。整个店里没有油腻腻的烟火菜味,也没有闹哄哄的食客,只有两个老人坐在一张八仙桌旁对饮,话也很少。整个店里感觉清爽安静。老酒坊的掌柜姓孙,是个六十多岁的瘸腿老头,明显和天柱很熟。天柱把方全林介绍给他,说是老家的村长,来看望大伙的。孙掌柜连忙抱拳说失敬失敬,是贵客来了,忙喊女儿小米出来伺候。小米二十八九岁,轻盈秀气,只是过于瘦弱,显出一些病态。看来小米和天柱也熟的,从门帘后头出来,叫了一声天柱哥,又冲方全林笑笑,脸上显出羞窘之态,然后忙着拿酒拿菜去了。

  天柱拉方全林坐在靠窗的一张八仙桌上,说平日有些应酬,闹市里酒吧也去过,规矩太多,又闹。后来发现这里有老酒馆,随意得很,就带朋友来,村里民工也来,久了就都认识了。方全林一直在观察,这酒馆让他满意舒心,孙掌柜爷儿俩也让他感到亲切,特别感到天柱和他们父女处得一家人一样,心想这小子本事不小,不仅在木城有了一摊子事业,还能和城里人打成一片。看来以前当生产队长的经历帮了他。可他又在心里承认,天柱本身的才能还是最重要的,别看自己当了这么多年村长,真要领着几百号人到木城来混,未必能混出个名堂。

不久,小米姑娘端上一壶酒,一盘花生米,一盘茴香蚕豆,说天柱哥你们慢慢喝,有事叫我,说着冲方全林友善地笑笑,转身走了。方全林低声说天柱,这位小米姑娘身子这么单薄,是不是有啥病呀?天柱说听孙掌柜说,小米一出生,她妈就死了,从此爷俩过日子,小米自小就体弱多病,几次差点病死,你看现在都二十八九岁了,还没个对象,孙掌柜说起来就发愁。方全林叹口气,城乡一理,家家都有本难念的经啊。天柱说全林哥喝酒咱喝酒,说着倒上酒,两人连喝三杯。方全林抹抹嘴,拣一颗蚕豆放嘴里,说天柱我今儿高兴,在几千里外的木城,在这个老巷子老酒馆里,咱们兄弟俩能这么喝酒,我高兴,做梦一样。天柱笑道全林哥,你就别走了,在木城干吧,我把绿化队的队长让给你干,我还当你的下级。方全林笑了,说天柱你别日弄我,你知道我不会留下,草儿洼老老少少还等我回去呢。不过你说这话我高兴听,说明你还当方全林是村长,是你哥,这话厚道。只是我确实很想知道,你这么些年,咋在木城打开局面的,木城的整个绿化交给你,人家市长也放心?人家凭什么相信你?天柱叹一口气,说全林哥,不瞒你说,头几年我可没少遭罪,也是从当绿化工开始的,每天跟着人家栽树拉土刨坑,啥脏活累活都干。但我和别人不一样,别人干活纯粹为挣钱,我干这活还觉得快活。你想啊,咱祖辈都是种田人,乍一离开土地,心里那个空呀,难受呀,浑身发飘。我也干过别的,给人送水,干装修,干建筑,可自己干总觉得不是自己想干的,一双手不是自己的手了。后来绿化队招人,待遇低,好多人不愿干,可我去了。为啥?那是往土里栽植种植,往土地里栽点什么,种点什么,才是我想干的,喜欢干的。虽说城里没有整片的地,这里一巴掌大,那里一小撮上,种植起来不过瘾,但到底是和土地打交道啊,而且土地少才更觉得土地金贵,才知道在城里栽活一棵树,种活一片草,多么不易。有时候白天栽上了,我夜里还去看看,再浇点水培培土,真像侍弄小孩子一样。城里空气污染大,土质污染大加上噪音也大,那些树木花草能活下来太难了,比咱们在草儿洼栽树难多了。可经我手栽植的树木花草,几乎百分之百地成活,靠的就是用心,就是工夫。后来上级检查,一次次都这样,就慢慢把我提起来了,一直提到现在的位置。后来我索性就承包了整个木城的绿化工程。不知道的还以为我低三下四给人送了多少礼,走了啥门子,其实我就是干出来的。不错,城里人拉关系走门子的事很多,但那是官场、商场,还有平日的位置、利益,乌七八糟的事很多,我也听说了不少,听着都替他们累得慌。但绿化队是个力气活、脏活,没什么油水,城里人对这个不感兴趣。一般乡下人进城打工,对这个也不感兴趣,以为只有进工厂、商场、工地、公司,才算进了城,栽树种草还是乡下人干的事。所以我当上绿化队长没太费难。

方全林听得很仔细,这时高兴道,天柱你说得好,做得也好,活得很有尊严,我得敬你一杯,你没丢草儿洼的脸!两人把酒喝了,天柱兴奋起来,说全林哥,你还真应当夸夸我。你看这些年,我在木城立住了脚跟,还把咱草儿洼几百号人聚拢来,把木城街道花园全承包了,这工程大得很,有干不完的活呢!

方全林趁机问道,天柱啊,先前在出版大厦,你说有一天要把木城都变成庄稼地,是个啥意思?天柱一愣,摸摸头嘿嘿笑了,说你疑心我和谁赌气,心理变态对不对?放心好了,我才不会变态。一个庄稼人走到哪里都想种庄稼,看见一块土就想播种,是再正常不过的事。啥叫变态?变态就是改变常态,庄稼人不再想种庄稼了才叫变态,全林哥我想种庄稼是常态啊!方全林笑了,说你个天柱,嘴头子比以前会说了。可是你在城里种庄稼,种哪里?天柱说你别看城里到处高楼大厦,大片土地没有,小块土地多得很,路边、花园、院子、墙角旮旯,零零碎碎还真不少,我早就留心看过了,越看越觉得城里土地金贵,越看越想在那上头种点什么,两只手都发痒啊!全林哥,你不要以为只有咱乡下人才珍惜土地,城里人在心里也把土地当宝贝呢。方全林说会有这种事？天柱说你白天抬头往楼上看看就知道了,家家阳台上都有几个花盆,就是证据。就花盆里那点土,还是费尽心思弄来的,要么到公园里偷点,放到自行车上驮回家中,小心放进花盆。还有的在阳台上隔出尺把长的空间,填上土变成花园菜园子,种上花草,种上辣椒、黄瓜、丝瓜、小葱大蒜。宝贝似的,一有空就去侍弄,施点肥,浇点水,剪剪枝,蹲在一旁看半天,快活啊！这叫啥？我琢磨过很长时间,这叫记忆！方全林说啥记忆？天柱说你信不信？是对祖先种植的记忆！他们以为经过几代,自己早是城里人,早把土地忘掉了,把种植忘掉了,甚至还看不起乡下人。其实没忘,这种记忆还残存在血脉里,无意间就会表现出来,这是本能。就像男人女人要性交要生孩子一样,本能！这个改不了的！方全林瞪大眼睛看着天柱,有些吃惊的样子,说天柱你行啊！你比我还会动脑筋。以前,我一直以为我是草儿洼最有头脑的人,看来不对。你们大瓦屋家的人,比我更迷恋土地,更懂得土地,连城里人家花盆里这点土,你都看在眼里,琢磨出道理来了。天柱笑道,我也是瞎琢磨。方全林说你说得有道理,像是这么回事。不过我担心,你在木城街头种庄稼,公家也不会同意啊！天柱说我也就是想和木城开个玩笑。你想如果有一天,木城大街小巷四角旮旯突然冒出许多庄稼,比如小麦、大豆、高粱、玉米、山芋,加上各种瓜果蔬菜,会是什么景象？木城人会不会呆掉了！方全林愣了一下突然大笑起来,天柱也大笑起来。方全林说天柱呀天柱,亏你想得出来！天柱说全林哥,这事还得请你帮忙。方全林说我能帮啥忙？天柱说你回到草儿洼,帮我准备一些种子,五谷杂粮、瓜果蔬菜的种子,准备好了,我派人回去取。方全林兴奋地搓搓手,说这个好办！

两人说笑着,不知不觉已喝了三壶酒,这中间,孙掌柜一直没有露面。只有小米姑娘来过几趟,添酒添菜,每次看天柱时,脸都红红的。看得出,她很喜欢天柱来店里喝酒,样子像个邻家妹妹。

方全林都看在眼里,心想这个小米姑娘心里孤单呢。

两人离开老酒坊时,天已经很晚了。在上车回去的路上,方全林忽然想到一个问题,说天柱,这些民工在木城打工,一年半载不回家,都是单身,想女人了咋办?天柱愣了一下,说你咋想到这个?方全林说先前在酒坊里,你说到人的本能,我忽然觉得这是个问题。天柱犹豫了一下,说全林哥我得说实话,大伙一年半载不回家,都是年轻人,挺难熬的。有的能熬住,也是硬熬。有的熬不住,熬不住了就去嫖娼。这个回答在方全林意料之中,但他还是心头一震,沉默了好一阵才讷讷道,这得多少钱呐。天柱说他们去洗头房,或者干脆就找站街头的下等妓女,花不了多少钱的。挣点钱不易,他们懂得省俭。方全林突然觉得心里很沉,长长叹一口气,说万一被抓住了咋办?天柱说,一般没人抓。公安其实是睁一只眼闭一只眼,他们也知道,一个城市几百万民工,像几百万只老虎,要是发了情没地方去,城市的女人就遭殃了。事实上,木城很少发生强奸案。这也是暗娼能存在的原因,大家心里都明白。公安也抓,说是抓不净,暗娼太多,那是不想抓。听说解放初木城有三百多家窑子,一夜抓得光光的,此后几十年干干净净。现在咋就抓不干净了?还是不想抓!也不能抓,一抓天下大乱。方全林说有这么严重?天柱说就这么严重。我带一千几百号民工,比谁都明白这个道理。方全林说,照你这么说那些妓女摆那些店里,是专为民工准备的啊?天柱说也不能这么说,嫖娼的不光是农民工,也有城里人。据说有了妓女,城里人闹离婚的反而少了。你说怪不怪?社会历来都是这样,有买什么的,就会有卖什么的。反过来也一样,有卖什么的,就会有买什么的,只不过价钱不一样。比如农民工找的多是下等妓女,就是那些年龄大点的,长相平平的,便宜。城里有钱人找的是上等妓女,年轻漂亮,价钱也高许多。方全林有些不平,说干这事的都是乡下姑娘?天柱说多数是乡下来的,也有城里女孩子干这个,来钱快呀,还不用吃苦受累。听说还有女大学生、下岗女工，各有各的想法和苦衷，都是为了挣钱呗。方全林摇摇头，说人都疯了。但他接着又问，咱草儿洼的人没出过事吧？天柱说出过三次事，碰巧公安扫黄，赶上了。方全林紧张起来，那咋办？天柱说很简单，我接到电话赶紧过去，交罚款，领人。回来他不说我也不说，天明照常干活，就像啥事也没发生。方全林说你就不批评？天柱说咋不批评？批评归批评，还是管不住，年轻人精血旺盛，总比去强奸好啊。全林哥，这些破事你回去千万不要说，一点口风都不能漏，不然全村人会骂死我。方全林说天柱你放心，我不会说的。不过这事你还是要管，不能由着他们乱来，那种地方能少去就少去，万一出了大乱子，后悔就来不及了。天柱说全林哥你说得对，今后我会管紧一点。方全林说的是村长的话，是长者的话。但他也知道，这事管起来不容易，几百个年轻力壮的小伙子，个个如狼似虎。带着他们，真是难为天柱了。他在说这话的时候，确实是在为他们担心，是很真诚的。可心里又觉得很虚，因为他几乎在同时，想起自己在草儿洼时夜间做过的那些花梦，如果让天柱知道了，一定会认为自己道貌岸然，是个伪君子。

外头的雨越下越大，夜也深了，街上已几乎看不到人影，有一种凄凉的味道。天柱并没有把车子开得太快，显然他怕出危险，或许也在想心思。

方全林有些疲惫地靠在椅背上，不时听到车轮溅起水花声。街上依然明亮，只是没有傍晚时那样辉煌了，霓虹灯已经熄灭，高楼显出朦胧的阴影。方全林望着窗外，感觉这座城市遥远而陌生。他转脸看着开车的天柱，竟然也觉得生疏遥远起来。这个天柱还是以前的天柱，但又不是那个天柱了，以前天柱是个能干的生产队长，是个好庄稼把式，在田里干活，在田头打牌。还有那一次因为开会的事和自己打架。可现在他开着一辆汽车，虽说破了一点，但到底是汽车。他可以开着这辆破吉普，在这个陌生的城市横冲直撞。方全林能想到他平时的样子，开着吉普车满城转，到各个绿化点大呼小叫,指手画脚,那样子仍像个生产队长。检查完一个地方,又上车去了另一个地方,整座城市就像他的生产队。对手下的千把号人,他恩威并重,保持着绝对的权威。他懂得他们,保护着他们,允许他们适度放纵,自己却能洁身自好。他懂得这个城市的生存法则,他兢兢业业为这座城市栽树栽花栽草,不和城里人发生纠纷,却为了占住苏子村和人打群架,打得头破血流也不退让一步。他不了解也不想了解城里人万花筒样的日常生活,却从花盆里看到了城里人对土地和种植的残存记忆。方全林觉得自己不懂得天柱了,他甚至怀疑以前在草儿洼时是不是懂得过他。大瓦屋家族的人,身上总会有一种神秘的不可琢磨的东西。至于他手下的那几百个草儿洼的人,自己就了解的更少。但有一点可以肯定,自己不再是他们的村长,这个遥远而陌生的地方不属于自己。这一刻,方全林感到一种孤单,他想家了。他想尽快回到草儿洼去,那里破旧的房屋,泥土的香味和植物腐烂的气味,狗的叫声,朦胧的夜空和星月,出了门在星光下随地撒尿的场景,还有那些无人照看的老弱残疾,都让他那么想念。对于草儿洼来说,他是重要的。而在这座陌生的城市,自己什么都不是。

回去。回去!

回草儿洼去。

三天后,方全林就离开苏子村,离开木城,坐火车走了。

走前,他让天柱帮他买了很多药品,都是些常用药。村里老人病人太多,有个头疼脑热的,他不可能老往医院送。他来的时候就有这个打算,因此也带了钱来。但天柱死活不让他付,方全林说我带的是村里的钱,不是我个人的。天柱说不管是谁的钱,都不让你付。这个钱就由我付。方全林没再坚持,他觉得再坚持就显得假模假样了。

跟方全林一块回去的还有天柱的妻子文秀。天柱不让她走,文秀一定要走,说我一天都住不下去了,再住下去我得发疯。天柱说你走了就不怕我找别的女人啊?文秀说你爱找谁就找谁,嫖娼我都不管,我就是要回家。天柱只好同意了,笑道你放心我不会嫖娼,这是我的底线。

当然,刘玉芬也跟方全林走了。她终于没能让安中华回心转意。在一个多月的时间里,安中华没和她睡过一次觉。他几乎没回来睡过,偶尔来一次,也是让刘玉芬睡在床上,自己打地铺。那天晚上,刘玉芬企图引诱他,洗完澡光着身子在屋里走来走去,她不相信安中华能不动心,只要他动了心上了她的身子,事情就会有转机。刘玉芬很相信自己身子的吸引力。她还记得刚嫁到草儿洼的那天晚上,闹房的人散去后,安中华忙不迭地把她按在床上扒她的衣服。那一年刘玉芬才十六岁,她当时吓坏了,双手撑着他,眼睛紧闭着不敢看他,也不让他靠近自己。但安中华很有力气,安中华当时十八岁,虽然很瘦,但是很结实。他抓开她的手撕扯她的衣服,两人都气喘咻咻。刘玉芬后来没力气了,由他手忙脚乱地一件件剥开衣服扔到一旁。那时刘玉芬只是朦胧知道,要发生什么重要的事情,这是每一个结了婚的女子都逃不掉的。当她感觉到最后一件小裤头被扯下后,安中华突然哇地一声哭起来。后来她曾问过他当时哭什么,安中华说我被你的身体吓坏了,美得吓人。刘玉芬笑起来,说美也会吓人吗?安中华说太美了太美了,你的皮肤白嫩得像羊脂,新鲜得像春天的青草。刘玉芬打了他一下,说你才吓人呢,像是捅了我一棍子,疼得都昏过去了。安中华说你知道那一夜我要了你几次?刘玉芬说我哪记得,反正迷迷糊糊,觉得被你折腾了一夜。安中华说我一夜要了你八次,第二天像散了架,第三天又要了你七次。刘玉芬回忆结婚十几年来,在安中华没说离婚之前,只要在家,他是每天夜里都会要她的。有时一天干活很累了,可睡觉时只要一挨到她的身子,还是忍不住兴奋起来,她的温软、滑腻、白嫩、柔美的身子,让安中华如痴如醉。但刘玉芬始终没能生个孩子,让安中华很有些沮丧。就像一个农民在一片肥美的土地上,辛辛苦苦耕耘了十几年,不知下了多少力气,流了多少汗水,播撒了多少遍种子,累得腰酸腿疼,精疲力尽,甚至面黄肌瘦,却始终不见土里长出一棵苗,这无论如何都是让人不能接受的事。于是,在他外出打工期间痛定思痛,终于下决心要离婚了。

但刘玉芬还是想挽救这个婚姻。她不相信安中华舍得下她的身子。何况,她还一直觉得自己能生孩子。她甚至怀疑也许以前安中华要她太多太勤,那东西成了稀汤寡水才怀不上的。来到木城后,刘玉芬做了种种努力,说、劝、哭、闹,安中华就是不为所动。只有当她把光光的身子展现在他面前时,安中华才开始有了反应,那表情是吃惊的、眼馋的、痛苦的,可他就是不动。他只是揪着头发气急败坏地命令她你穿上衣服。刘玉芬嘻嘻笑,说我就想光着身子,说着还用双手握住了两个乳房,说安中华你就不想摸摸,它们想你呢。安中华一下跳起来,眼珠子放着绿光。刘玉芬一时热血沸腾,张开双手就要迎接他,希望把他抱在怀里。可安中华愣了愣,突然又坐下了。刘玉芬忙走过去拉他,她得趁他这点热乎劲,不能让他冷下去。但安中华却一把将她推倒在地,大吼一声你滚!

那天晚上,刘玉芬的头磕破了,鲜血流了一片。安中华没有理睬,大吼大喊着连踹带跳,像一匹狼一样冲出屋门,一夜未归。

刘玉芬彻底绝望了。

刘玉芬血头血脸哭了半夜。

刘玉芬光着身子哭了半夜。

刘玉芬懒得穿衣服,懒得包扎。她想就让血流吧,流干了血就会死掉,她不想活了。

她就一直那样躺在地上,本来洗得干干净净的身子,被血迹、泪水和泥土弄得脏兮兮的。但后来血不流了,血凝固了,她只是觉得头晕得厉害,显然是失血过多的缘故。

既然死不了,那就算了,还是活下去吧。刘玉芬昏昏沉沉地想。半夜多时,她慢慢爬起身坐起来,伸手摸摸头上,一头秀发都被血浆粘住了,一块一块的。她转头朝门那儿望,还希望能听到脚步声,希望安中华回来,起码帮她包扎一下。但一点动静也没有。她开始恨那个男人了,她不再想和他和好了,她知道这个绝情的男人不可能再回头了,自己被他白白睡了十几年,十几年?从十六岁开始,现在三十岁了,噢,十四年……十四年被他睡了多少次啊?刘玉芬坐在那里,昏昏地算起账来,只要在家,他是夜夜都要弄她的,平均每夜都是两到三次,一年总有七八百次,十年七八千次,十四年,天啦,加起来得有上万次!这个天杀的,上万次!刘玉芬又哭起来。可是哭着哭着又笑了,她忽然觉得这是个很好玩很荒唐的事,居然算出被他弄过上万次!上万次是什么意思?就是说自己大大的亏了,自己被他搂抱着压在身下十四年,弄了上万次,然后像扔一块臭肉一样扔了。可在过去为什么没觉得亏呢?她记得过去每一次都是很快乐的,简直快活得要死。安中华每一次都那么卖力气,干得咬牙切齿满头大汗,而且在最后关头总是大喊大叫:"开会开会开会开会啊开会开会开会啊!……"每次都把刘玉芬逗得笑起来,说这是开会吗?说这是开会的时候吗?说有这么开会的吗?说你怎么想起来的!说着说着就笑得乱动弹,安中华这时已进入癫狂状态,双手捺住不让她动,仍在昂首大叫:"开会开会开会开会啊……开会啦!……"

事后刘玉芬曾问他,说安中华你是不是想当官啊?安中华喘息着点点头,但接着又摇摇头。刘玉芬就很奇怪,说那你怎么老是喊开会啊,这事和开会也不搭界呀,我看你还是想当官。安中华喘气均匀后才说,不是我想当官,我也不是当官的料,我就是憋得急了想喊点什么才过瘾。刘玉芬说喊开会就过瘾呀?安中华说你知道在草儿洼啥事最让一个男人过瘾?刘玉芬说不知道。安中华说就是开会!像方全林那样,把几千人喊在一起开会,然后叉着腰讲话,讲什么并不重要,重要的是你在讲话,几千人坐在那里听。有人不注意听的时候,你还能训他们,说现在正在开会你们在下头嘀咕什么!还有那个谁,你咋打起瞌睡来啦?昨天夜里干什么啦这么没精神?说得众人都笑起来,都转头看那个打瞌睡的家伙。这时方全林又喊别笑啦别笑啦开会开会!然后他接着再讲。这时候会场就安静多了,也集中精力了,都抬头看他开会讲话,鸦雀无声!乖乖,你说风光不风光?过瘾不过瘾?刘玉芬惊奇道,原来是这样啊,那我让你夜夜给我开会。

但现在刘玉芬知道散会了。

安中华不会再给她开会了。

这是个无情的男人,也是个没啥大出息的男人。你有本事真去当个啥官,真去给人开个什么会呀,可是你当不了官。你说得没错,你压根就不是个当官的料,只会在夜里给我一个人开会,还开得咬牙切齿满头大汗,看你那个熊样!真要像方全林那样站在几千人面前,还不把人笑死!你看人家方全林,那才叫男人,满村子喊人开会就像唤鸡赶鸭子一样,讲话有板有眼,咳嗽一声都有回音,还能眼观六路,耳听八方,想熊谁就熊谁,既不咬牙切齿,也不出汗,人家那才叫男人……

刘玉芬昏昏沉沉中,好像把事情想清楚了。安中华这个男人不值得留恋。我现在不是破抹布,也不是一块臭肉,我还香着呢,我还嫩着哪!我要重新找个男人!你想给我开会我也不给你开了,你开了上万次的会还是老一套。生不下孩子肯定是你的种有问题,我会找个男人生孩子给你看的,我不相信会没人要我。我看出来了,你其实现在也想要我,你傍晚狼嚎一样跑出门去一夜不归,是你害怕我的白嫩的身子,是怕忍不住要我动摇你的离婚决心,你个没良心的,从今晚起你做梦去吧再也别想碰碰我的身子了!

第二天一大早,天柱知道了这件事,他把安中华找来,一脚踹倒在地,指住他说安中华你还是个人吗?你离婚不离婚我不管,那是你们两口子的事，可是玉芬磕破头血流一地，你撒腿走了，让她哭了一夜，你还是个人吗？安中华自知理亏，爬起来说我带玉芬去医院还不行吗？天柱说你当然要带她去医院快去啊！

安中华找一辆自行车，要带刘玉芬去医院包扎。可是刘玉芬不去，说你别假装好人了，我死不了，要死昨天夜里早就死了。当时很多草儿洼的民工都围在门口看热闹，七嘴八舌骂安中华不是东西。方全林也在，但方全林没有吭声。他觉得在这个地方，不需要他再说什么了，天柱那一脚踹得真好，这小子欠揍。

后来还是文秀用温水帮刘玉芬洗净了头发上的血迹，又从家里拿来药水纱布，为她做了包扎。伤口流血很多，因为是在头上，其实伤口并不太大。文秀让玉芬躺在床上别动，安慰说躺躺就好了。玉芬抓住文秀的手就哭了，说文秀嫂子我要回家。文秀说别哭别哭，明天村长就回草儿洼，我和你一块走，我也回家，这些男人全疯了。

第二天，村长方全林带上文秀和刘玉芬离开了木城。临走时，刘玉芬给安中华说，你也快回草儿洼吧，咱们办离婚手续，我不耽误你了。安中华哭了，说玉芬我对不起你。刘玉芬说拉倒吧，你这样的男人不值得我再费心思。你快回来啊，我在草儿洼等你。说着跟方全林、文秀上了天柱的吉普车离开苏子村，开往木城方向去了。安中华站在原地呆了很久。他知道他终于可以解脱了，可心里却充满了愧疚。后来还是飞毛拉他走了，说安中华还愣着干啥？假模假样的，赶快上工地吧，大伙都走了！从明儿起，你可以在木城物色对象了，要不要我给你介绍一个？我认识的女孩子多了，大奶子大屁股的都有，一看就是生孩子的好料。安中华挣开他的手，说飞毛你胡扯什么，我这会心里很乱，你别惹我发火。飞毛笑道发火？你以为我是刘玉芬啊，你也就是能欺负欺负女人。安中华面子有些下不来，就推了飞毛一把，说刘玉芬是我老婆你管不着！飞毛没有还手，说安中华你别动手啊，你打不过我的。你说刘玉芬是你老婆,这话你还好意思说,离了婚就不知是谁的老婆了,我看说不定会成为村长的老婆。村长打光棍二十多年了,他有儿子,不在乎刘玉芬会不会生孩子。刘玉芬又年轻又漂亮,白白净净的,村长搂到怀里还不快活死?安中华你亏大了,安中华你是个傻蛋,你没看到村长走的时候笑眯眯的吗?

安中华被飞毛说得一愣一愣的,一瞬间觉得脑袋要爆炸一样,一拳打向飞毛的胸口。可是一拳像打在树桩上,飞毛几乎没有晃动。飞毛说安中华你已经两次动手了,我知道你是既难过又恼火,想发泄就发泄吧,我今天决不还手,来吧来吧!

可是安中华没有再动手。他知道飞毛嘴臭,自己说不过他。飞毛还练过武功,打也打不过他。安中华大踏步前头走了,像喝醉了酒。

飞毛大声说,安中华你节哀——!

天柱送走方全林,多少松了一口气。因为他最近很忙,如果方全林不走,不陪他不好,毕竟他是村长,又是来看望大伙的,但老陪着又没工夫。这下好了,方全林不仅走了,还把文秀带走了,这让他少了一些分心事。还有那个刘玉芬,天柱虽说同情她,但闹下去也不是办法,不仅影响了安中华的情绪,还让其他民工骚动不安。安中华经常不回家睡觉,刘玉芬一个人在家,时常有民工夜间骚扰,指望占点小便宜,反正是安中华不要的女人了。刘玉芬经常被吓得尖叫,天明就来告状,哭哭啼啼的,弄得天柱也是心烦意乱。

天柱从火车站回来,开车直奔园林局。天云和文学正等在那里,说论证会已经开始了。天柱说快进去呀!天云说哥,咱们一定要参加吗?天柱说为什么不参加?邀请咱们参加的,走,进去!

天柱三个人进去时,论证会刚开始。主持人就是园林局长老周,老周看他们进来,忙招呼天柱坐前头。原来靠桌子还有天柱的坐位牌,上头写着柴天柱的名字。天云和文学就坐在后排了。后排还坐了许多市民，也是邀请来的。这是一个关于木城子午路树木更新的论证会。子午路是木城主干道，道两旁的树木原是悬铃木，又叫法桐，本来也是很好的行道树，长得也茂盛，树龄都在六十年以上，枝叶把路面都盖上了，两旁都成了林荫道，大夏天骑车子走路都不需遮阳伞，市民都很喜欢。但三年前木城遇到百年罕见的雨季，连续五十天下雨，每天不是大雨，就是中雨，整个木城都泡在水里，下水道完全被堵塞了。结果平房泡倒几千间，楼房泡倒几十座，还砸死砸伤几百人。据老年人回忆，子午干道是当年填上一条废河修造的，所以特别宽阔。但地基不实，马路逐年下沉，这条子午路地势很低，那年水淹木城的时候，整条子午路又成了一条河。路两旁的悬铃木泡倒一批，泡死一批，剩余的也是枯萎干巴半死不活的样子。于是市园林局打算把子午路上残存的悬铃木全部刨掉，换上另一种树木香樟树。没想到消息一传出，在木城引起轩然大波。许多市民强烈反对，说大家已经习惯了悬铃木，大家都很怀念子午路上绿荫如盖的景观，要换也只能栽上新的悬铃木，不能栽别的树。这事经新闻单位一炒作，一下子变成一件大事，全木城的人都关心起来。但也有很多人主张，既然原先的悬铃木毁了，就不要再栽种悬铃木了，理由是这种树怕水泡，万一再有那么大的雨水，换上悬铃木还会泡死何必呢？有人说看悬铃木几十年了，再好的东西也会产生审美疲劳，换上一种行道树会有新鲜感，应当接受新东西，园林局的规划没错。更有人说，悬铃木不泡死也早该换了，这树烦得很，春天开花的时候，风一吹满城都是花絮，弄得一城人都咳嗽，半城人皮肤过敏，三分之一的人得鼻炎，四分之一的人肺感染，早就该换了！另一个人说放屁！那些病是城市污染造成的，和悬铃木何干？

　　这些观点言论，通过报纸、电视台发表出来，子午路就成了万众瞩目的焦点。参与媒体争论的有专家、学者、机关干部、学生、市民、文化人、马路环卫工人，参与面极广泛。正面意见，反面意见，五花八门的意见都有。文学也写文章发表了意见。文学叫冉文学,在草儿洼时就喜欢舞文弄墨,一心想当诗人,但投稿无数,一篇也没发表过。后来跟天柱出来打工,和天云一直跟着天柱东奔西跑。天柱承包绿化队后,就一直让他负责文秘,有时也给报纸投投稿,基本上是报道木城绿化队的成绩。这后一件事是冉文学自己要干的,他对天柱说,咱不能光闷头干活,得把成绩宣传出去,这对咱们巩固在木城的地位有用。天柱笑道,文学你挺会来事啊,到底是文化人。文学就干得更欢实,报纸上不断见些豆腐块大的小文章,他已经很满意了。关于子午路行道树的争议开始后,文学也连写了几篇文章,当然是支持园林局的意见。这个观点和天柱商量过,绿化队属园林局管,当然要支持园林局,何况园林局的意见有道理。

这场争议引起市政府的高度重视,责成园林局牵头,邀请有关专家和市民代表开论证会,尽快统一思想,不要因为一条马路的行道树引起城市混乱。

市政府的担心并非多余。

这些天随着争议的扩展,经常有很多市民跑到子午路上,特别晚上下班后,一拨一拨的人来到子午路打探消息,看看进展。有人声言要保卫悬铃木,大喊大叫,情绪十分激动。那天晚上,还有一个醉汉拎把菜刀来,说谁敢刨走子午路上的悬铃木,就和谁拼命,引得许多人围观,有人还大声喝彩,幸亏派出所民警赶来,才没出事。但这样一闹腾,来看热闹的人更多了,在四十多里的子午路上,一天到晚络绎不绝。自然还是晚上最多,有人估计,足有十几万人。整座木城都在莫名的亢奋中,好像这件事关乎到每个人的身家性命。

于是争论从报纸电视扩展到子午路上。这个争议规模就大多了,只要去子午路,人人都有机会发表意见。一到夜晚,子午路上这里一堆,那里一群,少则三五人,多则几十个上百个,既有平静的争议,也有激烈的争吵,还有的动起手来。争论的内容当然是关于悬铃木的生与死,这是个问题。

但后来争论的话题似乎又扩大了。

居然有夫妻感情、邻里纠纷、上下级矛盾、同事不和、街头团伙纷争,五花八门的话题都有,天知道这些人怎么碰到一起的。好像满城人积攒了太多的矛盾,压抑了太多的痛苦和愤懑,都到这里借题发泄来了。可怜的悬铃木也许并没有那么重要,它其实只是一个由头。

有一对中年夫妻是这样吵起来的:

男人说乖乖,子午路这么多人啊?

女人说大家都关心悬铃木呗。

男人说刨掉这些悬铃木怪可惜的。

女人说原先多好啊,两旁的树枝树叶都连起来了,骑车行路不见太阳,到处都是阴凉。

男人说当初我就是在这条林荫道上认识你的。

女人说还说呢,那时你脸皮真厚,每天骑个车子跟踪我,有时候还骑到我前头,有意拦住我的去路。

男人说,那不叫脸皮厚,那叫爱你。

女人说,就是脸皮厚,人家本来都谈好对象了,硬叫你抢过来了。

男人说,那家伙小白脸,根本不适合你。

女人说,人家小白脸现在都混到处长级了,你是啥级啊?

男人说我啥级也不是,我就是下岗工人,怎么啦?瞧不上我啦?

女人说不是瞧不上你,可你也没理由瞧不上人家。

男人说我就瞧不上他,当初被我一拳头打出两丈远,吓得爬起来跑了,根本不敢和我过招。

女人说你也就是匹夫之勇,你咋不和人家比文化?人家现在出国连翻译都不用带。

男人说你咋知道这么清楚,是不是一直和他还有联系?

女人说你胡扯什么,我是听人说的。

男人说不对吧,我敢肯定你见过他。

女人说见过就见过,都住在一个城市,二十多年了,还能碰不上一次?

男人说你们碰上面都说些什么?

女人说我们根本就没说话。

男人说没说话怎么知道他出国不带翻译?

女人说就是闲聊了几句,你吃什么醋?

男人说,看看,还是说话了吧?我不是吃醋,你不该瞒着我,看你挤牙膏似的,好像做了见不得人的事。

女人说你才做过见不得人的事!

男人说我没做过见不得人的事,全都光明正大。

女人说也好意思,那年你在公共汽车上摸人家女大学生的乳房,让人当场捉住,也算光明正大?

男人说那也是光明正大! 不是喝醉了酒嘛,我以为凸出一块,是个抓手,也怪那个女学生胸脯挺得太高。

女人说还有一回在电影院摸人家女人的大腿呢?

男人说那是看电影太专心了,挠痒挠错了地方。

女人说真不要脸!

男人说哎你怎么走了,你去哪里?

这是一对夫妻,不欢而散。

还有一对老头。

一个老头看见另一个老头,似曾相识,就凑上去看。

另一个老头说,喂!这位老哥,你看什么呢?

前一老头疑疑惑惑的样子,说你是麻七?

后一老头很生气,说你是谁?我叫刘德标!

前一老头哈哈大笑,说刘德标你还活着呀?我看你脸上的麻子才认出来的,没想到没想到,真是没想到!还刘德标呢,就是麻七!

刘德标说你到底是谁?你咋知道我年轻时的外号!

前一老头把脸伸过去,说刘德标你仔细看看,还能认出来不?四十年没见面啦,老伙计了!怎么,还认不出来呀?我是皮蛋!皮良才!认出来没有?皮良才!

刘德标一把揪住他衣领,好你个皮蛋!你还欠我五斤高粱,我找你四十多年啦!你个王八蛋还活着呀,我以为你早就进火葬场了呢!哈哈哈哈哈!……

两个老伙计抱住一阵大笑,许多人围过来看,不知这两个老家伙发什么疯。

麻七松开皮蛋,冲围观的人说看啥看?俺们两个又不是悬铃木,去去去!

大伙摇摇头走开了。

皮蛋说,刘德标,你今年……七十二岁,对不对?

刘德标说,皮良才你今年七十四岁,你比我大两岁。

皮良才说你咋想起到这里来的?看悬铃木?还是爱管闲事?

刘德标说,当年咱们在这子午路上赶毛驴车拉客,走了不知多少趟,对悬铃木有感情啊!

皮良才说赶毛驴车的是你,我赶的是马车,你别弄错了。

刘德标说,别看我赶的是毛驴车,一点不比你的马车慢,我那头大青驴跑起来四蹄翻腕,嘚嘚嘚嘚!……那劲道,看着就舒服,你那匹红马……

皮良才说,是枣红马!油光发亮,人见人爱,都争着坐我的马车。

刘德标说,你老婆就是因为坐你的马车让你勾搭上的,对不?

皮良才说咋说是勾搭?客人上了马车,不要陪人家说话吗?

135

她看我会说笑话,就老坐我的马车,就这么熟悉了,有感情了。

刘德标说,鬼话!我还不知道?你硬是不收人家钱,上车下车都扶着,趁机摸一把,尽往痒痒肉上摸,逗得人家笑,我都看见的。

皮良才说那是后来,已经有感情了。生客上车下车,你敢乱摸,人家还不骂死你。

刘德标说皮良才反正你不是啥好鸟,看见女客上车,两只眼就色眯眯的。

皮良才说刘德标你也别充好人,仗着当年有一把力气,欺行霸市,你不拉上客人,别人就没活干。

刘德标说皮良才你说良心话,我欺负过你没有?你说,伸开舌头说!

皮良才说……那倒没有,你还帮过我。可你总和别人打架,为了抢生意,还打破过人家头,缝了十几针。

刘德标说是那小子不地道,是他先抢生意的。记得我先谈好了,客人正准备上车,那家伙说毛驴车有啥坐头,还是坐马车气派,还说我的大青驴半道上会尥蹶子,把人摔伤。这是人话吗?这样我才打了他。我说皮良才你还记得这件事?你这家伙咋好坏不分呀?

皮良才说对不住,我当时不在现场,事后听人说的,看来这事先怪他。

刘德标说几十年了,都过去了,怪谁不怪谁都不重要了。唉,当初都是为了挣口饭吃。那会我四个孩子,最大的才五岁,整天吃不饱,饿得面黄肌瘦的……不说了。

皮良才说德标,你一直坚持着,记得你是木城最后一辆毛驴车。

刘德标说是啊是啊,我一直坚持着,是木城最后一辆毛驴车,又坚持了三年多,城里不让进了,子午路上跑的都是汽车。后来大青驴老了,死了,我才歇手。

皮良才说还真怀念那个时候,马车、毛驴车满城跑,马粪、驴粪这里一堆,那里一堆,热腾腾的,闻着都香。

刘德标说没错,香,真香!

皮良才说现在满大街汽车,排出的尾气真臭。

刘德标说,真臭!我要是市长,第一件事就是取消汽车,恢复马车毛驴车,城市也不会这么臭这么吵了。

皮良才笑道,刘德标你还想当市长?

刘德标说不就是说着玩嘛。不说这事了!走,我请你喝酒,咱老弟兄俩四十多年没见面了,今天得喝几盅!

皮良才说我请你喝酒,我还欠你五斤高粱呢!

刘德标说扯淡,咱们俩谁跟谁呀!

两个人互相搀扶着走了。

其实他们不用走太远。就在子午路两旁,到处都有大排档,吃喝都很方便。因为这些天子午路晚上人气太旺,连站街女都吸引过来了:大哥,我陪你玩玩?

由园林局召集的论证会开了两天,专家学者老百姓代表上百人发言。争论很激烈,但要比子午路上的争论理性得多。

天柱一直没发言,一是因为大家争先恐后,根本没有发言的机会,二是天柱不想太张扬。他知道自己不过是个绿化队长,在木城人看来,他仍然是个外人,是个出苦力干活的人,不宜也不需要让他们感到他也是个人物。园林局周局长请自己带人来参加论证会,并且在前排给安排了坐位,明显是想听听他的意见。但天柱告诫自己别着急,只有当周局长点到自己时才能说。事实上,天柱也很想听一听,长一点这方面的知识,毕竟论证会上有各方面的专家学者。这是天柱进入木城以来,第一次参加这么高等级的会议。

天柱意外发现石陀也在论证会上,而且坐在很显眼的位置。可他似乎漫不经心,并没有争抢着要求发言。他大部分时间都在低头打盹,有时抬头向窗外张望一阵,和现场激烈的气氛很不协调。好在大家的注意力不在他身上。不知为什么,天柱松了一口气。他好像在为石陀担心什么,他怕他在这样的场合会做出更古怪的事。从那天晚上第一次巧遇,发现用小锤子敲碎马路,天柱就已经知道这是个怪人,他想的做的都和常人不一样。他是城里人,又不像城里人。天柱无法理解他为什么那么痴迷土地,痴迷树木花草。正是这一点让天柱与他一见如故。但他对这个人一点也不了解,不知他究竟是干什么的,为啥会有那种举动,深更半夜,拿把小锤子躲在僻静处砸马路。那晚回来的路上,天柱曾怀疑这人是不是神经病,现在看到他出席论证会,心里倒踏实了。这说明他不仅不是神经病,还是木城的一个人物,不然不会被邀请,还被安排在距周局长不远的位置上。

但他参加会议的样子,又不能不让人疑惑。石陀分明心不在焉,他对这个论证会不感兴趣吗?好像也不是。如果不感兴趣可以离开呀,可他并没有离开。天柱不懂得城里人开会的规矩,大概不能像在草儿洼开会一样随便离开,甚至可以爱来不来。来了就得坐住,难受也得坐住。

这时天柱忽然发现石陀正直瞪瞪地看他,似乎认出了他又不能确定的样子。天柱赶忙冲他点点头,石陀也点点头,还是一脸茫然。天柱想了想,握起拳头悄悄做了个下砸的动作。这下石陀懂了,立即露出笑容,一个心领神会的笑容。显然,他记起了那天晚上的事。

现在天柱唯一的担心,是他会不会突然从怀里掏出一柄手锤来。要是那样可就糟了。

幸亏这时响起一片掌声,大家在欢迎林业大学的一位林教授发言。

石陀好像被吸引了。

这位林教授看上去只有四十多岁,周局长介绍说他刚从国外回来不到一年。林教授在发言时并没有明确表示子午路上应当栽什么树,而是大谈了一通城市绿化理念。他说来到木城不久,就发现城市绿化有问题,表现在行道树过于单一,一条马路只栽一种,而且都是乔木。当然这种现象在国外也存在。他主张应当种杂树,像森林一样,有各类树种,不要品种统一化。要有乔木,还应当有灌木。树下要多留地皮,地皮上要允许杂草丛生。这样才能保持生态平衡。他举例说美国白宫附近有一片森林,森林里什么树都有,枯死倒掉的树也不清理,就横在那里任它腐朽。当然落叶也不清扫。有枯树落叶,才有利于微生物的繁殖,有了微生物才能养虫子,有虫子才会有鸟,有鸟才会保护森林,这是一个生物链。我们的城市里看不到鸟,就是因为植被太单一,地面都铺成水泥地,清扫太干净。有时候并不是越干净越好。咱们自己的老祖宗早就说过水至清则无鱼,这话既是古老的又是现代的。一样的道理,林至纯至净则无鸟,无鸟则树木易生病虫害。发大水淹死树木的事其实不难解决,重栽悬铃木还是换上香樟树,也都不是问题,但我们把一个最重要的生态平衡问题忽略了,将来就会出大问题。

会场上鸦雀无声。大家忽然发现面红耳赤争论了两天,没有任何意义。教授说的道理其实很简单,就像一层窗户纸,一捅就破了。

恍然大悟。

石陀带头鼓起掌来。

石陀激动得面脸通红。

大家愣了愣,突然掌声如雷。

天柱把手都拍疼了。他太同意他的观点了。林教授的话还没说完。等大家掌声停下,他端起杯子喝了一口水,又说,还有草坪的问题,也是个误区。大家看咱们木城的草坪,的确建了不少,一块一块的。有些还付出很大的代价,拆迁了楼房建草坪,市民出门几百米,就能看到一片绿色。看起来这体现了政府的人文关怀,却好心办了坏事。它的问题仍然是品种过于单一,有很多是从国外盲目引进的洋草。不知道大家注意到没有,木城所有的草坪都不开花,只有一种浓绿色。现代最新的环保理念,把这个叫做绿色污染!自然界的草应当色彩十分丰富,浓绿、浅绿、淡绿、黄绿,等等,而且应当开花结籽。开花结籽才会吸引蜂蜂蝶蝶,才会吸引鸟儿来。可是我们的草坪上有五彩缤纷的颜色和花朵吗?有蝴蝶有蜜蜂有鸟吗?没有!只有一片毫无表情的毫无亲切感的浓绿,就像一位整日板着面孔的领导,只能让人感到无趣和压抑!

大家哄地笑起来。

突然石陀站起身,说林教授说得还不够!这草坪还有一个最大的问题是一年四季都看不到枯萎,这简直太荒唐了。木城不是热带地区,从来四季分明,树木花草就应当一岁一枯荣。当地草本来就是这样的,千百万年都是如此。春天发芽,夏天茂盛,秋天衰败,冬天枯萎死去,这是一切生命的常态。引进的外来草的确四季常青了,可四季常青的害处是让人替它们累得慌,让神经绷得很紧。该歇着的时候不歇着,该冬眠的时候不冬眠,大冬天还在那支棱着,不遭罪吗?四季常青还会给人一种错觉,就是生命无始无终,你可以老活着。于是你对财富、女人、权势、地位就会没完没了地追求,永不满足,你以为可以永远拥有它。由此你会变得浮躁、贪婪,为了得到这一切可以不择手段。但如果有秋天的衰败、冬天的枯萎,一年中有一段时光能看到地上的落叶和枯死的草棵,我们就会珍惜生命,也尊重死亡。会感到生命的短促和渺小,会看淡世俗的一切,用一种感恩的心情看待我们的生活。人也由此而变得平静、淡定而从容。大自然是会给人许多暗示的,千万不要小看这些暗示,这种暗示如清风细雨浸润着我们的身心,不知不觉间已经改变了我们,也改变了这个城市。现在我们面临着一个选择,是要一座欲望无度、躁动不安的城市,还是要一座平静祥和的城市……

石陀讲完了,讲完时做了一个《列宁在十月》的手势。然后径自离开会场,走了。

现场一片寂静。

不知是他讲的过于玄虚大家没有听懂,还是惊异于他的不辞而别,论证会一时没有任何动静,大家都像泥塑一样呆在那里,目送那个穿着蓝布长衫的家伙走出会议室。

周局长鼓掌了,很慢但很有力。

接着林教授鼓掌了,很轻但很真诚。

天柱也鼓掌了,只拍一下就站了起来,显得很激动,好像要追出去的样子。

然后大家也鼓掌了。掌声并不热烈,让人感到鼓掌者的沮丧,好像是说,这会还开个什么劲啊,人家都说到这个份上了,咱还坐在这里干么?讨论种悬铃木还是种香樟树,简直就是小儿科。

有人开始离座。

大家纷纷起身往外走,闷头闷脑的,有尴尬之色。

周局长笑眯眯站起身,说大家别走呀,论证会还没结束呢!

有人回道,周局长你们园林局定吧,怎么都好!

天柱分开人群,大步追了出去。

第六篇　石陀是谁

那天,梁朝东又带一位年轻女子来到编辑部,刚出电梯,就被钱美姿发现了。钱美姿像被蝎子蜇了一下,浑身一哆嗦,然后跳起来,冲向楼道,向两旁的编辑室大喊大叫:"快来看呀,大美人!大……大美人!大大大……"那是发自内心的赞叹,以至弄得她惊慌失措,语无伦次。就在那一瞬间,梁朝东原谅了这个举报过自己的女人。因为他发现,这女人其实很浅薄,偶尔会露出可爱的一面。那也是她曾经的底色。只是不知什么原因,把她变成这种样子。

在钱美姿惊恐的喊叫中,许多人从房间里跑出来,不知道发生了什么可怕的事。当发现梁朝东又带一个女子走来时,才松一口气。有人训斥钱美姿,说你嚷嚷什么,像见了鬼似的!

但接下来,楼道里鸦雀无声了。

他们发现走在梁朝东背后的那个女子,几乎惊为天人!那女子差不多有一米七的个头,一身宝蓝色牛仔遮不住魔鬼样的身材,走路极富弹性,棕色的皮肤性感十足,长发及腰,随着身体的走动,长发也飘来晃去,而梁朝东走在前头,眨巴着小眼睛,一脸都是快活。

这小子真是神了!

突然,寂静的楼道又喧闹起来,说梁朝东你艳福不浅啊!说梁朝东她是谁呀?说梁朝东嘿嘿嘿!……大家吵吵闹闹,跟着梁朝东和那女子进了他的办公室,一时间斯文全无。这样一个女子已不能用漂亮、俊俏、美丽来形容,那太俗气,也太平淡,甚至也太平静。她的具有异域特征的容貌和身材,不仅具有摧毁男人矜持的力量,而且会让所有的女子产生一种绝望感。即使像钱美姿这样嫉妒心很强的女人,也不能不举手投降。

这时,达克也闻讯而来。他本来是要批评大家的,梁朝东带姑娘来出版社又不是第一次,放下工作看什么稀罕?可他挤进来只看了那女子一眼,立刻就乱了方寸。他尴尬地冲那女子笑笑,转身冲梁朝东肩胛就是一拳,说梁子行了!到此为止,不要再挑挑拣拣了,赶快结婚吧,我给你们当证婚人!

大家又是一阵哄闹。

美编小甲说我送你一幅画布置新房!许一桃说梁子,咱们二编室全体人员帮你操办婚礼!钱美姿说我负责帮你发请帖!……

那女子充耳不闻,似乎置身事外,只是睁着一双清澈的大眼睛,忽闪着长长的睫毛,这里瞅瞅,那里看看,好像对出版社里一切都觉得新鲜。对大家所说的话,好像根本就没有听到。对一屋子吵吵嚷嚷的人视若无物。

许一桃疑惑起来,把梁朝东拉到一旁,小声问这姑娘怎么回事?是不是精神有问题?你们是不是在搞对象?

梁朝东狡黠地眨眨眼,说许姐我啥时说过和她搞对象啦?

许一桃说那你怎么领她来出版社?

梁朝东说领她来出版社也不一定就是搞对象啊,我们只是一般的朋友相识,在一起喝过茶,玩过几次,人家哪瞧得上我?

许一桃说她叫什么名字,是干什么的,你都了解吗?说着又转头看了那女子一眼,有些不放心的样子。钱美姿也凑上来,说是啊,我怎么看这人像个高级舞女什么的。

梁朝东嗨了一声说你们想哪去啦,实话告诉你们吧,她叫黄鹂,是一名警察!

这话一屋子人都听到了,所有人都大吃一惊,她怎么会是警察!眼前这女子的神态装束和气质,和印象中的警察相距也太远了。

梁朝东又重复一遍,人家就是警察,说是要找石总,让我带个路。

大家面面相觑,转眼间走得精光。

达克不好像其他编辑一哄而散,留下来又有点尴尬,而且人家是来找石陀的,这又让他生出一丝醋意。但达克到底是当领导的,对黄鹂笑笑,说黄警官,你可不像个警察啊。黄鹂看他一眼,问梁朝东说这位是谁?梁朝东赶忙介绍,说这是我们社长达克。黄鹂看看他的一身西服,说你不适合穿西服。达克一愣,这话有点像警察了。可这话让他不舒服。这样的话许一桃说过,石陀也说过,好多人都说过,都说他不适合穿西服,原因是太瘦。达克压抑着不快,准备和她开开玩笑,就笑道,黄警官对男人的服装很有研究啊?黄鹂说这点破事还要研究吗?一眼看上去就够了。达克一怔,这女子真不可小瞧了,就笑道,你看我穿什么衣服最合适?黄鹂又看他一眼,摇摇头,说你穿什么衣服都不合适。达克突然哈哈大笑,说我总不会不穿衣服才合适吧?黄鹂认真地点点头,说那倒没准,你不妨试试。

梁朝东知道黄鹂的厉害,忙解围说,黄大姑娘你开什么玩笑?我们社长不穿衣服上大街,被派出所抓起来怎么办?黄鹂也笑了,说我肯定去解救!

达克不敢再把玩笑开下去了,他发现自己根本不是对手。这个警察女郎亦正亦邪,话里有股冷漠和邪劲,还是离她远一点好。于是笑道,梁子,你带黄警官去找石总吧,中午不走我请客!冲黄鹂点点头,赶忙退出房间。

美编小甲在走廊里碰到了,说社长你怎么额头上汗都出来了?达克推了他一把,说去去去!

达克回到自己的办公室,关上门,突然朝椅子上踢了一脚,然后又拉过来,颓然坐下。

一切都不顺心。窝囊。

哪怕一点小事。就像刚才,本来是凑凑热闹的,却被一个陌生的女子耻笑一通。并且又是该死的西服!他不明白自己穿西服碍着谁了,太瘦就不能穿西服吗?他照过镜子,很精神,很挺拔,自我感觉良好。而且说到底这是一件小事,只是一种穿戴,一种喜好,应该和别人无关。可他们却一再告诉你:你不适合穿西服!这太可笑了。这就是中国人。达克看到不满意的事,最爱说的一句话就是:这就是中国人!中国人老是要管别人的事,对别人的事评头论足,这成为中国人生活的重要内容。结果是把别人弄得很累,把自己也弄得很累。西方人可不这样,西方人不太管别人的事,懂得尊重人,尊重别人的生活方式。达克当年去欧洲,一下子就喜欢上了西方人的简单和透明。但一回到国内,一回到木城,环境一下子就变了。达克也经常会用挑剔的目光看待国人的生活方式,不由自主地会干涉别人。这让他很烦。我怎么会变得这么俗气。原来说到底,自己也是中国人。除此之外,他知道自己内心还有很多欲望,和普通的中国人没什么两样。比如被提拔一下,到出版局当个局长什么的,起码也当个副局长。他觉得自己有理由这么想,他在木城出版社已经干了二十几年,效益一直不错。此外潜意识里还有一个缘由,就是达克的父亲曾是木城出版社的创始人,解放初在极为困难的条件下,打拼出一片天下。现在出版界的不少领导,都曾是他父亲的老部下。说得直白一点,这里本来都是他达家的地盘。可达克并不得志。达克的父亲达尔古"文革"中自杀,他是在分管文教出版的副市长的位置上自杀的。当然后来得到平反,达克也顺理成章进了出版社,十年后做了木城出版社的社长。那时他刚过三十岁,是木城乃至全国出版系统最年轻的社长。人人都以为他前途无量,他自己更是这么认为。但从此却停步不前。好像所有人都把他忘了。达克既然无法到出版局主政,就只好经营出版社,把出版社当成自己的地盘来经营。达克知道,很多东西在自己身上是矛盾的。比如既崇尚西方式的简单透明和生活方式,经常会去吃西餐、喝咖啡,约见一下外国朋友,耸耸肩,吹吹口哨,家里收罗了各种品牌的洋酒和餐具、烛台等。但他同时又对权力和地位十分在意,这就是中国人最核心的欲望了。他知道这很俗。可他又一直对不能承袭父亲在出版局的地位耿耿于怀。他认为出版局都是些忘恩负义的小人,甚至开会时看到局长们坐在主席台上就不舒服,他的眼前老是出现幻觉,就是坐在正中间那个位置的是他父亲达尔古或者就是他自己。那时他会如坐针毡,烦躁不安,感到胸闷气短,然后突然起身离去。出版局下属八九个出版社,比如少儿、科技、教育、外文、美术、文艺等,各出版社的头儿到局里开会,没人敢中途离开。只有达克敢。达克是资格最老的社长,又是老局长老市长的儿子,没人敢轻易批评他,但也很少有人搭理他。在局长的心目中,达克是个傲慢的家伙,一个追求西方生活方式甚至带点痞子气的人。这种人你得捺住他,不能让他出头,否则谁都驾驭不了。他会将所有人都踩到脚底下。就这么着吧,有个社长干着,也对得起老局长了。反正业务上有石陀撑着,只要石陀不断出好书,木城出版社就垮不了。他们知道石陀迂腐,可他们喜欢石陀。这一点,达克也看得出来。这正是达克最不能理解的,那完全是一个精神不正常的人,却得到上头的百般宽容和赏识。这世界真是乱套了。

  达克每夜都失眠。要靠安眠药才能睡着。
  没人知道他内心多么压抑。

  梁朝东带黄鹏走进总编室的时候,石陀正趴在办公桌上摆弄一把老式锁。这是刚从古玩摊上买来的。石陀平时没什么爱好,看书稿累了,就从木梯上下来摆弄锁,或者一块老式表,一口老座钟,一款老相机。他喜欢这些玩意儿。因为这些玩意儿里头藏有无数玄机,这让他十分痴迷,打开一把老锁,或者拆开一块旧表再装上,都会让他感到极大的快乐。他已经收藏了很多这类老玩意儿,足足放了半拉橱子。事实上,他并不仅仅爱拆这些老玩意儿,新玩意儿也爱拆。一块新表,一款新相机,凡是不能一眼看明白的,他都喜欢拆开来看看。出版社谁的手表、相机坏了,都是送他这里修理,那时他会像个得到新玩具的孩子,高兴得手足无措,直冲你笑。人家前脚刚走,他就会马上关好门,趴在桌上拆解。他也有修不好的时候,拆开来却装不上,于是急得满头大汗,下了班也不回去,就趴在桌上久久观察思索,或者翻阅资料。实在弄不懂了,次日会带到街上的专修店,向老师傅请教。当然,一切花费都由他自己掏。当他把修好的手表相机奉还原主的时候,还直对人家说谢谢谢谢!

　　石陀因为太专心摆弄一把旧锁,并没有注意到有人进来。

　　梁朝东喊了一声石总,石陀也没有听到。黄鹂赶忙摆摆手,示意他不要再喊,又挥挥手让他出去。梁朝东看看仍在埋头修锁的石陀,冲黄鹂使个眼色,自己悄悄走了出去。

　　黄鹂并没有惊动他,静静环顾高如墙壁的书橱,有些吃惊的样子。这时,她发现了靠书橱的那张笨重的木梯,微微笑了。于是悄悄走过去,轻轻晃动了一下,很稳固坚实,就悄悄爬了上去,一直爬到最上层,坐了下来。木梯两旁有外加的两块木版,就像飞机座位的小桌板,显然是放东西用的,可以放书稿,也可以放茶杯。黄鹂感觉不错,从这里可以居高临下看他整个办公室。石陀就在下头摆弄东西,不大能看到脸,只看到一头蓬乱的头发,仍旧是那件蓝布长衫,看上去像个油漆工。她就那么居高临下地看着他,静静的。这个人一点也没变,还是那个样子。这架木梯大概是他常坐的地方,坐在上头看书稿,坐在上头发呆发傻。坐位后头还有个靠板,说不定还可以打个盹。这应当是他的行为方式。这样的生活方式距她很遥远,甚至有点古老了。可奇怪的是她觉得距他很近,石陀抬头发现黄鹂坐在他的木梯上,先是吃了一惊。他推推眼镜看着她,感到似曾相识,却一下子想不起来,就说你是谁呀?

黄鹂眨巴眨巴眼,说男人和女人的根本区别在哪里,你弄清了吗?

石陀一愣,突然站起身,说理论的基本属性是什么,你研究了没有?

黄鹂鼓掌大笑,身子直在木梯上晃动。石陀忙喊小心点别摔下来!

黄鹂停住笑,说你放心吧,说着走下木梯,来到他面前。又转身指指身后,我那次叫你油漆工,没错吧,还是那件蓝布长衫,再加上这架木梯,太像个油漆工了。

石陀看看面前的一把老锁,说我还是个修锁匠,修伞匠,修表匠……

黄鹂拿起桌上那把修好的老锁,说你喜欢把所有的东西都拆开,再重新组装,是吗?

石陀说我不知道。你这一说,好像是这样的,我喜欢拆一些东西。

黄鹂笑道,这就怪不得你在政协会上的提案里,老要拆除高楼扒开马路了。

石陀惊奇道,你怎么知道?

黄鹂说我也是市政协委员呀。

石陀更惊奇了,说是吗?我怎么不认识你?

黄鹂说,你认识谁呀?我见你开会的时候好像从来不看人,老是一副走神的样子。

石陀说你叫什么名字?

黄鹂笑道,告诉你也记不住,你看我长得像不像个越南姑娘?

石陀看住她,点点头,挺像的。我第一次看到你就觉得像,你怎么像个越南姑娘?你是越南人吗?

黄鹂笑了,说我是广西人,家在北海附近,和越南相邻,说不定是混血儿。

石陀打量着她,说好像广西姑娘都是个头小小的。

黄鹂说你大概没去过广西,那里个头高挑的姑娘多得很,越南也是,几乎全是美女。

石陀惊讶道,像你一样?

黄鹂说,是呀。我不美吗?

石陀摇摇头。

黄鹂说你什么眼神?我哪里不美?

石陀说不是这个意思。你不是不美,而是不能用美来形容。

黄鹂又笑了,说用什么词来形容?

石陀想了想,说一时还真找不到一个恰当的词。这样吧,也当一个悬案,就像男人和女人的根本区别在哪里一样,容我仔细研究后再回答你,如何?

黄鹂笑道,你这马屁拍得挺叫人舒服的,起码让我保留了再见你一次的欲望。说罢欲走。

石陀说你不是说过,让我请你喝茶的吗?还要和我理论理论。

黄鹂笑道,这次就算了,本姑娘今天还有别的事。可这时她突然发现柜子上放一把手锤,就走过去拿在手里掂了掂,疑惑道,这把锤子干什么用的?修手表修锁用不到这么大锤子吧?

石陀一时语塞,说……这个……不能告诉你,这是我的秘密。脸色极为尴尬。

黄鹂看了他一眼,放下锤子,说好吧,人人都有秘密,只要别拿它敲人的脑袋就行。说罢就往外走。

石陀稍愣了一下,追上去,说姑娘你到底叫什么名字,什么职业,能告诉我吗?

黄鹂转回头,嫣然一笑,说这是我的秘密,也不能告诉你。说着转身出门去了。

梁朝东走进石陀办公室时,黄鹂已经走了,见石陀愣在那里,忙说石总,黄警官走啦?

石陀一惊,怎么,她是警官?

梁朝东说是啊,你和她聊了半天,居然不知道她的名字,我还以为你们是老熟人呢。

石陀说,我们在大街上见过一面,没说过话。她说她是政协委员,在会上见过我,可我并不认识她。

梁朝东说她叫黄鹂,木城市刑警大队的,警界非常有名,抓过很多罪犯。她今天找你什么事啊?

石陀一脸茫然,我也不知道,就是闲聊了几句。

梁朝东笑道,石总你不会干过什么违法的事,让她盯上了吧?

石陀连忙摇头,说你瞎说,我能干什么违法的事?哎梁子,你怎么和她熟悉的?

梁朝东说也是偶然,有一次我和朋友在茶馆喝茶,过来一个家伙,凶神恶煞的样子,身后还跟了两个人。那家伙上来就给我一拳头,说我抢了他女朋友,然后我们就打起来了。我一个对三个,自然不是对手,被他们打得满脸是血。正在这时候,一个女警察冲了进来,三拳两脚,把几个人打得趴下了,然后把为首的家伙拷上,喝令那两个人跟着走,我也被叫上,一块去了附近的派出所。从那以后,我和她就认识了。

石陀惊讶道,她这么厉害?后来呢?你不会也约她去玩的吧?

梁朝东说怎么不会?这么漂亮的女警官,我哪会轻易放过,就打电话约她喝茶,没想到她居然来了,只是换成了便装,穿着比一般女孩子还大胆。后来,我们还去过舞厅,她的舞跳得可好了,什么伦巴、迪斯科、西班牙舞、探戈,连国标都会,还会民族舞蹈,她简直什么舞都会跳。她只要一进舞池,所有人都会盯住她看。我们也去过酒吧,她的酒量大得惊人,红葡萄酒一人能喝几瓶。她还拉我去过图书馆,让我帮她借一些书看。我以为她不过是瞎胡闹,装装斯文的,那么火辣张扬的性格怎么会喜欢看书?就故意找了一些难懂的哲学书给她看,什么黑格尔、费尔巴哈、什么尼采、叔本华。谁知她坐在图书馆里,居然能一坐就是几个小时,文静得像个女大学生,离开图书馆还要带回家去看。这个黄鹂真叫人吃不透。

石陀说你们谈对象啦?

梁朝东笑道,我本想和她谈对象的,可接触几次以后,就打消了这个念头,这个女子太厉害,太难懂,你根本不知道她下一分钟会干什么。还是做个普通朋友吧。我看她做朋友挺合适的。再说,人家也没那个意思。我呢,真要娶个女警察,枕头底下放把手枪,还不吓死人。

石陀似听非听,有些走神的样子。

这时已到下班时间,楼道里传来嚓嚓的脚步声,有些杂乱,编辑们说笑着渐渐离去。不大会儿,九十九层楼变得死一样寂静。

石陀揉揉眼,然后打了个长长的哈欠。梁朝东知道自己该走了。正要告辞,突然听到窗户上响起劈里啪啦的声响,忙抬头看去,发现外头下雨了,而且是急雨,雨点如密集的箭镞斜射在玻璃上,然后撞得粉碎,整片玻璃墙一时水花四溅,喧闹无比。

石陀兴奋得两眼放光,倏地转身,又紧走几步,站在窗户前,望着外头礼花般的水珠,搓着手连说好、好、好!

梁朝东在背后大声说石总,外头下雨了,我用车送你回家吧!

石陀没有转身,仍然对着窗外,搓着手念念有词,外头的雨声太大了听不清他在说什么,好像还在说好、好、好。梁朝东知道他并没听到自己的话,就是听到了也不会跟自己走。他有自己的事要做,特别一到晚上,一遇下雨天,他的行动就诡秘起来。梁朝东对石陀的事不感兴趣,但他突然对他生出一丝同情。面前这个古怪的老总,无论生活中还是精神上,都显得那么孤单,没有人能走进他的生活,也没有人知道他的内心世界。他甚至没有常人的生活方式,起码没发现他对服装对美食对女人对小车对金钱等一切世俗的欲望和追求。一年四季,他永远穿着这件蓝布长衫,在办公室像有巢氏一样坐在木梯上工作,不知疲倦地审阅书稿,累了时就爬下木梯,摆弄那些破锁破相机之类的玩意儿。他永远都是下班最晚的人,又是上班最早的人,让你感觉他好像根本就没有下过班。梁朝东只知道石陀并不和出版社的人住在一起。但他究竟住在哪里,没人知道。他有没有老婆孩子,也没有人知道。这些事大家以前曾议论过,甚至还有人当面问过他,但他从不正面回答,却用怪异的目光盯你半天,说可以不告诉你吗?他当然有这个权利,别人也就不好再问。好在他的一切行为都有些不正常,住在哪里和有没有家庭就不觉得特别不正常了。倒是从他反问你的目光和口气中,让你感到打听他的事情才是不正常的。好在木城有太多值得大家关注的话题,都比谈论石陀有趣得多,而办公室里的石陀,虽然身为老总,却是个无声无息的人。当他一个人在总编室的时候,通常是不会有任何声音传出的,他不会惊扰任何人。只在他蹭痒的时候是个例外。石陀喜欢蹭痒,好像很多天没有洗澡,背上老是发痒。石陀蹭痒的样子,好多编辑都看到过。他蹭痒的样子极为不雅,就是走下木梯,或者离开座位,来到办公桌左前方,一直是这个方向,然后转过身去,蹲成马步,把背靠在左前方的桌子角上,按逆时针方向转动摩擦一阵,再按顺时针方向摩擦几圈。那时他会舒服得咧开嘴,发出极为畅快的呻吟声,好多次让门外经过的人以为房间里有人在做爱。这可是个奇怪的事情!于是赶快拉开门缝往里窥探,却发现石总正蹲着马步蹭痒!那时他一脸舒服而又痛苦的表情,样子十分狰狞恐怖,和做爱时的表情简直没有区别。美编小甲还因此得出一个结论,说人在最舒服的时候,正是最丑陋的时候。但这仍然只让大家谈笑一通就过去了,石陀每天都要蹭痒,你不可能每天都谈论他蹭痒的事。因此通常情况下,除了审稿,你完全可以将他忽略甚至遗忘。

在大家的心目中,石陀是个天才,同时又近似白痴。

但无疑,他又是个谜。

梁朝东见他在窗前看雨手舞足蹈的样子,忽然意识到这一点。是啊,这个人是谁?他究竟是个什么来历?他工作以外的日常生活是怎样的?……

梁朝东并不是个爱打听事的人,可这会儿却突然有一种强烈的冲动,就是要了解这个人。他原以为自己很了解自己的老总,现在却觉得根本不了解他。不了解一个人的隐秘,等于大半不了解他;不了解一个人的内心,等于完全不了解他。

梁朝东决定,暂时不谈女朋友了,秘密跟踪石陀!

他为自己这个瞬间的决定感到吃惊。

这几乎是一个荒唐的甚至是疯狂的决定。

他知道自己一向光明做事,不干这类偷鸡摸狗的勾当。可他明白自己不是为了伤害他,不是。他只是隐约感到这个被称为石总的人,其实距大家非常遥远,他背后一定有不为人知的秘密,从他怪异的日常行为中,似乎能感到一丝苍凉。他想我也许能为他做点什么。他心里就是这样想的。

梁朝东连续跟踪一个多月后,果然有许多意外的发现。

石陀总在天黑以后才下楼,然后在附近的包子铺买两个包子,要一碗鸭血汤,坐在桌前吃完,擦擦嘴离开。

当他重新站在马路上时,会有一会犹豫,东张西望,一副拿不定主意的样子,但他终于选择一个方向,大步走去。他走路的样子有些气宇轩昂,特别在下雨的天气更是如此。那时他会显得十分兴奋,手里的伞也不打开,当作手杖拄在地上,发出嗒嗒的声响,他的蓝布长衫一荡一荡的,在夜风中翻卷。蓬乱的头发像一簇枯草,随风飘散。从后背看他走路有点可笑,那完全是一副潦倒而又自负的样子。

木城的灯火越来越明亮,一束束一条条一片片,发出五彩的光,那光在不断明灭滚动,魔术一样变幻无穷。灯光下各色人等开始出现,越来越多。大家走在大街上,有的悠悠然,有的行色匆匆,你不知道他们此刻在想什么,要去哪里。梁朝东很熟悉这样的夜景。过去他是其中的一员,从没有作为一个旁观者观察这些人。现在不同了,现在他是局外人,是旁观者,是跟踪者,面前这些蝼蚁般的芸芸众生来来去去,看起来没有任何秩序,实际上都有自己的运行轨迹,其实隐藏着多少不为人知的秘密。这一刻,梁朝东有一种居高临下的快意,这感觉是过去从未有过的。

石陀在大街上继续前走,目不斜视,仿佛大街上的人流、物事和他没有任何关系。

后来,他突然拐进一条小街。

小街灯光稍暗,行人也不太多。走进去大约一百米后,石陀停了下来。梁朝东看到他从怀里掏出一把锤子,然后蹲在路边开始敲打马路。这场景是梁朝东没见过的。他有些吃惊,不知他要干什么,这不是破坏马路吗?

这时也有行人朝石陀看,但也就是放慢了一点脚步,并未停留。

梁朝东站在石陀身后十多米远的地方,真的有些为他担心。疑惑中,梁朝东忽然想起石陀在政协提案的事,这事出版社人人知道,都当作笑话,没想到他一直在暗中实施。可这不是瞎闹吗?这么大一座城市,就凭你一把小锤子,就能敲烂马路、拆除高楼?看来他真是走火入魔了。

这一晚,石陀换了三次地方,敲了两个钟头,直到累得擦汗,才站起身离开。好在一直没人真正管他,也许大家搞不清这人究竟是干什么的,把他当成神经病也未可知。

石陀把锤子重新藏进怀里,拎着伞离开,一脸疲倦的神态。

后来的事就更让梁朝东吃惊。

他原以为凭石总的个人收入,这么多年攒下来,应当能买一幢别墅。他甚至想象过他会有一位优雅美丽的妻子,说不定还是个洋女子。应当还有两个孩子,有男女佣人。即使没有别墅,也应当有一套宽敞的高楼公寓房,里头放一套红木高档家具。当然他得有一个单独书房,里头同样有一排排书架,上头有无数线装书、中文书、外文书,这才和他的博士身份相符合。

但梁朝东错了。错得一塌糊涂。

石陀一直走,在大街小巷间穿行。时而会停下来察看一下路口,或者像路旁的人打听什么。看样子他要去一个地方,却记不得路了。

木城的道路的确太复杂了,大街小巷就像蜘蛛网一样,纵横交错,密密麻麻,曲里拐弯。许多街巷梁朝东也没去过。他在石陀背后跟着走,走来走去连他也不知到了什么地方。

石陀显然已经离开了最繁华的主城区。

前面是一条破烂的老街。从街口就可以看出来,都是些低矮的民房,样子非常简陋。这条街和雨丝巷大不一样,那是明清一条街,虽说房子老旧,但有品位,梁朝东经常带女朋友去那里喝茶喝酒。面前这条街简直就是工棚样的房子。石陀来这里干什么?

梁朝东只顾打量这条街,突然发现石陀不见了。几乎是转眼的工夫,他就消失了。这家伙!梁朝东明明看到他进了街口,可是人呢?他赶快紧走几步,小跑一样往前赶。这条街虽说破烂,住的人好像很多。小街是用水泥铺成的,不少地方已经破损,坑坑洼洼。因为刚下了雨,积水一洼一洼的。这时天已经很晚了,可这条街上的人好像没有时间概念,依然在忙碌,来来往往的人很多,也有出租车开进开出。运货的小货车或在积水中行驶,溅起一片污水,或者停在路边卸货、装货。卸下的货物有粮食、水果,还有活猪、活鸡、活鸭,到处散发着一股臭味。装车的货物也很杂乱,有包装漂亮的箱子，也有大捆大捆的废塑料袋、旧木器、旧冰箱、旧电视，乱七八糟什么都有。

梁朝东沿小街走过去，并没有发现石陀的踪影。心里直纳闷，他来这里干什么？总不会住在这个鬼地方吧。这条小街让梁朝东看到了木城的另一面，在灯红酒绿、繁华大街的背后，还有这样的贫民区。这些人深更半夜，依然在为生计忙碌。城里那些时尚光鲜的生活，和他们毫无关系。想到这一层，梁朝东心里有些发沉。

在经过一家人门口时，发现一位七十多岁的老太太，正颤抖抖端一盆污水往外挪动。梁朝东探头一看，原来她邻街的小屋进了水，心里老大不忍，忙上前接过那盆脏水，泼到街上。老太太连声道谢。梁朝东已是欲罢不能，拎着盆说老人家我帮你弄吧。老太太看他一身干净衣服，说会把你身上弄脏的。梁朝东说没关系，说着进了屋子，一股霉味扑鼻而来。地上积水还有不少，连忙蹲下身子，要用手捧脏水往盆里去。老太太已跟进来，说孩子别用手，水脏，说着拿过一个勺子递给梁朝东，用这个刮水吧。梁朝东接过来一看，好像是个盛饭的勺子，说老人家不能用这个，还怎么盛饭吃？老太太说不碍事，用清水冲冲就干净了。梁朝东只好用它从地上舀水，一点一点的，一连舀了四盆水泼出去，屋里才没有积水。然后把勺子洗干净了交给老人，这才告辞出门。老人家一直送到门口，自言自语道，这是谁家的孩子，咋看着面熟呢。

梁朝东几乎逃跑一样快步走了。老太太说他面熟，肯定是老眼昏花了。他知道自己没来过这里。

不知为什么，为老太太清过积水，梁朝东的心情好了一些，他觉得自己走在这条贫民街上，心里踏实多了。而刚刚进入这条小街时，他有一种心虚的感觉，很怕这里人把他轰出去。仅凭他一身漂亮的牛仔服，他们就可以把自己当成一个入侵者，当成一个窥探者，当成一个天然的敌对者。这里是他们的领域或者地盘，像梁朝东这种一看就知生活在上流社会的人，是不应当到这里来的。

梁朝东还在东张西望,寻找石陀。他相信他还在这条小街上,也许钻进了哪一处房子,说不定已经洗洗睡觉了。这完全可能。这么晚了,他来到这条小街,只能说他住在这里。

可他怎么会住这里呢?

梁朝东发现这条小街两旁,还有很多小巷,不少小巷窄得只能推一辆自行车。房屋低矮而简陋,密密地拥挤在一起。可以想到,这里居住的人口密度极大,居住条件可想而知。

在一条小巷口,昏黄的路灯下站着一个女人,看样子有三十几岁,打扮得古里古怪的,透着低俗和妖艳。梁朝东看了她一眼,并没怎么在意。他想这里的女人大概都是这样穿着打扮的,她也许在等什么人。可当梁朝东经过她面前时,却被她一把扯住了衣服,同时低声说大哥,我陪你玩玩只要二十块钱。梁朝东吓了一跳,忙拨开她的手,说你干什么!现在他明白了,这是个站街女,木城最低廉的妓女了。他知道木城很多地方都有妓女,并且分成很多等级。最高级的四星、五星级宾馆里,一个高级妓女可以开价数千上万。只是没想到在这种地方也会有妓女,价钱会如此之低,为了二十块钱,一个女人可以脱下裤子。但这样的女人,站在这样的破街上,大概也只能要这么多钱。梁朝东没有生气,只是为她悲哀。忍不住又看了她一眼。女人仍在盯住他看,那是一种热切期待的巴结讨好的目光,她伸手又拉住梁朝东,哀求说大哥你就玩一次吧,要不十五块也行,干脆十块!梁朝东拿开她的手,从怀里掏出一张百元的钞票放她手上,说大姐天太晚了,快回家吧。说着转身大踏步走了。顺着来时的路。

他知道今天晚上再找到石陀已经没有可能。

梁朝东在回来的路上,眼里一直噙着泪水。他不知道今天晚上怎么了,居然像个善人一样。他从来没有意识到自己还有同情心。更让他吃惊的是木城居然还有这样一条街,还有人这样生活,而且堂堂木城出版社的老总也生活在这样的地方。

梁朝东的脑子有点乱了。

可他更加坚定了要跟踪石陀的决心。

此后一连数日,梁朝东每晚都跟踪石陀。前头还好,一直没有跟丢。但发现一个现象,石陀走路从来不回头看,你跟在他身后两米都没有问题。

石陀前头的行动也都差不多,从大街拐进小街,掏出锤子敲马路。然后七拐八拐,走向那条偏僻的烂街。可一旦走进烂街,石陀就好像变成了隐身人,莫名其妙就不见了。有时就在他身后几步远,几乎伸手可以抓住,但石陀三晃两晃就没了踪影。

烂街成了百慕大三角。

这叫梁朝东心生疑惑,又有些害怕起来。

还有一次更让梁朝东害怕。

那天晚上,他一路跟踪石陀。石陀没有像往常那样去烂街,而是一直出城去了,手里还拿着一枝红玫瑰。当时梁朝东想,原来石总也有情人。他相信他是去和情人约会,谁说他是个书呆子?也懂得找情人,还懂得送一枝玫瑰。

梁朝东相信今天晚上会有收获了。

可是石陀出了城还是往前走,很快下了公路,拐进一条小路,这条小路是通往山里去的。梁朝东认出来了,这座山叫象鼻山。山上是大片森林,有些还是原始森林,几百年上千年的树木都有。千百年来,当地人就以象鼻山的树木为生,后来成为一座城市,据说木城的名字就是这么来的。但经过长时间砍伐,原始森林已经很少了,更多的是次生林。因此平时这山上很寂静,晚上更是绝少有人来。

石陀和情人约会,怎么会选在这个地方?

一条山道黑乎乎的,越往山上走越黑,几乎伸手不见五指。梁朝东完全没有想到,会跟着石陀深夜爬象鼻山。好在石陀有准备,他在前头走,一路打着一支手电,所以不用担心跟丢了。可梁朝东却受罪了,深一脚浅一脚,一不小心,把脚也崴了,疼得龇牙咧嘴,却不敢出声。

山道的左手有树木,右边是悬崖峭壁,万一踩空会跌得粉身碎骨。前头的石陀如履平地,看来这条路他走惯了也走熟了。梁朝东瘸着腿,一扭一扭往前赶,真是十分辛苦。他几乎要放弃了,心想这是何苦?发现他有情人又怎么样?这应当是预料中的事。凭石总的身份学识,有个情人再正常不过。梁朝东本来也没有什么窥视欲。他放慢脚步,真想回去了。可想想又不甘心。跟了这么长时间,还崴了脚,这么回去不是他的风格。梁朝东做事喜欢做到底,做到极致,就像谈对象,要么不谈,抓个女人结婚完事。要谈就谈二百个,谈它个轰轰烈烈天翻地覆,这才尽兴。

现在他对石陀的兴趣,已经转移到那个女人身上。他想这女人也怪,木城到处都是公园、茶馆、酒吧,哪里不好约会,偏要深更半夜把石陀叫到山上来。看来这女人有极大的魔力,居然能把石陀这么个书呆子弄得神魂颠倒,还拿枝玫瑰花,颠儿颠儿往山上跑。这不欺负人吗?

梁朝东打起精神,强忍住疼痛,紧紧跟上去,只觉脚脖子崴着的地方热乎乎的,有点麻木了。他今天一定要看个究竟。

潜意识里,梁朝东还有点担心,就是怕石陀出危险。如果是个老情人,他们经常到这里约会倒还罢了,大不了说他们怪就是了。但如果是个新情人,或者石陀被哪个女人迷住了,而那女人又不怀好意,故意找了这么个山鬼出没的地方约会,乘机把他绑架敲诈,事情就糟了。甚至说不定石陀得罪了什么人,这干脆就是一个圈套,被人骗上山来干掉……

梁朝东这么往坏处一想,顿觉毛骨悚然。是啊,这太不正常了!

梁朝东的头发都竖起来了。

刹那间,他觉得山风阴沉,杀机四伏。树林里随时可能跳出两个歹徒,手持刀子向石陀捅去。

梁朝东一时热血沸腾,他没有想到逃跑。真是怪了。平时,他并不是一个见义勇为的人,有时在街上看见有人打架,都躲得远远的。偶尔发现小偷行窃,他也懒得去管,那时他想多一事不如少一事,偷窃无非是把钱从一个人的口袋里,转移到另一个人口袋里,物质不灭,一样拉动消费。特别看到被偷的人像有钱的样子,他更是会有快意。有一次他甚至带着欣赏的心态,看一个小偷如何施展偷技,还佩服得直咂嘴巴。后来发现就在那一刻,他自己的钱包也被人偷了。他不仅没有追赶,还翻开空口袋笑起来,连说报应报应!

可此刻,梁朝东忽然感到自己是这么重要!他是唯一可以保护石陀不受伤害的人。当然,真要是遇到危险,自己也可能和石陀一样遭难。他清楚地知道,关键时刻,石陀不是一个可以打架拼命的人,他会突然茫然失措。那时就只能靠自己。他甚至看到了自己头破血流的场景。

但梁朝东对自己说,梁子今晚就看你的了!

梁朝东弯下腰,摸起两块带棱角的石头,掂了掂分量,一块一斤多重,一块有半斤多重,正好称手,有这两块石头在手上,梁朝东胆气壮了。

石陀已经走出很远,但仍可清楚地看到他的手电光影,闪一下,又闪一下。看来他很懂得节省用电。

梁朝东一面机警地谛听山林中有无异常动静,一面加快步子跟上去。此刻,他感到脚步轻捷如猿,浑身都是力气。

还好。暂时没有事情发生。

深夜的象鼻山太静了。

夜风沐浴着山林,发出清晰的涛声,愈发显出山里无边的寂静。如果没有什么危险和意外,在这样的夜晚这样的山林间和情人约会,的确另有一番味道。这里没人打扰,没有喧闹,没有让人头晕眼花的灯光,没有奇奇怪怪的异味。这里只有山水林木,星月宿鸟,只是太过冷清了点,但这才是真正的两人世界。

突然,石陀打着手电拐进一片黑黢黢的林子。梁朝东一愣,也随后跟了过去。林子很密,一不小心就会碰到树上。梁朝东借助前头的手电余光,悄手蹑脚随在后头,心里愈发纳闷。看来,石陀来这里,是有明确目的地的。也许真有个情人在这里等候,自己前头想得复杂了一些。

果然,前头林子出现一小片空地,石陀站住不走了。但空地上并没有人等在那里。石陀似乎也知道。只见他并不左顾右盼,喘息了一阵,忽然把手电光照在一棵挺拔俊秀的树上,朦胧中看不清那是一棵什么树。手电光又从上往下照,把整棵树照了个遍。梁朝东就躲在空地不远处的一棵大树后头,大气也不敢喘。他看到石陀半跪下一条腿,把手中的一枝玫瑰放在树的根部,一副恭恭敬敬的样子。

梁朝东越发糊涂,半夜三更,他跑到山上来看望一棵树?并且为那棵树献上一枝玫瑰。这人真是神经出了问题。

石陀爱着一棵树?

这怎么可能!

难道这棵树有什么故事?

这棵树是一个女子的化身?

……

梁朝东正在胡思乱想的时候,石陀已经背靠那棵树坐下了。看来他也累得不轻。

他靠在那棵树上,席地而坐,静静的,没有发出任何声音。

梁朝东心里着急,这个呆子,你怎么不说点什么?哪怕哭一哭也好。

他相信这里一定隐藏着一个很深的故事。这故事一定很凄美,很动人,很曲折。梁朝东真想从树后跳出来,上前问个究竟。他希望听一听,更希望听到他的倾诉。他相信他需要倾诉。

显然这是一个很古典的故事,和自己谈女朋友完全不是一回事,和今天的年轻人谈对象也不是一回事。梁朝东没想到,在石陀内心还隐藏着这样一个故事。因为平时的石陀不管怎么古怪孤僻,但他给人的感觉绝不是一个老土和守旧的人。他的洋博士背景,他的出版社选题才华,他对下属的宽容,他的政协提案,无不说明他实际上是个真正的现代派。甚至连他住烂街和贫民为伍,也说明他是一个不拘表面浮华而内心十分宽广的人。这样的人也会为情所困?

梁朝东真是想不通了。

如果石陀不是来悼念一个女子,寻找失落的爱情,就是真地爱上了一棵树!

但爱上一棵树就是一件更加怪异的事情,将更加无法理解。梁朝东听说过恋物癖,但那也是迷恋女人的东西,比如衣服、鞋子、袜子、胸罩、内裤等等。你恋上一只母羊母狗母猪也好啊,可是恋一棵树干什么?

这不可能,决不可能!

梁朝东云里雾里乱猜,脑袋都大了。

这时,石陀忽然唱起歌来。

开始很轻。

很轻。

轻轻地吟唱。

梁朝东听出来了,是一首苏联歌曲《莫斯科郊外的晚上》。一首十分老套的歌曲。

但石陀确实在唱它。

开始很轻,渐渐就放开了喉咙,而且是用俄语,嗓音宽厚低沉,旋律优美。

这让梁朝东又吃了一惊。

他没想到石陀还会唱歌,并且唱得这么动听,还是用俄语!

这么多年,梁朝东还是第一次听到他的歌声。在这深夜里,在木城郊外一座荒凉的山上,一个头发蓬松的男人,坐在一棵挺拔俊秀的树下,独自唱着一首异国的情歌:

>　……
>　我的心上人坐在我身旁
>　默默看着我不作声
>　我想对你讲
>　但又难为情
>　多少话儿留在心上
>　长夜快过去天色蒙蒙亮
>　衷心祝福你好姑娘
>　但愿从今后
>　你我永不忘
>　莫斯科郊外的晚上
>　……

石陀唱了很多遍,或浅唱低吟,或放开喉咙。听得出来,不管怎么唱,他都是用心在唱,唱得声音都沙哑了。

自始至终,石陀没有说一句话。也许任何话都是多余的,都无法表达他的情感。歌声就是表达,就是倾诉,和心爱的人用这种方式交流,才是最好的。

那天晚上,石陀在山上呆了一夜,黎明时才下山。他显得很疲惫,走路有些打晃。

梁朝东也跟着在山上呆了一夜。他一直躲在一棵大树后头。这一夜让梁朝东饱受摧残,不仅受了风寒,腰酸腿疼,鼻塞耳鸣,而且发起烧来。更受摧残的是精神。他完全被石陀搞得晕头转向了,这个平日看起来极为单调乏味的老总,背后的生活却如此的复杂。梁朝东一向是个自信的人,那晚在山上不自信了。他发现自己所了解的木城,自己所了解的人和事,都是非常浅表的,这个城市隐藏着太多的东西。

那天下山时,还发生了一件奇怪的事。

石陀踉跄下山去,梁朝东也随后往山下走。当时天才蒙蒙亮,走出山口时,光线才渐渐好起来。这时梁朝东看到山下路口处停了一辆出租车,一个三十多岁的女司机守候在车旁,看样子在等什么人。当时天气有些冷,女司机不时搓搓手,捂捂耳朵,跺跺脚,偶尔往山上瞧一眼。当她发现石陀踉跄下山时,急忙迎上去,弯腰背起石陀,紧走十几步,小心放车里,然后关上后门,这才钻进前门发动车子,拐个大弯,直往木城方向开去了。

这一幕又让梁朝东目瞪口呆。

当时他仍站在山口上,山下路口发生的事看得清清楚楚。真是奇怪了。显然那女子是专门在等石陀的,好像她知道他在象鼻山上过了一夜,而且知道他在干什么。也许她早就来了,可她没有上山去催石陀下山,大概知道催了也没用,就耐心在山下等待。看起来她和石陀是很熟悉的,彼此见面并没有说什么。那女子看起来并不强壮,只是瘦弱高高的,却有一把力气。当她弯腰背起石陀的时候,石陀也没有任何推拒,就由她背着塞进车子,然后接走了。一切都是那么默契。

这样的事发生过多少次了?

那女人是谁?

最重要的是:石陀是谁?

这几乎是个让人心惊肉跳的问题。

梁朝东有点后悔了。

他感到自己也掉进了百慕大三角。

第七篇 荒原邂逅

谷子按照柴门的纸片留下的地址,到了四川成都,住进一家叫"天鹅"的小宾馆,一晚上才五十块钱,倒也干干净净,有单独的卫生间,房内有两把竹圈椅,一个小茶几,还有一张小桌子,上头有电视,很小,但一应俱全。比在敦煌时强多了。

谷子先是舒舒服服洗个澡,身子软软地坐在圈椅上喝茶。这么多天的奔波,此时才有点放松,心情也很好。她想在这里休息两三天再上路。现在,她的心态有点从容了,不像刚出来时那么紧张。出差大概就是这样,从这里跑那里,从那里跑这里,人在旅途,不会有家的感觉。但就是不出来,在木城同样没有家的感觉。以前在学校,同学们逢星期天,逢假期,就会回家和亲人团聚,谷子只能仍然呆在学校,她没地方去。她其实是最怕过星期天过假期的,那会让她格外孤独,也是她流泪最多的时候。

有一年放寒假,谷子回到孤儿院。她本想做义工的,帮助阿姨们照顾那些小孤儿。那里曾是她的家,童年的全部记忆都在那里,记忆中,孤儿院还是很温暖的,除了没有父母,孤儿院什么都不缺少。她特别记得那个胖胖的金阿姨,对她特别好,别的小朋友欺负她,总是金阿姨护着。金阿姨还经常在晚上搂着她睡觉,白天牵着她的手,好像特别照顾她。谷子还记得:临离开孤儿院时,金阿姨哭得很厉害,给她买了书包,做了一身新衣服,抱住她亲了又亲,说阿姨已有了三个孩子,不然就收养你了,阿姨工作太忙,实在没时间,你该上学了,阿姨会抽时间去看你的。

但不知为什么,后来金阿姨并没有去看过她。开始时谷子还很想她,后来就渐渐淡忘了。从上小学到现在,谷子再没有见过金阿姨。谷子曾经偶然想起过她,也许金阿姨调走了,或者有了什么意外,不然她说过来看自己的,怎么在整个小学、中学时代,她都没有出现过呢?

那年寒假,谷子重回孤儿院,意外发现金阿姨好好的,也并没有调走,她已经做了孤儿院的院长。只是十几年不见,金阿姨变老了,也更胖了,胖得有些臃肿,走路都有些气喘。十几年变化太大了,但谷子还是一眼就认出她来。金阿姨却没有认出谷子。谷子变化更大,离开孤儿院时,她才是个七岁的小女孩,现在已经是一个大学生了。当谷子自我介绍,金阿姨认出来之后,一下子激动得浑身发抖,站在那里看着谷子,哆嗦着嘴唇,半天没动。谷子忙上前搀住,说金阿姨你没事吧?金阿姨流出泪来,说谷子,阿姨没想到你还记得孤儿院。后来,金阿姨告诉她,就在谷子上学那年秋天,她的丈夫出车祸死了,撇下她和三个孩子,还有一对公婆,生活变得极为艰难。在最困难的那段时间过去后,金阿姨说曾想起对谷子的承诺,去学校看望过她,但没有露面,只偷偷看了她几次,并且和谷子的老师见了面,问了一些她的情况,老师说谷子学习挺好,就是有点孤僻,不大合群。金阿姨本来也想见见谷子的,和她谈谈,但后来改变了主意,她想应当让谷子忘掉孤儿院,忘掉自己是个孤儿,这对她的成长也许会有好处,就强忍着没有见面。金阿姨说这么多年过去了,谷子你没有怪罪阿姨吧?

谷子已是泪水盈盈,说金阿姨我知道你是为了我好,可我是孤儿哪会忘掉。小的时候,倒没有那么强烈的感觉,越大反而越有这个意识。因为懂得多了,想得也多了,见到人家都有父母家庭,总会纳闷自己为什么会是孤儿,我的父母是谁?为什么抛弃我?他们现在哪里?总是忍不住去想,越想越觉得心里苦得厉害,整个人像被闷在葫芦里。

金阿姨叹口气,说是啊,人长大了,懂事了,苦恼就会多起来,人生都是这样的。即使有父母,也不能总在身边,很多事情还是要你自己去面对,你总要独立生活在社会上的。谷子你是大学生了,应当想到,当初你的父母把你送到孤儿院,肯定是无奈的,我希望你能想开一些。

谷子当时沉默了好久。她知道金阿姨的意思,就是让她不要恨自己的亲生父母,要学会坚强。可她到底还是忍不住,向金阿姨打听她当初是怎么来到孤儿院的,是谁把她送来的,有没有人见过她的父母。其实,这次她来孤儿院做义工,真正的目的还是想打听自己的身世。她含泪说出自己的愿望,并且一再表示,她并没有想过要恨自己的父母,只是太想知道他们是谁。当她说完这些之后,泪水就扑嗒扑嗒落了下来,那时她想了解自己的父母是谁,还要求人,差不多就是低三下四。内心真是十分委屈。

金阿姨重重地叹一口气,说谷子你的心情我理解,可孤儿院真地无法回答你的问题。我只知道你来孤儿院的时候是冬天的一个夜晚,当时正下着一场大雪,孤儿院的孩子们都睡了。这时,有位值班阿姨隐隐听到外头有婴儿的哭声,职业的敏感让她意识到,又有人趁着天黑把孩子丢弃在孤儿院大门外了,这是孤儿院门外经常发生的事。她急忙冲出屋门,冲过院子,拉开大门,在漫天大雪中,果然看见一个红色的包裹,婴儿的哭声正是从包裹里传出的。那位阿姨急忙抱起婴儿,本能地四处察看,当时已是深夜,街上空无一人,只有飞舞的雪片在路灯下挤成一团,然后一块一块地往下掉落。那夜的雪真是太大了,大得吓人,就像天塌下来一样。包着你的红色包裹,显然是刚放在那里的,不然早就被大雪埋住了。那位阿姨抱着你到处看,没有看到人,可她相信就在不远处的黑暗中,一定有个人在偷偷观察,看看你被孤儿院的阿姨捡起来没有。后来那个阿姨冲着雪夜大声喊叫:这是谁的孩子?你不能这样!你不应当丢下孩子不管,你以为把孩子送到孤儿院就完事了吗?

你会良心不安,一辈子都会不安!……可是,大街上静静的,只有落雪的簌簌声,那情景很凄惨,就像世界上的人全死了。那个阿姨知道喊也没用,他们把孩子丢在孤儿院,肯定是经过反复思考才决定的。可她还是很恼火,很愤怒,因为她知道这个无辜的孩子从此将失去父爱母爱,将会孤独地面对人生。后来,阿姨只好把你抱回孤儿院……

谷子已哭得满面泪水,她总算知道了一些自己的来历,尽管还远远不够。

但那是一个雪夜。雪夜是有些凄美的。

飞舞的雪片在路灯下挤成一团,然后一块一块往下掉落。

看上去就像天塌了一样。

那个阿姨四处张望,没有看到人。

但她知道就在不远处的黑暗中,一定会有个人在偷偷观察。

那就是我的父亲。

或者是我的母亲。

也许,他们两个人都在。

可他们躲在一个隐蔽处,就是不出来。

阿姨在拼命喊叫,让他们出来。

可是大街上静静的,只有落雪的簌簌声。

就像世界上的人全死了。

……

就是这些,

大体就是这些。

那是一个雪夜。

我来到了孤儿院,躺在一个红色包裹里。

我会永远记住那个雪夜。

那个雪夜决定了我一生的命运。

谷子不哭了,她擦擦泪水,冲金阿姨笑了笑,说金阿姨,那个把我抱到孤儿院来的阿姨,就是你对吗?

金阿姨含泪点点头,也笑了,说谷子你真聪明。

谷子说金阿姨,我的名字也是你起的吗?

金阿姨说你猜得没错。你是大雪夜来到孤儿院的,那一夜对你来说是一个灾难,但对于年成来说是个好消息,就像大地上铺一层厚厚的棉被,瑞雪兆丰年啊,预示明年会五谷丰登。我老家就在农村,虽然嫁到城里来了,可我的很多想法,还是来自土地,就给你取了个名字叫谷子。这名字有些土气,还有些人把土气当成损贬人的话。其实"土气"是个好东西,土气土气,是说大地是有气息,有灵魂,有生命的呀!一个人有了"土气",人就厚了,就有了根基,就有了营养,就会不怕风雨,多好啊!

谷子点点头,说谢谢金阿姨,你给我起了个好名字,我喜欢。

金阿姨很认真地说,谷子你回去吧,不用在孤儿院做义工了,你有这个心就够了,你还有大事要做。我还是希望你不要老想着父母的事,不然悲悲凄凄的,人家会把你看成个软弱的人。女人内心里要宽广。就说我这么多年,一个女人撑着一个家,上有老下有小,还当个孤儿院的院长,多少事啊,可我不说苦,不说累,就这么扛着,女人的肩膀能扛一座山……

谷子后来再没去过孤儿院,但她学会了坚强。那一次金阿姨教给了她很多东西。金阿姨没有多少文化,但金阿姨真是个内心很宽广的人,她会让你心里敞亮,好像没什么事情能压垮她。只是面前偶尔会出现一个景象:胖胖的金阿姨扛着一座山在走路,满头大汗,气喘吁吁,头发也凌乱着。这影像让谷子有些难受。

寻找柴门,也让谷子感到像扛着一座山,虽然分量不轻,但没感觉那么沉。她已经学会为自己减压。

谷子在成都住了三天,在城里头转了转。她发现成都有很多茶馆,好多人下了班就去茶馆里坐坐,喝茶聊天,或者打牌下棋,甚至大白天也去,好像不上班一样,没什么事让他们着急。这气氛感染了谷子。她去了成都几处景点,在杜甫草堂玩了半天,杜甫草堂环境很好,很幽静,但那座草堂显然是后来盖的。谷子坐在草堂前的石头上,转头看着草堂有点奇怪的感觉,原来历史也是可以复制的,一切都是真真假假,扑朔迷离。

那么,柴门呢?

谷子恍惚间又回到原点,世上真有柴门这个人吗?

谷子从成都往木城打了长途电话,一直打到石陀的办公室。她向石陀汇报了在敦煌扑空的情况,以及将到阿坝寻找柴门的打算。不知是电话传音效果不好,还是别的什么原因,谷子没听到石陀一句清晰的话,只听到一些含糊不清的嗡嗡声,仿佛伤风感冒了一样,而且响着响着电话就断了。这让谷子很不爽,心情一下子又灰暗起来。出来前石总那么热切催她上路,出了门就不管了,让她一个人在外头到处乱撞。一个刚离开大学校门的女孩子,这么东奔西跑,你就放心吗?谷子其实很想听到一些安慰和鼓励的话,或者说找不到就算了,回来吧。那样她会感动,会更加起劲地去寻找柴门。可现在,谷子感到的是冷清和冷落,感到的是自己并不重要。她甚至怀疑寻找柴门是不是也那么重要。是啊,找到了又怎么样?找不到又怎么样?和自己没一点关系,和出版社的生存也没关系。难怪达克社长要反对了。这只是石陀倾心要做的一件事。可倾心要做,为什么又这么漫不经心呢?一个电话没打完就断了,你就不能再打过来?

谷子回到宾馆房间,枯坐在那里胡思乱想,过一阵又觉得自己是不是想的太多了,也许本来就是一个电话讯号不好的问题,是自己想得太复杂了,这可能是自己太孤独无助的原因。后来她又有点担心起石陀来,她知道他很多行为都反常,平时好像也没什么人关心照顾,电话里声音嗡嗡的像是感冒了,但愿不要害什么大病。

谷子曾想再打个电话给社长达克,一来汇报一下寻找的情况,二来顺便问问石总的身体怎么了,但想想又打消了这个念头。她想起达克对寻找柴门一直持反对态度,再向他打听石总的情况,就显得唐突了。于是她又想起梁朝东,那个被大家称为梁子的家伙,一直给谷子的印象不错。他不知疲倦的恋爱方式让她觉得特别好玩,她不想说他对,也不想说他错。她感到那只是他的一种娱乐方式,他只是在玩儿。他和那么多女孩子谈恋爱,但从没听说发生过性侵犯、堕胎之类的丑闻,就是说他和那些女孩子在一起玩,一直保持着一个度,他把恋爱谈得很"干净"。谷子甚至怀疑梁朝东是不是在谈恋爱,他以为自己在谈恋爱,其实不是,他只是喜欢和女孩子在一起,就像《红楼梦》里的贾宝玉。可他显然又不是贾宝玉,看他平时很阳刚的样子,很有男子气,连那么阴沉的达克社长都对他另眼相看,那个喜欢在达克身后屁颠颠的小甲,甚至有点怕他。梁朝东身上似乎有点邪气,可她觉得他骨子里却是很正气的人,他让谷子有一种信赖感。而且凭直觉,谷子感到他和石总关系不错。如果给梁朝东打个电话,了解一下情况,肯定不会有任何问题。对,就给梁朝东打个电话!

谷子跑向宾馆服务台,却又半途停下了脚步。向他了解情况?了解什么情况?石总的身体情况?木城出版社的情况?你以为你是谁啊!

谷子决定去阿坝了。

这几天她已经打听清楚,阿坝在四川省西北部,面积很大,几乎相当于东部沿海一个省。自然条件十分险恶,高山峡谷,急流险滩,长江黄河分水岭、原始大森林、终年不化的积雪和冰川,还有无边无际的大草地。宾馆老总告诉她,当年红军长征,曾在阿坝境内遇到无数艰难困苦,打过很多恶仗,死过很多人,有的是被打死的,有的是被饿死的。很多地方至今荒无人烟。宾馆老总这么一说,本来想吓唬谷子的,没想到谷子却兴奋起来。这种地方别说柴门,连自己都感兴趣。柴门崇尚大自然,去那里完全有可能。

宾馆老总是个年轻人,也就三十岁的样子,人长得很白净,个头不算高,和普通成都人差不多,两个唇角各有一抹细细的小胡子,只是左腿有点小毛病,走路一瘸一拐的,但这丝毫不影响他做这做那。谷子住了几天,和他都熟悉了。主要是他太热情,经常亲自跑来,问谷子有什么要求,周到得连谷子都不好意思了。他说他叫刘松,这个小宾馆是他自己开的,总共才十二个房间。当他得知谷子要去阿坝时,曾一再劝阻,说那些地方我都没去过,特别要过几座雪山,太危险了,当年红军翻越那几座雪山时,曾死了不少人。谷子说不是有长途汽车吗?我就是想走一走那条红军走过的路。刘松说你不是说要去找一个作家的吗?谷子说是啊。刘松说那个作家大概不会沿长途汽车的路线走。谷子说为什么?刘松说坐长途汽车跑有啥意思?长途汽车经过的地方,肯定都是平坦好走的路。你那个作家朋友应该会去那些平常人走不到的地方,比如崇山峻岭、雪山森林,比如山洼里人家,去那些地方采风,才会有收获。谷子不由对他刮目相看,说刘总你倒懂得作家嘛。刘松不好意思地挠挠头笑了,说谷编辑不瞒你说,我当初也是个文学青年,还写过一些诗歌散文,可惜没能发表,主要是见识少,生活经历太单薄。那时候我就曾幻想过有一天离家出走,到处跑跑看看,古人说破万卷书,行万里路,应当是个不变的真理。

谷子点点头,心想在这个世界上,真是不要小瞧了任何一个人。就笑道,刘总你后来怎么不写诗歌散文,开起宾馆来啦?

刘松苦笑一下,说一言难尽。以后也许还有机会给你说。

谷子说怕是没有机会了,我打算明天就去阿坝。

刘松看着谷子,说谷编辑你看这样好不好,你如果一定明天要去阿坝,就不要买长途汽车票了,我送你去!

谷子很意外,说你送我?你不是开玩笑吧?

刘松说不是开玩笑,我也没去过阿坝地区,一直想去看看,送你过去只是顺便。

谷子说你生意不做啦?宾馆没有老总怎么行呢?

刘松说没关系,现在一切都已步入正轨,我在不在都没关系。再说,还有我妻子春红,她在宾馆就不会有问题。

谷子纳闷道,你妻子春红是哪一个?宾馆总共也没多少人,她差不多都认识了。

刘松笑道,就是前台那个收银员呀!

谷子噢了一声,明白了。前台收银员是个很高挑的女子,差不多有一米七五,应当比刘松高出十个厘米,皮肤也白净,就是有点病态的纤弱,眼睛看人时也有点斜,好像审视的样子。谷子对她的印象并不好,但也没怎么在意,自己只是个过路客,好与不好和自己没有太大关系。

本来刘松说要送她去阿坝,她心里还是感动了一下,毕竟素昧平生,去一趟阿坝可不是一件小事。但现在她知道该怎么做了,就对刘松笑道,谢谢刘总的好意,还是不麻烦你了。她可不想惹什么事儿。

刘松说,你是不是担心我妻子会有什么意见?

谷子笑道,我是有点担心。

刘松说你放心,她管不了我的。

谷子摇摇头,说刘总你不要再说了,我不会同意你送我的。这事本来和你没关系。

刘松笑道你是不是怀疑我别有用心?

谷子脸红了一下,说你不要开这种玩笑。

刘松赶忙道歉,说谷编辑对不起,我只是想说,你不要怀疑我的人格。我会一路保护你,安全穿越阿坝……

谷子打断他的话,说刘总谢谢你的好意,但我真的不需要!说着站了起来,一副送客的样子。

刘松愣了一下,知道再说也无用,只好起身告辞,讪讪地离开了房间。

谷子重新关好门,长舒一口气。

她很庆幸自己的及时清醒,一个人出门在外,还是不要节外生枝。她相信这个叫刘松的人是出于热情好意,也许还有点文学情结,才要送她去阿坝的。但自己对他毕竟并不了解,一个女孩子和一个陌生男人去那种环境险恶的地方,会发生什么事,真是难以预料难以把握的。

第二天一大早,谷子就坐上了长途客车。离开宾馆时,她并没有见到刘松。只在结账时看到刘松的妻子春红。春红似乎知道她要走了,事前已算好账,态度冷冷的,明显很不友好。也许她已经知道刘松曾要送她去阿坝的事。春红打量谷子的眼睛,像两枚钉子,好像要仔细看看这个女子用什么吸引了丈夫,居然愿意放下生意千里相送。

谷子从她的目光里读懂了她的醋意,心里觉得好笑,这女人也太小心眼了,我不过是个过路的客人,能威胁你什么。再说,我真要谈恋爱找对象,肯定不会找个瘸子。谷子结完账拉着箱子走出宾馆时,忍不住差点笑起来,因为她突然想到,如果将来真的找到一个像刘松这样的人,就太可笑了。两人闹矛盾时,自己就跑,跑得飞快,像在运动场上一样,他肯定追不上的。但她到底忍住了没笑,因为她觉得这样有点刻薄,自己不应当拿一个残疾人取笑。

谷子坐上长途车,车子很快就上路了,车上没有坐满人,只有六七成,显得很空荡。谷子一人占了两个座位,感觉很舒服。身旁没有人,尤其没有男人,让谷子心里放松了不少。她每次上车,不管火车还是汽车,都会想起离开木城初上火车时被人骚扰的情景,心里总要恶心一阵子,因此对男人就会十分警惕。头天晚上,她所以最终拒绝刘松,其实内心还是出于对陌生男人的警惕。至于他老婆吃醋不吃醋的事,她并没有十分在意,那只是一个借口。

和谷子隔着一条走道的平行座位上,坐了一对年轻男女,看样子是一对恋人,并且正在闹矛盾。那女孩子一上车就不理那个男孩子,板着脸撅着嘴,还眼泪汪汪的。男孩子想讨好她,几次想揽住她的肩膀,都被她猛地挣开了。当着一车人的面,男孩子有点下不了台,神态十分尴尬。可他还是没发脾气,仍是耐心地哄她。先是给她剥了一个橘子送到手上,女孩子一下把剥好的橘子打落地上。男孩子一愣,弯腰从地上捡起来,吹吹脏东西,放在自己嘴里吃了。然后又剥了一根香蕉送上,女孩子只当没看见,理也不理。男孩子拿过她一只手,把剥好的香蕉放她手上。女孩子一下子又扔在地上。男孩子苦笑着摇摇头,弯腰又把香蕉捡起来,剥好的香蕉是软的,摔在地上全变了形,黏糊糊成了一块糕,还粘了一层尘土。男孩子放在手上,一时不知该怎么办,扔出窗外似乎舍不得,再吃下去又觉太脏。这时附近座位许多人都转脸看他,没人说什么,但都在等他做一个决定。谷子也在看。她本不想看的。可旁边这场无声的战争实在有趣。谷子没有过恋爱的经验,这样的场景让她觉得新鲜。她没有像其他人那样毫不掩饰地观看,而是略微转过脸去,差不多用余光在悄悄观察,心里却有些慌乱和难为情。她所受过的教育告诉她,这种行为是不礼貌的。可周围的环境感染了她。一个坐在前排的小伙子,甚至站起来转过身趴在座椅靠背上,直瞪瞪盯住看。比较起来谷子已经是最文雅的了。

男孩子知道大家在注意他,愈加显得局促不安。手拿着软塌塌脏兮兮的香蕉,像托着小孩的屎块。围观者中有人咧着嘴,看他如何处置。男孩犹豫了一阵,还是把它送进嘴里,装作若无其事的样子大口吃起来。周围立即有人发出呕呕的声音。女孩子显然也意识到男朋友成了大家取笑的对象,生气地转过身来,对他又捶又打,还伸出一只手从他嘴里抠香蕉。可这时已晚了,男孩子挺挺脖子,把香蕉咕叽吞了进去。女孩子气得猛推他一把,又不理他了,转身望着窗外,把个脊背给了男孩子。

有人笑起来。

谷子也微微笑了。

她觉得这场哑剧该收场了,再看下去就无聊了,就收回目光,转身向窗外望去。

窗外并没有什么特别的景色。但能感到成都平原的富庶,村庄稠密,草木茂盛,空气也特别滋润。刘松说阿坝地区山高林密,空气稀薄,那里会和这地方有那么大区别吗?想到阿坝,谷子又生出一丝惆怅,毕竟一个人去那种人烟稀少的地方,一种孤独感油然而生。

柴门,你长年在外奔波流浪,就不觉得孤单吗?但谁知道呢,也许他会有个伴。是男伴还是女伴?说不定他会有个女伴。至于为什么会是个女伴,谷子说不清,她只是觉得如果有,就应当是个女伴,女伴能照顾他的饮食起居,能帮他洗衣服,还有就是……谷子的脸发起热来。她想到男女之间的事,尽管她并不知道男女之间究竟是怎么一回事。谷子学过生理课,在理论上是懂得的,实际上是怎么回事就是一片混沌了。在大学宿舍里,偶尔会有女同学谈起,但仍然并不具体。记得上初中时,临班有个女同学怀孕了,那个女同学才十三岁。这事在全校传得沸沸扬扬,有人说她和一个男生接吻怀孕的,有人说她被校外的一个男人抱了一下怀孕的,还有人说有一次下雨,老师送她回家,共同打了一把伞就怀孕了。这事把全校的女生都吓坏了,那时她们什么都还不懂,都集体患了"恐男症",不敢和任何男性接触,和男生同位的要求换位,男老师喊谈话不敢去,学校都无法上课了。校长没办法,只好请男女老师分别集体给男女生上生理课,讲男女生理解剖知识,讲女性怎么怀孕的。谷子记得大部分女生是趴在桌子上捂着脸听的,但大家都听到了,也听懂了,恐惧感也消失了。

后来谷子回忆,那次生理课反倒成了一次性启蒙,女生几乎一下子全懂得害羞了。以前大家都像假小子一样,和男生在一起玩耍,奔跑,做游戏,打打闹闹,甚至在地上摔跤翻滚,毫无顾忌。但从那以后,男女生之间打打闹闹的事再也没有了,校园一下子安静了许多。男生在一起玩,女生在一起玩,但男生和女生却经常互相偷偷观望,一旦被对方发现,便立即扭转头去。而过去可不是这样的,过去男生和女生相互对望毫不躲闪,目光里没有性别之分,没有距离感,没有神秘感。但后来似乎什么都有了,有了距离,有了神秘,有了幻想,有了美丽的梦。平日和男生打交道,就会站开一点,脸也红红的,显得不自然了,甚至会忸怩作态。在这方面,男生似乎反应迟钝一点,没有女生那么敏感,多数都还是没心没肺的样子。只有少数男生喜欢在女生面前表现自己,有点刻意讨女生喜欢,而且有了喜欢的女生。当然这种喜欢还是很朦胧的。而女生则普遍比男生成熟得快一点,心里想得多一点。这种心智的成熟似乎也催促了身体的成长,个子嗖嗖往上蹿。头年夏天还单薄得像竹片,人也干干巴巴,硬邦邦的,秋天冬天还没觉得有什么变化。可是到了次年春天,一旦脱去焐了一冬的棉衣换上春装,就突然发现了惊人的变化,这些十三四岁的少女不仅长高了,身体也圆润了发软了,脸上的皮肤细嫩了有光泽了。更可笑的是,每个女生胸前都冒出两个圆圆的包,像藏着两个铃铛,女生们你看我,我看你,既吃惊又纳闷,既好气又好笑,怎么会是这样的呢?谷子还记得,有两个女同学还哭了。男生们一个冬天下来,普遍比女生矮了一截,他们神态困惑,呆头呆脑,纷纷用奇怪的目光偷眼打量女生,不仅打量她们长高的身体,还打量她们胸前两个圆圆的包,这真是太奇怪了,什么玩意啊!于是女生们在男生们质疑和嘲笑的目光中羞得低下了头,连走路都含着胸。

　　当时,谷子几乎感到自己是幸运的。因为她那时个子又瘦又矮,脸也黄黄的,老像营养不良的样子。一个冬天过去,女生们都像小白杨一样迎着春风长高了,发育了,她却还是老样子,既没长高,也没发育,胸前依然平平的。几乎没有人看她,当然也没人嘲笑她。她为自己庆幸,同时又感到更加孤单,她成了一个被女生和男生同时忽略的人。

但那年春天的一次校运动会,让谷子大出风头。当时她代表班里,一连报了一百、四百、八百米三个项目,每次在起跑线上,她都是个头最矮的,头发乱乱的毫不起眼。可是发令枪一响,她就像一只小兔子,一下就蹿出去了。她跑得真是太快了。开始大家都还没太注意,等谷子领先别人一大截,掌声和加油声才骤然响起来,接着全场的目光都盯住那个瘦小的身影。她怎么会跑得这么快!两条细瘦的腿简直像螺旋桨一样飞动,一百米、两百米,眨巴眨巴眼就到头了,简直有点不过瘾。到她站在八百米起跑线的时候,全场的老师学生都把注意力转移过来了。大家都在静候,都在期待,都在激动,都想看看这个小精灵是怎么创造奇迹的。那时谷子第一次感受到被人关注的激动和慌乱,心里扑通扑通直跳,发令枪响起时,她还愣在那里,而别人已经跑了。当时场边的老师同学们急得大喊:快跑呀快跑呀!谷子转头看了大家一眼,这才回过神来。这时其他人已经跑出十多米远。谷子奋起直追,她的螺旋桨一样的小细腿再次飞动起来,大约在一百多米处,她不仅追上而且反超了其他同学。与此同时,场外一千多名老师同学都在为她呐喊加油,全场沸腾了!谷子越跑越来劲,连她自己都没想到,自己会跑这么快,好像脚底生风、腾云驾雾一般。那时她多么激动啊,长这么大从没有这么激动过,耳边的呐喊声如波涛如狂风般汹涌,这些都成为一种背景,她完全陶醉在奔跑的喜悦中,在巨大的喜悦和快意中,她觉得体内有一种压抑了许久的东西在释放,那东西像一种沉淀物,化成烟化成雾化成云化成雨,一缕缕往外消散,她感到自己的身体越来越轻,如一只燕子,如一片羽毛,身体像是在飞。她知道她已经跑在最前头,而且把其他人远远甩在后头了。跑道上的白线从她面前往后飞动,那感觉真是好极了。可是当她跑到差不多七百米的时候,一只鞋子突然掉落了,而这时她已冲出几步远。谷子本能地停下脚步,转头就往回跑。她得把鞋子捡起来,这双鞋子是老师亲自为她做的,又跟脚又结实,她不能把鞋子弄丢了。场外的老师和学生看到这一幕,先是愣了一瞬,但旋即就有人大喊:不要捡鞋子快跑!快跑!而这时,被远远落在后头的运动员,正快步追上来,一点点拉近了距离。但谷子好像没有听见,那时她只有一个念头,就是把鞋子捡回来。她终于弯腰把鞋子捡到手上,好像还想穿上。可她一抬头时,发现人家要追上来了,这才拎起鞋子转身就跑,一只脚穿着鞋,一只脚光着,一只手拼命摆动,一只手拎着鞋子,那模样傻傻的,场外一千多名师生都笑起来,接着又重新为她加油。就是经历了这一个小插曲,八百米终点撞线的时候,谷子还是领先第二名六十多米!

谷子就是从那时开始喜欢上跑道的。从此每天早晨,她都比别的女生起床早,简单洗漱后就去大操场跑步,那条四百米长的椭圆形跑道充满魔力,一踏上去就觉得兴奋,跑道上的白线或笔直或弯曲,都是那么流畅,那么简单,跑在上头内心毫无阻隔,你不再想什么,不再烦什么,脑子里干干净净,清清爽爽,就像踏在清澈的流水上,踏在优美的音符上,全身心都在放松。

谷子长高是在上高一那年。

好像是突然之间,一下子就蹿到一米七,连她自己都感觉到自己在长个头,就像那次八百米赛跑一样,一开始停在那儿不动,可一旦跑起来,不仅追上了所有人,而且很快超过大家。她成了全班最高的女生。谷子有点害怕,长这么高这么快不会是有毛病吧?班主任是位五十多岁的女老师,女老师笑着安慰她,说谷子你别怕,俗话说男长二十三,女长猛一蹿,是说男孩子长个头会慢慢长到二十三岁,女孩子长个头就是那么一下,十几岁差不多就定型了。你长得比其他人晚,但也就这么一蹿,以后就不会再长个头了。谷子不好意思地笑了,说我以为以后会老这么长呢,我可不想长那么高。女老师笑道,放心吧,就这么高了。

谷子后来果然没再长高,但一米七的个头足以让她亭亭玉立了。她明显感到女同学们羡慕的眼光。那一年谷子十六岁,正是花骨朵一样的年龄,身体柔软得像春天的柳枝条,一股清风就能让她荡漾起来,可她柔韧有力、生机勃勃。谷子个子长高了,人却没有长胖,反倒显得更瘦了。别的女生已经显出丰满,到处都鼓鼓的,也更加不爱运动,更不爱跑步。因为她们跑不动了,一跑胸前的乳房就会狂跳不止,实在让人难为情。但谷子没有,虽然胸前已经鼓出来两个小包,但显得很结实,两条长腿也是结实有力。她给人的感觉就是柔韧结实而富有弹性。经过体育老师科学的训练,她跑得更快了,别说女生,一般男生也跑不过她。她在校运动队训练,经常是和男生一块跑的。根据她的个头、腿部特点、耐力,体育老师让她专练长跑。事实证明,这个训练方向很对,在木城市中学生运动会上,谷子曾多次获得五千米、一万米冠军。长跑对一般人而言是枯燥乏味的,但对谷子来说,却是一种莫大的享受。别的同学在学习之余喜欢聊天、玩耍、逛街,可谷子不。谷子就喜欢一个人在跑道上,或者和别的喜欢运动的人在跑道上奔跑。

奔跑多好啊,

能够奔跑多好啊。

我不要和人闲聊,

和人说那些没用的话干吗呢?

我也不要玩耍,

有什么意思吗?……

逛街?密密麻麻的大楼,

密密麻麻的大街小巷,

密密麻麻的人群,

密密麻麻的车流,

密密麻麻的广告,

就看这些吗?
跑道上干干净净,清清爽爽,
奔跑多好啊,
能够奔跑多好啊!
有一天老了,
我会回忆起青春勃发的时光!

但谷子又是清醒的。她知道人生的路很漫长,她必须安排好自己的一生。运动成绩再好,当运动员只能吃青春饭,跑步只能是业余爱好。自己应当有一个可以托付一生的职业,而那个职业最好又是自己所喜爱的。高三毕业时,学校本来想保送她上体育学院的,体育学院也很想要她。可谷子考虑再三,还是报考了木城大学中文系。她喜欢文学,因为文学里有太多的梦。

谷子迷迷糊糊下了长途车。

因为她看到车停了,然后有一个白胡子老人下车,并且冲她笑了一下,她就跟着下了车。

她不知道这是什么地方,没有车站,也没有站牌,就是一个荒山秃岭。谷子四处打量,看不到村庄,也看不到有什么人。她下车的地方在山脚下,抬头看山上,几乎全是怪石,光秃秃的,只有很少的几棵树悬在峭壁上。

谷子有点害怕。想问问这是什么地方,可是长途车已经开走了,沿一条山间砂石路。周围没有什么人好问。她忽然想到那个白胡子老人,于是急忙寻找,却发现白胡子老人已爬到山顶,转眼就不见了。

现在已没有别的选择,只能去追那个白胡子老人。谷子忙拎起行李,快步往山上攀登。山不太高,却陡。好在谷子身体素质好,虽然费了不少劲,还是很快爬上了山顶。可是哪有老人的影子!

谷子觉得有点奇怪,站在这里可以看到很远的地方,前面是一片荒原,怎么会看不到白胡子老人呢?谷子坐在山顶歇了一会,心里又害怕又沮丧,她不知道下一步该怎么办了。但坐在这里也不是办法,总得往一个方向走呀。那么就只能往前走,往荒原上走。谷子站起身,有些紧张地往荒原上眺望,好像远处有一片黑乎乎的东西,像树林又像村庄,也许那里会有人家?谷子不敢耽误了,背起行李下了山,走进荒原,走向那一片黑乎乎的地方。

但那地方好像海市蜃楼,可望不可即。谷子在荒原上走了很久,那片黑乎乎的地方始终在前头。谷子累坏了,两腿疼得不能沾地。荒原上有些草丛,有些灌木林,大部分是砂石,没有任何路,哪怕是一条小路也好。就是说,这是个没有人到过的地方。谷子知道自己陷入了绝境,说不定会死在这里。想到这一层,谷子哭了起来,先是泪水扑嗒扑嗒往下掉,接着是号啕大哭。

但就在她彻底绝望的时候,忽然发现一个蓬首垢面的人在前头出现了!那人好像刚从一个小山包后转出来,像个野人,可他身后背着一个行囊,正大踏步往前走,就在谷子前头大约三百米的地方。谷子高兴坏了,她突然想到,那人会不会是柴门?天哪!如果是柴门,那就太奇妙了!谷子的心脏都要跳出来了。她想起在敦煌的种种奇遇,现在她相信,自己又一次有了奇遇。这个人肯定是柴门!你看他乱蓬蓬的头发,你看他高大而有些佝偻的身体,你看他破破烂烂的衣服和行囊,和自己无数次的想象完全一致!这么说,带自己下车的那个白胡子老人,就是冥冥中派来引路的。如果不是他下车时回头冲自己点点头笑了一下,自己是想不到要下车的。他把自己引到那座秃山上,展现给你一片荒原,然后就悠然消失了。好像他知道你会在荒原上看到你要找的人。

难道真有神仙吗?

谷子毛骨悚然,感到这一切太不可思议。

但她此时已顾不得多想了,只想尽快追上去,一把抓住柴门,将他拖回木城交差。

可事情却没有她想象得那么简单。

这个人并不容易追上。他看起来走得不急,蓬乱的头发一飘一飘的,行囊在背后歪歪扭扭,衣服脏得看不清颜色,可他步子很大。明显感到他是个在野外走惯了的人,这样的速度可以保持很长时间。谷子虽说是个长跑运动员,可那是在跑道上,和在这种布满砂石的荒原上长途跋涉是两码事。

谷子追得十分吃力,浑身早就湿透了。

情急之下,谷子大喊起来,说柴门你等等我!柴门你去哪里?声音在旷野里回荡,很响很响了,可柴门就像根本没有听到,头也不扭一下。谷子奔跑起来,她相信只要自己奔跑起来,就一定能够追上他。可她跑了很久,已经累得气喘吁吁要呕吐了,两人的距离却还是那么远,一点都没有缩短。这真是太怪了!

但谷子看清楚了,柴门身边没有什么人,就是他一个人在行走。她原来曾猜想他身边会有一个女人,事实证明自己猜错了。不知为什么,谷子觉得有点释然,心情也好起来。她不知道自己为什么会有这种情绪的变化,他身边有没有女人和自己有什么关系呢。

但接下来谷子的心又提了起来。因为她发现柴门正朝一个牧羊的女人走去。左前方的一片山冈上,散放着一群洁白的羊,大约有几十头,也许有上百头。像从天上落下一大片白云,白云在翠绿的草皮上超低空浮动游走。一个大约三十几岁的女人,穿一身橘红色的衣裙,手拿一根鞭子,随着羊群缓缓移动。在她身后,跟着一匹黑马,马背上挂着一些东西。那匹马也在低头吃草,却又不时抬头看看女主人,可以看出,黑马对女主人的依恋和忠诚。不大会儿,女主人显然已发现一个陌生的男人向她走来。她站住了,在那里等他,很欢迎的样子。

谷子在远处也站住了,站在灌木丛后一个隐蔽处,她想看看柴门想干什么,她有点纳闷,在这荒无人烟的地方,那个女人就不害怕吗?一个陌生男人的到来,她就不会感到是一种威胁?

但看起来她并不担心,还往前迎了几步。也许,正是这里荒无人烟,她才对来人感到亲切,哪怕他是一个陌生男人。这让谷子很感慨,在木城那么多人生活在一起,其实大都认识,却形同陌路,而在这种地方,人和人之间反而是不设防的。

果然,柴门走到那女人面前时,略微弯弯腰,大概是打了个招呼。女人也很快弯弯腰还个礼。两人站着说了几句什么,女人很快转身从马背上取下一瓶水,返回来递给柴门。柴门也不客气,接过那瓶水,拧开盖子,仰起头就往嘴里灌。显然他是走渴了,来向这女人讨水喝的。谷子仿佛能听到柴门喝水的咕咚声。这情景让谷子眼馋不已,她忽然感到自己也渴得厉害,嗓子里冒火一样,如果这时自己也有一瓶水,肯定也会这么一气灌下去。那真是太痛快了。

柴门喝完水,并没有马上要走的意思。他把喝完的瓶子递给女人,反手从背上卸下行囊,扔到一旁,然后一下躺倒在草地上。谷子听到那女人笑起来,好像在笑他那副狼狈相。女人把空瓶子重新放到马背上,又转回身,好像犹豫了一下,就坐到柴门身旁了。然后两个人就聊起天来。柴门仍躺在那里,他大概真的累坏了,居然躺在那里和女人说话,一点也不讲礼貌。谷子想,他怎么可以这么随便呀?

但看来他的失礼并没有让那女人不快。他们仍在说着什么,因为她看到那个女人侧转脸看着他,偶尔捂住嘴笑一下,大概是柴门的什么话把她逗乐了。

谷子想,这女人是不是有点轻浮呢?

这女人究竟多大,是怎样一种性格,家里还有什么人,丈夫是干什么的,她有孩子吗?一系列的问题出现在谷子脑海里,但也就是一闪而过,并没有往深处想,事实上想也没用,因为你不可能知道答案。这女人让谷子生出一丝不快。柴门躺着和你说话,固然太过随便,但你接受他这个姿势并且坐在他身边说说笑笑,能说是得体的吗?他是你什么人?你是他什么人?你们是两个陌生的人呀!你们认识才多大会儿?

可谷子在心里这么吵架一样说落了一通后,忽然觉得心虚,继而脸红了。因为她发现自己是在嫉妒那个女人!

千山万水的柴门,自己使尽全身的力气都没有追上,现在他却躺在这个不期而遇的女人脚下,静静的,被青草和白色的羊群环绕着。那个橘红色的女人,手里拿着鞭子,并没有轻轻地打在他的身上,她只是温柔地坐在他旁边,和他说着什么。这是一首歌中的场景,一个恋爱的场景,一个温暖得让人心醉的场景。那女人凭什么?就凭她给了他一瓶水?

谷子有点伤心了。

可让她更为伤心的事还在后头。

因为她看到,那女人站起身,弯腰拉起柴门,又拎起他的破破烂烂的行囊扔到马背上,然后把羊群圈到一起往回赶。那女人牵着马走在前头,柴门空手跟在后头,两人相跟着走了。

两人相跟着走了!

那情景就像一对久别的夫妻。丈夫出远门了,也许几个月,也许一年或者几年,妻子在家放牧。每天都来这山冈上等待,每天都望眼欲穿。终于,丈夫回来了。可丈夫累坏了,丈夫也变了模样,互相之间都有些生疏了,没有什么过分激动过分亲热的动作。他们聊了一阵子,男人躺着,女人坐着,他们聊得还算好。女人本来对他很有意见的,这么长时间不回家。但他到底回来了,并且躺在她面前示弱、撒娇,女人就原谅了他,并且高兴起来。毕竟男人回家来是天大的喜事,所有的不快都在这一刻烟消云散了。于是他们相跟着回家了。

大概就是这个样子。

谷子开始怀疑自己的判断,这个男人也许不是柴门,是自己弄错了。说不定人家就是个出门在外重又回家的男人。

这是个让人失望的事。

可谷子不愿承认这种可能。

那只是一种假设。怎么可能呢？这人只能是柴门!

这种情景在柴门漂泊的过程中,应当是经常出现的。他居无定所,四海为家,有时会在城镇上住些日子,但大部分时间是在大地上游走,毫无目标。很多时候是又累又饿又渴的,他会带一些干粮和水,但吃完喝完了怎么办？接下来就是瞎凑合,比如扒些老乡的土豆、山芋啃一顿,到河边捧些水喝一阵,顺便洗洗脸或者洗个澡,说不定还会顺便把脏得不能再脏的衣服脱下来,在河里洗一洗,摊在河岸的草皮上晾干了,然后再穿上走路。但如果走在这类荒原上,既没有玉米山芋可以偷食,也没有野果可以采摘,更没有河水可以解渴,就只好求助当地的人家,碰上谁就是谁。他可能会碰上一户孤零零的人家,可能会碰上一个老汉,也可能会碰上一个放牧的女人,就像现在这样。女人看他是远路的客人,热情地拿出自己的水给他喝。这时天色已晚,女人问你去哪里,柴门说我不知道。女人笑道你这人真逗,自己去哪里都不知道啊？柴门说真的不知道,我就是到处走走。女人说你看天都晚了,这一带方圆几十里没啥人家,还是到我家歇一夜再走吧。柴门就很感动,说不方便吧。女人说有啥不方便,我说方便就方便,出门在外的你咋这么啰嗦？起来起来,不能老躺在草地上,躺久了会腰疼的。于是伸手拉起柴门,把他的破烂行囊扔到马背上,像带着一个俘虏回家了。

难道不是这样吗？

当然是这样。

现在谷子有点感谢那个女人了。

是啊,柴门太累了。到那女人家里,烧一盆热水烫烫脚,活活血,松快一下。然后热汤热水的吃顿晚饭,喝一碗自制的酒,倒在床上睡一觉,没有比这更让人舒心的了。

谷子一路尾随,大约走了几里路。这时候,她没想去打扰他们,或者去阻止那个女人。因为她知道,此时此刻只有那个女人能给柴门最好的照顾。而自己不能。谷子已经不那么急于抓到柴门了,反正他已经跑不动了,他已经需要一个女人的照顾了。就是说他不仅在自己的视野之内,而且他下一步的行动都在自己的预见之中。她随时可以抓住他。

谷子告诉自己,今晚让他休息好,明天一早再去捉他。

终于走到地方了。这时天已经朦胧黑下来。

并没有村庄。只有两间孤零零的土坯房,而且是平顶房。这种房屋形状让谷子知道,这一带平时是不下雨的,起码雨水很少。

房屋前头几十步远的地方,有一堆干草柴火。谷子打量了一下,决定就在这里过夜。

其实她也很想走进那座土坯房。在荒原上追赶柴门,身上不知出了多少汗,也是又疲惫又饥渴,走进去享受一下柴门那样的招待,当然再好不过。可谷子忍住了。不知什么原因,她感觉那女人不一定会欢迎自己。走进土坯房可能会遭遇尴尬。

另外一个重要原因是,谷子忽然有一种窥视的欲望。她想看看这一男一女两个人会干什么。她知道这样不好,她从来没有偷窥过别人,并且以此为耻为羞。可此时此地,在这片杳无人烟的荒原上,在这座孤零零的土坯房里,一个女人邀请一个陌生的男人到自己家,他们之间会发生什么事,实在是太值得期待了!

而这种期待的心情又是极其复杂的,既有好奇,又有慌乱,还有恐惧。

谷子伏在草垛上,只露出两只眼睛。

她看到土坯房亮起灯光。

她看到柴门坐在屋当门抽烟。

她看到那个女人忙来忙去的身影。

她看到他们坐下来吃饭喝酒。

她看到那女人为柴门打来洗脚水。

她看到柴门把脚放在水盆里泡着,又抽起烟来。

……

她看到土坯房的灯光熄灭了。

然后她什么也看不到了,只看到黑黝黝的土坯房似乎在风中摇动。

自始全终,谷子没有看到第三个人。就是说,那个女人是土坯房的唯一主人。没有男人,也没有孩子,她只有一群羊,一匹马,还有一条狗。那条狗不知是温顺还是冷漠,始终卧在门外一动不动,也没听它叫过一声。好像它的任务就是看护土坯房,只要没有人偷走土坯房,它是不会动弹的,此外的一切都和它无关。

黑夜开始冷起来,和白天的温差极大。谷子有些受不住了。她从草垛上缩回身子,在草垛里扒出一个窝,又从行李箱里拿出一件毛衣穿在身上,然后缩进草窝里,感觉暖和了一些。

现在她的心情坏透了。

她有一种被遗弃的感觉,内心无比凄凉,同时又十分害怕。她不知道这荒原上有没有野兽。谷子从草窝里往外观察,荒原一片黑暗,没有月亮,但星星特别稠密,特别遥远,特别寒冷。谷子感到自己像一个栖息在洞中的小鼹鼠,惊恐地打量着无边的黑暗,不知道会有什么危险发生。有风。谷子感觉到了,不像在敦煌遇到的沙尘暴那么张扬和摧枯拉朽,却感到晃晃荡荡的极具张力,就像一个喝醉了酒的巨魔,顶天立地,正在星光下行进。它的步子缓慢而沉重,并且伴随着扑嗒扑嗒的声响。

就在谷子吓得瑟瑟发抖的时候,突然从黑暗中传来一声女人的嚎叫。谷子吓得猛一哆嗦,一时没弄清这声音来自何方,甚至没弄清这是什么声音。她简直被吓蒙了。但接着女人的嚎叫声一阵接一阵传来,那声音撕心裂肺,肆无忌惮,酣畅淋漓。谷子渐渐回过神来，那声音来自土坯房！

就是说……就是说……他们正在……可柴门怎么会和一个陌生女人做这样的事情？那女人怎么能发出这样的声音？太放荡太可耻太下流了！一瞬间，柴门在谷子心目中的形象一下子毁了，就像一尊神像剥落后露出的一座泥胎！

谷子哭了，哭得很伤心。

她忽然觉得，自己千辛万苦寻找这个人是不值得的。

不知哭了多长时间，谷子终于平静下来。土坯房那边也不再有一点声响，一切又归于沉寂。剩下的依然是荒原迟缓而沉甸甸的风声。

该发生的都发生了。

是啊，该发生的。

此时此地此情此景，也许什么都不发生才是不正常的。

自己期待的不就是这个吗？我怎么会对这种事感兴趣的？

谷子为自己伤心。她感到自己和他们一样污浊。在先前女人的嚎叫声中，她甚至能感到自己也在被撕裂，下体在疼痛，自己已在那女人畅快的嚎叫中失去贞操。

谷子忍不住又哭起来。

她为自己感到羞耻。

长途车一阵剧烈的颠簸，把谷子弄醒了。

她赶忙抓住座位，环顾四周，发现许多乘客正在看她，都是很奇怪的样子。好像在猜测这姑娘做了什么噩梦，这么又哭又叫的。连左边座位上的那一对恋人也在看她。刚上车离开成都时，他们一直在闹矛盾，现在显然和好了。女孩趴在男孩子怀里，正直直地看着她。谷子很快意识到什么，赶忙往脸上抹了一把，居然满脸都是泪水。谷子终于明白，刚才自己在长途车上睡着了，并且做了一个长长的梦。她依然记得梦中的情景，立刻羞红了脸。在一车人诧异的目光中,谷子感到无地自容,恨不得立刻跳下车去!

但长途车仍在行驶,只是颠簸得厉害。谷子赶忙把脸扭向窗外,不敢再看大家,心里却咚咚直跳。

此时,长途车已经行驶在崇山峻岭之间,山道弯曲而狭窄。一边是山体,一边是悬崖。长途车像麻花一样扭来拧去,情景十分危险。谷子现在体会到蜀道之难了。山道旁有很多积雪,积雪中冒出许多小草小花。那花的颜色很奇特很鲜艳,特别是一簇簇小黄花,更是艳得惊心。后来谷子才听说,那种艳得惊心的是野罂粟花。

长途车此时行驶在雪山高寒地带,仿佛进入寒冬,和成都判若两个季节,谷子觉得很冷,同时又感到呼吸困难,心里难受得很。她这才意识到现在的位置肯定海拔很高了。偷眼打量车内,静静的没有人说话,大家都在闭目养神,显然这样最节省氧气。她还发现,不知什么时候,不少人都加了毛衣,甚至还有人穿上了棉袄。看来他们是早有准备的。

长途车破旧,到处漏风,更增加了车内的寒冷度。谷子被冻得直打哆嗦。她正在考虑要不要打开旅行箱取毛衣时,车子突然打了一个大弯,几乎要倾斜着飞出去,引得车内一片惊呼。就在这时,谷子发现右手靠悬崖处,一辆破旧的绿色吉普车追上来,和长途车并驾行驶。山路拐弯处稍宽,它在这里本可以超车的,可吉普车却并没有要超赶的意思,反倒放慢了速度,和长途车挤在一起,随时有被挤下万丈深渊的危险。谷子心想这开车的人怎么这样,不是找死吗?

但这时吉普车的前门摇开了,从车里露出一个人的脑袋,让谷子大吃一惊:这不是刘松吗?

正是刘松!

只见刘松完全没有一点紧张的样子,对这样的山道似乎见得多了,完全不在意。他显然已看到了坐在长途车上的谷子,冲她笑着挥挥手,又指指前面,大概是说将在前头等她。然后驾起车子一溜烟冲向前头去了。

谷子张大了嘴巴,又惊又喜,这简直太意外了！她没想到刘松会从成都追来。但这时的谷子已没有排斥他的意思,反而有了一种特别的感动,有一种见到亲人的感觉,不知不觉两眼竟蓄满了泪水。

梦中的情景仍然清晰,现在她太想有个熟悉的人做伴,也太想离开这个令她尴尬的长途车了。

第八篇　马主席和他的委员们

这些天,木城市政协主席马万里一直郁郁寡欢,因为政协很久没开会了。他已经很久没见到他的那些宝贝委员了。

马主席想念他们。有时会想得睡不着觉。

在一年的绝大部分时间里,政协是闭会的。虽然有时开主席副主席会,有时开常委会,但他还是喜欢开政协全体委员会。因为那时全市的政协委员们都会来到他的身边,发表各种各样的意见。那些政协委员才是真正的人才,某个方面的专家,他这个主席和那些副主席,只是一些当官的人,说的都是些套话,都很正确,也都很雷同,几乎等同于废话。那些委员就不一样了。他们基本上都是自说自话,个性张扬,观点明确,很容易区别开来。这很重要,这太重要。如果走遍木城,几百万人说一样的话,都只说那几句话,这个城市差不多就死了,属于脑死亡,脑死亡才是真正的死亡。马主席当然知道,他们说的话不一定正确,但谁说的话都能正确呢? 世上没有圣人,人不可能都说正确的话。重要的是要让人说话,尤其要让人说不一样的话,特别是那些富有奇思妙想的话,不正确也不要紧。只要广开言路,总会有正确的意见产生出来,这样木城才有希望。

在政协闭会期间,马主席老是觉得心里空荡荡的,坐在办公室里六神无主,回到家里无精打采。老伴就很担心,有一天忍不住说老马你怎么啦? 是不是出什么事啦? 老马摇摇头说没事,还是一副瘟头瘟脑的样子。老伴就更加怀疑,说老马你是不是有什么事瞒着我？老马说我能有什么事瞒你？老伴试探道，你看现在整天抓贪官……老马跳起来，说你想哪里去啦！我是那样的人吗？说罢气呼呼走出家门去。

那天晚上，马万里漫无目的在街头乱转，心情渐渐好了一些。马路上到处是人，没有谁能认出他这个老头来。现在他和市民一样，都是普通老百姓，自由、闲散、随意。他甚至还在一条巷口买了一串糖葫芦，边吃边走，感觉真的很好。他记得自己几十年没在街头随便闲逛了，这么多年，来来往往都是坐在轿车里，虽然经过大街，可是却游离于大街上的人群之外，他从车里还能看到车外冷漠乃至敌视的目光，那时他便有一种心虚的感觉。他知道，单是这一部高级轿车，就把自己和市民的距离拉开了。

在木城，马万里曾经是个呼风唤雨的人物，很多人都认得他的车号。因为他曾经干过十年木城市的市长，那时他的车号是"02"，这个车号是很显眼的。车过路口时，会一路通行，交警会向着车子敬礼，别的车辆会等在那里，看着他的车飞驰而过。马万里喜欢让司机开快车，因为那时他有太多的工作要做，太多的事情要处理。开会讲话，为新开业的大公司剪彩，视察建筑工地，协调一些纠纷，解决没完没了的矛盾。他比一把手书记忙得多。那十年，正是木城大规模建设和发展的时期，城市也在那十年迅速膨胀。马万里简直忙得像录像里的快放镜头，"02"号奥迪车奔驰在大街小巷，马万里脚不连地，下了车总是一路飞奔。那时他热血澎湃，心事几乎都在木城的建设和发展上，很少有走神的时候。这也是他后来对自己的评价。

但他没有给自己评满分。他有过决策失误的时候，曾有一个六千万的工程失败得血本无归。回想起来就是自己太过自信，听不得不同意见。也有走神的时候，虽然很少，但的确发生过。在十年市长任上，因为一些重大项目的竞争激烈，曾多次有人向他行贿，有的一次送来上百万。马万里差不多都是拍案而起，把人骂走完事。但行贿人走后,他也偶尔看着那人的背影走神,心想一百万呢,自己如果有一百万……妈的,想啥呢!

对那些钱,马万里偶尔动过心,但确实没动过手,而且很快把念头掐灭,过后惊出一身冷汗。对女人也是如此。实事求是地说,马万里几十年对老伴都很忠诚,没在这方面犯过错误。但偶尔也有乱心的时候。一次剪彩,大公司请来几十位礼仪小姐,个个都是那么年轻漂亮,看得他有点眼晕。剪彩的时候,一位蜂腰隆胸的小姐就站他旁边,弄得他慌乱不堪,不敢抬头看人家。剪完彩小姐离去的时候,马万里突然看到小姐丰满圆润的屁股,一瞬间他有了想上去摸一摸的念头,并且非常强烈,忍不住跨出一步,又突然醒悟急忙站住了,以至差点跌倒。好在当时乱哄哄的,没人看出他的失态。过后马万里也是惊出一身冷汗,并且从此再也不参加剪彩。他只是有些纳闷,自己以前从没有这样过,怎么突然会冒出街头小流氓才会有的念头?

这太荒唐可笑了!

一段时间,马万里曾为自己感到羞耻,却没有像掐灭对金钱的欲望那样,掐灭对年轻女人的欲望。孔夫子说,食色性也,真的没说错。好在这欲望没有燃烧,时断时续的,但也撩得心里痒痒的,感觉竟然十分美妙!马万里突发奇想,想看看他的上级就是木城的书记会不会也这样。一次开常委会,讨论一个什么问题,发言十分热烈。这时一个女服务员进来倒水,女服务员只有十八九岁,个头不高,却皮肤白皙,长得圆鼓鼓的。马万里偷眼观察书记的反应,突然发现书记往女服务员弹动的胸脯上扫了一眼,然后舔舔嘴唇,迅速闪开了目光。马万里偷偷笑了,有点恶作剧的心态。从此他心里坦然了许多,也不再自责,甚至偶尔在闲暇时会享受这种欲望。他想这并不可耻。尽管你不能说出来。其实这是任何一个健康男人都会有的欲望,人人都是好色之徒。好色的走向就是乱来,但好色不一定会乱来。你得适时打住,到此为止。

马万里绕来绕去，给自己绕了个明白。他依然是个呼风唤雨的好市长。他没有被金钱美女这类偶尔让他走神的事拖住。在他任市长的十年间，木城的经济指标翻了两番，大大小小的公司增加了数万家，一座座高楼大厦平地而起，木城呼呼往上蹿高，往横里长大。在他离任去政协的时候，内心是很骄傲的。他觉得他为木城的建设，为几百万市民立了大功，自己是问心无愧的。

但到了政协，却发现委员们看问题的角度有很大不同。在政府工作的时候，大家主要看成绩。而到了政协，许多委员更习惯于从负面看问题，有点横挑鼻子竖挑眼的味道。一开始时，马万里很不适应，听得一肚子火气，却又不便发作。只在心里说你们这些人呀是站着说话不腰疼，让你们当市长试试？比如石陀那个拆高楼扒马路的提案，就曾让他火冒三丈，心想这人怎么像个外星人呀！但马万里在渐渐熟悉了政协的职能，熟悉了政协工作的方式之后，心态才渐渐放缓，在政协和在市政府有很大的不同。在市政府当市长，你得天天表态，对任何事都得有个明确的态度，而且要天天拍板，定下来的事要抓落实，尽快完成。在政协就不必着急，你只要耐着性子听就行了，不能急着表态，急着表态就堵塞了言路。那些委员有点像春秋战国时的门客，尽可以高谈阔论，你不必完全当真。更不须做个什么决议去执行。一切都不用着急，这次会议上谈谈，下次会议再谈谈，今年说一说，明年再说一说。如此而已。弄清这些之后，马万里就没有火气了，开始耐着性子听，渐渐完成了角色的转换。这一步很重要。而当他耐着性子听进去之后，才发现他们说的都有道理，他们发现了问题的另一面甚至另几面，那些看似荒诞不经的提案极具才情和想象力。

他开始享受他们的发言。

他开始意识到，他的委员们真的是一群宝贝。

当他从政协主席和政协委员们的角度回望政府工作的时候，马万里不能心安理得了。他发现了无数的问题，那些曾令他骄傲的政绩,也许解决了眼前的一些问题,却为今后留下了更多的问题。比如很多工程建设,我们经常要的是进度、提前工期和节省材料。可一位政协委员说,在欧洲搞工程建设,是既不能提前工期,也不准节省材料的,只能严格按设计进行,否则会影响工程质量。他还说我们大部分建筑只有三十年的寿命。马万里就很发愁,三十年后,楼房倒了,这么多建筑垃圾往哪里放?比如在十多年的时间里,城区扩大了五分之二,大批农民进城,人口增加了三百万,总数已达八百万。这么多人挤在一起,会带来多少问题?就业、交通、环保、人和人的关系……天哪,越想问题越多。对这些问题,马万里当初不是没有想过,只是没往深处想,那时他关心的是规模和速度。现在细想想,真不知自己是在造福还是造罪了。有一次找石陀单独谈话,有点请教的意思,石陀像个哲人一样沉思半天,说了一句话:蚂蚁才是智者。然后没头没脑地走了。

马万里当初在大学是学数学的,长于计算和逻辑,特别对数字敏锐,这个特长在市长位置上得到充分发挥,很多数字可以脱口而出。但到了政协,却发现用不上了。这里没有数字的概念,甚至没有逻辑,只有一个个闪光点,互不联系,互不搭界,这里闪一下,那里闪一下,闪得你一愣一愣的,放眼望去,一片星光灿烂。

马万里有点晕。

马万里开始亢奋。

马万里像一位好奇的少年,在朦胧而神秘的夜晚,仰望星光,内心充满了喜悦和激动。

马万里走在木城夜晚的街头,仰望夜空,却看不到一颗星星,连月亮也看不到。他算了算,今夜应是上弦月,天气又这么好,怎么会看不到星星和月亮?

马万里是几十年来第一次留心到这件事。

这让他有点吃惊。

马万里站在街头,转望四周,一座座大楼如森林般矗立,你拥我挤,把夜空都挤碎了。霓虹灯五彩闪烁,光焰冲天,又把仅剩的一点夜空碎片遮住了。哪里还能看到月亮和星光!

马万里突然觉得胸口发闷,就像被大楼挤压住一样。恍惚间,一时不知这是哪里。

这就是自己打拼十年建造的木城吗?

他记得几十年前,木城可不是这样的。那时他在木城大学数学系读书,星期天常和同学们一块出来玩。当时的木城没什么高层建筑,最高的楼房不过四五层,马路也显得很宽阔,几乎不见汽车,半天才有一辆,基本上是绿色的卡车,偶尔也会有一辆绿色的吉普。倒是有更多的马车、毛驴车跑来跑去的。城区也空旷得很,大部分人家住的还是平房,平房前头有院墙,甚至还有篱笆院,院内养着鸡鸭狗猫,院外树上拴了一头牛或者一头灰色毛驴。房屋旁边有大片菜地,再往外,才是残破的城墙。城墙上长了一些灌木,一簇簇的,许多鸟在上头起落栖息。大家经常爬到城墙上去玩,有时晚上也去,坐在高处看月亮,看满天的繁星,空气清新而凉爽。他就是在城墙上和妻子私订终身的。那时大学里不准谈恋爱,但私下里还是有不少人在谈,只是从不公开。同学们互相之间都知道,但都瞒着学校和老师。

当时马万里是个书呆子,学习成绩很好,却不求进步,到大三了还没有入团。团支书是个女学生,还是党员,就经常找他谈心,帮他进步。从教室谈到校园,从校园谈到校外,从校外谈到城墙上,从白天谈到晚上。团支书看准了马万里是个可以塑造的人,原本内向的性格里有很强的爆发力,他能做出很多你以为他不可能做出的事情。有一天傍晚,两人并肩坐在城墙上谈心,女团支书说着一些革命道理,马万里则看着天上一弯月亮,像往常一样并不吱声。他对女团支书的话并没有多少兴趣,但他喜欢女团支书身上的味道。女团支书并不化妆,那时的女大学生都不化妆,但她会抹一些雪花膏,有一点淡淡的香味,再加上城墙上青草的气息,这让他十分沉醉。女团支书以为他看着月亮,在专注地听她说话,其实马万里在专注地闻她身上的香味。香味很淡,悠悠的,有雪花膏的味道,有青草的味道,还有女团支书身上的味道。但城墙上有风,虽然不大,却把香气梳理开了,又随风流去,香气便剩下一缕缕的,若有若无,弄得马万里很不尽兴。他便一点点挪动屁股,往女团支书身边凑,凑得要挨到身体了。女团支书似有觉察,心想这家伙不好好听讲,拱什么呢,便往外挪了挪,闪出一点距离来。但她也不敢闪得太远。城墙上没什么人,朦朦胧胧的月光下,是无边的寂静。那时木城是很安静的,尤其到了晚上,和一个大村镇没什么区别。有些灯光,但很遥远,显得有些昏暗。她怕黑暗中会有什么危险,却又不敢说出来。她觉得自己不能在这家伙面前表现出胆怯来,自己是个团支书,他什么都不是,团支书当然要比一般同学勇敢。可就在这时,马万里突然大叫一声:"黄鼠狼!"女团支书魂飞魄散,吓得尖叫一声,转身扑进马万里的怀里。马万里紧紧搂住她的脑袋,说甭怕甭怕有我呢。女团支书吓得浑身发抖,说黄鼠狼走了没有?马万里说你别动,黄鼠狼正过队伍,咋这么多黄鼠狼?你看你看,有几十只呢!女团支书更紧地抱住他的脖子,把头藏在他的肩膀后一迭声叫道我不看我不看!……声音都变形了。马万里抱着女团支书一动不动,一边现场直播一样,解说他看到的情形:哎呀,黄鼠狼不止几十只!它们从一片灌木丛里钻出来,排成一个长队,互相衔着尾巴,往一个方向走去,走得不慌不忙的。现在月亮从云层里钻了出来,光线亮多了,我能看到黄鼠狼身上毛茸茸的,是土黄色……一只大黄鼠狼嘴里还叼着一只小黄鼠狼……哎呀又一只,也是叼着一只小黄鼠狼,又是一只!又是一只!……乖乖,这么多!都叼着一只小黄鼠狼!你看看,抬起头来看看,太多啦!……女团支书趴在他肩膀上直摇头,带着哭腔说我不看我不敢看!马万里咱们快回去吧!……马万里一只手拍拍她的背,说甭哭甭哭,咱们现在不能动,一动就把黄鼠狼惊了,惊了这么多黄鼠狼可不得了!以前在乡下听老人们说过,飞禽走兽集合,是一种异象,乌鸦、乌龟、黄鼠狼、蝙蝠、蟾蜍、蛇、蚂蚁……有时候会成千上万集合在一起,谁也不知道它们是怎么集合的,谁也不知道它们要干什么,谁也不知道这是什么征兆。老人们说,这些小东西都是有灵性的,都带着阴气,带着冥冥中不可知的警示,因此谁也不敢招惹它们,否则说不定会招来灾祸……女团支书听得汗毛直竖,浑身发冷发抖,颤声说马万里……咱们该怎么办啊?她现在对马万里佩服极了,在这种时候,他不仅没有惊慌害怕,还能这么镇定地分析情况。要是在平时她肯定会批评他,神神道道的,迷信落后,不像个受到高等教育的有理想有文化的大学生。可这会儿她完全被惊惧击倒了,她平时帮助教育马万里的那些话,居然消失得无影无踪。她不再把他看成一个帮助对象,一个内向纤弱的书呆子,而是把他看成唯一的依靠和一个完全值得信赖的人,一个那么强大镇静的人。自己也不再是一个居高临下的团支书,自己只是一个胆小的女生,躺在他的怀抱里虽然难为情,可此时此刻却是最温暖最安全的。

躺着别动。

一切听他安排吧。

马万里更紧地搂住她,又开始现场直播:黄鼠狼的队伍离我们只有大约十米,它们还在没完没了地从灌木丛走出来。这一阵出来的都是叼着小黄鼠狼的大黄鼠狼,大约已有上百只……噢!现在又发生了变化,叼着小黄鼠狼的队伍走完了,出来的都是大黄鼠狼,还是一个衔着一个的尾巴,鱼贯而出。它们的秩序好极了,非常安静地往前走,走向一段断裂的城墙,那里有很多豁口,也有很多灌木丛,还有很茂密的野草……现在走出来的黄鼠狼颜色是金黄色的,在月光下如金色的绸缎,漂亮极了,你要不要看看?真的不骗你!快!……女团支书坚决地摇摇头,眼睛闭得紧紧的。她不仅不敢看黄鼠狼,什么都不敢看了。

马万里像一个称职的现场解说员,不断报出黄鼠狼的数目、颜色、大小和行走方向。

时间在一分一秒地流逝,黄鼠狼的行进队伍没有任何中断和停止的迹象,还是一个一个衔着前头的尾巴,从灌木丛走出来,又消失在前头的小树林里。

马万里大概估算了一下,走出的黄鼠狼已有上千只之多!从开始到现在,已经一个多小时了,他不知道还会持续多久,还会有多少只黄鼠狼。马万里其实也有些害怕了。平时看到黄鼠狼也就是一只两只,现在怎么会出现这么多?这个神秘的现象不能不让人产生恐惧。它们从哪里汇集来的?它们怎么能汇集到一块?它们之间用什么信号联络?它们汇集到一块干什么?它们是刚从别处来到这里,还是正要从这里迁徙到别处?是一次聚会,还是一次逃亡?一个一个衔着尾巴是什么意思?是怕掉队,还是怕出声?这是一次秘密的行动吗?好像是。它们选择在夜晚行动,选择在月明星稀的时刻,选择在荒凉残破的城墙上,为的就是不让人类知道。可它们的行动又在马万里二人眼皮底下,就在距他们不到十米的地方,排着长队过去,影影憧憧,似乎不经意间又让人类知晓。可以想到,当他们在天亮之后告诉人们头晚见到的景象时,有的人会信,有的人会不信,在信与不信之间,这世界又多了一份神秘。

这天晚上,黄鼠狼一直过到半夜才过完,真叫人惊心动魄。马万里已无法数清有多少只。他相信起码得有上万只。当他看到最后一只黄鼠狼消失在远处的时候,上弦月也已经落下。夜色沉沉中,马万里背起已经昏迷而瘫软的女团支书,一步步走下残破的城墙,一身都是冷汗。

第二天,他没有把这件事说出去。

他想这应当是一个秘密。甚至是一个天机,而天机是不能泄露的。

女团支书也没有说出去。

她一直没有从恐惧中摆脱出来。

不久他们成了一对恋人。

再后来她成了他的妻子。

她觉得再也离不开他了。

她从此变得十分胆小。

这件事成了她一生的噩梦。

她时常会在半夜惊厥而醒,大喊大叫:"黄鼠狼!黄鼠狼!……"

马万里便抱住她,抚摸着她的脸,说没事的,不要怕不要怕,有我呢……

有马万里在,她就觉得是安全的。

他是她的靠山和精神支撑。她一直怕他出事。但马万里已不是当年那个纤弱内向的大学生,他已经成为一个内心强大而负责的男人。

终于,他从市长位置上安全降落到政协,这让她十分欣慰。

但她不知道,马万里到政协后,已悄然完成了又一次角色转换。

那天晚上,马万里在街头游游荡荡,很晚才回家。

就在这天晚上,他无意间发现了石陀的秘密。在一条小街,他看到石陀在用一把锤子砸马路,这让他吃惊不小!

他就站在石陀背后,一直看他砸,没有惊扰他。石陀蹲在马路边,蓝色长布衫的下摆拖在地上,已沾了很多泥土。石陀砸得很专心,也很吃力,路边已有几米长的凹槽。他在他身后弯腰捡起一块碎水泥,坚硬如铁,要砸烂它确实要费些力气。

看来,他已经不是第一次干这种事了。

马万里正在纳闷之间,忽然想起石陀的历次提案:拆除高楼,扒开马路。

这个提案他再熟悉不过,石陀曾在历届政协会上提出。这当然是个无法实施的提案,根本不具有操作性。但石陀很固执,一次次提出来,一次次没人理睬。

看来,他终于自己采取行动了!

但这个举动又有什么意义呢?这么大一座木城,靠他一把小锤子就能砸烂吗?不仅砸不烂木城,还会把他也搭进去,这是破坏城市公共设施啊,是违法行为!

就在马万里打算上前制止他的时候,石陀艰难地站起身,把锤子揣进蓝布长袍,一瘸一拐地走了。看来他是累坏了。

马万里不担心他会看到自己。

他知道石陀走路从来不会回头的。

一个走路不回头的人,肯定是一个从不设防的人,他的内心一定是干净的。

一个走路从不回头的人,肯定也是一个固执的人。

马万里不知道该怎样才能给他说清楚,让他不要再固执己见。即使他的提案再有道理,也不可能被市政府接受的。连老百姓也不会接受。

这让马万里有些头疼了。

看到石陀的身影消失在小街拐角处,马万里叹了一口气。可他突然又站住了。因为他忽然由石陀想到其他委员,他们会不会也像石陀这样,在提案得不到接受的情况下,自己采取行动?

是啊,我怎么没想到这一点?

他们会的。

当然会!

他们采取行动会有什么后果?会不会给木城带来混乱和麻烦?

马万里瞬间急出一身汗水。

马万里从第二天开始,离开办公室,到木城各个角落去寻访政协委员去了。

他要亲眼看看,他的这些宝贝们在干什么,他们会不会像石陀这样胡乱行动。

寻访的结果比预想的还要复杂。

马万里首先寻找的是那位老诗人。

老诗人曾在政协会上提出,学校教育应当恢复私塾制,这话说了好几年也没人理睬,老诗人就很生气。老诗人是个爱生气的人,也是个急性子人,而且一急就结巴,结巴得红头涨脸,一句话也说不出。有一次在政协会上,大家讨论一个官员渎职造成国家上亿资产损失时,群情激愤。老诗人也发了言,但他越说越气,越说越急,最后一句卡了壳:"这个……人人……人人人人……该该该……"后来就没了声音。大家也以为他发言结束了,不久转入了另一个话题。不一会又转一个话题。政协委员开会,也并不是都谈正经话题,有时也会闲扯。这时有一位说评书的政协委员,给大家讲了一个故事,他说头天晚上,有郊区一位老汉赶着毛驴车进城送菜,在他卸菜时一不留神毛驴跑了,那个老汉大街小巷找了一夜也没找到,都快急疯了,因为那不仅是他的财产,还是他的伙伴。原来老伴死了多年,儿女都分家另住了,只有这头毛驴和他做伴,老汉苦恼时就给毛驴说话。可是没想到毛驴跑丢了,他能不急吗?后来才听说,在木城一条小巷子里,一个环卫工人发现了那头疲惫的毛驴。原来,毛驴在木城大街小巷跑了半夜,很多人都在追它,但没有追上。毛驴跑得快极了,它想回家,可它找不到回家的路,好像到处都是一样的,到处都是高楼,到处亮堂堂的,大街小巷也都差不多,它完全迷路了。更可恨的是那些城里人,他们看到它像看到一个怪物,大惊小怪地追赶它。还有人报了警。毛驴只好撒腿就逃,从大街跑进小街,从小街跑进小巷,又从小巷跑回大街,跑到哪儿都有人追赶。但城里人不太敢抓它,怕它踢着咬着。事实上,这一晚它就踢伤了几个人。它几乎一夜都在不停地奔跑,到黎明前,终于跑累了。但这时候也没人追了,只有三个警察还在到处找。他们也已累得东倒西歪。这时,木城的灯光也没有夜间那么多,人和车辆也少了,好像人和城市都睡了。毛驴躲在一条小巷里,疲惫而又茫然,它想休息一会儿,等天亮以后跑出木城。它相信只要到了城外的田野里,它就能认识回家的路。

这是一条废弃的小巷,没有什么人住,到处黑蒙蒙的,但有一个很大的垃圾箱。就在这时,一个环卫工人出现了。他发现了毛驴,先是有些吃惊,但很快就猜到这是一头跑丢的毛驴,是从乡下来的。这位环卫工人五十多岁,二十世纪七十年代曾在农村插队,对这位来自乡下的客人,感到非常亲切,甚至还有点激动。他不像其他城里人那样害怕毛驴,他看到这头毛驴已经很累了,大概在惊惧中度过了一个夜晚。他不知道毛驴夜间狂奔了一夜。环卫工人很有经验,轻轻地发出一声:"吁……"

毛驴站在那里,回头看了他一眼,立刻就有了信任感。因为跑了一夜,多少城里人大呼小叫,它都没听懂一句,好像还有小青年用英文冲它喊叫,它当然更听不懂。但现在这一声"吁",让它知道懂得它的人来了。那一瞬间,毛驴甚至感到了一丝委屈,就像见到亲人一样,摇了摇尾巴。

环卫工人没有立刻扑上去抓它的缰绳,而是慢慢挪动脚步,不停地发出轻轻的"吁"声,一步步凑近……

这位说评书的政协委员说到这儿,卖个关子,停了下来,环顾四周,发现大家都在专心等他说出结果。这才微微一笑,说:

"环卫工人先是摸到驴屁股,不想却湿漉漉的,不由吃了一惊,知道它这一夜跑惨了。忙轻轻在驴屁股上拍了拍,表示安慰安抚的意思。毛驴果然领情,晃动一下身子,摆摆头,打了个响鼻,不再动弹。环卫工人手不离驴身,沿脊背一路抚摸过去,直到抓住缰绳,这才放下心来。可这时他又发愁了,毛驴是抓住了,可下头怎么办呢？……"

政协委员们一直都在专心听讲，显然都被吸引住了，也都在担心毛驴的命运。是啊，下头怎么办呢？会场一时鸦雀无声。

就在这时，老诗人突然拍案而起，怒冲冲大叫一声："送法庭审判！"

所有人都被吓得一愣，齐刷刷转头看向老诗人，发现老诗人余怒未消的样子，实在有些纳闷：

送法庭审判？

审判一头无辜的毛驴？

不会吧！

一瞬间，会场爆发出一阵哄笑。

但这时，又一个人也拍案而起，并用更大的声音叫道："我抗议！！"

大家戛然止住笑声，一看却是石陀！

只见石陀面红耳赤，怒视着老诗人，说你为什么要审判毛驴？太荒唐了！毛驴就不能进城吗？毛驴有什么罪？它不过是迷了路，我们应当同情它，善待它，帮助找到它的主人！……

大家一时摸不着头脑，不知这两个书呆子在较什么劲。

就在石陀滔滔不绝痛斥老诗人的时候，老诗人却一言不发，只是红头涨脸，喉结憋得上下滚动。稍停，忽然坐下，拿起笔在一张纸上伏案疾书。

那天石陀的口才出奇的好，他从来没有这么流畅这么愤怒地发过言。整个会场都呆住了。

石陀刚刚斥责完，老诗人忽然又站起身，手拿一张纸，颤抖着念了起来，像在朗诵一首诗：

> 石陀同志
> 请你不要愤怒，
> 你的愤怒

纯属无的放矢
　　我并没有责怪毛驴
　　更没有要审判它的意思
　　毛驴的确没有过失
　　它只是误入这座城市
　　我说的审判
　　是指先前说的
　　那个官员
　　因为他的渎职
　　造成国家
　　一亿元的损失
　　将他送交法庭审判
　　难道你不同意

　　老诗人朗诵完了,看看石陀,又看看大家,气色已经完全恢复了正常。众人恍然大悟,原来老诗人要送交法庭审判的不是毛驴,而是先前谈到的那个官员!

　　大家这才明白,半个小时前,谈论那个渎职官员的时候,老诗人因为生气既结巴又憋气,当时话就没有说完,大家转换了几个话题,他仍然在往外憋这半句话,一直到评书艺术家说到抓住毛驴,他才憋出这几个字:"送法庭审判!"

　　可这也憋得太久了!

　　怪不得石陀误会他抗议他。

　　误会消除。会场又是一阵笑声。

　　大家从此也发现了老诗人一个特点,就是当他因为生气性急而憋得说不出话的时候,如果把要说的话截成一段一段的,像诗行,然后像朗诵诗一样朗诵出来,这样,他就不会结巴,也不会憋气了。

马万里还是找老诗人谈了一次话,说你已经快七十岁了,以后说话不要太急,也不要动不动就生气,那样对身体不好。

老诗人说是啊是啊。

但马万里知道,遇到事情,他还是会急,还是会生气。

这次寻访老诗人并不顺利。

先是打电话到他家,没有人接。

马万里只好翻出他留在政协的地址,直接找到他家。老诗人的家是一座七十年代建造的筒子楼,这样的楼房在木城已经不多了,经马万里在市长任上扒掉的就有很多。他没想到,老诗人还住在这样简陋的楼房里。楼道两旁堆满了废旧木板、条框、煤球等杂物,走路都要侧着身子。听到有脚步声,不断有人探出头,看来这里很少有客人来。

马万里一路问过去,找到老诗人门牌号,敲敲门,却无人应声。再敲门时,邻家出来一位中年妇女。马万里忙上前打听,中年妇女说,他已经几个月不在家住了,只在中间回来拿过两次衣服。

马万里忙问,他家没有别人吗?

中年妇女摇摇头,说就他一个人住,他老伴去世多年了。

马万里试探着问,你知道他现在住在什么地方?

中年妇女想了想,说好像在雨丝巷办什么学堂,我也说不清。

马万里忙告辞了,下楼上车,让司机直奔雨丝巷。一路上心里酸酸的,老诗人仍住在这样简陋的地方,孤寡一人,却怀有一颗赤子之心。他在雨丝巷办什么学堂?莫不就是他多年呼吁的私塾?若果真如此,也是做了一件好事,只是不知办得怎么样。

马万里到了雨丝巷口,下车让司机回去,自己慢慢走进巷口。看到两旁的明清建筑和石板路,已经整修过了,古旧清爽,十分赏心悦目,心情也好起来。这条老街还是他任市长时保护下来的。当时已经卖给广州一家开发商,说要推倒这些破破烂烂的老房子,建一个大的居民区。结果群众反应激烈,纷纷上访。社会各界也通过媒体强烈呼吁。开始马万里并不清楚怎么回事,看到这件事引起这么大反应,忙紧急叫停,召开听证会,听取大家意见。他就是在那次听证会上认识老诗人的。当时老诗人言词激烈,也是用朗诵诗的方式,作了一次书面发言,其间引经据典,半文半白,摇头晃脑。马万里别的都记不清了,只记得他的最后几句:

  ……
  看一座城市的建设
  不仅要看它
  增加了什么
  还要看它
  保留了什么
  不知市长大人
  以为然否

  这几句话引起热烈的掌声。马万里也鼓了掌,他觉得他说得真好。在这之前,没人给他说过这样的话。一直以为建设就是增加,就是拓宽马路,就是建造高楼,就是拆迁。看来这不全面。
  正是那次听证会,把雨丝巷的明清建筑保留了下来。现在走在石板街上,看着两旁的古民居,真像走进了历史,让人的心一下子沉静下来。如果老诗人选择在这里办私塾,真是再合适不过。
  马万里一路打听,很快就找到了地方。这条巷子里很多人都知道老诗人,说有个老头每天晚上教小孩背唐诗。
  马万里按照别人的指点,走进一座小院,古色古香,十分幽静,一颗老紫藤,占据小半个院子,更显古雅。老诗人走出来时,马万里几乎认不出来。原来老诗人穿了一身古装,长袍、瓦帽,肥袖垂膝,看见马万里先是一愣,忙拱手道:"马主席!你怎么来啦?"
  马万里也学他的样子拱手笑道:"老诗人,你怎么成了古人?"

老诗人笑笑,说:"请到客厅叙茶。"

两人一前一后走进客厅,老诗人忙着泡茶送上,这才坐下叙话。

马万里先笑道,老诗人你刚才这一拱手,我忽然觉得拱手比握手好,拱手是咱们中国的古礼,既含蓄文雅,又讲究卫生。

老诗人笑道,咱们祖先的好东西多呢!你猜我这些日子在忙什么?

原来他真的办了一所私塾馆,用他一辈子攒下的积蓄和稿酬租了这座小院,但购置教学设备和书籍就没钱了。他又到处求爹爹告奶奶,给人借了两万块,才算开张。但招生遇到了困难,倒是有不少家长来咨询,但一问没有正式办学手续,又是只教古文化,大都摇摇头走了,最后只招了三个学生,其中两个还是农民工的孩子。就因为他不收学费。

老诗人没办法,只好办了一个夜班,正规上学的孩子,可以晚上到这里学习古文化,每星期三次,每次一个课时,好歹招了三十多个学生。老诗人说,他要教的古文化,就是从《三字经》开始,直到《四书》、《五经》,循序渐进,一点点教。另外还请了人来,教学生学习琴棋书画。他本来定了规矩,学生学不好,或者违反规矩,要打戒尺的。他也确实备了一把戒尺,还是铜的。可是给家长一讲,大都不同意,只有七八个家长表态说,孩子不好好学习,只管打,我们没意见。老诗人想了想,到底社会不同了,一家一个孩子娇贵呢,能送来学古文化就不错了。但为了让孩子们用功学习,戒尺还是要打,由打学生改成打自己。就向孩子们宣布说,你们谁违反了规矩,就是先生没管好,我就用戒尺打自己三下,你们说同意不同意?孩子们一听就高兴了,齐声回答:"同意——!"老诗人一惊,心想这些孩子怎么全没有尊师之心。但既然宣布了,就得执行。

这一来,老诗人就惨了。孩子们为了看看先生怎么打自己,就故意违反规矩,课堂上交头接耳,做小动作,传纸条子,甚至嬉笑打闹。结果第一天晚上老诗人就自己打了七十多次戒尺,把手都打肿了。他打得很下力气,右手持戒尺,打左手手心:"叭!叭!叭!"学生们还给他喊加油。老诗人眉头也不皱,打完了继续上课。

这么一连七八天,他两只手都打肿了,像血块一样,拿粉笔在黑板上写字,手直发抖。可他就是不责备学生一句。有家长来接学生,从窗户上看到了,老大不忍,回家就教育孩子,不要再调皮捣蛋。孩子们也渐生恻隐之心,课堂秩序一天天好起来。消息传出去,又有不少家长带孩子来报名。可是限于教室太小,老诗人收到五十多个学生时,就停止招生了。

这个势头,让老诗人大为高兴。

白天,还是那三个学生,老诗人一样教,不仅免费,还管一顿盒饭。

平时,老诗人为了名副其实,坚持穿一身古代衣袍。进进出出,都是这个打扮。雨丝巷的人开始视他为怪物,指指点点。老诗人却视若无物,只管迈着方字步,摇摇摆摆迎送学生、买盒饭买纸张笔墨。有时,星期六晚上,他也会去"老酒馆"喝几盅,也是这身打扮。小米姑娘就有点害怕,以为这人有神经病。每次给他添酒都是一点点挪过去,添完酒快速离开。

有一次正好天柱也来喝酒,看到老诗人这身打扮,也觉奇怪,但他觉得很好玩。天柱看到小米害怕的样子,就故意端着酒,走到老诗人对面,笑哈哈道:老先生从哪个朝代来?老诗人看他一眼,一望而知是个农民工,于是笑道我从宋代来,请问老弟你从哪里来?天柱说我从乡下来,千把里路呢。接着两个人一见如故似的,坐下喝酒聊天。小米就笑了,原来这人并不可怕,只是有点怪。她想这两个人都有点怪呢,一个说从宋朝来,是个时间概念,一个说从乡下来,是个地域概念,时和空在这里相交,他们居然像老熟人似的。她默默地看着天柱，心里踏实了许多。小米的父亲老孙头不久前突然因病去世了，小米差点被击倒，原本瘦弱不堪的身体更像一根灯草。她本来不想再开酒馆的，可天柱劝她还是开下去，不然闲下来会更闷，他说会常来看她。天柱几乎下了班就往这里跑，他成了小米真正的主心骨。

老诗人听说小米的情况后，对天柱说这样吧，你比我还忙，也离得远，不一定要天天来。我虽然也忙，但离得近，没事就过来，和小米做个伴。天柱问小米，你说行吗？小米犹豫着点点头。现在她对这个古怪的老头不太害怕了，她觉得他挺和气的，但毕竟不熟悉，心里还是不踏实。天柱看出来了，等送走老诗人，说我明天帮你找个帮工，也算个伴，你一个人忙不过来的。

老诗人从此就成了"老酒馆"的常客。

老诗人的日子过得挺充实。

马万里后来又去寻找那位性病防治专家刘先生。

刘先生曾多次提议，说既然妓女无法根除，就应当让它合法化，定期为那些妓女检查身体，不然遗患无穷。这方案当然不会被政府采纳，就是政府官员心里认同你的意见，还是不敢冒天下之大不韪。开个红灯区，持证上岗，这可是天大的事，谁敢表态？其实就连马万里也赞同他的意见，但他知道这事不可能实现，曾私下里劝他说，老刘啊，这个提案以后就不要提了，起码在中国现阶段，没有谁敢表态同意的。老刘说那我就年年提，直到通过为止。

现在，他会干什么呢？

马万里费了一番工夫，终于找到刘先生。原来他也没闲着，每天晚上出没于歌舞厅、桑拿厅、宾馆、洗头房等娱乐休闲场所，到处派发避孕套。开始大家都排斥他，有几次还挨了打。但他极有耐心地做说服工作，甚至花钱找小姐。他当然不嫖，只是为了近距离接触她们，把她们称为性工作者，说万一染上性病、艾滋病，会是多么严重。渐渐的,他的工作有了进展。刘先生带上介绍信,和计划生育部门,和公安部门取得联系,居然都得到支持。这让他十分高兴,也有点意外。他由此悟到一点道理,在中国,好多事只能做不能说的。那么,就慢慢做吧。

　　刘先生大略统计了一下,在木城的暗娼大约有四五万人,这数字很让他吃惊。就是说,这四五万人就是性病的高危人群。如果这些暗娼每天都接一个客人(应当不止),又有四五万个男人进入高危人群。一年下来呢?就有一千多万人次,整个木城才只有八百多万人啊!如果不加防范,木城重蹈古罗马的覆辙,就只是时间问题了。

　　刘先生不想研究道德伦理上的问题,这个问题太复杂。他是个性病防治专家,只管防治性病。木城有如此大的性病隐患,让他忧心如焚。在独自探访一段时间后,刘先生组织了一个工作小组,分头接触和帮助性工作者。发现有病的,就帮助治疗。刘先生认识一个叫小简的女孩,才十九岁,在一家歌舞厅上班,明里陪客人唱歌,暗里陪客人上床。他去暗访时扮作客人,就是小简接待的。小简体态修长,皮肤白净细腻,下身穿棕色皮短裙,往沙发上一坐,闪现出紫红的内裤。上身穿一件渔网样的紫色薄纱衫,黑色胸罩清晰可见,半个胸脯从里头挤出来,像一条肥大的白鲢鱼跳动不止。一进门就往刘先生大腿上一坐,伸手揽住他脖子,说大哥你说怎么玩?弄得刘先生耳热心跳,心旌摇荡,忙让她坐在沙发上,自己挪到一旁,苦瓜着脸,说我不是来玩的,我想和你聊聊天。小简不解道,你花钱到这里聊天,有毛病呀!刘先生点点头,就算是吧。小简说你真的什么都不想干?是不是看不上我?我可以回去,再给你叫一个来,我们这里有几十个小姐呢。刘先生忙说不用,我看你就挺好,人又漂亮又聪明又善解人意。小简就笑起来,你这人真是怪,我还没和你聊,你咋知道我善解人意?我可不是心理医生。实话告诉你,我就是做皮肉生意的,拿钱说事,不讲感情。刘先生知道这些做小姐的心态,既自卑又傲慢,来这种高档娱乐场所取乐的男人大多有钱有势,她们不敢得罪这些人,却有一种天然的敌视情绪。那是弱者对强者的心态。所以,刘先生从一见面就尽力装作一个不幸的人,把身位放低了,才好和她们交谈。于是刘先生说,你就当我干了那事,我一样付钱。小简吃惊道是吗?那你就太不划算了。刘先生说我实在不行,我是个阳痿患者,做不了那事。其实这时他底下正蠢蠢欲动,在这样一个年轻貌美的女子面前,他不可能无动于衷。小简有点不相信,伸过手来说我摸摸是不是阳痿,我不相信。刘先生赶忙挡住,说我真的不骗你,我要是行还能不做吗?你这么年轻漂亮,何况我一样付钱。小简有点相信了,这才坐好,无奈地叹口气,说那好吧,你想说啥就说吧,我听着。老刘就讲了一段事先编好的故事,说自己是个性病医生,夫妻感情一直不好,有一次去找小姐,因为没带安全套,得了性病,并且从此产生了心理障碍,患上阳痿症。他说后来他做过一些调查,发现男女有性病的很多,互相交叉感染,越来越多,而且不敢去治疗,怕人发现,结果不少人落下严重后遗症,一些小姐再也不能生育。简小姐听了,有点害怕起来,说真的会那么严重吗?老刘说当然严重!还有更厉害的就是艾滋病,是不治之症,传染了这种病,就会很快死掉。简小姐说哪有那么多艾滋病?你吓人的。刘先生说,普通人群里,有这种病的人确实很少。但出入你们这种场合的人里头,几率就大得多。每天来的都是陌生人,你知道哪个有哪个没有?这种事大意不得,万一让你碰上呢?就像用左轮手枪赌命,七个弹匣里只有一颗子弹,但碰上那颗子弹就会毙命!简小姐真的害怕了,说那咋办,太吓人了!刘先生说你家是哪里人?小简说我家就在木城。刘先生说你就不怕碰上熟人?简小姐说我家在城南,这里是城北。木城这么大,一般不会碰上熟人。刘先生说最好的办法是别再干这个了,回家去重新找个工作,干干净净挣钱。简小姐沉默了一阵,摇摇头,说我做不到。我十六岁就从家里出来了,我喜欢玩,怕苦怕累,开始和一些朋友瞎混混,靠她们接济,也打过工,但手里总是没有钱。我喜欢有钱的感觉,也不想依靠父母。后来经人介绍,我就干了这一行,干了这一行才知道,一年挣的钱,赶打工二十年挣的钱。我已经接待过两千多个男人,什么样的男人都有,老的少的,丑的俊的,中国的外国的,当官的经商的……各种职业的都有,有正常的也有变态的。我对性已没有感觉,没有快感更没有高潮,我就是一块温乎乎的肉,被另一块温乎乎的肉插进去,乱戳一通,然后收钱完事。有时候我心里也很难受,也很自卑,看着那些男人趴在我身上疯狂抽动,真想一刀杀了他,我凭什么让他们糟蹋?可我咬着牙闭着眼忍住了,凭什么?就凭他们一次给我一千块钱。我忍受这一会,就等于打工一个半月,值!说真的,我已经挣了不少钱。我原打算干一年,挣个几十万,然后嫁人好好过日子的。可我收不住了,一年几十万呀!相当于一个中小企业一年的利润。这诱惑太大了。我还年轻,我的身体条件又好,不能白白浪费了这个资源,我才十九岁,起码可以干到二十五六岁,到那时再收手,还来得及嫁人。

简小姐说到后来的时候,有点恶狠狠的。她看了一眼刘先生,说你觉得我很贱吗?

刘先生摇摇头,说我不作这个评价。实话告诉你,我是个性病防治专家,我只关心你们有没有性病,我是专门为你们这些性工作者服务的。简小姐扑哧笑了,说什么性工作者,就是妓女!我不在乎这个称呼。刘先生说别这么自轻自贱,你们的存在,对社会来说未必都是坏事,你们也从中得到了好处,但也付出了很大的代价,包括心理的身体的。我只希望大家都不要沾染上性病,尤其不要染上艾滋病。不然,挣再多的钱也没用。简小姐说你真是个性病防治专家?刘先生从提包里拿出一盒安全套,说这个送给你,我不要钱的。你一定要坚持用,一次都不要麻痹。说着又掏出一张名片,说这上头有我的电话,有我单位的地址。如果你相信我,请你尽快和我联系,你已经患上了性病,要赶快治疗。简小姐吃惊道,你怎么知道我有性病?刘先生说我是性病专家,看一眼你的脸色就知道。再说你的下体已有异味了,说明性病很严重了。再这样下去,不仅害人,也害自己。简小姐呆呆地拿着那盒安全套,看着刘先生半天说不出话来,好像不相信天底下还有这样的事。刘先生看出她的疑虑,说你不要担心这里有什么圈套,我不会向公安报告的。我给你的电话有单位电话,也有我家的电话,会有嫖客给你这种电话吗?会有检举人再把家里电话告诉你的吗?你可以先调查几天再和我联系。总之你必须尽快去检查治疗,也希望你把我的电话告诉你的姐妹们,有事都来找我,我都会免费为你们检查、治疗。

刘先生起身离开前,说我今晚要付你多少钱?简小姐冷冷地说要付一千五百块。刘先生诧异道,你不是说干那事付一千块吗?简小姐说干那事是常规服务,你这属于特殊服务,所以加收五百块。

刘先生只好掏钱,最后把硬币都凑上了,才凑齐一千五百块。简小姐接钱的时候,没有丝毫的犹豫和难为情。但在刘先生临出门的时候,她在背后问了一句,你真是阳痿?

刘先生回头笑笑,是的,我真是阳痿。你可以告诉你的姐妹们,有个阳痿刘先生是个性病专家,是个好人,愿意竭诚为大家服务。而且是免费。

简小姐说你免费不免费是你的事,我们这里没有免费服务!

刘先生离开这家歌舞厅的时候,感到脊背冰凉。他觉得自己真要阳痿了。

但一个星期后,简小姐找到了他,并且要退还那一千五百块钱。刘先生婉谢了,说我应该付你这些钱的。简小姐说你是不是觉得我很变态?只认钱不认人?刘先生说这很正常,你当时和我不熟,当然只能认钱。

简小姐说熟也没用。我曾接待过一个客人,是我家邻居,一个六十多岁的老男人,我一直叫他伯伯的。我小时候,他还常抱我,和我家关系一直很好。没想到那天他来这家歌舞厅找小姐,正巧又是我接待。当时他很尴尬,说就是来找人的,走错了地方。我说伯伯没关系,你不用难为情,你是来找小姐的,我就是干这个的。他还在红着脸忸怩,可是却看着我的乳房发抖。我就关上门先把自己脱了,又帮他脱了,他立即就抱住了我,又抓又搓,摸我全身,激动得浑身哆嗦。我就说伯伯你不要太激动了,慢慢来,我小时候你就抱过,今天让你抱个够,摸个够。他回头看看门,颤抖着说安全吗,不会有事吧?我说伯伯你放心,我们这个歌舞厅从来没有警察来过,我们老板红道黑道路路通,你就放心吧。他噢噢应着,拦腰抱起我放到沙发上。可他太激动了,忙了一头汗,怎么也进不去。他就坐在那里,看着我底下哭了,哭得像个老娘们。我就坐起来安慰他,说伯伯你不要哭,你是太紧张太激动了,我来帮你吧,我就用手慢慢揉搓,用乳房磨蹭,用口含着刺激他,他终于立起来了,像个老骚狗疯狂地干了我四十分钟,还把我乳头咬肿了。完了事我收他五千块,把他吓了一跳,说我以为不过几百块钱,我没带那么多。我说不行!你以为我是洗头房的三流妓女呀,我是上等妓女,又是你邻居的孩子,从小叫你伯伯,你好意思少付钱吗?他哭丧着脸,说我真的没带那么多,我只有五百块,都给你,连打车回家的钱都没有了,回家还有五十公里路呢。我收下四百块,说你还剩一百块,打个车回家去取,连夜送来,一分都不能少,否则我天明就去你家取。他没办法,只好回去了。我知道他不敢不来,我告诉他我留着你的精液呢。我不知道他回家怎么撒的谎,怎么取的钱,反正两个小时后,他把钱送来了,一分没少。那天晚上下着大雨,他来的时候,头发都是湿的,脸色惨白,脚步打晃,看来他真的精疲力尽了。那次是我第一次懂得什么叫精疲力尽,这个词原来和性有关。

刘先生静静地听着,尽管惊心动魄,可还是尽量不表现出来。等她说完了,才淡淡地问道,你为什么收他那么多钱?是恨他吗?简小姐想了想,说我也不知道,好像没有恨他。你说奇怪不奇怪,那天他趴在我身上干我的时候,我产生了快感。以前别人干我的时候,我都是闭着眼十分痛苦,可那天我是睁着眼的,看着他那张老脸快活得变了形,我也快活得直叫唤。经历过那么多男人,我第一次体会到了什么叫快感,什么叫高潮。我没有觉得尴尬,好像一直在等他到来,现在他终于来了,于是我说伯伯干我伯伯干我伯伯你用力呀伯伯我受不了啦!……他也喘息着不停地叫我的乳名。我们就这么互相呼喊着,觉得特别刺激。那时我想起我上六年级就是十二岁的时候,有一天晚上我去他家看电视,他像以前一样,把我揽在他怀里。后来他的手就不安分了,他先摸了我的大腿,然后往上摸到我的肚子,又摸到我的胸脯。那时我还没有发育,两个乳头小小的像两个小豆,他摸得我发痒。我吓得不敢动一动,不知道他要干什么,可是我感觉很舒服。后来他把手插进我裙子里,我听到他在呻吟。我真是吓坏了,可是感到的还是舒服,我扭动着身体像在挣扎,可我知道我并不想挣开,我从没有这么舒服过,是一种极为陌生的舒服,我浑身的血都在奔腾,我不想让他停下来。可他突然低低地噢噢叫了几声之后,一把推开了我,我转头看到他十分痛苦的样子,就赶快跑回家去了。

这一幕我再也不能忘记。经常回想起来。晚上睡觉时,上课时,一个人走路时,都会突然想起来。我试着自己摸过,可是没有那种感觉。我变得心烦意乱,学习成绩一点点下滑,到高一时我就退学了,那年我十六岁。父亲把我打得很厉害。父亲是个酒鬼,一喝醉了就打我,母亲爱打麻将。我就跑到大街上和人鬼混,和一帮年龄差不多的人玩。除了疯,就是干那种事。我没有体会到快感,就是疼得厉害,后来我又和其他男孩子搞过很多次,都没有那种舒服感。到我当妓女时,对性已完全没有兴趣,觉得那是一件很无聊的事情。而世人却把这个看得很重,夫妻之间、情人之间、男女之间,发生过无数稀奇古怪的矛盾、纠纷和案件,还不断闹出人命。我觉得真是可笑,这有什么呀?闹来闹去,说穿了就是因为一个男人的生殖器插进了一个女人的生殖器,这和握手有什么区别?不都是人身器官的接触吗?而且他们还觉得接触有快感,就让他们去接触好了,有什么呀?就当是两人握握手……

刘先生听得目瞪口呆,没想到她会有这种奇谈怪论。看来关于性,真是个太复杂的问题,他可不想和她谈论这个话题。看她越扯越没边,忙打断说,简小姐咱们不说这个了,还是赶快给你检查吧!

简小姐看了他一眼,说刘先生是你为我检查吗?

刘先生一怔,说如果觉得不方便,我可以喊一位女医生来为你检查。

简小姐说不要了,就是你为我检查吧,我信得过你!

刘先生说按规定,就是我检查,也要有另一位医生在场。

简小姐笑起来,说你是阳痿,我又不怕你强奸,难道你还怕我吗?

刘先生也笑道,这不是怕不怕的问题,这是我们这里的规定。然后很快请来了一位女医生,共同为她做了检查。

检查结果证明,简小姐确实患了很严重的性病、妇科病,再不治疗,就会失去生育能力。简小姐虽然看起来大大咧咧,可检查结果一出来,还是把她吓了一大跳,差一点哭起来,说刘先生你赶快救救我,我付给你钱,付很多钱!我还打算结婚生孩子呢,我还这么小,我才十九岁……

刘先生忙安慰她,说你的病虽然严重,但还能治,你放心,我会免费为你治疗好的。可我有一个条件,就是你要动员你的姐妹们用安全套,有了性病赶快来我这里治疗。好吗?

简小姐点点头,说我一定做到。

刘先生给马主席说,他已经成了很多性工作者的朋友,她们相信他,私下里都叫他"阳痿刘",有什么事都愿意和他谈。说这个群体十分复杂,取得她们信任太难了。因为这种工作,他已经妻离子散。他花了太多时间和暗娼们打交道,还经常要自掏腰包,工资全搭在里头了。妻子非常愤怒,干脆怀疑他就是嫖娼去了,她不相信他能坐怀不乱。刘先生承认自己的确乱过心,但没有乱过性。妻子不信,大吵大闹,两人终于离婚,儿子也不理他。他对妻子说,咱们先分开一段也好,我确实没钱也没时间照顾家,等木城性病防治走上正轨,咱们再复婚。妻子说你想得美,你去和那些妓女过吧!

马万里听得很沉重,握住刘先生的手说,我真的觉得对不起你们,你们都在行动,都在付出,可我做了什么?

后来马万里又走访了那个小炉匠出身的政协委员。他现在是一家小机械厂的厂长。他曾提出,要在郊外化工厂那个日夜冒火的烟囱上装一只巨型茶壶,烧了热水供应全城。这提案当然也就是说说,没人理睬。可他不甘心,就自己设计打造了一把茶壶模型,带去化工厂交涉,连去十几趟,都被人轰出来,说他异想天开瞎胡闹。小炉匠就很受伤。马万里去访问他的时候,小炉匠情绪很低落,说政协委员没啥分量,看着能源浪费,光心疼没办法,要是调他去化工厂当厂长就好了。马万里安慰他一番,告辞回来。第二天又去看望了那个环保专家。

环保专家曾提议,鉴于大气污染越来越严重,而且根本没有治好的可能,建议造个大玻璃罩,把木城上空罩起来,然后在城四角安几个大抽风机过滤空气,实行人工造氧工程。他自说自话,也已经行动起来。他先是造了一个木城沙盘模型,又造了一个玻璃罩放在上头,还有几台微风抽风机、制氧机,一天到晚兴致勃勃摆弄周围人都说他是疯子,可他心理承受能力很强,明显超过小炉匠,根本不怕打击,不断失败,不断实验。他相信自己在做一件前无古人的事业,如果成功了,将不仅造福于木城,还会造福全国,造福全人类。他认为地球上所有的城市,有朝一日都需要安上玻璃罩。光这一项发明和产品,就会为木城为国家赚来无数钱。你想想,那么大一个玻璃罩,多大个产品,能卖多少钱?老了去了!但他也深知这件事不容易,模型试验是一回事,被政府和老百姓接受是另一回事。你想啊,这么大一座城市上空,本来无遮无拦,忽然在上头安个大玻璃罩,像被关进了笼子里,大家肯定会不适应,会感到压抑。但他同时认为,一切都是可以改变的,习惯也可以改变,这需要宣传,需要忍耐。就像避孕套,一开始大家也不习惯,千百万年来,人类性交都是赤裸裸的,后来男人要戴个套,女人要装个环,开始觉得很可笑,但现在还有人笑吗?给木城安个大玻璃罩,也就是戴个套的意思,这没有什么。

马万里参观了他的木城沙盘和抽风机、制氧机模型,并且摸摸玻璃罩,形状像个瓜皮帽。马万里笑道,这行吗?环保专家说,马主席你放心,肯定会行的,前途无量,就是目前还有些技术问题没解决。比如利用大玻璃罩吸收太阳能,以及安装成本等问题。一旦解决了,我马上向您汇报!我还要申请专利,准备筹建一个"城市上空环保研究开发公司"!

养蝎大王干得不怎么顺利。

当初,他提议木城人每人每天吃三只蝎子,以利健康,还要求政府发个红头文件。政府迟迟没有采纳。他也行动起来了。

他养了太多的蝎子,无处推销,当初拟出那个提案,本来就带有很大的个人利益色彩。如果木城每人都吃蝎子,一下就会打开销路。后来既然政府不理,他就只好自己推销。一家一户推销,一条街一条街地推销,向人介绍蝎子浑身是宝,吃了怎么强筋健体,怎么预防癌症,最起码是吃了蝎子的人,夏天蚊虫不叮不咬,等等。但蝎子这东西毕竟是一种毒虫,又是那么相貌丑陋,张牙舞爪,人们普遍对它怀有恐惧和厌恶感,要把这样一种东西吃进去,没有人能接受。

养蝎大王就带着营销人员,一次次给大家演示。他们演示的是一种油炸蝎子,又酥又脆,但外形保持不变。养蝎大王当着众人的面,张大嘴巴,把油炸蝎子送进口中,然后面带微笑,香香脆脆嚼起来,近旁的人能听到酥酥的声音。大家看得都撇起嘴,皱起眉,还有人猛地呕起来,转脸跑走了。

这实在有点恐怖。

这实在让人恶心。

演示的效果并不好。除了极少人愿意尝尝,几乎就没人愿意买。

由于一次次演示,养蝎大王和他的营销人员吃了太多的蝎子,结果弄得一身火气,不仅鼻腔流血,而且肌肉紧绷,皮肤发糙,还长出许多疙瘩,精神也亢奋得无法入睡,脾气坏得不可收拾。

马主席找到他时,养蝎大王正在对他的手下人大发雷霆,声音如咆哮一般,腰背弓得像一只蝎子王。而他手下的十几个营销人员站成一排,也是怒气冲冲,一个个张开五指,好像随时准备扑上去,把养蝎大王撕得粉碎。

奔波数日,马主席回到家中,一连睡了两天,不吃不喝。

他感到很累,也很担心。

他隐隐有一种不祥的预感,这个城市将要崩溃!

当年的女团支书看丈夫惶恐不安的样子,十分担心。几十年来,她从来没见他如此沮丧过。就问他到底怎么啦,这些天你究竟看到了什么?

可马万里只是摇头。

女团支书心里纳闷,当年在城墙上见到的那么多黄鼠狼,在市长任上担当那么大责任,得罪过那么多人,甚至不止一次有人寄匿名信打电话要暗杀他,丈夫都没有胆怯过,现在究竟什么事让他如此惶恐不安?

第九篇　即将消失的村庄

方全林从木城回到草儿洼,刚进村就听说天易娘病得厉害,因此没顾上回家,就直接去看望天易娘了。他知道她在盼他。

天易娘八十多岁了,加上想念儿子,方全林去木城后就病倒了。这个当年草儿洼最能干的女人,到老只剩下一件事,就是想念天易。这个失踪的儿子成了她唯一的牵挂。她不再想娘家父兄们轰轰烈烈的生死,也不再想柴家家族中兴的事。她只是偶尔会挪动到老石屋前,看着那一片巨大的界石发呆。在半个多世纪的时间里,她一直没来得及数清,这一片胡乱堆放的界石究竟有多少块。当年柴姑为赎回被土匪绑架的儿孙,一次次出卖土地。每卖出一块地,就像割她身上一块肉。可她没有别的选择。庄稼人祖辈的规矩,卖地不卖地界,留下地界,就是留下希望。一个个儿孙被老太太从死亡线上救出来,老石屋前的界石却堆成了山。天易娘刚嫁到柴家的时候,曾雄心勃勃地对柴姑说,奶奶你放心,有一天我会把这些界石再埋到地里去!

后来,她和丈夫柴知秋拼命挣钱买地,有几年,几乎看到了家族中兴的希望。可社会变了,不再允许私人拥有土地,她终于还是没能实现自己的诺言。

时隔大半个世纪,这些巨大的界石仍然散乱地堆放在这里,她再也没有可能做这件事了。丈夫死了,他是她最好的帮手,是她驾驭的一匹马,一头牛,可他死了。而她也老得不成样子。风烛残年,再没有雄心了。她只是挂念天易。天易会在哪里?

那天,方全林风尘仆仆赶回草儿洼,来到她的床前,告诉她天柱他们在木城生活得很好,告诉她天柱他们一直在寻找天易,并且已经有了线索,让她放心,耐心等待,会有好消息的。天易娘握住方全林的手,说大侄子,让你费心了。你不用骗我,我知道天柱会找他,可找到他不那么容易。找到天易要有天意,懂吗?当初他的名字就是柴姑起的,谁也闹不清究竟是哪两个字,也许是"天易",也许是"天意"。反正都应验了。天易是天意啊!天易从小就不是一般的孩子,我后来想过多少次,他托生到柴家就是迷路了,所以从小就爱犯迷糊,长大了走失也是天意。可我知道他还活着,他不会死的。天易比常人能忍耐,从小受过很多欺负,被人打过无数次,可他没有痛感。人家用鞋底抽,用脚踹,用棍子打,棍子打成两截,打得头破血流,他还是不喊叫,不哭,也从不记仇。好像那是人家的事,和他没关系。有时候,挨打的时候他还会走神,谁也不知道他那会在想什么。他经常去老石屋,靠在门槛上看曾祖母打盹。他和曾祖母没说过几句话,可他和她的心似乎通着。他和罗爷关系最好,也最亲近,很多时候跟罗爷住在蓝水河边。他下河游泳,那些奇形怪状的鱼会围着他,一泡就是半天。他经常伏在地上,说是能听到大地喘气的声音,一听就是半夜,着了魔一样。天易从小话少,木讷。我是他娘,可我不懂他。他小的时候,也怪我在田地上太用心思,忙着发家置地,没顾上照料他,让他受了那么大委屈。我和他母子一场,一直像隔着一层,后来又送他去城里上学,再后来就不见了。算起来,也没在一起呆多少年。俺娘儿俩缘分浅。我怕等不到他回来了,他肯定忘了回家的路……

那天,天易娘头脑格外清醒,抓住方全林的手说了很多。七天后,她就去世了。

方全林就很伤感。

这是个值得尊敬的女人。她是柴姑之后,大瓦屋家族最后一个曾真正为土地奋斗过的女人。她的心很大,如果社会允许,她是能够把那些拔出的界石重新埋到地里去的,她能像柴姑一样辉煌。

可她死了。

死得郁闷而悲凉。当初柴姑为曾孙天易取了这么个名字,难道她预见到这个结局了?

方全林帮着把天易娘埋葬以后,有几天都沉闷无语。这些年,村里死了很多老人,只有天易娘的死,让他觉到真正的痛,还有一种莫名的失落和坍塌感。

天易娘的死似乎是一个象征。

象征着什么?

方全林说不清。

不知为什么,方全林忽然想起那头消失的老龟。屈指算来,那头老龟已经三十二年没来草儿洼了。据老辈人说,自从咸丰年间黄河决口以后,那头老龟每隔十年就会在草儿洼出现一次,非常准时。每次出现,都会在草儿洼住几天,爬到这家,爬到那家,没人敢伤害它。那是一头千年老龟,大如锅口,油乌发亮。大伙把它当成草儿洼的吉祥之物,相信它是有灵性的。爬到谁家谁就会为它烧香磕头。每一次来都是突然出现,又神秘消失。但十年后,它肯定还会出现。方全林年轻时曾见过老龟两次。但如今三十二年过去了,老龟再没有来过。他不知道这意味着什么,但总有一种不祥的感觉。有时候,他也会想,不会被啥人捉去了吧?比如放在城市公园里供人参观什么的。如果真是这样倒也罢了,可他老是疑心老龟不来和草儿洼的衰败有关,这是最让他恐惧的事。

但方全林仍然要忙。

从木城回来,村里积了很多事,都要他处理。又有几口老屋要倒了,他忙着赶紧把人搬出来,帮他们搭建临时住房。有十几位老人病了,他要挨家看望,病重的一一送往医院。小学的教室漏雨,他赶忙找人修理。

方全林一连忙了很多天,才把这些事安排妥帖。刚刚松了一口气,又有几家邻居闹起了矛盾。都是些女人闹起来的,又打又骂。草儿洼的女人脾气越来越坏,就像一群发情的母狗,为一点小事就会撕咬起来。方全林一家家劝说,但没人听,不仅不听,还和他吵起来。张家的女人说他护着李家的女人,李家的女人说他护着张家的女人,话里都透着潜台词。这让方全林十分恼火,闯进两家厨房,摸出两把菜刀扔给她们,自己拉个板凳坐在一旁,说你们不用吵啦,砍吧!砍死了我负责哩!

她们吓坏了。

她们从没见方全林发过这么大火,尤其对女人。

她们不知道,方全林心里很烦。

一个直接的原因是扣子走了。

扣子说过她不会改嫁的,她一直深爱着她的男人,男人死了,她还是爱着他,说要把孩子拉扯大。可扣子突然间就变卦了,也许是一点点变的,只是别人看不出来。变也没关系,这么年轻就守寡,是件很残忍的事,哭哭啼啼地说点什么,请求村长帮你做做公婆的工作,村长还能不帮忙?村长肯定会唏嘘一番,然后站起来,大声说别哭啦,这事我帮你,你公公婆婆那边就交给我了!

可扣子什么都没说,一声不响就走了!

方全林还是第二天听别人说起才知道的。说扣子走了,把孩子撂给公婆,头天夜里走的。方全林吃了一惊,急忙赶到扣子家。那里已聚了很多人,男男女女站了一院子,很多人都在斥骂扣子闷骚,说她平时低眉顺眼,一副正经模样,没想到暗里想着汉子,把亲生儿子抛下,自己走了。有人说她肯定有了相好的,这是私奔了。大家议论纷纷,看到方全林来了,都让开一条路。有人喊村长派人去追吧,她跑不远的,至多刚到县城,应当能追回来的。

方全林没有吭声,径直去了堂屋。看到扣子的婆婆正抱着孙子垂泪,公公坐在一旁抽闷烟。那孩子正在哭,闹着要吃奶,奶奶好像没什么好办法。这孩子其实已经三岁了还是每天要吃奶。这在乡下是很平常的事。有的已经八岁上小学了,放学回来还要吃几口奶。在孩子是撒娇,在母亲是慰劳。这时候,母亲的奶水已经很少了,吃奶只成了一种形式。尤其是在孩子哭闹和睡觉的时候,把奶头塞进嘴里,能很快让他安静下来,奶子让孩子有安全感。方全林返身回到院子里喊,谁有奶水?帮忙喂喂孩子!院子里有几个妇女还在哺乳期,胸前鼓鼓的。她们似乎有点犹豫,因为痛恨扣子而不愿给孩子喂奶。方全林急了,说扣子的事先不说,孩子没罪啊!二子娘,你过来!去给孩子喂喂奶。二子娘胖乎乎的有点傻,说凭啥让我喂奶啊?方全林说就凭你奶子大!

众人都笑起来,说二子娘赶紧去吧,这是村长信任你呢。

二子娘看着方全林,疑惑道,村长你真的信任我呀?

方全林说那么多废话!不信任你会喊你吗?你以为就你有奶啊!咋不喊别人?

二子娘高兴了,说村长你放心,你看我的奶像水罐子,我孩子吃不了,天天都要挤掉一个,正可惜呢。

方全林说去吧去吧,孩子正在哭闹。

二子娘一边解裰子,一边慌慌张张往堂屋跑。

后来方全林问清楚了,扣子是突然提出要走的,说是想外出打工,还要把孩子带走。公公婆婆毫无思想准备,匆忙间只把孩子留下了。他们怕她一去不归,家里唯一的根苗也没有了。至于扣子为啥要走,他们也说不清。

扣子的出走,让方全林怅然若失。

他知道,草儿洼的许多女人都在打他的主意,但真正让他动过心的并没有几个人,其中就包括扣子,或者说,扣子是最让他动心的女人。这不仅因为扣子的年轻俊美,更因为扣子的内向和文静。他还清楚记得,有一次去她家时扣子脸红害羞的样子。她曾多次进入他的梦中,他并不认为仅是自己一厢情愿。他相信他在扣子的心目中,不仅是个好村长,也是一个好男人。每一次想到扣子,方全林都会感到一抹温馨,好像她已经是他的一个什么人。

但现在扣子走了,连招呼都没打一个。

就是说,无论作为村长,还是作为男人,他在她心中都是没有位置的。

这件事对方全林的打击,有点出乎意料的大。他没有愤怒,更没有派人去县城追赶扣子。相反,他觉得有点自惭形秽,平日的自负一下子打掉半截。这真是有点奇怪,方全林是条硬汉子,这么多年当村长,碰过无数硬钉子,可他依然自信而自负。没想到被这个女人弄得有点蔫头蔫脑。

扣子的出走,让方全林预感到,在草儿洼,女人也要留不住了。

看来,村子的败落,真的无法挽回了。

方全林患上了失眠症。

这在以前是从没有过的。方全林以前从不失眠,忙累一天,回家倒头就睡,睡得很沉很香。草儿洼没人失眠,庄稼人失眠不是很可笑吗?

方全林在木城时听天柱说过,木城有百分之七十的人有失眠症,就是说每晚有几百万人睡不好觉,很多人常年服用安眠药才能入睡。当时方全林还不信,说你咋知道这么清楚?天柱说我亲眼看到亲耳听说的。原来天柱的妻子文秀到木城后,因为想家烦躁,一夜夜不能入睡,天柱就带她去医院。在医院里,他看到很多患失眠症的人,一个个眼窝深陷,面如土灰。其中有老年人,也有中年人和年轻人,甚至还有小学生。天柱一边排队一边和人聊天,发现都是因为竞争太激烈,工作压力太大学业太重。天柱说,看了真叫可怜,一个十二三岁的小女孩,戴个深度近视镜,面色惨白,瘦得像豆芽。女孩母亲说,这孩子太要强,一定要在班里考第一,作业又重,一熬就是半夜,该睡觉倒睡不着了,在床上乱折腾。有时候睡着了还做噩梦,大喊大叫,说自己考了第二。

方全林当时就感慨,说城里人大睁着眼过夜多累呀。现在自己也患了失眠症,他给自己说,这病是在木城传染的,没事,过几天就好了。可过了好多天,他还是睡不好。

这天晚上,方全林到半夜了还没睡着。外头起风了,越刮越大,刮得窗户乱响,不一会又下起大雨,哗哗的雨声充斥了窗外的世界,听起来有些恐怖。突然,方全林条件反射一样跳下床,胡乱穿上衣服,披一件蓑衣,拉开门就冲了出去。

他一直跑了四家,查看老屋的情况。有些老屋就像一些风烛残年的老人,一股风就能吹倒。这么大的风雨,对这些老屋是致命的威胁。谁家的屋子破损严重,方全林心里都有数,这样的风雨夜,他是不可能安睡的。前几家还好,因为头些日子他带人加固过,看起来问题不大。他挨个敲开这几家的门,让他们不要睡死了,注意观察屋子的动静。这几家都是些老人、妇女和孩子,这么大深夜,看到村长冒雨赶来,感动得不知道说啥好。

方全林赶往第五家的时候,路上看到一个人,风雨雷电中正披着一块塑料布迎面跑来,还不停地大声喊叫:"村长!……村长!……"

方全林隐隐听出那人在叫他,而且是个女人的声音,心里一惊,快步迎上去,用手电一照,原来是刘玉芬!忙大声说玉芬你找我啊?

刘玉芬在闪电中看到是村长,一把抓住他,哭喊道:"村长快去我家看看吧!我家的房子漏得不能住人啦!我去找你,你不在家,我就……"

方全林说我知道了,你先回去!还有几家危房,我看过了就去你家!说着挣开手就走。

刘玉芬一把又扯住他,说村长你为啥不先去我家,我家也是危房啊!

方全林说你家我看过,墙体没问题!可能就是上头漏雨,反正这会也没法修,等天晴了再说,你先回去吧!说罢转身跑走了。

刘玉芬气得大叫,"啥叫可能就是漏雨?我家卧室上头都露天了,这会满屋子都是积水!"

可方全林已经一头栽进风雨中不见踪影了。

突然一道闪电连着一声霹雳,仿佛就在头顶上,刘玉芬吓得尖叫一声扑倒在泥水里。

刘玉芬伏在地上号啕大哭起来。

方全林已经听不到了。

方全林又连着跑了两家,这两家也是危房,好在他们已早做准备,事前都搭了草庵子,也是方全林帮着搭的。大风大雨起来后,两家人赶紧起床,带了一些能带的东西,都躲到庵棚里去了。

方全林跑到第七家的时候,灾难终于发生了。

这是两间土房,里头住着一个孤老头子,已经八十多岁了。老头年轻时风流成性,和村里许多女人有染。直到这几年,还以打牌的名义勾引一些老女人,在草儿洼名声很坏。他有一对儿女,女儿早已嫁到外村,极少回来,嫌他丢脸。儿子一家住在别处,儿子更恨他。因为他多次对儿媳动手动脚,儿媳妇吓得不敢见他。前些年,儿子带着一家人外出打工去了。临走时,儿子对方全林说,要是哪天老头死了,找人埋上就行,不必通知他。方全林当时很生气,说那是你爹哎!

儿子说我没这个爹!

方全林说你没这个爹,我更没这个爹!

儿子说你是村长,你不管谁管?

方全林说我管不了这件事。

儿子说随你便。

第二天,那人就带上媳妇和儿子走了,从此再没有回来过,也没有任何消息。方全林去木城时,曾向天柱打听过,天柱说听说他一家人在新疆,承包了几百亩地,种棉花种哈密瓜,已经富起来了。还说那家伙六亲不认,草儿洼有人在新疆打工,看见他在一个集镇上卖哈密瓜,上前打招呼,可他愣说不认识。

方全林由此知道,他是真的把老爹扔给自己了。方全林也不喜欢这个老头,可是不喜欢也得经常去看看。他的两间土房有六十年了,虽然有些裂缝,但墙体还算结实,只要上头不漏雨,就不会有问题。半年前,方全林带人给他修过。当时老头还反对,说不能动他的老屋,拿个拐棍打人。方全林也不理睬,只管爬上屋顶,给他修好了才下来。

这天晚上,方全林赶到他家时,却发现两间土屋已倒塌,一条黄狗在一旁呜咽。他认得这是老头的狗。这让他既意外又吃惊。赶忙敲开几家邻居的门,不少人闻讯赶来,在大雨中乱扒,扒出来时,发现老头早已死亡,被土墙砸得血肉模糊。

方全林很后悔,也许早来一会就好了。可邻居说,老头一直在自己用铲子挖墙,在墙上挖出一条沟槽,快透气了,可老屋就是不倒,就等这场雨呢。

这么说,老头是活腻了。

方全林就责怪那个邻居,说你早该向我报告的!

邻居笑道,报啥告?他早该死了。

第二天雨停了。

埋上老头,方全林在老屋废墟里又扒了一阵子。他希望扒出一点秘密,比如钱什么的,这种情况出现过。一些老人平时破衣烂衫,可死后却找出他存有一罐子钱。

方全林果然找出一个砸扁的铁罐子,里头没有钱,却有一张发黄的土地证,是一张解放初的土地证,算起来有五六十年了。他没想到,老头会保存这个东西。

方全林还扒出一只死猫,去了村前的蓝水河边,把它埋了。他怕这些死猫死狗之类的东西传染瘟疫。

如今的蓝水河两岸已成森林。当年罗爷住在河边的时候,就是年年栽树,已经很成规模。方全林的爹方家远当村长时,曾带全村人栽树无数。几十年前,草儿洼就有规定,只准栽树不准毁树,刨一棵树都要村长批准,这个规定已成为全村人的自觉。树木多了,各种鸟也飞来了,鸟儿又从别处带来许多种子,于是又长出许多原生树木,有乔木也有各种灌木。蓝水河两岸成就了一片浩瀚的森林,方全林做过一个大体的调查,树木品种居然有三百多种,鸟儿一百多种,野生动物二十多种,各种花草昆虫更是不计其数!

平时这里很少有人来。

过去是因为蓝水河过于神秘,发生过许多稀奇古怪的事,人们不大敢来。几十年前,几乎就罗爷一个人住在这里。后来天易常在这里游泳,和罗爷做伴,他几乎就是在蓝水河边长大的。后来罗爷死了,天易去县城上学后失踪了,蓝水河就再没人住。罗爷和天易当年住过的那口小屋还在,只是永远空着。正是因为这里罕有人迹,蓝水河和两岸的森林一直保持着原生态。这十几年,村里没有青壮年了,方全林再没组织人栽过树,却发现森林郁郁葱葱,不仅原有树木长得枝繁叶茂,而且还增加了许多不知名的树种,还有那么多鸟啊,动物啊,花草啊,谁也不知道它们是从哪里来的。方全林就很感慨,看来世上很多事,并不是都用心才好,你把某件事遗忘了,忽略了,甚至放弃了,说不定倒好了。就说这大自然,它有自身修复和生长的机能,人不理它才是真爱护它。

方全林相信,蓝水河边从此再不需人工栽树了。大森林已经活得生机勃勃。

那天,方全林埋上死猫,信步在森林里转了一圈。他已经好长时间没来这里了。头天刚下过雨,地上有些湿滑,不少地方还积着水,但林间的空气清新得让人沉醉,各种鸟儿在欢唱蹦跳。一对红色鹦鹉站在一根细小的树枝上鸣叫,看见方全林走来,吱愣一下飞走了,那根柔软的枝条弹出一串水珠,甩在方全林脸上。他抹了一把,笑骂道:小东西!

方全林又走一段路,忽然觉得林子里有点异样,似乎有人在里头。

他先是闻到一股淡淡的香味,似有若无,极淡极淡,而且飘忽间又没有了。这气味既陌生又熟悉。他努力回忆,在哪里闻到过这种气味?这气味不是村里女人的,村里女人不是奶味就是汗味,刚洗过澡的女人也就是一股肉香。噢,方全林想起来了,是城里女人的气味!在木城那些天,只要上街,就能闻到这种气味,只是混合着其他气味有点混浊,比这香浓得多。方全林很奇怪,林子里怎么会有这种气味?是自己弄错了吧?可直觉告诉他,森林里一定有陌生人,并且是个女人!

方全林开始仔细搜索,不久果然在泥地上发现了一串细小的脚印,五个脚趾头都很清晰,显然是一个女人的脚印!

脚印断断续续,像是刚踩过不久。方全林一路跟踪,发现脚印去了当年罗爷住的那口小屋。

方全林无端有些紧张,按说这里是他的地盘,不应当紧张的,可他就是有点慌乱。他无法猜测这是怎样一个女人,她年龄有多大,是不是城里人,她来这里干什么,一切都是未知数。他慌乱中又有点兴奋,还有点儿期待。

从树丛中隐约可以看见那口小屋了。

方全林停下脚步,不敢再往前走。他相信那女人就在罗爷的小屋里。于是蹲下身,藏身在一片灌木后头,从缝隙中向小屋观望。小屋门前因为很久没人住,本来是杂草丛生的,还长了一些柳荫棵等灌木。现在柳荫棵还在,门前的杂草已不见了,空出一小片地来,显然是有人做过清理。门外两个青石墩是原先就有的,现在依然没动,静静地卧在那里。

现在,他可以断定小屋里住着人了!

这时,方全林忽然觉得尿急,忙躬着腰起身,走远几步,撒了一泡尿。等他系好裤子,重新回到老地方时,突然发现小屋门前的空地上已出现了一个女人!

果然是个女人!

方全林距她只有二十多米,可以看得很清楚。女人大约三十几岁,中等偏高的个头,身材苗条,长长的头发挽成一束马尾巴,随随便便披在脑后,身穿一件紫色长袍样的东西,好像刚刚睡醒,伸了个懒腰打了个哈欠,然后高高举起双手,昂起头,深深地呼吸着林子里新鲜空气。方全林看到,她在高举双手时,两只白嫩的胳膊从宽大的袖口里露出来。方全林看得心里怦怦跳,有一种做贼的感觉,心想这样不好,万一被发现了多不好。正在这时,那女子似乎觉察到什么,朝这边看了一眼。方全林赶紧缩缩头,一动不敢动。还好,女子又转过头去。方全林趁机赶忙退了回来。

方全林一边往回走一边纳闷,从这女子的穿着打扮看,是城里人无疑。从木城回来,他已经能够一眼就区分城里人和乡下人了,仅就那个打哈欠用手捂的动作就够了。问题是这个女人来这里干什么,她从哪座城市来,就她一个人还是另有伴?如果是她一个人,居然敢独自住在这种远离村庄的林子里,胆子也够大了。方全林忽然想到,这人会不会是个逃犯什么的?在木城听天柱说过,城里一些女人犯起罪来,一点不比男人差,比如情杀、贪污、诈骗,说是还有犯强奸罪的,真是稀罕。但看样子这女人不像逃犯,因为她一点也不惊慌,很闲适很从容的样子。那么就是来这里游玩的?可咱这里并不是旅游景点咋会来这里呢?

方全林想了一路,还是没想明白。但有一点是肯定的,方全林没有讨厌这个女人,没有嫌她不声不响闯进他的领地。他觉得这是一个好兆头,林子大了,会招来各种鸟。现在看,也会招来人。扣子的出走,曾让他心里很灰,这会又让他眼前一亮,草儿洼并没有山穷水尽,这里不仅招来了人,还是个三十多岁的漂亮女人,是个三十多岁的漂亮的城里女人。这叫人气。草儿洼太需要人气了!

住着吧。方全林在心里说,我不会赶你走的。你如果是来休闲的,那就好好玩一段日子,虽说咱们草儿洼不是旅游景点,可咱有树木,有新鲜空气,有花草,有鸟,有蝴蝶,有狐狸兔子。对了,还有蓝水河,那可是条古河,也算个古迹吧?这里少有外来人,你来了就算稀客,玩够了再回去,城里住着气闷,啥时想来就再来,我不赶你。假如你是个逃犯,我也不抓你。你兴许一念之差犯了罪,逃到这里躲几天,这里没人打扰,好好想想,想清楚了,回去自首,自首会减刑的。我不抓你,抓你就不一样了。

方全林有点高兴。他几乎带着一个秘密回来了,他决定这事暂时不告诉别人。回到家推开院门,却发现刘玉芬正坐在家等他,忙说玉芬你咋在我家?

刘玉芬站起身,说村长你可回来啦,我等你帮我修房子呢!

方全林这才想起,头天夜里答应过她的,就说你先回去,我再找个人做帮手,一会就去。

刘玉芬说不要找人了,我帮着就行。

方全林怀疑地看看她,你真的行吗?

刘玉芬笑道,我可是啥都会,不信你等着瞧!

方全林冲她说你行!啥都会,就是不会生孩子。

刘玉芬一听就火了,说有个好男人,我照样生孩子!你别拿这个说我,安中华这么说,你们都信啊?

方全林有些不耐烦,说不说这个了。你快回去吧,做些准备,我洗把脸,马上就来。

刘玉芬气鼓鼓走了。

方全林摇摇头,他知道她心情不好。前几日,安中华回来,和她闪电般办了离婚手续,把家里连同房屋家具什么都不要了,净身出户。他虽然觉得对刘玉芬有愧,到底离婚的决心更大。刘玉芬没再说什么,但离婚当晚就把安中华赶了出来。

那天晚上,安中华无处可住,想找个地方借宿,但找了十几家都被人推了出来。那些留守女人们最恨的就是这号人。

就在安中华惶然在村道上徘徊的时候,突然有人在后头拍了一下他的肩膀。安中华吓了一跳,赶忙回头看,原来是方全林,就嗫嚅道……村长……我……

方全林在黑暗中看了他一阵。

才说,跟我来吧。

当晚,安中华住到了方全林家。

安中华很忐忑,以为方全林会骂他一顿。但方全林没骂他,也没有再训他,只是脸阴沉着给他收拾了一张床,说睡吧,明天一早回木城去。然后再不理他。

安中华躺在床上,有一种身处异乡的凄凉。他心里清楚,一切都是因为自己抛弃了刘玉芬。他想起十几年来和刘玉芬的感情,就这么从此断绝了,心里有一种巨大的失落感,忍不住伏在枕头上哭了。他想现在刘玉芬肯定也在哭,就越发哭得厉害。他几次想爬起来回家去,向刘玉芬赔礼道歉,天明再去复婚。可一想到如果这么回头,不仅几年的努力白费,生儿子的愿望也永远不能实现了,几次坐起来,又几次躺下去。

安中华在床上折腾了一夜,隔间方全林的床上一点动静也没有。他知道村长醒着,可村长不理他。他想村长爬起来骂自己一顿也好受一些。可他就是一言不发。

到黎明时,安中华爬起身,他知道自己该走了,趁村里人都还没醒。更重要的是他怕自己再呆下去会后悔。

安中华去了方全林的房间,想去告别一下。方全林正坐在床上抽烟,看了安中华一眼,说要回去?

安中华点点头,眼睛红肿着。

方全林知道他哭了一夜,可他一点也不怜惜。说,走吧。并没有要送的意思。

安中华犹豫着转回身,说村长,请你……多照顾……玉芬。

村长说,你放心吧。说不定我会娶她。

安中华一愣,一股血涌上来,就想扑上去掐死他。

方全林看着他,慢慢吐出一口轻烟。

安中华呆了呆,转身跑走了。

他知道,自己根本不是村长的对手。

方全林扛着梯子来到刘玉芬住处时,刘玉芬已经和好泥,准备好麦草。为了干净利索,她打了赤脚,两腿踩得全是泥,头上也沾了许多草,头发也有些蓬乱。她还换了一身旧衣裳,腰里扎了一根带子,把腰系得很细,胸脯就高高地鼓起来。刘玉芬平时可不是这样,这是一个干净的女人,总把自己收拾得很整洁,头发也一丝不乱。她不像村里那些有孩子的女人,一生了孩子就敞皮露肉,守着人也敢掀起衣裳给孩子喂奶。刘玉芬没有孩子,就有时间收拾自己,更没有随便敞怀的理由。又因为长相好,皮肤白,看上去仍像个成熟的未婚女子。她平日不和人笑闹,总是有些忧郁的样子,不声不响的。方全林和许多女人都开过一些很不雅的玩笑,但和刘玉芬没有。因为她过分整洁的穿戴和神情,总有一种距离感。他在她面前,更多充当的是一个长辈至少也是个大哥的角色。

那天方全林对安中华说,说不定会娶刘玉芬,是故意气安中华的。他只是脱口而出。这小子太猖狂,在木城当着那么多人敢顶撞他,还大喊大叫着要告他,很让他下不来台。你告我什么?我说你鸡巴不行,难道错了吗?也许真像刘玉芬说的,问题就出在他身上。刘玉芬说,只要有个好男人,我照样生孩子。说不定真是这样。

方全林竖好梯子,爬上屋顶,很快找到破损漏雨的地方。刘玉芬的房子还是草房,只在屋檐搭了两层瓦,要经常维修才行。以前安中华长年不在家,刘玉芬一个女人家又不会弄,没少为难。方全林心想,这下好,两人一离婚,以后啥事都放我身上了。

方全林斜跨在屋顶上,放下一根绳子,刘玉芬把杀好的麦草一捆捆拴好,往上喊一声:"拉!"方全林慢慢把草拉上去,一层层取开,铺在屋顶破漏处,然后又把和好的泥拉上来糊上压住。

不到两个小时,房屋就修好了。这时天也快黑了。

方全林沿梯子下来,一抬头,发现刘玉芬正用异样的目光看自己。这时她一脸都是汁水,头发上沾了许多麦草,领口敞开着,露出一截雪白的胸脯,胸脯上还沾着泥点。方全林心里一动,忙掩饰地转身扛起梯子,说你打扫打扫吧,我得回去了。刘玉芬一把扯住他,说全林哥,我熬好了一锅鸡汤,你就在这里吃晚饭吧。方全林从没在别人家吃过饭,这次当然也不能破例。而且他预感到,留下吃饭会出点什么事。就拿开她的手,板着脸说,你该叫我村长!扛起梯子走了。

刘玉芬突然在后头颤声喊:全林哥!

方全林没敢回头。

但没过几天,方全林又去了刘玉芬家,原因是刘玉芬的锅灶坏了,烟囱也倒了。刘玉芬一连找他两趟,说全林哥我没法吃饭了,你得帮我垒上。方全林只好去了,提个瓦刀,吭哧吭哧干了半天,才给她鼓捣好。

这一次,刘玉芬没拉扯他。但在方全林离开时,他看到了她哀怜的目光和挂在腮边的两滴泪水。

方全林的心乱了。

他相信这个无助的女人心里很苦。

方全林不怕人给他来硬的,但他怕人向他示弱,何况是一个被抛弃的女人。

这个女人已向他明白地传递出某种信息,一个眼神,两滴泪水,亲切的称谓,这些已经够了,他明白这其中的意味。他相信,只要自己愿意,刘玉芬是愿意嫁给他的。这让方全林热血沸腾又有些慌乱。他对安中华说过,说不定会娶刘玉芬,那是一句气话。但现在看来,那也许是在他心里埋藏很深的一个念头,深得连他自己都没有意识到,却在那天脱口而出。

自己真想再婚了吗?

方全林真的没想过这件事。独身二十年,已是他生活的常态,让他以为日子本来就是这样的,并没有感到缺少了什么。当他想女人的时候,可以在夜间躺在床上做梦,那时他可以拥有许多女人,想和谁上床就和谁上床。而白天,他照样是一个受人尊敬的好村长。这样很好。

他真的没想过再娶一个女人。

这个决心,最初源于他当初对妻子也是对自己的一个誓言。

妻子死的时候,儿子玉宝才六岁。妻子临死前,曾对方全林说,你如果再娶,一定要找个对玉宝好的女人。但方全林对妻子说,你放心走吧,我不会再娶女人,我要一个人把玉宝拉扯大。妻子有点不相信他的话,方全林就给她讲了自己小时候的经历。方全林也是自幼丧母,后来他的爹方家远又娶了一个女人。那女人是远近闻名的贤妻良母,连走路都没有声音。方家远当村长,她自己从不抛头露面,只专心伺候丈夫,侍弄土地,疼爱方全林。她出门时,不是牵着一只羊,就是牵着方全林,或者一只手牵羊,一只手牵方全林。但只有方全林知道,那个女人其实很坏。她并不敢打骂他,因为任何打骂都会引起方家远的干涉,方家远是十分疼爱他这个儿子的。那个女人从不打骂他,但经常会在没人的时候,把唾沫吐在方全林脸上,什么也不说,什么原因也没有,冲他脸上:"扑!"就是一口。好像成了习惯,她每天都要吐很多次,方全林老是擦不干净,躲又躲不掉。这种一点一滴的伤害,让方全林终生都不能忘记。但他从来都没有说过,连爹都没有告诉过。所以直到方家远去世,都认为这个女人是个贤妻良母,当然全村人也都这么认为。只有方全林知道,这个后母在他童年和少年的记忆中,留下的全是噩梦。

方全林决不允许自己的儿子再受这样的委屈。妻子相信了他的话,临死前她拉着方全林的手说,就是委屈你了。

方全林兑现了自己的诺言。他要做个好村长,也要做个好父亲。他本来就是个心灵手巧的人,不仅会木匠、泥瓦匠,还学会了缝补衣裳,学会了做饭,既当爹又当娘。玉宝在慈爱中长大,直到考上大学。

现在玉宝已经大学毕业,在另一座大城市工作了,并且已经结婚。玉宝给他来信说,媳妇已经怀孕,种种迹象表明,可能是个孙子,希望他不要干这个村长了,去他们那里帮助照料孩子。玉宝说这个破村长实在没什么当头,草儿洼不值得留恋,草儿洼要败了,总有一天,草儿洼要在大地上消失。

儿子的来信让方全林不舒服。

他没想到儿子会变成这样,对草儿洼一点感情也没有了。

他知道草儿洼在衰败,但他不相信草儿洼会在地球上消失,他不能接受这个预言。

这些天,方全林心里乱糟糟的。

他几乎天天去蓝水河边,就是想散散心。那些生机勃勃的树木,能改变他的心情。

当然,他也想看看那个外来的女子走了没有,如果没走,她又在干什么。方全林并不是个好奇的人,但这样一个城里女子,来到荒僻的草儿洼,来到蓝水河边住下来,作为村长,无论如何都不能佯装不知。

方全林意外发现,那女子还没有走。不仅没走,还过得挺滋润。

经过一连数日的偷偷观察,他发现这女子每天都起得很晚,直到中午才起床,起来也是懒洋洋的。然后去蓝水河提一小桶水回来,刷牙洗脸,接着做饭吃。当小屋里冒出袅袅炊烟时,方全林真想走进去看看。他想看看她做了什么饭。但他到底没去,只躲在灌木丛后头悄悄观察,他怕吓着她。方全林很快闻到了大米饭的清香。草儿洼是杂粮区,不产水稻,但方全林以前在县城开三级干部会时吃过米饭,一次能吃三大碗,非常好吃。去木城时在天柱那儿也吃过,还是刚出锅的大米饭,就是现在闻到的这种味道。方全林咂咂舌头。过一会又闻到野菜的香味,这是他熟悉的。果然不大会,那女子穿一件浅荷色睡衣,把一碗米饭、一小盆汤、一碟小菜端了出来。没有肉。可她吃得很香。有几只小鸟飞过来,落在距她不远的树枝上。女人看到了,显然很高兴这些小客人的到来。她把碗里的大米饭拨到地上一些,引得几只小鸟歪起头看,好像在观察有没有陷阱。当它们确信没有危险后,一只只吱愣吱愣飞了下来,捡拾地上的米饭。女人索性不吃了,只转脸看着小鸟吃,十分欢喜的样子。

　　方全林看得心里很安静,他感到那女人一脸都是慈爱。

　　吃完饭收拾好碗筷,女人换上一身休闲装,或白色,或栗色,去林中散步。有时手里还提一只小竹篮,拿一只小铲子,在林间挖一些野菜。有时看到一棵小树倒了,她还会蹲下身为小树培土,培得牢了再离开。

　　方全林悄悄跟踪,看了有点感动,又有点疑惑,这女子真是拿自己不当外人了,似乎有点占林为王的意思。难道她准备长期住下去?

　　每天的半下午,这女子会下到蓝水河里游泳,穿着极短的内裤,上身也就巴掌大两块包布包住奶子,美人鱼一样钻入河里,溅起一簇水花,然后就挥臂畅游起来。

　　这女子胆子不小!

　　蓝水河是条古河,比黄河还要古老。当年黄河流经这里时,它早就在了。黄河改道走了,它还在这里。黄河决口时,黄水泥汤一样流得漫天漫地,可蓝水河还是蓝的,黄河可以覆盖蓝水河,却不能浸染它。黄水一旦过去,蓝水河又立即恢复了它地老天荒般的蓝色。

蓝水河的形状很怪,河床宽宽窄窄,像一条巨大的远古的蜥蜴,伏卧在大地上,没人知道它从哪里来,要到哪里去。它已经在大地上爬行了千百万年,它爬行得很慢,也许一万年才能爬行一寸。但它活着,只是因为太过古老才行动迟缓。蓝水河深不可测,据老辈人说它是通到海底的。在这条河里,有很多稀奇古怪的鱼类和水兽。在方全林的记忆中,除了天易,草儿洼没人敢下到河里游泳洗澡。

现在这个女人居然敢。

这女子的游泳技术确实好,一条白白的身子在河里翻滚,一时沉下去,一时钻出来,一时奋臂疾游,一时又仰躺水上漂浮不动,看得方全林惊叹不已。过去只听说过浪里白条,今天算是见到了,而且还是个女子,世上还真有水性这么好的人,这女子近乎赤裸的身子,让他耳热心跳。他当然不敢靠近,只躲在河边的树林里,远远地观望。这女子身材实在是好,高挑细长,却并不显得瘦弱,胸前和屁股都饱饱的,动作起来十分疯狂有力,浮在水面时像个睡美人。

女人在河里游泳大约个把钟点,然后上岸,披一件长而大的粉红浴巾,款款穿越树林,又回到小屋去。换好衣服后,拿一本书坐在门外看,十分专注。接着晚上烧点饭吃,早早就睡了。几乎天天如此,生活极有规律。

方全林就很纳闷,这女子也不嫌冷清,一个人快活得很呢。这么想着的时候,又有点不爽,你怎么也该问问这林子是谁的,也该给我这个村长打个招呼吧?

那天傍晚,方全林带着一丝不快回到村子里,意外发现天云和飞毛从木城回来了,正在满村子找他。方全林顿时高兴起来,在村道上迎着他们,说你们咋回来啦?

天云说柱子哥派我俩来的,他说那次让你准备一些粮食种子的,让我俩运回去。

飞毛说村长你准备好没有?

方全林笑道,这点事还不好办?我早准备好放在家里了。你们还真要在木城种庄稼?

飞毛说那当然!天柱哥把这计划一说,大伙都高兴死了,这太好了!你想有一天,木城到处都长出庄稼来,还不把人笑死!天柱哥真是邪门,他居然想出这么个主意来。

方全林说你们高兴了,城里人能接受吗?天云说管他接受不接受,就算给木城开个玩笑吧!

三人一路说笑着来到方全林家。方全林发现他们带来几大箱糕点,已经放在院子里了,就吃了一惊,说你们买这么多点心干啥?

天云说,柱子哥说买给村里老人孩子们吃的,让他们都尝尝木城的点心,让你给各家分一下。

飞毛说这都是木城最好的点心,我俩本想多带一点的,就是太沉了。如果老人们爱吃,下次就多带一些来。

方全林高兴了,点点头说,东西不在多少,你们有这份心就够了。来!咱们现在就分,给各家各户送去!

当天他们三人忙了一晚上,才把东西分完。各家分得并不多,只有几块,但老人和孩子们都高兴坏了,托在手掌心里,舔一下舔一下,舍不得大口吃。连女人们也高兴。这说明外头的人还想着家。尤其是天柱,更让大伙称颂不已。一向死气沉沉的草儿洼,这一晚到处充满了笑声。

方全林心情很好,对天云和飞毛说,你们快回家吧,住几天再回去,等走的时候,我送你们去县城!

事实上,天云和飞毛只在草儿洼住了两天就打点要走了,两人都还没有成亲,老人也都好好的,没啥牵挂,都急着回木城去。方全林只好由他们。收拾庄稼种子时,方全林说我准备了十几种种子,大约有一千斤,够用不够用?

飞毛说才一千斤呀?差得太远了!那么大木城,起码要几万斤种子。

方全林说不够用可以再弄,只是你们咋带呀?那么多。

天云说算了!意思意思就行了,一千斤总算是从咱们草儿洼带去的种子,是个象征。剩余的咱们到木城再买。

方全林说木城能买到种子?

天云说肯定能买得到,我在农贸市场上就看到过,啥粮食都有。实在不行,去找种子公司买,要多少有多少。

飞毛说那行,咱们先带上这一千斤种子,到木城再作打算!

方全林这才松一口气,说明儿我送你们到县城,办上托运再回来。

两人都说不用,方全林一定要送,说这可是件大事,咱们草儿洼的庄稼种子要去木城繁殖,和嫁女儿差不多,我一定要送!

第二天一大早,三人把种子装上一辆手扶拖拉机,还在麻袋上系上一根红绸带,显得很喜庆,由方全林开着一块直奔县城。上百里路,不到正午就到了,然后到长途汽车站办了托运,天云和飞毛随车走了。方全林这才转头往回赶。离开县城时,他在一家饭馆买了两碗大米饭,一碗羊肉汤。他在吃大米饭时,又想起住在蓝水河边的那个城里女人,心想哪天有空了,得当面找她问问,看她到底是干什么的,不能老让她这么不明不白地住着。草儿洼欢迎外来的客人,这也是个人气,说明白了住多久都没关系,但你得说一声是不是?

方全林开着手扶拖拉机回到草儿洼时,天已黑了。跑了一天有点累,他草草吃点东西,准备洗脚睡觉。方全林是个喜欢整洁的男人,多年的独身生活,让他养成很强的自理能力。他不仅每天把院子屋子打扫干净,而且会把床铺、衣物收拾得整整齐齐。天热的时候,男人会光着膀子干活串门,甚至连那些生了孩子的妇女也会敞怀乘凉。但方全林不会。再热的天,他都会穿着整齐,衣服脏了,当天就会换洗。身上出了汗,回家就会换洗干净。每天晚上睡觉前,泡一会脚是必做的事,不然就会觉得别扭。

方全林正坐在一张自制的靠背椅上泡脚的时候,刘玉芬突然敲门进来了,又是急急的,说全林哥你回来啦?

方全林一愣,说这么晚了,你有啥事?

刘玉芬说我的床坏了,床板塌了半边,不能睡了,你帮我修修吧。

方全林说咋这么多事?我今天累了,你凑合一晚,赶明儿再说吧。

刘玉芬并没有生气,也没有要走的意思,却卷卷袖口,突然蹲下身,说全林哥我帮你揉揉脚,活活血。

方全林吃一惊,忙把脚抽回,说这哪行?

刘玉芬抓住他的脚,又按到水盆里,说你怕啥?你这么辛苦,又帮我这么多忙,给你洗洗脚还不应该?

方全林还要挣扎,说别别别!刘玉芬使劲按住,做出生气的样子,说你这人真是的,咋就不知道让人心疼!这么多年,你在外头当村长,在家又当爹又当娘的,光管着别人的事,有人心疼过你吗?我疼你一回还不行啊!说着说着,眼睛竟湿润了。

方全林呆了呆,不再乱动了。是呀,玉芬说得也对啊。他没想到她会这么说,顿时感到一丝丝暖意拂过心头。在草儿洼,妻子给丈夫洗脚是很正常的事,但方全林真的没享过这个福。就是因为他自己太勤快了,而妻子身体一直不好,他从没让她给自己洗过脚,倒是他经常给妻子洗脚,给妻子擦身子。妻子病了几年,他一直伺候得好好的,直到她死。

他习惯了没有女人伺候的日子,现在这女人要给自己洗脚,除了不习惯,就是极大的震动。他忽然感到一丝委屈和脆弱,低头看看只顾为他洗脚的刘玉芬,闭上眼往后一仰,不再挣扎。

女人的手就是不一样,轻轻的,软软的,洗了脚面洗脚心,洗了后跟洗前头,她把手指伸进他的脚趾里,慢慢揉搓。洗完一只,又洗另一只,也不说话,就是低了头洗,却让你感到她心里埋着千言万语,一切都在不言中了。

方全林也不说话,就是微闭着眼,静静享受她的温柔和体贴,这种感觉是遥远的、陌生的、温暖的。

刘玉芬为他洗好脚,擦干净,又拉个小板凳坐好,把他两只脚放到自己膝盖上,用掌心为他轻轻按摩。方全林没动。他有点动不了了,他感到自己瘫软得没有力气了。

不知过了多久,刘玉芬拿一件衣服盖在他身上。她要走了。走前,俯他耳边轻轻地说:"全林哥,你今天累了,明天我在家等你。"说完用牙齿轻轻咬了一下他的耳朵,然后悄悄出门去。

方全林一直闭着眼。但他并没有睡着。他知道她为自己盖衣服,知道她悄悄咬了他的耳朵。听到了她说的话,也听到了她依次帮他关好屋门和院门的声音。可他没有睁开眼,也一直没动。

似乎突然之间,自己到了一个人生的十字路口。看来,这件事得认真想一想了。他没想到,自己气安中华的一句话,会一语成谶。

自己真的会娶刘玉芬?

自己真的会再组合一个家庭?

当初妻子临死前,他曾抓着她的手说过,你放心走吧,我不会再娶第二个女人,我要一个人把玉宝拉扯大。现在,玉宝已经大了,已经大学毕业,有了自己的家庭,这个承诺还有必要再坚守吗?

现在明摆着刘玉芬想嫁给自己,只要自己同意,一切都没有问题了。但方全林依然不能确定,再婚是不是一个正确的选择。好像自己还没有做好充分的思想准备。娶了她,就是重组一个家庭,而原先的那个旧家,也就意味着消失了。他想起远方的儿子媳妇和即将出生的孙子,想起死去的结发妻子和曾经的诺言,他有些伤感。

但方全林知道,虽然自己一直在理性地坚守着诺言,甚至已经习惯了独身的生活,但心里早就乱了。他的压抑了多年的欲望,一到晚上就会燃烧,说不定哪天就会做出对不起大伙的事。他需要一个女人。有了一个女人,自己也许就会平静下来,就连村里的女人们也会死了心。不然,这双方的诱惑,迟早会弄出事情来。

方全林躺在椅子上想了半夜,终于想清楚了,一切还是顺其自然吧。他已经对得起妻子,也对得起儿子了。他对自己说,该有个女人了,日子还得过下去。

后半夜,他走出草儿洼,来到妻子坟前,为她烧了一炷香。然后在坟前坐了很久。四周一片黑暗,他感到一点凄凉,感到一点人生的无常。他对妻子说,我死后会和你合葬。可现在我得找个伴了,我太孤单了。

第二天早饭后,方全林扛着他的工具箱,背着锯走出家门。他要去刘玉芬家为她修床。在家收拾工具的时候,苦笑了一下,心想这也是多此一举,她的床还用得着修吗?倒是应当修一修自己的床了。但他还是得去一趟,毕竟一些话都还没有挑明,就差一层窗户纸了。他得和刘玉芬好好谈一下,把这层窗户纸捅破,然后好好合计一下今后的生活。

草儿洼很安静。

草儿洼一直都这么安静,安静得有点死气沉沉。村子里没有了年轻人,就没有了生气。老人们都很孤独,平时都呆在家里。有时也坐在门前,几个老人挪动着凑到谁家门前,或者路口,就那么坐着,不说什么,也不抱怨,只是沉默着。偶尔向村口那条路张望一眼,那是一条通向远方的路。那条路上空荡荡的,连个人影也不见。老人们就瘪瘪嘴,转过脸来,互相对望一眼,很空茫的样子。

但他们依然不说什么,也不抱怨。

方全林每次看到都很难受,他希望他们发发脾气,大骂一通,起码也发出点什么声音。可他们不。

他们很安静。

一个村子都静悄悄的。

方全林在经过一个路口时,又看到七八个老人,他们大都坐在一棵枯木上,像小学生坐排排凳。只有一个老太太拄着拐杖站在那里,脚下卧着一条黄狗。

方全林微笑着冲他们点点头,老人们木然看着他,没有任何表示。

方全林快步走了过去,有点心虚的感觉,仿佛老人们已经窥见了他心中的秘密。

刘玉芬的床并没有什么大毛病,方全林到了后砸下几枚钉子就修好了。

这次他没有匆忙走开,坐在堂屋,喝着刘玉芬给他泡好的梨花茶,一股清香在唇齿间含着,他等她出口。

他知道刘玉芬该出口了。

刘玉芬今天穿得很漂亮,一身蓝印花布做的衣服,清爽而随意,袖口有点肥大,不时露出藕节样白生生的胳膊。显然她有点慌乱。还有点害羞,毫无必要地忙这忙那。

方全林笑笑,说玉芬你坐吧。

刘玉芬坐下了,看了方全林一眼,脸红红地低下头去。

方全林又笑笑,说玉芬有话就说吧。

刘玉芬抬起头,定定地看着他,突然眼圈红了,忙用手捂住嘴,又一次低下头去。

方全林有点心疼了,说玉芬啊,不好意思了吧?算了,还是我来说吧。你——想嫁给我对不对?

没想到刘玉芬却慌乱地摇起头来。

方全林本来靠着桌子坐的,身体有点后仰,这时吃惊地坐直了,说你……不是……那你是个啥意思?

刘玉芬忸怩了一阵,终于说出一番话。她说得十分吃力十分弯曲十分脸红,但方全林还是听懂了。当确信听懂她的话之后,方全林的脸都白了。

原来刘玉芬并没有打算嫁给他!她说她本想赌气嫁给他的,但是感觉他老了一点,并且深表歉意。可她愿意并且十分希望和他睡一觉或睡几觉,直到她怀孕为止,她特别想通过他怀一个孩子。她说她一直不相信自己不能生孩子,她一直认为是安中华有毛病,她为此受了十几年的冤枉,她太委屈了,弄得她在全村人面前抬不起头。现在,她要证明自己是个健全的女人。最后她对方全林说,全林哥你放心,我不会给你添麻烦的,如果真的怀了孕,我不会告诉别人是你的孩子,我也不打算把孩子生下来,我只要大伙看到我的大肚子,知道我能怀孕就行了。然后我就去引产,然后我就外出打工,我才三十岁,我的日子还长呢。刘玉芬说着说着就解开了她的蓝印布褂子,里头居然什么也没穿,两个雪白的奶子若隐若现地探出头来。刘玉芬说全林哥,我这里很僻静,从来没有人串门,床也修好了,咱们现在就开始吧……

方全林感到一阵窒息,头上冒出一层汗珠子。他古怪地盯着刘玉芬眨巴眨巴眼,一句话也说不出,起身扛起他的工具箱走了。走出门的时候,他两条腿直抖。

三天后,刘玉芬离开草儿洼。外出打工去了。她对方全林很失望。她甚至没给他打一声招呼,更没说让他照看房子。

刘玉芬在院门上上了一把大锁。

就在刘玉芬离开草儿洼的当天,方全林去了蓝水河边。

方全林这次去蓝水河边的森林,不再有好奇和喜悦,而是一副凶神恶煞的样子。

他准备赶走那个女人。

不管她是谁!

这是草儿洼的领地,不经过允许,居然堂而皇之地住在林子里,也太不把村长当一回事了。他已经不在乎什么人气,什么三十多岁的女人了。草儿洼连自己的年轻女人都留不住了,你还指望一个外来人吗?草儿洼该败就败吧,活该。我已经尽力了。

刘玉芬把他气昏了头。

他做出一个具有历史性的庄严的决定,准备娶她做老婆,可那个女人忸怩半天,却说只是想让他当一回人种,就像公猪公狗一样。村长管给人看屋,管给人修房子,管给老人看病送葬,还管给人当人种吗?这也太作践人了!

方全林在家闷了三天都没有出门,这是他此生遭受的最大侮辱。一股怒气没能撒出来,越想越觉得窝囊。他必须找个对象发泄发泄,冷丁想起蓝水河边那个陌生的女人,对,就是她了!

方全林这次不再躲躲藏藏,而是直奔那口隐蔽的小屋。他要叫她滚蛋!

可是小屋里没人。

但她显然没有走,屋里东西还在,箱子、衣物、炊具。小屋里没有床,当年罗爷睡的那张小床早就烂了扔了。女人在墙角搭了一个厚厚的草铺,上头铺着花褥子,褥子上叠放着一方薄花被。草铺上方的墙上有用枯树枝自制的衣架,上头挂着洗过的衣服、三角裤和奶罩,一屋子散发着淡淡的女人的香味。方全林深吸一口气,眼睛盯住奶罩,伸出手去想摸一摸,就在手指要摸到的时候,却突然翻转手腕,只用手背碰了一下,又碰了一下,是个壳,软软的。

方全林有点晕。可他立即提醒自己,不能晕,不能心慈手软!

当他重新走出小屋时,又恢复了凶神恶煞的面孔。

女人会去哪里?肯定又去散步了。森林苍茫无边,足可以藏得千军万马,如果不是一路尾随,找一个人并不容易。

方全林知道这会天还早,不到她下河洗澡的时间,只能在林子里。就拨开树丛,到处寻找起来,可找来找去,就是不见踪影。但他似乎又能闻到她的气息。林子里空气太清新了,任何一点异味都能闻出来,方全林怀疑那女人已经发现他了,正在和他捉迷藏。他失去了耐性,我可不是逗你玩的。于是他站在林中大喊起来:女人你在哪里!女人你出来!女人你不要藏了!……喊叫声在林子里回荡,显得极有气势。

其实那女人就在附近,从他吼喊第一声就听到了,不仅听到了,还从树丛中发现了他。她知道他是在喊她,这个林子里没有别的女人。她从他的架式和喊声中,发现来者不善。可她并不惧怕,还觉得有点好笑,于是决定逗逗他。

方全林还在喊:女人你在哪里!女人!……女人不吭气,绕个弯朝小屋走去。她知道他还会来这里找她。

方全林在林子里转了很久,并到蓝水河边看了看,还是不见人影。他想到那女人也许回小屋去了,就往回返,一路仍在喊:女人你在哪里!女人!……

方全林钻出林子回到小屋旁,果然发现了那个女人,她正坐在小屋前的青石墩上看书,一副神闲气定的神态。抬头看到方全林走来,一副生气的样子,说喂男人!你喊什么喊?

当方全林走到面前时,发现这个穿着栗色休闲装的女人,年龄应当在四十岁的样子,并不像她在河里游泳时那样年轻。可这并不影响她光彩照人。她染着一头浅棕色的头发,体态丰满,皮肤白而细致,只是面孔有野风熏染的痕迹,呈一层浅棕色。她像一匹妖媚的狐灼灼盯住他看,一副嘲弄的神态。

方全林忽然有点胆怯,说你是……什么人?

女人笑道,我是城里人,怎么啦?

方全林突然怒道,谁让你到这里来的!

女人说我想来就来了呗。

方全林说你住在这里应当经过我们同意。

女人说你不是早就同意了吗?

方全林说我啥时同意啦?

女人说你来了很多次了,没有反对就是同意。

方全林一愣,他不想在这里纠缠下去,板着脸说你来这里干啥的?

女人说不干啥。她故意学着他的腔调。把"不干啥"三个字说得又土又怪。

方全林冷冷地说,你吃饱了撑的吧?

女人把书本放到膝盖上,捋了一下脑后的头发,说你弄错了,现在城里人时兴不吃东西,都饿着呐。

方全林瞪大了眼,说为啥?

女人说城里人没胃口,吃什么都不好吃什么都不想吃,城里人都得了厌食症。

方全林说那你就是闲着没事干。

女人说你又错了,我是干得太累了才躲到这里来的。

方全林根本就不相信她是个能干活的人,说你不会是个逃犯吧?犯了啥事才躲到这里来的。

女人咯咯笑了,说你这人太没眼光,说不定我是个老板呢,在你这里投资三千万,建个度假村怎么样?

方全林说你口气不小,三千万你抢银行啊?

女人摇摇头,说算了不谈这个了。咱们交个朋友吧,说着伸出手去。

方全林没和她握手,他要赶她走,怎么能和她握手呢?就坐在几步外的另一个石墩上,他有点累了。看来赶她走并不容易,自己得有点耐性。

女人倒也不尴尬,把手缩回去,说你不愿意和我交朋友啊?可别后悔。

方全林不屑的样子,说男人和女人也能交朋友?

女人说是的,男人和女人一样交朋友,红颜知己嘛。

方全林说你别耍我了,我这几天脾气不好。

女人说看出来了,你好像有什么事不开心,能不能说给我听听?

方全林说干么要说给你听?你能给我扛着?

女人看看他的脸,又看看他的身体,点点头说,你倒挺像个男人。

方全林说啥话怎么我像个男人,我就是个男人!

女人笑了说我不是那个意思,我是说你很性感。

方全林不懂,说你说啥?

女人说我说你很瘦很结实很有骨感。时下城里的男人都长一身女人肉,臃肿肥胖,恶心死了。

方全林不知道她说这些干啥,有些不耐烦了,起身说你少废话,我说啊你赶明儿必须离开这里!

女人说为啥?她又把"为啥"两个字说得南腔北调,明摆着不把他的话当回事。

方全林说不为啥,就是要你走!

女人说听口气你好像是村长。

方全林说我就是村长。

女人又打量他一眼,突然大笑起来,咯咯咯咯咯!……

方全林生气道你笑啥?有啥好笑的!

女人止住笑,说怪不得这么盛气凌人。你知道不知道,城里有好多关于村长的段子?

方全林说啥叫段子?

女人说就是故事,下流故事。

方全林猜到她要说啥了。他想起在木城火车站地下室,那个开客栈的女人给他说过的话。就直直地看着她,看她怎么说,一股怒气正在聚集,脸色极为难看。

女人似乎没注意到他的脸色,只顾说道,段子很多,大都是说村长像个恶霸,在村子里想睡哪个女人就睡哪个女人。

方全林终于忍不住了,一步跨过去,指住她说放屁!那是你们城里人胡编的。你们吃饱喝足了,剔着牙编排人,你们以为村长就那么好当啊?几千口人交给你试试!

女人说你火什么火,揭到你痛处了吧?我看你就像这样的村长,太霸气了。

方全林没见过这么武断的女人,一时气得发抖,说是!我就是这样的村长,想睡谁就睡谁,只要在我的地盘上!

女人惊恐地看着他,说你这个流氓村长,不会也想睡我吧?你不能强奸我,我没有力气的……

方全林一把抓住她胳膊,面目狰狞,说你敢骂我是个流氓村长?好好,我就当一回流氓村长!你以为我不敢睡你?说着伸出另一只手,一把撕开她的上衣,上头的扣子全飞了,两个雪白滚圆的奶子弹出来。方全林几乎吓了一跳。女人也不掩饰,伸手打了方全林一个耳光,说你还真敢!你这个流氓几次偷看我洗澡,你以为我不知道啊?方全林面红耳赤欲火难耐,已经失去理智,弯腰抱起女人就往小屋里拖。女人一面拼命挣扎,一面大声喊叫,说来人啊来人啊!方全林此刻已像一头野兽,使劲把她拖进屋子,一下扔到草铺上。女人爬起来就往外逃,大喊救命。不知怎么搞的,她在铺上滚了一圈,上衣已经脱落。女人也不捡,光着上身乱撞,一下撞在他身上。方全林扯住她胳膊,又扔在厚厚的草铺上,一手死死按住她,一手飞快脱解自己的衣裤。女人不停地挣扎又踢又咬,方全林的手上胳膊上流出血来。方全林不吭一声,撕扯完自己的衣裤又撕扯她的裙子,直到把两个人都扯得精光,一黑一白两个赤裸的身子在草铺上翻滚,女人疯狂地大叫快来人啊有人强奸!……方全林说你叫破喉咙都没用,这里不会有人来的。说着恶狠狠扑上去。女人像被一块石板压住了,一时面如红云泪流满面,只好任由方全林摆布。当方全林就要进入她身体的时候,女人大叫一声昂起头,一口咬住了他的肩胛。方全林噢一声进入她的身体,女人一下松了口,就像虚脱了一样,浑身酥软得像一条虫瘫在草铺上。方全林咬牙切齿地冲撞着她的身体,女人两眼惺忪,喃喃道你杀了我吧我要死了你不杀我我也要杀了你。方全林也不说话,只呼哧呼哧喘着气,专心做他的事,一副欲死欲仙的怪异神态,尽情发泄积攒了几百年的怒火欲火。女人不停地哼哼唧唧说村长我会杀了你村长我要死了……后来,女人就不说话了,只闭住眼大张着嘴喘气呻吟。女人的呻吟声让方全林分不清她是难受还是好受,但都极大地刺激着他的神经,让他越发亢奋。在后来的几个小时里,他居然要了她三次,每次到关键时刻,两人都一齐吼喊,好像房倒屋塌一样惊心动魄。

当方全林终于罢手穿上衣服,离开小屋时,浑身虚得发飘。女人在后头用微弱的声音说村长你是个狗杂种,你会后悔的你别走我要杀了你!……

事实上方全林回到家就后悔了。他意识到自己犯了罪,这叫强奸。他懂得的。那个女人不会善罢甘休。他不知道自己怎么变成畜生的。他去蓝水河边时只想赶走她,没想占人家便宜,怎么说着说着邪火就上来了。方全林曾担心自己在村里早晚会出事,却没想到会欺负一个陌生的女人,而且是个城里人。方全林后悔莫及,伸手掴了自己几个巴掌。

方全林几乎丢了半条命,昏昏沉沉睡了一夜才稍稍好一些。他一大早又去了蓝水河边,他想向人家认个错,求得她的宽恕。可当他找到地方时,那女人已经走了。小屋子竟然被她收拾得干干净净,一点废纸垃圾都没留下。地上像被树枝扫过,只有干草和树叶做成的床铺还在,厚厚的软软的。屋子里依然漂浮着那个女人的气息,那是一种淡淡的温暖的气味。方全林颓然坐在床铺上,呆呆地坐了很久。

在此后的日子里,方全林像变了一个人,沉默寡言,又胆战心惊。他知道警察迟早会来抓他,夜里一阵风吹动窗户,他也会机灵坐起。

他知道自己时间不多了。这期间,他检查了一遍村子里的老屋,为三家修了房子,把两个老人送到乡里医院,并派了专人照顾。他几乎是本能地做这些事。做完了,心里也松快了。这样也好,二十多年了,也累了,蹲监坐牢说不定会轻松一些。他只能这么安慰自己。

那天中午,方全林远远看到两个穿制服的人,骑着车出现在村外的土路上,顿时心里一惊,到底还是来了。他努力让自己平静下来,急忙回家换一身干净衣裳,环顾一遍破破烂烂的家,锁上门走了出去。

穿制服的人到了村口,方全林却发现是两个邮递员。因为交通不便,邮递员半个月才来一次。以前是一个人,后来外出的人多了,就增加了一个。两个邮递员驮着大包小包的邮件走进村里,已有许多妇女老人围上。方全林松一口气。里头也有他的邮件,一封信,是儿子寄来的,一看笔迹就知道。另有一件邮包,上头写着××省××县××乡草儿洼村村长收,落款是木城,却没有详细住址。方全林有些疑惑,不会是天柱寄来的吧?如果是天柱寄来的怎么不写收信人名字只写村长呢?而且笔迹也很生疏。

不管怎么说,方全林虚惊一场,和邮递员打过招呼,急急忙忙赶回家。到家后先拆开儿子的信,是一封喜报,儿子说媳妇为他生了个孙子,七斤三两,又白又胖。信上还说,让他赶快辞掉村长去他那里,看看孙子,也享享福。方全林丢开儿子的信,赶忙又拆邮包。邮包里是一只大信封,大信封里并没有信,也没有其他东西,只有一沓折叠整齐的报纸,足有十几张,是木城的一张晚报。方全林有些纳闷,把报纸取开,一张张翻看,忽然发现一篇叫《回归原始》的文章,被人用粗大的红笔圈起来,也许是特别提示的意思。方全林是小学文化,当干部多年又认了不少字,读报没有问题。这篇文章的作者叫麦子,文章的大体内容是写她回归大自然的一段经历。麦子说她在商场打拼十几年,身心疲惫,厌倦了城里的生活,不想谈钱、爱、情感这些字眼,就独自去了一个偏僻而遥远的地方。那里森林茂密,百鸟成群,还有一条古老的蓝水河。河水深而清澈,里头有许多稀奇古怪的鱼类和水兽,但它们并不伤害人。下到河里游泳时,那些鱼就会围上来和她亲昵,用嘴碰她的身子,浑身又痒又舒服。还说她如何在那里放松自己,修养身心,如何放逐灵魂,引诱一个强壮的土著人,体验了一次原始而简单的性爱。她说从内心里感激那个男人,因为他让她获得一次彻骨而纯粹的快感。又说自己很对不起那个无辜的男人,因为她欺骗了他。她希望他能原谅她。

方全林看完,先是愕然,有一种被人愚弄的恼火。自己精明一辈子,被一个女人耍了,还被人称为土著。但沉默良久,他还是摇摇头苦笑了,虽然上了那女人的当,毕竟免除了一场牢狱之灾。他又拿起报纸看了一遍那篇文章,心里感慨,这女人也可怜,跑到乡下偷汉子,还写成文章让人看,炫耀呢。他真是不懂,这种事也能炫耀吗?

方全林记住了那个叫麦子的城里女人。

后来,那十几张报纸就成了方全林闲时的消遣。他仔细阅读报纸上的每一篇文章,内容五花八门,看了都很新鲜。

对麦子的那篇《回归原始》,方全林几乎每天晚上都要看一遍,看完就躲进被窝,想象着那天的情景,呻吟着叫唤麦子麦子麦子……那时旷野的风掠过窗外,草儿洼又一口老屋倒塌了。

其实在报纸夹缝里还有一条不起眼的短消息,说木城动物园有一只千年老龟,昨天趁黑夜逃走了,全城搜寻,不知去向。可惜方全林没有看到。

也许,总有一天他会看到的。

第十篇　三百六十一块麦田

木城的茶馆、酒吧有上千家之多,散布在大街小巷。在布置装饰上也是各有特色,中式西式古典现代都市田园亚洲欧洲非洲……各种情调,让人尽可以选择。于是在不同的茶馆酒吧,也就聚集着各种不同情调的人。当然更多的人是游走在各种情调的茶馆之间,经常换换口味。但总会有一些人比较固定在某一类茶馆酒吧,甚至固定在某一家茶馆酒吧。这就会形成一些固定的茶友酒友,大家本来并不熟悉,却总是如约而至,久而久之就成了朋友。其实对于茶馆酒吧来说,因装饰风格吸引人只是表面的,它只能让人好奇一下,光顾一下,很难长时间留住客人。留住客人的深层原因还在它的内容,就是喝茶饮酒之外,还有一些特色活动,比如琴、棋、书、画、牌、玩碟、小电影、赌博、收藏、服饰、癌症、男妓、艾滋病、同性恋等等,可谓五花八门。有一家酒吧是狂躁症患者聚会的地方,一个个面红耳赤面目狰狞,甚至双手抖动,牙齿咬得嘣嘣响。人在里头可以不停地走动、喧哗、大声而滔滔不绝地演讲,尽情发泄对单位对同事对老婆对丈夫对工作对布什对萨达姆对公共交通对城市建设对空气对电灯对贪官对情人对养狗养猫对任何人和物事的不满,你完全不必在意别人听不听以及爱听不爱听,你完全可以自言自语自说自话。因此这家酒馆里,每到晚上就会人声鼎沸,吵吵嚷嚷,大家各说各的话各喝各的酒。狂躁不已时,也可以随手抓一件东西摔在地上再踩上几脚。当然,东西坏了要按价赔偿。但这家酒吧生意格外好。与此对应的还有一家酒吧,是沉默者聚会的地方。整个酒吧无人说话,连服务生也不说话。要买什么酒买多少酒,靠打手势,或者用笔写在一张专用纸条上。不知是因为说了无用,还是因为大辩无言,或者什么别的原因,他们成了一群失语者。当他们来到这家酒吧,在迷蒙的光影里独坐的时候,仿佛是一群沉思的哲人。但如果仔细瞧瞧每一张脸,表情又有很大不同,有的平静舒展,有的淡定从容,有的神情忧郁,有的愁眉苦脸,有的面色阴沉,有的肌肉痉挛……在光波暗影里,一个个如同雕像动也不动。人冷丁走进去,不仅会觉得奇怪,还会感到害怕阴森,因为你不知道下一秒钟会发生什么事。这种沉默者聚集的酒吧,反而不如狂躁者聚会的酒吧让人有安全感。男妓酒吧,俗称鸭子酒吧,最为隐秘。来这里嫖男妓的多是女白领,留守女士,也有少数女干部。一般出手都很大方。酒吧里光线极暗,几乎看不到人,碰见熟人也认不出。更奇怪的还有。有一家茶馆被称为天足茶馆,实际上是一些不喜欢洗脚的人聚会的地方。石陀就曾来过这里喝茶,只是不常来。因为他有比喝茶更重要的事要做。天足茶馆同样不乏来客,可谓臭味相投。别人贸然进来,会闻到一股令人窒息的汗溲脚臭味,急忙捂鼻逃窜。道中人看见了会嗤之以鼻,说天底下没有比这更醇厚的气味了,这人的鼻子完全不对头。

位于木城边缘有一个叫二郎山的地方,二郎山其实无山,只有一座很矮的土岗子,但有许多茶馆酒吧,就像北京的三里屯,是个热闹去处。原本这里也是什么人都来的,一些外地人到木城游玩,二郎山也是必去之处。但后来渐渐发生了变化,不知从什么时候开始,这里成了木城举报人固定的活动场所,他们神神秘秘的举动,让那些喝闲茶的人心生疑惑,猜想这里会发生什么事。他们是来放松消闲的,可不想沾上什么麻烦,就渐渐冷淡了这里。但二郎山并没有因此而萧条,更多的举报人来到这里喝茶聚会,二郎山反比以前更热闹了,被大家称为举报一条街。

据说,暗中促成这件伟业的是专业举报人刘三。刘三一直是独行侠,专门举报大贪官,承受过极大的压力,被人暗中威吓、跟踪,甚至有人打电话,说要弄死他。刘三不退缩,但老婆离婚了,说跟着他担惊受怕。刘三无牵无挂,索性放开了手脚,果然让他扯出几个大贪官,包括一个副市长。他也因此发了一笔财,奖金十分丰厚。刘三最潦倒的时候,以捡垃圾为生。但刘三天生具有明星气质,有了钱就去喝葡萄酒吃西餐,去木城大剧院听歌剧,去小剧场听昆曲。他需要钱,因为他需要维持生活,但并不把钱看得太重。他要按照自己的意志活着,不管吃西餐喝葡萄酒,还是举报,都是享受生活。刘三从不存钱,他经常会拿出一些举报奖金资助困难的举友,此外还长期资助三名家境贫困的小学生。开始举报时,刘三都是隐名埋姓。后来他变了,变成实名举报。举报的领域也扩大了,除了贪官,还举报造假卖假、坑蒙拐骗。这时刘三有了庄严感、神圣感,他觉得自己就是正义的卫士。刘三的名气也越来越大,许多人称他是一位大侠。

刘大侠到底还是出事了。一天夜里,他被人捅了十几刀,挑断了一根脚筋。住院时,病房内外摆满了花篮,每天都有上百人去看望。刘三很坚强,没掉一滴泪。他成了举友们心中的英雄和领袖。纪委书记铁明去医院看望了他,告诉他会尽快破案。两人在病房里关上门密谈了几个小时。消息传出,举友们都很振奋。

但刘三对举友们越来越不满意了。

在长期的观察和接触中,他发现这支队伍虽然庞大,却鱼龙混杂,有正人君子,也有无耻小人。有的是为正义,有的是为金钱,有的是为报复,有的纯属陷害。这也是举报人在木城毁誉参半的原因。就是说这支队伍急需整顿。可是怎么整顿?

躺在病床上,刘三思考的都是这些问题,眼前的病痛和今后将面临的残疾,他根本就没放在心上。刘三只有小学文化,但刘三是个极为聪明和极有韧性的人,他相信聪明、韧性乃至品性,和文化高低没有什么关系。他决心不再做独行侠,要想办法影响和改造这支队伍。

以前他是刘三。

后来他是刘大侠。

现在他是英雄。

刘三摸了摸自己的伤口,十几刀,就是十几个洞,还有一根断了的脚筋。这些都是他的资本了。

刘三有点悲壮。

一个月以后,刘三出院了。

刘三残了,左手拄一根竹杖,满城看望举友,说是答谢大家去医院看望他,实际上是他想和大伙聊聊。

他看中二郎山,是因为这里偏僻安静。

刘三说,二郎山是个好地方,咱们常去那里聚聚吧。

于是很多举友闻讯而来。

认识并结识刘大侠,是一件荣幸的事。

举报人通常是孤独的,和正常人的生活不大一样。他们要秘密搜集材料,单独寻找线索,不露声色地打量别人。然后根据找来的线索揣测、分析、判断,偷偷写成举报信,偷偷发出去。这一切都要瞒着人,甚至要瞒着家人。其中有窃喜,更有担心害怕。他们过的不是正常人的生活,内心永远受着煎熬,却又不能敞开心扉和人交谈,只在心里积攒着压抑着,有时会憋出鼻血来。

现在刘大侠要和大家谈谈,交流一下举报的经验,诉说内心的苦闷,还有比这再好的吗?当然要去!

残废了的刘三坐在二郎山一座茶馆里,身旁放一根虎头竹杖,桌上放一壶茶,手按一只茶盏,目光炯炯,威严而又慈祥。一些第一次看到他的举报人,差一点哭出来。

之后,二郎山就热闹起来。

举友们在这里相识相聚,相见恨晚。他们交流经验,分析形势，互相提供一些意义不大的线索（真正有价值的线索是不会拿出来交流的），真诚而又保留地笑笑。二郎山成了举报一族快乐的家园。只有在这里，他们才真正感受到自己并不孤单。

刘三看人气已经上来，决定晚上给大家上课。他告诫大家，举报者首先要树立正确的人生观、价值观，要出于崇高的目的，要有正义感，不能光是为了钱，更不能以举报为名给人栽赃！……

刘三自信可以给大伙布道了，就滔滔不绝讲了一个晚上，全场上百人没人吭声，散场时也是静悄悄的。

可是第二天晚上，他坐台的茶馆却冷清清的，几乎没人来了。刘三觉得奇怪，就问人呢？难道大家今晚都没来？

这时刘三一位平时最交好的朋友说，大伙不是没来，都去了别的茶馆。

刘三说为什么？

那人说，昨晚散了场大伙就议论，说你说的话全是报纸上的，还有就是那些反对举报的人说的。口气也像个厅级干部。大伙不爱听。

刘三吃了一惊，一下呆住了。

这时钱美姿凑上来，说刘老师你别在意，他们不懂，你开始总要说些冠冕堂皇的话，那是骗骗人的，特别防止外人混进来偷听，传出去不好。至于怎么做，那是另一回事，今晚就会传授真经了，对不对？

刘三奇怪地看着她，说你今晚没走，就是这个原因吗？

钱美姿说是呀。

刘三说这么说就你聪明？

钱美姿指指身边几个人，说还有他们。

刘三说他们和你不一样，他们是我的老朋友，我们交往十几年了，他们是陪我来玩的，不是来听课的。

钱美姿笑道，说刘老师，这么说就我一个是你的忠实学生了，我真荣幸呀!

刘三说你别这么说,我不是你的老师,我也没有真经传给你,你还是回去吧。

钱美姿笑起来,说我知道你会这么说,你这是考验我呢。当年孙悟空学艺、张良拜师,师傅都是故布疑阵,后来还不是都得了真传?

刘三也笑起来,说你懂得还不少嘛!

钱美姿笑道,刘老师你知道我在哪里工作?木城出版社!那是什么地方?出书的地方!知识分子成堆、书籍成堆,全是学问,没学问的人根本进不去!

刘三好奇道,你在出版社做什么工作?

钱美姿犹豫了一下,说管理,我是搞管理的。

老师半信半疑地打量着她,说钱女士你真的回去吧,你这大学问,我教不了你。

钱美姿说刘老师你也不要自卑,尺有所短,寸有所长,举报这方面,我还真得拜你为师,无论如何你得教我几手!我的举报老是没什么进展,小打小闹的,也挣不了钱,怪苦闷的。

刘三终于不耐烦了,说钱女士你别说了,我身体不舒服,要回去了。

钱美姿说行,改天我再来拜访你,刘老师你保重啊,我可是挺惦念你的。说罢向刘三鞠了个躬走了。

刘三看着她宽厚的背摇摇头。

他的朋友说,刘三哥,该往这女人阴道里塞一只鸭子。

刘三说塞只鸭子干么?

那人说……干么也不干么,就觉得该塞一只鸭子!

刘三叹口气,说塞什么都没用。这种人的问题不在阴道里,在脑子里。举报的名声就是被这种人搞坏的。

后来,钱美姿又找过刘三几次,但刘三拒不接见。钱美姿略感沮丧,心想摆什么谱呀?但她也不是没有收获。那天晚上和刘三谈起出版社出书的事,让她突然有了灵感,自己就在出版社工作,为什么不想办法出一本书呢?出了书有名又有利,这不也是一件美事吗?

钱美姿被自己的想法激动得几天坐卧不安,终于有一天走进社长达克的办公室,说社长我想当作家。

达克吓了一跳,说你想当作家?

钱美姿点点头,说别人能当作家,我为什么不能当作家?

达克一脸的诧异,说你知道什么是作家?你怎么想起来的?

钱美姿被达克的藐视激怒了,说作家不是人吗?

达克说作家当然是人,但那需要天分,需要各种综合素质,你才识得几个字,平时连好歹话都分不清,就想当作家?

钱美姿还想申辩,达克却挥挥手让她出去,说我正忙着呢,回去搞好你的收发,别胡思乱想了。

这次谈话对钱美姿打击很大,但她并没有泄气。她找到石陀,说了同样的意思。石陀没有说别的,只伸出手说:书呢?你写的书呢?

钱美姿回到收发室,是啊,书呢?当作家不是申请来的,也不要谁批准,但得有书,你拿出写的书,就什么话都不用说了。

可是写什么?怎么写?

钱美姿遇到了真正的难题。对于写作,她的确一无所知。于是找来很多小说、诗歌、散文集,拼命翻阅,坐在传达室恶补,也不到处窥视串门了。下班回家把书带上,夜里继续翻阅,看得头昏眼花。连丈夫都吃惊了,说你在找什么?钱美姿也不理他,把书翻得哗哗响,一夜就能翻十几本。

钱美姿到底还是没弄明白,写作是怎么回事。她试着铺开纸,拿出笔,坐在桌前想写点什么,想了半天,只写出一行字:刮风了,下雨了……

钱美姿眼前浮出社长达克讥讽冷酷的面孔,以及总编石陀伸出的手:书呢?

一连数日的疯狂,让钱美姿几乎虚脱。她差不多绝望了。每天在传达室无精打采,翻翻报纸打发时间。报纸上有些八卦故事,有些战争的消息,有些稀奇古怪的社会新闻,这些本来都是她平时爱看的。但她现在看不下去,心里还在想着出书的事。

忽然有一天,钱美姿发现报纸上有些小知识小趣味的栏目,很有意思,如果抄录集中起来出本书,不是很好吗?

一秒钟,会发生什么?

一秒钟,人呼吸 93 毫升空气;

一秒钟,猎豹可以在草原上飞奔 28 米;

一秒钟,蚯蚓吞食 0.17 毫克泥土;

一秒钟,植物中生长最快的竹子长高 10 微米;

一秒钟,夏威夷群岛向日本靠近 2.9 纳米;

一秒钟,全球大气中减少可供 140 万人用一天的氧气;

一秒钟,全世界使用 252 吨石化燃料,相当于 63 辆大卡车的装载量;

一秒钟,全世界森林消失 5100 平方米;

一秒钟,地球上有 0.002 种生物灭绝,即 7 分钟就有一种生物灭绝;

一秒钟……

比如还有小幽默:

1. 父亲到托儿所接孩子,保育员问:"哪个是你儿子?"

父亲说:"随便哪个都行,反正明天早上要把他送回来!"

2. 有个小伙子非常听母亲的话,每认识一个女孩,都要带回家征求母亲意见,但都被她一一否定了,这个太胖,那个太瘦……终于儿子找到一位跟母亲长相、脾气和习惯完全一样的女友。但是,被他父亲否定了。

……

钱美姿相信,她终于找到一条金光大道。出书,多么了不起的一件事啊!最起码,自己可以变成真正的知识分子了。她打算一旦这本书出来,就要求做一名编辑,那可比当收发员光彩多了!

这些天,梁朝东总是心神不宁,心里像装着很大的事。他以前可不是这样的,大大咧咧,无心无肺,什么事都不放在心上。可现在不同了。跟踪石陀多日,到底没摸清他的底细,反而更增加了许多谜团,这让他无端生出许多担心和焦虑。他开始审视石陀的种种行为,包括派遣谷子外出寻找那个叫柴门的作家。谷子已经离开木城很久了,一点消息也没有,梁朝东非常为她担心。谷子刚参加工作,连个手机也没有,想联系她都联系不到。他很后悔当初怎么不买个手机给她带上。可那时也没想到她会外出这么久呀,以为几天就回来了。她现在到了哪里,会不会遇到麻烦,有没有找到柴门的线索?谷子刚出校门,什么社会经验都没有,遇到麻烦和危险怎么办?梁朝东有种揪心的感觉。以前他交往过那么多女孩子,从来没有牵挂过谁,现在却油煎火燎的。连他自己都觉得奇怪。

梁朝东越想越担心,终于忍不住给二编室主任许一桃说了。许一桃说我也正为谷子担心呢,咋一点动静都没有?谷子走时该给她买个手机,是我忽略了。说这话时一脸焦虑,说咱们去找石总商量一下吧。

两人推开石陀的办公室,石陀正坐在木梯上打盹,这是十分少见的事。看来他好像很累的样子。许一桃不明白。梁朝东却心里有数。他知道他头天晚上肯定又去敲了马路,而且干到很晚。对前一时期对石陀的跟踪,梁朝东还没有给许一桃说,他不想让更多的人知道这件事,尽管他很信任许一桃。

许一桃走过去拍拍木梯,把石陀弄醒了,说石总你下来,我们有事找你。

石陀揉揉眼,看清是他们,就打个哈欠爬下木梯,说什么事啊?

许一桃说,你把谷子派出去这么久了,有消息吗?

石陀愣在那里,想了好一阵,好像他把这件事全忘掉了。梁朝东摇摇头,他猜到他可能把这件事忘了,他会的。因为他已经知道他平日就在梦游状态,并不十分清晰地知道自己在做什么。

可许一桃却生气了,冲他嚷道,这么大的事你居然忘了?把一个小姑娘放出这么久,你就不担心吗?你什么人啊!

石陀拍拍后脑勺,似乎记起了什么,说有这回事,谷子……谷子,就是那个……我记起来了,她去外地找柴门了,对不对?

许一桃斜了他一眼,说亏你还想得起来!她人呢?现在去了哪里,有她的消息吗?

石陀抬头看看天花板,回忆道,她好像打来过一个电话,说是在……在……成都……是在成都,当时电话信号不好……

许一桃看了梁朝东一眼,意思说你看这个人,整个没脑子。

梁朝东苦笑了一下,说石总你看怎么办?这么长时间没消息,谷子别出了什么事。

许一桃狠狠地瞪了石陀一眼,说没见过你这样的领导,一点不负责任!

石陀像个做了错事的孩子,说要不……要不……我去找她。

许一桃说你去哪里找她?你看你把这事办的,派谷子去找柴门,柴门没找到,把谷子也弄丢了,你再去找谷子,我看你去了也得丢!

梁朝东笑起来,说许主任你说得没错,石总要出去了,百分之百会丢!

石陀瞪大了眼,说我可以带上地图呀。

许一桃哭笑不得,说根本不是地图的事。说真的我现在都怀疑,是不是真有柴门这个作家了,达克社长说得对,也许这个人根本就不存在,说不定柴门就是你臆想出来的一个人!

石陀困惑地看着许一桃,又看看梁朝东,喃喃道:不可能,不可能!……连你们也怀疑我?……

石陀说这话的时候,像个无助的孩子,一脸都是茫然。

许一桃不忍心再逼他了,拉起梁朝东离开他的办公室。

又过两天,梁朝东忽然拿一份报纸来找许一桃,兴冲冲的样子,往她面前一放,说许主任你看这篇报道!

许一桃拿过来看看题目:《美国防部长获年度不知所云奖》。就说梁子你什么意思?

梁朝东显得很有兴致,说许主任你看内容,你看你看!

许一桃云里雾里,说我对这个人不感兴趣。

梁朝东说你看嘛,好玩呢!

许一桃只好硬着头皮看下去:

本报综合消息:美国国防部长拉姆斯菲尔德击败施瓦辛格和末代港督彭定康,被英国简明英语组织评为年度"不知所云奖"得主。

据"不知所云"奖评委介绍,这位个性强硬的鹰派领袖,是在2002年2月12日的一次新闻发布会上说出他的获奖名言的。当时他说:我总是对有关找不到伊拉克大规模杀伤性武器的报道很感兴趣。因为我们知道,世界上存在着已知的已知事物,也就是说有些事情我们知道自己知道,而我们也知道世上存在着被人所知的不明事物,就是说有些事情我们知道自己不知道。同时世上还存在着我们不知道的不明事物,也就是说我们不知道自己不知道……那天在场的所有记者都被他的话绕糊涂了,他们怎么也想不明白,拉姆斯菲尔德到底要说什么。

英国简明英语组织每年根据公众人物的谈话,推出年度"不知所云奖",意在确保公众人物提供信息时,使用简明易懂的语言。据该组织表示,拉姆斯菲尔德的谈话方式正是他们极力要取缔的。BBC反复播放拉姆斯菲尔德的这段话后,结论为:"觉得他在说什么,但不知道是否真知道他在说什么。"

许一桃看完了,忍不住大笑起来,说这个报道太好玩了!

梁朝东笑道,许主任,你看咱们是不是也应该给石陀颁发一个这样的奖?

许一桃不笑了。

许一桃说是呀,他说的这个柴门究竟是怎么回事,这个作家真像伊拉克大规模杀伤性武器一样,到底有没有啊?我都糊涂了。梁子,你说石总是不是精神上有毛病?

梁子想了想,终于说出他曾经跟踪石陀,并发现石陀许多怪异行为的事。

许一桃大吃一惊,好一阵没说出话来。

梁子说许主任这事千万别告诉别人,我还拿不准,石总究竟是怎样一个人。

许一桃说你放心,我不会说出去的,你也不要告诉别人。这件事有点复杂……你这么一说,我倒想起他平时的行为,的确有些怪异,只是没往深处想。现在看来,石总是个藏得很深的人,也许一生经历过不平常的事。可他又不像故意隐瞒什么,一切都像无意识,梦游一样,对!你说他像不像一个梦游患者?

梁子笑道我也说不准。

许一桃说梁子,没想到你还是个细心的人。不管咋说,石总需要咱们的帮助。你是个男人,又没有家庭拖累,如果有时间,晚上就跟着他。他老是去敲马路,终有一天会被抓起来,那就糟了,破坏公共设施,严重的要判刑呢。

梁子说谷子咋办?就这么干等着?

许一桃一愣,说是呀,谷子咋办?我真是很担心她。

梁子说我看石总一时出不了大事,这么多年都过来了。就说敲马路吧,别看他迷迷糊糊,小心着呢,都是在僻街,一般人不注意。我想还是先去找谷子吧,我总觉得她出事了。

许一桃说你别吓人了。

梁朝东说真的,前天晚上我做噩梦,梦见谷子被狼群包围了,那地方很遥远,很偏僻,没有人烟,谷子正哭喊着呼救,我一惊就醒了。

许一桃定定地看着梁朝东,说梁子你是不是又喜欢上谷子啦?

梁朝东急忙说没有啊,谷子来出版社不久就出差了,我和她接触不多,哪有那回事?

许一桃笑了,说看你急的,脸都红了。不过也怪,你怎么会做噩梦惦念谷子?她真要出了事,按照迷信说法,只有亲人才会有预兆的。

梁朝东不好意思地挠挠头,说也许是因为……谷子是孤儿,没有亲人吧,才托梦给我的。

许一桃叹口气,说这孩子真是怪可怜的。哎,你有什么打算?

梁朝东倒也不忸怩,说我准备到四川去一趟,我必须找到她!

许一桃说你打算啥时候去?

梁朝东说我今天夜里就动身!不知道为什么,心里火烧火燎的。

许一桃点点头,说梁子,你像个男人!

梁朝东说,我都想好了,为了方便,也为了保险,我准备请个警察和我一块去。

许一桃疑惑的样子,警察?

梁朝东笑笑,是女警察。你见过的,那次我带她来过出版社。

许一桃噢了一声恍然大悟,说我知道了,她叫什么来着?

梁朝东说她叫黄鹂。

许一桃说她愿意去吗?

梁朝东说你放心,这种事她不会推托的。只是石总这里,要请你多留神了。

许一桃有些感动,站起身往他肩上捶了一拳,说梁子你放心走吧!

当天夜里,梁朝东就离开了木城。黄鹂果然和他同行。

天柱带着他的绿化队,只用二十多天时间,就把一条四十里长的子午大道全栽上了树木。除了香樟树,还间隔栽了一些紫藤、木槿、迎春等灌木。这个方案是那次子午大道绿化听证会的成果,是园林局局长拍板定的方案。因为事前广泛听取意见,栽树过程很顺利,只有几个小痞子去过一趟,想借机闹点事。但一看天柱和他手下几百个绿化队员,一拉溜排在子午道两旁,个个虎虎生威,只吹了几声口哨,做几个鬼脸就走了。

周局长因为这几年绿化有功,作风民主,已升为木城市副市长,分管绿化、环保、交通,但他仍兼着园林局长的职务。他喜欢这个工作,也喜欢天柱和他的绿化队,他愿意和他们打交道。这是一群纯朴的农民,他们进了城,并不是两眼发绿到处忙着找钱,或者为了钱什么事都敢干。他们当然也看重钱,可他们不贪,在绿化队挣不了多少钱,拼死拼活地干,一个月也就千把块钱,但他们觉得很好了。他们仍然热衷于在土地上栽种什么,城里零零碎碎那点土,他们视若珍宝。不像一些农民工进城后,很快忘了本,忘了土地。兜里其实没多少钱,却要摆阔,要穿上好的衣服,摆给朋友看,摆给城里人看,怕人瞧不起,怕人说自己是农民工,说了就会脸红,甚至翻脸,还有的和人拼刀子。为了多挣点钱,有个好位置,不惜低三下四,或者耍些小阴谋。个别人为了发财,甚至走上邪路,偷盗、抢劫、绑架。

但天柱和他的绿化队却保持着农民的本色,他们从容地生活在这座城市里,就像在自己的庄稼地里一样从容。他们起早摸黑栽树种草侍弄花盆,兢兢业业。有一次晚上十点多钟了,他在一条小街上散步,忽然发现天柱开着他的破吉普,很沉重地游过来。周局长忙拦住了,问天柱这么晚了干什么去,天柱停下车,不好意思地探出头,说周局长我下午在那边小公园栽了一棵大雪松,是原地取土的,土质有些发白。我回去想想不对,可能那土里含有白石灰,大概是早年搞建筑时污染过的,要是这么埋上,雪松的根要被腐蚀。我就在苏子村外的野地里取了些好土来,我想给它换土。周局长听了很感动,说这么晚了,你明天换也行呀!天柱说使不得,雪松被石灰土腐蚀一夜,还不难受死,我得连夜换上。周局长伸头看看他的破吉普,前头副驾位上还坐着一个人,哟!是文学呀!周局长也认得这个秀才。他又看看后头,果然车厢里躺着几麻袋土,弄得到处尘土扑扑的,说你这车弄得太脏了,天柱笑道,反正也是个破车。说着开车要走。周局长忙说你两个人行吗?天柱发动车子,大声说周局长放心,两个人能行,就是一棵树,好弄!说着开车走了。

　　这类事他见过多次。周局长认定,这是个可以绝对信任的家伙,没有人监督他,可他从心里爱惜树木,把它们当成有感觉有灵性的生命,他怕雪松难受,天亮都等不及。有这样的人当绿化队长,得心应手。周局长当了副市长,天柱却仍习惯叫他周局长,周市长也不生气。天柱的绿化队早成了绿化公司,天柱也成了总经理,可周市长却仍把他的公司叫绿化队,叫天柱是绿化队长。天柱向周市长抗议,说周局长我是总经理了,你还喊我队长,听起来像个生产队长似的。周市长笑道,我都当副市长了,你不是还喊我周局长吗?两个人同时大笑起来。天柱说,周局长说真的,我当了十几年生产队长,还真是没当够,我喜欢队长这个称呼!别人一喊我队长,我就会想到土地,想到庄稼,想到树木花草,想到牛羊驴骡,还像没离开草儿洼,心里觉得亲。别人喊经理,老觉得那不是喊我,满大街都是经理,谁知道喊谁啊?可队长就不同了,稀罕,一听就知道是叫我!周市长笑道,天柱,你不要在木城种庄稼就行了。这话说得天柱一愣,但随即冲他眨眨眼,说周局长,难说呢,说不定哪天手痒了,我还真会种庄稼。周局长当时没当真,以为他不过是开个玩笑。

但没想到,这一年深秋,让天柱逮住一个机会。

有一天,周市长把天柱叫去,说木城正申办全国卫生城,今天突然接到通知,说半个月后上级就来检查,别的事不用你管,树木也没问题,就是全市的草坪有问题。过去我们引种的外国草,看来不太适应木城的土壤气候,虽然长年不死,却老是干瘪枯瘦,看上去病恹恹的样子,没一点精气神,太影响市容美观了,你看有没有办法换一种草,让草坪精神一点?

天柱说换啥草?

周市长说我不管你换什么草,只要油绿、精神就好。

天柱抓抓头皮,低头想了一阵,好像有点为难,抬头说就是时间太短,全市大小三百六十一块草皮,工作量太大了。

周市长说只有半个月时间,除去今天,还有十四天,必须完成!我明天要去外地开个会,要一个星期,回来就检查你的进度。记住了,必须完成任务,这关系到木城能不能评上卫生城市,是一件大事!

天柱回来后压力极大,这么重的任务,这么短的时间,怎么完成?他把这事给天云、文学几个人一说,也都愁眉不展,一时没了主张。

天柱带着他的大狼狗草狼,一路溜达着出了苏子村,站在一条河沟旁,望着面前开阔的田野,忽然有了主意。

原来他看到田野里的麦苗,一下子来了灵感,顿时兴奋得大笑起来。苏子村开发搁置后,不仅村子房屋闲置下来,苏子村的所有土地也都闲置下来。几百亩地放在面前,天柱当然不肯让它们空荒。头一年住进苏子村时,他们还没敢种,只在靠近村子的地方种了一点蔬菜。第二年,天柱就带人全部种上了麦子,此后每年都种,一年只种一茬,麦收后休耕小半年,打下的麦子几百人根本吃不了,剩下的都卖了跟大家分钱。天柱和他的绿化队,吃粮吃菜住房都不用花钱,实际收入就比一般农民工高了。对他们来说,种这点田耽误不了多少工夫,轻轻松松就把日子打发得十分悠然。

现在天柱面前,就是这几百亩绿油油的麦田。深秋时节,麦子长出一个多月了,不仅长得茂盛浓密,而且绿得没一点杂色。天柱忽发奇想,把这些麦苗移到木城草坪上,不是又绿又精神吗?来木城检查卫生的人,肯定来自更大的城市,他们根本就分不清啥是草啥是麦苗!

天柱为自己的奇思妙想激动得差点跳起来,一直要在木城种庄稼,正是天赐良机!

说干就干。

此后数日,他动员绿化队所有人,全部投入清理草坪、挖麦苗、运麦草、栽麦苗的行动。连捡垃圾的王长贵也动员起来了。天柱对他说,长贵你把木城捡垃圾的朋友都叫来,帮助一块干。我按天发钱,肯定比捡一天垃圾赚得多。王长贵一下午就喊来二百多个捡垃圾的,他们都是农村人,干这活自然得心应手。

天柱还怕人手不够,又到劳务市场招来一百多农民工。此外,在木城打工的农民有三百多万,许多人晚上无事,天柱又通过各种关系,找来三百多人专在晚上加班。这样加起来就有了一千六百人,够了!

所有人手痒痒的都很兴奋。

把麦苗栽种到木城的草坪上,勾起这些农民工的思乡思土和种植情节,现在可以冠冕堂皇地种点什么,多好啊!在从苏子村田野挖取麦苗的时候,甚至有人掐一把麦苗生吃起来,吃得满嘴绿汁,满口生津。麦苗可食,这是庄稼人都知道的。历史上大灾年的时候,家里没有吃的,实在等不到麦子成熟,就在冬春两季采麦苗充饥,这叫"啃青",这种无奈之举曾救过无数庄稼人的命,也给庄稼人留下最悲哀最难忘的记忆。

天柱把一千六百人组织得井然有序,有的从田里取麦苗,有的专管运输,有的专管在草坪上栽种,有的专管浇水。刚栽上的麦苗有些凌乱,撒点化肥,浇上水,一夜之后,天明已是一派生机盎然。麦苗葱茏油绿,在微风中细波微漾,泛着一股股清香,向街巷徐徐扩散。

最让天柱意外的是,一天晚上,他在巡视一块草坪改造现场时,无意间发现了石陀!石陀仍是穿一件蓝布长袍,戴一副眼镜,正从车上卸下一板麦苗抱着走向草坪,弄得一身一脸都是泥土。天柱上前拉住他,说石总你咋来了?石陀居然也一眼认出天柱,高兴道我是无意间发现的,我来帮忙啊!天柱说不行不行,这活太累你干不了。石陀说我已经干了三个晚上了,天柱我就猜到是你的主意,大手笔啊!把麦苗移植到全市几百块草坪上,比我敲马路高明,以后再有这类活,一定要喊上我!天柱一惊,说石总你也认得麦苗?石陀说咋不认得,我从小在乡里长大,还能认不得麦苗?你闻闻,一股清香,明年初夏麦子成熟的时候,到处金黄一片,哈哈哈!……说着抱起麦苗冲向草坪,快乐得像个孩子。天柱看着他佝偻的背影,忽然眼睛湿润了。

七天后,周市长从外地开会回来时,全市三百六十一块大大小小的草坪,已差不多改造完成。

周市长坐上天柱的破吉普,满城检查改造过的草坪,到处绿油油的十分养眼,周市长笑逐颜开,说天柱你小子真行啊,没想到这么快,这么好!

天柱也笑道,周局长这下你放心了吧?车子却一直往前开,并没有要停下的意思。

在经过一片草坪时,周局长说天柱你停车,咱们下去看看。

天柱说坐在车上看不是很好吗？前头还有，你接着看！他是怕他下车看出破绽来。

周市长说别的草坪就不看了，我相信你，现在就下车，看看这块草坪吧！

面前这块草坪，是木城最大的草坪，差不多有二十亩，地处最繁华的地段，和周围树木、石雕、假山、石凳，共同形成一个长条街心公园。检查团来的时候，是必定要到这里来的。周市长当然不敢大意。他在车上看到一些市民三五成群聚在草坪前，有的弯腰仔细察看，有的在议论什么，心里就有些疑惑，是大家在欣赏草坪，还是草坪有什么问题？

天柱一直往前开，似乎还加快了速度，一边说周局长，你如果不看前头的草坪，我就送你回去吧！

周市长看他的举动，更加疑惑，大声命令天柱，你给我停下！

天柱转头看他有些生气了，只好停下他的破吉普。心想糟了，要露馅。

周市长下了车，走到草坪前，弯下腰仔细看看，脸上露出诧异的神态，伸手摸摸，又掐下几片叶子，放在鼻子上闻起来。

此时天柱就站在他侧旁，一边瞄着他的一举一动，一边故作轻松地看着天空，心里却紧张得要命。他知道很难骗住周局长了。有一次他和周局长一块喝酒吃饭，周局长给他说过当知青的经历。很显然，他是下过乡见过麦子甚至种过麦子的。现在他这么仔细观察鉴别，也许是不能相信，天柱会把木城草坪上的洋草换成麦苗。这也太胆大包天了！

果然，周局长慢慢侧转脸，冲天柱摇摇手里的一束叶条，说你这是种的什么？

天柱还想耍赖，说种的是草啊。

什么草？

一种……就是……一种……草。

周局长看看周围的市民,突然咬牙切齿,却压低了声音:我问你是什么草!

天柱突然狡黠地笑了,说周局长,走,我请你喝酒去!驴市巷……不,雨丝巷有一家很好的老酒馆……

周局长说扯淡!一把抓住他的手就往破吉普走去,说你跟我去园林局!

天柱看他气得脸都变色了,不敢再说什么,跟跟斗斗上了吉普,一直往园林局开去。一路上谁也没有说话。天柱能感到火山爆发前的沉默。但此刻,他心里倒安定了。

果然,到了园林局办公室,周市长把手中的一束叶片往桌上一摔,说柴天柱,你老实给我说,这到底是什么东西!

天柱隔桌站在那里,低声回答道,是……麦苗。

周市长气得脸色铁青,用手指指住他半天,却说不出一句话,转身转了一圈,又指住他,说你……胆子也太大了……你怎么敢……这样糊弄我……木城卫生城已经申报三年,全城做了无数准备工作,上级终于要来验收了,你这么一弄,就全搞砸了你懂不懂?你以为木城是草儿洼是你的庄稼地啊!

周市长越说越气,最后拍桌子吼了起来。

天柱耷拉着眼皮,一声不吭。

周市长指住他,严厉地命令:柴天柱!你必须把草坪上的麦苗移走,五天内换上另外的草皮!

天柱抬起头,说周市长,你别发火,当初你给我的任务,十四天内把全市三百六十一块草皮都换上新草,本来就是个不可能完成的任务,这个季节哪里会有这么多草皮?这么大的量,都要提前预订的。我只有这么做!换上麦苗,把检查团应付过去再说。我的手下人七天七夜几乎没睡觉才干成这样,你现在让我五天内移走麦苗,再换上另外的草皮,我办不到。我的人不是铁打的。要不,我去蹲监狱!

天柱说完就走。

周市长愣了一下,突然说你回来!

天柱又回来了,一副死猪不怕开水烫的神态。

周市长看看他疲惫的样子,叹了一口气,说三百多块草坪,移栽的都是麦苗?

天柱点点头,都是麦苗。

周市长眯起眼想了想,忽然笑起来,他是被他气笑了,说你怎么想起来的?

天柱苦笑了一下,说你逼出来的。

周市长说我想起来了,你以前好像说过要在木城种庄稼的,这次让你钻了个空子,对不对?

天柱挠挠头皮,我主要还是为了完成任务。

周市长说你别尽唱高调,你说这能瞒过检查团?

天柱说,只要别让他们下车仔细看,应当能瞒过去,大城市的人根本分不清,这麦苗和进口草形状很像。

周市长说市民呢?我刚才就见有市民在草坪那里指指点点,大概有人认出来了。要知道,城里不少中老年人都有乡村背景。

天柱说我相信他们即使认出来,也不会反对,他们对庄稼还是有感情的。

周市长说你想得太简单了,这是城市草坪,在草坪上种麦子是个很荒唐的事情,就算中老年人不反对,还有年轻人呢?媒体呢?何况木城还有一个庞大的举报族,他们会认为这是欺骗上级,会认为这里头有黑幕,有贪污腐败问题,会闹得天翻地覆!

天柱愣了一下,他的确没想那么多。他不怕别人说自己什么,只是担心这事对周市长产生不良影响。但事到如今,只有听天由命了。就说周市长你放心,有啥事你就实话实说,全推我头上,我不怕。反正我没贪污,你也没贪污。你拨给我的三百万专款,我一分没去领,工钱全由我从绿化公司支付,麦苗是从苏子村挖来的,没用一分钱,我也不准备要一分钱。

周市长是知道他们住在苏子村的,也知道他们在苏子村的土地上种麦子和蔬菜。他知道这个庄稼人的精明,可是没想到他会舍得用几百亩麦田毁了绿化草坪。

周市长有点感动,说你们明年吃什么?

天柱笑笑,说你别担心这个,这些麦田本来就是拾荒,白捡来的,我就是看不得荒了土地。现在麦田毁了没关系,明年开春我全部种上春玉米,照样有粮食吃。周市长说你还打算长期种下去啊?

天柱说那几百亩地市里不是还没开发吗?只要土地闲着,我就会一直种下去。

周市长又在屋里转了两圈,转头看了他一眼说你回去吧,这事让我再想想。记住了,在检查团到来之前,你们不要得意忘形,不要和市民接触,不要接受任何媒体采访,完成扫尾工作后,把你的人马撤回苏子村,关门睡觉休息!

天柱点点头走了。周市长看到,他的两眼已布满血丝。

但第二天还是出事了。

木城晚报刊登一条消息,说有市民来电,反映改造后的草坪上新栽草很像麦苗。质疑草坪改造工程出了大问题。

晚报发行量很大,很多人看到了,这一下炸了锅。许多人当晚就跑出来看草坪,三百多块草坪都有市民围观,大家议论纷纷,有说不是麦子的,有的说就是麦子。木城十多家报纸和电视台电台记者全出动了,在草坪附近进行现场采访,拍了许多画面,连夜播出。这一下连市委书记市长也惊动了,当即打电话给周市长,周市长汇报说,这是个误会,明天一上班,我就让园林局开个新闻发布会,向市民澄清,请领导放心,我会妥善处理此事。

周市长知道捂不住了,连夜打电话把天柱叫来,又叫来园林局科研所的负责人和技术人员,研究了一个对策。园林局科研所的技术人员开始还不同意,周市长说要以大局为重,等过了验收卫生城这一关,他会自己站出来,承担全部责任。技术人员才无话可说。天柱这才意识到事情真的闹大了,说周市长,还是我来说明真相吧,事情是我闹起来的,我愿意接受任何处罚。周市长冲他一挥手,大声吼道,现在不是追究责任的时候,当务之急是瞒过市民,瞒过检查团!

第二天上午九点,园林局在会议室开了一个新闻发布会,全市所有新闻单位都来了。科研所长、技术人员和绿化公司总经理柴天柱坐在前头。科研所长告诉大家,改造后的草坪,换上的是一种麦草,外形的确像麦子,但不是麦子,是科研所用三年时间培育的一种新草,这种草有麦子的基因,可以保持冬天的鲜嫩和绿色,而且因为有麦子的形状,就增加了田园风光。希望大家不要猜测,要相信科研所。

木城晚报记者当场提问,研究新草品种,我们为什么事前从未听说过?

科研所长说,这是个科研课题,不需要事前向社会公布。

那位记者又问,这么大批量的草,是在哪里培育的?

天柱站起来,说培育这种草是由我们绿化公司承担的,就在苏子村废弃的荒地上。

之后又有别的记者提了一些问题,比如这种草有什么特点,对消除城市污染、美化环境有哪些作用,大都无关痛痒。但气氛在一点点缓和。所长都作了煞有介事并且耐心亲切的回答,终于让大家相信,这根本就不是个什么事。

第二天新闻单位风平浪静,各报只在并不显著的位置发了一个豆腐干大的文章,报道了新闻发布会的消息。

这天晚上,有更多的市民来看草坪,不过已是参观的意思了。大家都很兴奋,这么鲜嫩的绿草,的确赏心悦目。当然还是有人怀疑这就是麦苗。一个老工人模样的人弯腰摸摸,怪笑道:"蒙谁呢?"

一个年轻人说:"老师傅,你说这不是麦草?"

老师傅笑笑说:"明年五月,等着收麦子吧!"

但不管怎样,这件事暂时没引起大的风波。周市长和天柱松了一口气。

离检查验收团来木城没几天了,周市长又连续采取几项措施:城里所有冒黑烟的工厂全部停工,木城所有机动车辆按单双号出门,单日单号出门,双日双号出门,车流量一下减少了一半。两样强硬措施一出台,短短几天,木城空气大为改观。虽说有人抱怨,但大部分市民很欢迎,毕竟空气好了许多。

数日后,检查团如期而至。周市长全程陪同,马路市面打扫得干干净净,这都没问题。空气质量也过得去,草坪更是大受称赞。他们说检查过那么多城市,没见过木城这么漂亮嫩绿的草坪。当然,周市长没让他们下车,只在车上围着草坪转了一圈。

卫生检查顺利通过。

但在检查团离开木城的时候,检查团长把周市长拉到一旁耳语,说周市长,你的草坪很有创意啊!

周市长说请首长指示。

团长拍拍他的肩,说麦子长势不错。

周市长一惊,然后一脸尴尬,说团长你……

团长笑笑,说你白天不让我下车,晚上我可以散步呀,仔细看了你们的草坪,你瞒不住我的。我原来就是农林专家。说真的,你们木城的绿化,越来越像杂木林了。是好是坏我还要回去研究。就是这草坪上种麦子,有点离谱,你也太会糊弄上级了。不过,我可以放你一码。但今后如何向市民交待,就不那么简单了。说罢上车而去。

周市长站在原地,愣了半天。是啊,这三百六十一块麦田,该如何处理? 这个天柱,真是惹下大麻烦了。

当天下午,他打个电话把天柱叫来,天柱一进门就说,周局长你真是个好领导,算我没看错人,下级出了事敢担责任。

周市长摆摆手,说得得得,别给我灌迷魂汤了。我找你来正是商量这件事,现在检查团也走了,你的麦苗子也算立了功,我看你还是把它们请回苏子村吧。

天柱说周局长使不得!把麦苗移回苏子村,这好办。可是新闻发布会刚开过没几天,市民都知道这是新培育的麦草,还有那么多优点好处。我这几天没睡懒觉,到各草坪转游,观察市民反映,大家都很喜欢,突然又移走了,咋给市民说?再说,移走麦苗,草坪不就空了吗?这季节眼看要入冬了,哪里去买草?

周市长狐疑地看着他,说天柱,你的意思是不能移?

天柱说栽都栽上了。

周市长说到明年春天麦子打苞抽穗,不就全露馅了吗?

天柱说这不还有几个月吗?咱们再从容想想,反正不要这么急着移回去。

周市长想想也对,说反正上了你的贼船下来不容易,等等就等等吧。告诉你啊,别不当一回事,弄不好市民把你们轰出木城,到时我可救不了你!

天柱狡黠地笑笑,说周局长你放心。

周市长说放心个鬼,我现在对你不放心了!

首战告捷,天柱异常兴奋。他觉得在木城干了几年,到这时候才算干出点名堂来,这才是自己真正想干的事。三百六十一块麦田,堂而皇之地进了木城,这简直太那个了!

天柱一高兴,决定去雨丝巷喝几杯。他已经有些日子没顾上去老酒馆了,也不知小米怎么样了,今天无论如何要去看看她。

天柱离开周市长的办公室,到大院外头马路边开上他的破吉普,直奔雨丝巷。每次来见周市长,天柱都是把车子停在外头,进有一次天柱带几个人来喝酒,正好碰上三个年轻人闹事,喝醉了酒说是喝了假酒,不肯付钱。老孙头上前理论时,被打了一个耳光。这一耳光打得太重了,老孙头一条腿本就瘸,一下摔倒在地,口吐鲜血。当时小米吓坏了,忙哭着去搀扶爸爸。三个人正要走时,可巧天柱几个人来喝酒,一看这场面,冲上来就是一顿暴打。一个家伙在打斗中从怀里掏出一把砍刀,被天柱一把夺过来,双手握住猛一使劲,把砍刀握成一张弓又扔给他,说小子,你能把它再掰直了,今天的酒钱我替你付!那家伙吃了一惊,但还不肯服软,说你是什么人?敢在这里挡横!天柱笑道,我们就是些农民工,我手底下还有一千人,你看打架够不?要是不够,木城的农民工有三百万,要不都叫来?那家伙只好乖乖掏出钱扔在地上,捡起那把弯刀撒腿跑了。天柱在后头喊,小子哎,别跑啊!

小米第一次从天柱身上知道了什么叫强大,也平生第一次感到了什么叫舒心。

很快,小米就对天柱产生了依恋之情。这种依恋并不完全是男女之情,更多的是一种感激、信赖和亲情。她很快就叫他天柱哥了。这个天柱哥一下子成了她精神的靠山,有了天柱哥就有了安全感,她的萎缩的生命和精神因为天柱而变得滋润了。

从此,盼望天柱来老酒馆,就成了小米最重要的事。每次只要天柱一来,她都会激动,都会兴奋,都会快乐得脸红红的。小米依然内向,不会多说什么,但从她的眼神里能看到内心的波澜和溢出的幸福感。每当看到小米这种眼神,天柱心里都很难受,这姑娘太可怜了,自己并没有给她什么,自己只是一个农民工,可她却把自己当成一棵可以遮蔽风雨的大树。

后来,天柱发现小米看自己的目光渐渐发生了变化,由以前的亲切、信任、纯净和坦然,变成慌张、躲闪、潮湿和复杂了。天柱是过来人,自然明白小米对自己的情感已不是那么单纯了。那一刻,天柱也是慌张的。但他清楚地知道,这事只能到此为止,发展下去,受伤害的只能是小米,因为自己不能给她任何承诺。他只能佯装不知。同时尽量避免单独来喝酒,尽量不和小米单独相处。

由此,他看到小米幽怨而凄苦的目光。

天柱很心疼,但他不能动摇。

大约二十多天前的一个晚上,差不多有半夜了,天柱已经上床睡觉。忽然草狼的叫声惊醒了他。天柱侧耳细听,有人在敲院门:"嘭嘭!嘭嘭!……"

声音不大,断断续续的。

天柱披衣起床,楼外月光如水。从楼上的窗口往下看,院门外站着一个瘦弱的女子,朦胧中好像是小米。天柱吃了一惊,天这么晚,她怎么摸来啦?小米曾跟他来苏子村玩过两次,还在天柱家吃过饭。她知道天柱是单身一人住在这里。现在她深夜到来,显然是下了很大决心的。

敲门声还在继续:"嘭嘭!嘭嘭!……"

但天柱忍住了,到底没有下楼开门。他知道,今夜只要放小米进来,一切都无可收拾了。

终于,小米转过身走了,轻得像一片羽毛。

天柱知道,那一刻小米会多么伤心。她一定是鼓起全部勇气才来的。

第二天,天柱怕小米出事,专门去看了她一趟,还喝了二两酒。他没提昨晚的事,装作什么也不知道。

小米也没提昨晚的事,表面看起来一切如常,一样为他端酒,为他端上茴香豆,微笑着叫他天柱哥,很亲切的样子。别的什么也没说。

现在回想起来,那天她只是佯装无事,内心一定是很绝望的。小米的出走,肯定和这件事有关。

天柱一夜没有睡觉,香烟抽了两包,弄得满地都是烟头。

第二天一早,他就开上吉普车去了龙泉寺。以前为了寻找天易,他曾去龙泉寺向一位高僧求教。

他相信他。

龙泉寺在一片密林里,肃穆而神秘。天柱把吉普车停在很远的地方,步行走向寺院。不料那位高僧正站在门口,看见天柱,合起双手道阿弥陀佛,施主你终于来了。

天柱大为惊奇,说师父你怎么知道我要来？你还认得我？

老僧也不回答他的话,只说恭喜施主。

天柱说我正有为难的事要请教师父,有啥好恭喜的？

老僧说,眼前你要找的人,就不必找了,她已经入了佛门,无须再打扰她了。以前你要找的人,你已经见过多次,快去相认吧。

天柱一时愣住了,眼前要找的人？是说小米了,小米她入了佛门？实在让他意外！以前要找的人……就是天易了,怎么……我已经见过多次？这么说天易还活着,我真的要找到天易了！

天柱还想问问老僧。老僧已转身进了寺院。他知道他只能说这么多了。

他急急忙忙往回走,跟跟跄跄,像一个醉汉,狂喜而迷惑。高僧让我快去相认,这人我一定认得的,他是谁？

他是谁？

他他他……天柱突然顿悟,是了。一定是他！除了他,还能是谁！

天柱突然泪如泉涌,天易哥,我早该想到的,你就是天易啊！……

第十一篇 石陀=天易？

　　石陀已经七天没来上班了。

　　别人都没有觉察。平时石陀上班，大家三天五天看不到他，是正常的事，因为他总不出门。连社长达克和石陀也很少碰面。两人各管各的事，互不商量，更不开会。但这并不意味着他俩有多大矛盾。事实上，他们没什么矛盾。除了那次为柴门出文集的事，两人有不同意见，平常没有为任何事发生过争执。达克想和他争执也争执不起来。石陀除了编辑业务，对社里其他事既不懂也不过问，一切由达克说了算。达克不喜欢石陀，也说不上厌烦。有时想想，和这样一个人搭档，倒也省心。

　　石陀第一天没来上班，许一桃就知道了。自从那天梁朝东告诉她跟踪石陀的情况后，许一桃就揪着一颗心，格外关注他的一举一动。

　　那天她装作请示问题，去敲石陀的办公室，一直没有人应声，推推门是锁着的，这才发现他没来上班。但当时她没太当一回事，因为这种情况过去经常发生，只是从没问过他去干什么。那不是她应当问的事。别看许一桃丈夫铁明是木城纪委书记，地位显赫，可在许一桃看来，那只是一个工作而已，而且她并不喜欢他干的这个工作。说不清为什么不喜欢，她只是觉得这个工作太沉重，沉重到可以决定一个人乃至一个家庭的命运甚至生死。她不想让丈夫干这个工作，自然就不会有那种官太太居高临下得意洋洋的恶习。相反，她回避这种身份，更不会主动说起铁明。有时达克因为铁明的原因,表现出对她格外尊重时,许一桃会觉得不自在。平日在出版社里,她平和低调,善解人意,就像一位大姐,深受编辑们敬重。

石陀两天三天没来上班时,许一桃仍没有太在意。直到一连七天没来上班,她才着急了。开始她还想,是不是市政协又开会了。一打听,说政协并没有开会。许一桃就做了各种猜想,梁子曾告诉她石陀晚上敲马路的事,会不会被抓起来?好像不是。如果被抓起来,单位应当有点动静,起码达克该知道。早上在楼梯碰到达克时,达克没任何异样的表示,只像往常一样冲她笑笑,说许主任来这么早啊?他一直客气地称她许主任。

后来许一桃就想到,石陀也许是病了,而且病得不轻。她想这事应当给达克汇报一下,怎么也得去看看。平时编辑部有人生病,许一桃总会去看望,别人不去,她也一定会去,而且都是自己掏钱买些礼品。但她忽然又想到一个最大的问题,石陀住在哪里,去什么地方看他?梁子说过他曾跟踪到烂街,到底也没找到他住的地方。如果这事让达克知道了,会不会不方便?梁子说过的,这事不要让任何人知道。

就在许一桃心急火燎拿不定主意的时候,天柱急冲冲闯进了出版社。

天柱出了寺庙,几乎没怎么犹豫,很快就认定石陀就是大瓦屋家苦苦寻找了多年的天易!那个失踪多年的天易!那个迷迷糊糊的天易哥!

就是他,不会错!

那一刻,天柱热血奔腾,热泪长流,这一切太神奇了。自己多年苦守木城,就是为了这一天,这一天终于到来了!

伯父伯母曾告诉他,当年天易在北京失踪,是被一个女子带走的,老师同学们分析,那个女子有可能就是他的俄语老师梅老师,而梅老师的家就在省城木城。天柱由此断定,要想打听到天易的下落,必须到木城去。他外出打工,有许多地方可以选择,可他哪里也不去,离开草儿洼,就直奔木城来了。

到木城开始的一两年里,天柱除了打工干活,就是到处打听姓梅的人。这么大个城市,人生地不熟,想打听一个人太难了。后来有人指点,你应当去派出所查查,那里有户籍档案。天柱这才如梦方醒,就一个一个派出所查找。派出所倒也认真,一家一家帮他找,倒是有一些姓梅的,但各方面都不对。查到第二十几个派出所时,天柱忽然想起伯父说过,据天易的同学回忆,说梅老师的父亲曾是一位将军。天柱把这情况一说,派出所民警说,你赶快去军区查问吧,军区应当知道。这时已耗去一年的时间。

后来天柱就去了军区,费尽周折,终于问出,军区确实有一位梅将军,不过早已退役,"文革"中被人揪斗,梅将军在一天深夜,开枪自杀了。天柱还打听到,梅将军的确有个女儿,但没人见过她。

天柱打听到这些消息,几乎又用去一年多的时间。因为军区大院根本进不去,门前有站岗的士兵,戒备森严,没有证件介绍信,军区大院门前的接待室是不会放行的。天柱一有空就去磨,接待人员都熟悉他了。天柱干脆向他们打听,但他们一无所知。军区是个铁打的营盘流水的兵,人员换了一茬又一茬,时间过去几十年,他们根本不知道什么梅将军。接待人员看他固执,也动了恻隐之心,又指点他说,哪里哪里有军队干休所,老同志多,你去那里打听吧。天柱心想你们咋不早告诉我,白耽误这长时间。但他还是很高兴,急忙又去干休所。干休所不像军区那样难进,他正在门口接受盘问时,几个老军人溜达过来,并且主动打听有什么事。他们显得很热情,看来在干休所有些闷,他们喜欢说话,并且喜欢回忆。当天柱无比诚恳地叙说了天易和梅老师失踪的故事后,他们表示出极大的同情。他们告诉他,几十年前,军区的确有个梅将军,"文革"前就离休了,住在木城中心一幢小洋楼里。但"文革"

时被揪出来批斗,说他是国民党降将,当初投降是假,打进我军内部是真,是一个潜藏的国民党大特务。梅将军几天后就自杀了,死前留下遗书,说他是清白的,他为抗日战争立过战功。大家七嘴八舌,说了许多关于梅将军的故事,说他在美国留过洋,在西点军校受过训,人很儒雅。对于他的自杀,大家深表同情和敬佩,士可杀而不可辱。梅将军后来得到平反。还说他的确有个女儿,听说在外地教书,但没有人见过她。梅将军是在美国留学时结婚的,妻子是美籍俄罗斯人,他们在五十年代初离了婚,那个俄罗斯女人又回美国去了,说是受不了在中国的生活。梅将军非常珍爱他的女儿,离婚后也没有再娶。在小洋楼住着时,除了勤杂警卫人员,只有一个姓林的女佣伺候他的起居,平时很少出门,就是在家看看书,弹弹钢琴。他们说梅将军的钢琴弹得很好。总之,大家你一言我一语,说了许多梅将军的事情。

　　天柱非常感动,也非常激动,他没想到在这里得到梅家这么多信息。可他最关心的梅将军的女儿,他们却知之甚少。只有一位老将军说,他在她四五岁的时候见过,长得像个瓷娃娃,那时她妈妈还没回美国,以后就没再见过。

　　天柱千恩万谢离开干休所,几天后又找到那幢梅将军住过的小洋楼。小洋楼在市中心附近,闹中取静,环境非常幽雅。一座大院外,长着许多粗大的悬铃木,院里也能看到树木很多,还有紫藤什么的。大门紧闭着。天柱上前敲门,里头出来一个年轻男子,打量了一眼天柱,一看而知是个乡下人,就冷冷地问你干什么?天柱说我要找个人。那人说你找谁?天柱说这里头是不是住着一位姓梅的女人?那人生气道什么姓梅的女人?没有!转身关上大门,砰的一声响,把天柱吓一跳。

　　天柱不甘心,又去敲门,敲了几下,又是那个年轻人开门出来,冲天柱呵斥道,你是什么人在这里捣乱?再敲门我叫人抓起你来!

　　天柱哀求道,我真的是找人的,我是找我哥的。我哥和一个姓梅的女人跑了,失踪三十多年了⋯⋯

年轻人说什么乱七八糟的?去去去!挥挥手像赶苍蝇一样,砰的又关上了大门。

天柱无奈,只好在附近转游。后来他截住一个老女人打听,才知道这院里住着一个离休的副省长,姓王。

线索到此中断。

梅将军的女儿去了哪里,再也无处打听。

但天柱心里踏实了许多。不管如何,他总算获得大量信息,知道确有一个梅将军,梅将军确有一个女儿,并且是在外地教书,这和当初天易被梅老师带走的传言,就接上了茬。

关键是,梅老师的家确实在木城。

那么,天易的行踪就应当和木城有关。

他当初选择的寻找方向没有错。

天柱之后又到处打听了半年,仍然毫无头绪。一急之下,他去了城郊的龙泉寺,一连去了两次,老和尚才告诉他,你也许有缘,也许无缘。

这话等于没说。

但天柱没有泄气。

相反,他更加坚定了信心。既然能找到梅家,就能找到梅老师,就能找到天易,他们不会从人间蒸发,活要见人,死要见尸。

这几年,天柱不像开始寻找时那么急了。他相信很多事都需要机缘,机缘不到,急也没用。

但他一直在想老和尚说的那句话,他说天易带走了大瓦屋家的魂魄。可魂魄是什么?但有一天他忽然恍然大悟,大瓦屋家的魂魄,不就是土地吗?

当然是!

土地是大瓦屋家族的宗教,这是曾祖母柴姑创建的,柴姑是教母,她的子子孙孙都是忠诚的教徒,没有人会背叛柴姑,更没有人会背叛土地。老和尚说天易带走了大瓦屋的魂魄,就是指这个了。

可这话是啥意思?带走了——啥叫带走了?

天柱在听到老和尚这话后很长一段时间,都非常愤怒,他把天易当成一个窃贼。那个他几乎没有任何印象的堂哥,其实在草儿洼并没有生活多少年,然后突然就失踪了,还带走了什么大瓦屋家的魂魄,凭什么?他是谁派来的?那时天柱老在想,如果有一天找到天易,我一定要抓住他衣领暴揍一顿。过去听大人讲过,天易小时候老是挨打,打得满地翻滚,打得一头一脸都是血。人们打他并不是因为他做错事了,而是因为他没有痛感,挨了打从不喊疼,这让大家很奇怪,于是都想试试能不能打得他叫起来。但天易还是不叫。草儿洼从没人能打得他叫起来。对此天柱一直不太相信,这怎么可能呢,日后我要找到他,一定要揍得他倒地求饶嗷嗷直叫。

但一次夜深人静的时候,天柱又反复琢磨老和尚的话,忽然觉得老和尚的话,也许是另外一种意思,就是说……就是说,天易虽然失踪了,但大瓦屋家对土地的情感仍然带在身上,他不会失了本色,不管走到哪里,都不会忘了土地,不会忘了大地。对了,应当这样解释!天易哥咋能忘本呢?家里老人们一直说,当年曾祖母活着的时候,最喜欢的重孙就是天易,不仅因为他是第一个重孙,更因为他经常倚在老石屋门框上,静静地看着曾祖母,一呆就是半天。他的血管里流着曾祖母的血,即使走到天涯海角,即使忘了自己是谁,也不会忘了土地啊!

天柱想到这一层时,一下子释然了。他不再生天易的气,而是深深地挂念起他来。在二十几个堂兄弟中,天易是大哥,从小因为木讷受过很多委屈,后来又莫名其妙被人带走,现在漂泊何处?那个梅老师还和他在一起吗?他那样一个木讷的人,是不会照顾自己的,这么多年,有人照顾他吗?在外头还会有人打他吗?想到这些,天柱的心又堵得厉害。

那一夜他几乎没睡,后来干脆披衣起床,在苏子村外的土地上走到天亮。闻着土地的气息,他突然有一种预感,只要天易还活着,自己和大哥还会在土地上相逢,这土地的气息会让他们走到一起的。

这天出了寺庙,天柱几乎被老和尚的话击倒,他说我已经见过天易多次,快去相认吧。我的天!就一边往外走,一边过电影一样,把在木城认识的人过了一遍,好像镜头闪了几下,突然就定格在石陀身上了。

天柱记起和石陀的几次相遇,第一次是陪方全林看夜景的时候,发现他一个人用锤子砸马路,那是第一次相见,并且一见倾心。第二次是在子午大道绿化论证会上,他的发言令天柱大为赞同。第三次是那天晚上,他自发跑来,和民工一起往草坪上栽种麦苗,他已经泥里水里干了三夜。这三次都曾让天柱生出奇怪的感觉,就是觉得亲近,觉得这个人有点迂腐,觉得城里人也有知音,也有如此痴迷土地的人。就在那次听证会后,他还向周局长打听过石陀,在得知他是出版社老总、市政协委员,并且年年有个拆高楼扒马路的提案后,天柱脑海里确曾闪过一个念头,这人该不是天易吧?而且年龄也相仿。但这念头也就一闪而过,随即苦笑一下摇摇头,就被自己否定了。怎么可能?人家那么高的地位,那么大的学问。因为在他的想象中,天易是个失踪的人,是个流浪漂泊的人,是个穷困潦倒的人。如果有人告诉他,马路边那个讨饭的乞丐就是天易,他说不定会信。这么一个有地位有学问的人,反倒让他不敢想了。

但今天老和尚的话,给了他胆量,为啥不可能?大瓦屋家的人咋就不能有地位有学问?何况他是被梅老师领走的,那可是一个将军的女儿,还有个美国籍的俄罗斯母亲,他有贵人相助啊!回头再想,石陀的行为方式,多么像少年时的天易,多么像!拆高楼扒马路,他是要掀翻整座木城,恢复大地的本来面目啊。这的确迂腐又荒唐,但也只有大瓦屋家族的人才这么固执和敢想。自己不也在谋划着在全城种庄稼吗?我俩其实想到一起去了,其实在干同一件事。

我们真的在土地上重逢了!

大哥,我们家找了你几十年,找得好苦!可你咋又姓石了呢?

天柱跌跌撞撞冲进出版大厦的电梯,电梯呼呼往上蹿,天柱仍嫌太慢。他对电梯女工说,能不能再快一点?电梯女工白了他一眼,没吱声。

终于到了九十九层。

他已经在下头问清楚了,石陀就在九十九层办公。可他刚出电梯,就被钱美姿拦住了。

钱美姿的收发室就在电梯旁,看到一个陌生人闯进来,立即大声说喂站住!你什么人?

天柱说我找个人,继续往里走。

钱美姿出门张手拦住,说出版社能是乱闯的地方吗?你找谁?

天柱说我找我大哥!

钱美姿说谁是你大哥?

天柱说石陀是我大哥!

钱美姿看他一眼,忽然闻到一股汗臭味,伸手就往外推,说你也配!走走走,不走我喊警察抓起你来!

天柱火了,说你这个女人有毛病!警察局是你家开的呀?

两人吵闹引来几个编辑看热闹。许一桃也听见了,不由心里一惊,石总还有个弟弟?忙跑过来,拉住钱美姿,说小钱你回收发室吧,这事交给我来处理。转身对天柱说,请你跟我来好吗?

天柱跟许一桃走进她的办公室,许一桃返身掩上门,为天柱倒一杯茶,微笑道请坐吧。我是这里编辑部主任,我叫许一桃。

天柱点点头,说噢噢许主任,一副心急火燎的样子。

许一桃看出来了,说先生你贵姓?……噢对不起,你说石总是你哥对不对,你肯定也姓石了……

天柱说我姓柴,叫柴天柱,在木城绿化总公司做工。

许一桃诧异道,你姓柴,那你哥怎么姓石呀?你们是表兄弟啊?

天柱忙摇头,说我们是堂兄弟,都姓柴,我也正纳闷,他咋就姓石了呢?

许一桃更加糊涂,说你们多久没见面了?你哥改姓石你都不知道?你们……到底怎么回事?

天柱说我小时候也许见过我哥,记不得了,他失踪几十年了,家里人一直在找他。

许一桃大吃一惊,石总果然有不寻常的经历!就疑惑道,那你怎么知道他就是你哥?

天柱斩钉截铁地说,他就是我大哥!他在哪里,我要立刻见到他!说着呼地站起身。

许一桃看他急切的样子,只好说,石总今天不在出版社,他已经七天没来上班了,不知去了哪里,我也正要找他。

天柱一下子呆住了,两眼含着泪花,直直地看着前头的墙壁,讷讷道,他能去哪里?……

许一桃意识到这里头一定有复杂的故事,就安慰他说,柴先生你别急,石总也许是病了,就没来上班。

天柱急忙说,许主任你告诉我他住在哪里,我去找!

许一桃说,麻烦就在这里,我们出版社没有人知道他家在什么地方,他也从来没说过……你看这样好不好,马路对面一个茶馆,很安静,说话也方便一些。咱们去那里坐坐,我请你喝茶。咱们共同想想办法好不好?

天柱想了想,这会光急也没用,就说那好吧。

不大会,两人下楼去了对面的小茶馆。

他们刚进楼梯,钱美姿就给在九十八楼的达克打了个电话,说有个农民工找石总,他说石总是他大哥,吵吵嚷嚷的,刚才跟许主任下楼去了。

　　达克没吭气,砰的把电话挂死了。心想这女人就喜欢多事。但想想这事又有点蹊跷,石陀有个兄弟,怎么从没有听说过?许一桃带他出去干什么?他这才记起,已经好多天没见到石陀了。摸起电话就要拨许一桃的手机,可刚拨三个号就按死了。他不想让许一桃产生误解,这么直接问有些冒失,达克想了想,拨通了美编小甲的电话,说石总今天没上班吗?小甲停了停,说好像有个把星期没看到他了。

　　达克放下电话,忽然觉得这里头有什么事情。他知道平日不仅石陀,整个编辑部的人都很松散,上班时间外出,或者干脆一天两天不上班。他曾很严肃地给石陀说过,编辑部太没规矩,这一块你要管一管!当时石陀正坐在木梯上看稿子,就像根本没他这个人。达克气得转身走了,第二天就把办公室搬到楼下,并且发誓再不和这个混人商量事情。

　　他承认自己不懂得石陀,世上怎么会有这种人,这人到底什么来路?不会是外星人吧?现在好了,他有个兄弟找来了,这意味着他是有根有梢的。可是石陀七八天不上班,又有个兄弟找来,怎么也算个事情,咋就没个人给我说一下?别人不懂,许一桃应该懂啊,万一石陀真出了什么意外,你们担得起吗?

　　达克有点生气,又有点失落。

　　马路对面的茶馆里,两人要了一个包厢。许一桃的热情诚恳,很快打消了天柱的陌生感,也引发了他述说的欲望。事实上,天柱处在极度亢奋状态。大哥失踪几十年,就像从人间蒸发一样,可是你突然在茫茫人海里发现了他的身影,只要紧跑几步,就能扯到他的胳膊了,你能不激动吗?激动得要死啊!

没等许一桃怎么问,天柱就滔滔不绝地说开了。他说得语速很快,也很凌乱,说到天易的失踪,说到柴姑,说到大瓦屋家族,说到天易小时候的挨打和木讷,说到梅老师和梅将军,也说到他几次到寺庙的事……许一桃听得目瞪口呆,一个人竟然有这么深厚的家族背景,会有这么离奇的经历,如果石陀真是当年的天易,他的一切行为方式就一下解释通了。

但她还是不敢相信,看着天柱,说柴先生……天柱打断她的话,说许主任,还是叫我天柱吧,听着自在。

许一桃一愣,随即笑了,说我大概比你大一两岁,也好,就叫你天柱。天柱呀,我是想说,你说的情况很叫我感动,特别是你们家族一代一代人对土地的感情和执著,以及为此付出的惨痛代价,真的叫人震撼。但是你说的情况,只能说石陀的某些行为方式,和少年时的天易有相似之处,但这并不能说明石陀就是天易呀。

天柱急了,说肯定是他!老和尚说我们已经见过几次了。我在木城没几个熟人,只有石陀最符合,年龄也对,不会错!

许一桃说,你就那么相信老和尚的话?

天柱说我信。几十年了我大哥该出现了。许一桃点点头,说我也希望石陀就是你大哥,这样他就有亲人了。说真的,石总这个人怪可怜的,像有自闭症,平时从不和人交流,我们对他了解也很少,就是看他一个人很孤单。但现在的问题是,要想确定石陀就是你大哥,不能由你说了算,因为你还是猜测。这事只能由石陀说了算,问问他是不是那个失踪的天易,失踪以后这么多年都经历了什么,这么多年为什么不回家,甚至连个信也不带,到底为什么?

天柱也冷静了一些,讷讷道,是啊……为啥不回家,带个口信也好啊……

许一桃说,现在当务之急,还是要找到石陀。他七八天没来上班,肯定是有原因的。

天柱看着她,你们一点都不知道他的住址吗?

许一桃说,只知道他可能住在烂街,还是前不久才知道的。就把前些日子梁朝东曾经跟踪过石陀的事说了。

天柱又高兴起来,说那就好办了,我去烂街一家一家问,总会找到的!

许一桃说我陪你一同去吧。

天柱跳起来,一把抓住她的手,说许主任,我看出来了,你这人心眼好!

许一桃拿开他的手,笑道,能让你们兄弟团聚,比什么都好。说着回首冲服务员招招手,要结账的意思。天柱忙快步走过去,把钱付了。许一桃说是我请你喝茶,应当由我付钱的。天柱笑了,说这点钱不算啥,我有钱呢。

许一桃像是想起什么,说你好像说过你在木城绿化公司工作?天柱不好意思起来,说我是公司总经理。

许一桃吃惊地看着他,说天柱你行啊!噢想起来了,前些日子上级检查卫生城,你们把全城几百块草皮都换了新草,有市民议论,说你们在草坪上栽的全是麦苗,是你干的吧?天柱挠挠头说你也听说啦?

许一桃说真是麦苗?

天柱没有正面回答,笑笑说,是不是麦苗明年春天就知道了。

许一桃说,如果真是栽的麦苗,那可正合了石陀的意思。没想到他盼了多少年的事,你几天就干成了。

天柱说他也干了四个夜晚呢,一天晚上,有后半夜了,我正好碰上,一身泥一身水的,可卖力气了。他是自己看到,自己参加进来的。可惜那时还不知道他是我大哥!

许一桃忽然说,会不会就是那几夜把他累病啦?

天柱一拍大腿,完全有可能!说不定是受了风寒,那几夜可冷了。

许一桃说,他那个身体,连干四个通宵,肯定吃不消的。

天柱和许一桃到达烂街,到处污泥浊水,着实让他们吃了一惊。石陀居然会住在这种破地方,真叫人难以置信。

寻找的确不容易。

烂街的居民对外来人似乎有一种天生的戒备。他们问了几个人,都是不理不睬,至多摇摇头,一句话也不说。许一桃从他们的目光里,能感到一股敌意,不由有些紧张,她没有任何和这类人打交道的经验。

倒是天柱一点也不害怕,拉起她说咱们往前走走。没走多远,天柱忽然听到有人叫他:天柱!天柱!

天柱听到了,却有点不相信自己的耳朵,这里会有谁认识自己?正纳闷间,突然从一条胡同里钻出一个人,一边喊一边朝他跑来。

天柱转头一看,却是王长贵!一时惊奇道,长贵哥你咋在这里?

王长贵说我常常来这里收垃圾,天柱你咋来啦?

天柱笑起来,说长贵哥你可真是个神仙!转头看许一桃疑惑的神态,忙说这是俺们村的王长贵,他是专门捡垃圾为生的,赚了不少钱。

许一桃点点头,笑了。

王长贵却抗议道,天柱你搞什么搞?我以前是捡垃圾的,现在是收垃圾的!

天柱笑道这有啥不一样?

王长贵说太不一样了!现在我手下有七八个伙计给我打工,当老板和打工仔能一样吗?

天柱大笑起来,说长贵哥真是委屈你了,对不起对不起。

许一桃也笑了。

王长贵看了许一桃一眼,发现这女人和天柱年纪差不多,体态丰满,皮肤白净,一脸富态相。就伸手把天柱拉到一旁,低声说天柱,是不是找了个相好的?你可不能乱来!

天柱拨开他的手,说你想哪去啦?我们是来烂街找个人的。

王长贵不依不饶,说那女人是谁?

天柱说给你说也不懂,别瞎打听,我还有正经事呢。说着就要走开。

王长贵说行行,我不打听了。哎,你们找啥人哪,这烂街上的人我都熟悉,要不我带你们去找吧。

天柱惊喜道,那可太好了!

许一桃说,那就麻烦您了。

王长贵说你们到底找谁啊?

天柱说长贵哥,告诉你一件大喜事,我八成要找到天易了!

王长贵愣了愣,好像一下子没反应过来。但随后就跳起来,说哎呀哎呀哎呀!天易?你说天易!找到天易啦?他在哪里?在烂街?天柱这是真的吗?……

天柱看他吃惊高兴的样子,忙按住他说,你先别太高兴,这会还不能完全确定。有一个人,他叫石陀,在木城出版社当老总,喏,这位许主任就在他手下工作。这个叫石陀的人很可能就是天易,五十几岁,背有点驼,高个子,戴个眼镜。对了,平时老穿一件蓝布长衫,像个油漆工……

天柱还没说完,王长贵就打断他的话,说行了你不用说了,我知道了,就是石先生!我知道他住哪里,这几天好像病了,石先生就是天易啊?……

正在这时,天柱看到一些人正静静地围上来,气氛有些不对,忙拉住王长贵使个眼色,说别嚷嚷。

许一桃看到有十几个人逼近,有些紧张,悄声说天柱,咱们快走吧。

王长贵也看到那些人了,立刻满脸堆笑迎上去,说没事没事……

一个满脸胡子的壮汉伸手揪住王长贵的衣领,凶巴巴说王长贵,你多什么鸟事!那两个生人是干什么的?

王长贵忙说,不是生人,我认识他们,那男的和我一个村,那女的是……

天柱走过去,说兄弟你把王长贵放了,我来给你说。

大胡子看天柱不卑不亢的样子,有点摸不着头脑,于是松了手,转脸逼视着天柱,说你是什么人!

天柱笑笑,这么紧张干啥?你们这里不会有什么见不得人的事吧?

十几个人呼啦围上来,一阵乱嚷:

你说什么呐!

胡说八道!

是个便衣吧?

揍他!……

许一桃不知哪来的勇气,突然冲上来护住天柱,大声说你们要干什么?不许打人!

王长贵也急忙张手拦阻,说他们真是来找人的,大伙不要误会!

大胡子推开王长贵,邪笑着冲许一桃说,打人又怎么啦?

天柱拉开许一桃,说打人就麻烦了。如果我是便衣,打了就更麻烦。兄弟,你说是不是?

大胡子一愣,示意那些人别动,重新打量天柱一番,说你们找谁?语气明显缓和了一些。

王长贵说,他们找石先生。

石先生?你们是他什么人?

天柱说,我是他老家的人,这位是石先生一个单位的。听说他生病了,来看看,没别的意思。

王长贵说,是这样,我敢担保!

大胡子看着天柱,说那好吧,你们去看石先生。不过我警告你,别的事少管!说罢一挥手,一伙人全走了。

许一桃看他们走远了,说这伙人怎么像黑社会一样?

王长贵低声说,烂街上全是烂事,制假、贩假、卖假、走私、卖淫,啥破事都有。他们特别警惕生人。

天柱说不管他们,咱们快去找人吧!

王长贵说好!不过,这一路上看见啥都装作没看见。

三人相互跟着往前走去,一路上看到的和前些日梁朝东看到的景象差不多,乱哄哄脏兮兮的。不时有一股恶臭飘来。

走出两百多米时,天柱忽然听到一阵牛的叫声,不过这声音是变了形的,低沉、颤抖,听起来极惨。

许一桃也听到了,说什么在叫,这么恐怖?

王长贵低声说是牛叫,前头的屠宰场在给牛肚子里灌水。

许一桃说灌水?灌水干什么?

天柱已知道是怎么回事,可他没说,脸色却突然很难看。

王长贵说,牛灌了水,就能多出些肉,造孽呀。

说话间,屠宰场到了。三人经过大门口时,果然看到两头牛被捆住四条腿固定在木架上,各有一根皮管插进嘴里,正往肚里注水。两头牛都在痛苦地扭摆着脑袋,浑身都在颤抖,却无法把皮管从嘴里吐出,肯定是管子插得太深了。只能发出低沉痛苦的叫声,像哭泣,又像哀鸣。两个男人正站在牛头旁边,不时把管子往牛嘴里再插一插。

许一桃赶紧捂上脸,快步走了。

天柱一时脸色铁青、浑身发抖。这一幕是他从未见过的。一个庄稼汉子对牛的感情,是别人无法理解的。那一刻,他真想冲进屠宰场,抢一把屠刀,宰了那两个家伙。

王长贵看到天柱五指握得嘎嘣响,赶忙推着他离开,低声说快走,别耽误咱们的大事。

天柱在转身的一刹那,两眼突然涌出泪水。他知道,这个惨景他一辈子都不会忘记了。

这是一个很深的胡同。

胡同口停着一辆半新半旧的出租车。

王长贵朝里一指,说石先生就住在最里头一个小院。

天柱的目光探进面前这条窄窄的狭长的小胡同,深深吸了一口气。失踪了几十年的大哥,就在这里住着吗?一家人苦苦寻找几十年,路途是那么遥远,时光是那么漫长,伯父伯母到死都在念叨着他。很多时候,大瓦屋家族的人都认为天易早已死了。可现在,他可能就藏在这里头,一个简陋的小院里。

天柱的腿有些发软、发飘。

他几乎没有勇气走进去。他怕不是,万一不是,自己将无法承受。

许一桃已感受到天柱内心的紧张和激动,她知道对他来说,这将是一件具有决定意义的事。

她看到天柱刚要迈步走进胡同,又转回身看了她一眼,那目光有点虚弱,几乎是在求助。许一桃冲他笑笑,鼓励道,不要太激动了,沉住气!

天柱跟在王长贵身后,大步走进胡同。

许一桃紧随其后。

胡同里很安静,沿途十几家都是大门紧闭,一个人也看不到,只有几个人的脚步声:

嚓!嚓!嚓!……嚓!嚓!嚓!……

终于到了。好像走了很久很久。

大冷的天,天柱走出一头汗水。

王长贵抬手在院门上嘭嘭嘭敲打了几下。隔一会,开门出来一个三十七八岁的女人。女人苗条而秀气,只是皮肤有点黑,一看而知是个干练的人。天柱略显惊讶。许一桃却想到了。在胡同口看到那辆停放的出租车,就想起梁朝东告诉她的话,说那天石陀在城外的山上呆了一夜,天明下山时,曾有个开出租车的女人来接他,并把他背上了车。那么就是她了。

女人看到三个人站在门外,说你们找谁?但旋即认出王长贵,惊讶道,长贵你这是……有什么事吗?

王长贵正想着怎么说,许一桃已走前一步,微笑道我姓许,是石总在出版社的部下。这些天石总没去上班,大家担心他病了,派我来看看。

女人又看看天柱,似乎有点犹豫,你们……那好,请进来吧。

这是一座标准的农家小院。

三间堂屋,三间东屋,西边一个小厨房,院子很宽敞,中间有一棵很大的泡桐树,树上有个老鸹窝。还有一小片菜地,栽种了一些大蒜,绿油油的很可爱。

石陀确实是病了,仍躺在床上动弹不得。看见天柱和许一桃,十分高兴的样子,要挣扎着坐起来,被女人伸手按住了,说你不要乱动!口气是疼爱的,又是威严的。

石陀果然躺下不动了。看得出,他很听那女人的话。

许一桃说,真不好意思,来时还不知道能不能找到地方,什么礼品也没买。

女人说你应当了解他的,他从来不讲究这个。

许一桃说,石总是什么病,到医院看了没有?

女人说他从来不去医院的,所以我平时在家里备了一些药。前些日四夜没有回家,回来时像个泥人,精疲力竭又十分兴奋的样子。我问他干什么去了,他说种麦子去了,还说真是过瘾,说天柱真是能干,做大块文章,比他强多了。他说他就没这能耐,只会每年写个提案,一年年没人理睬,人家天柱吆喝千把人说干就干了,把木城几百块草坪都变成了麦田。他说的话我完全不懂,什么麦田,什么天柱。我摸摸他的额头,热得烫人,我以为他在说胡话,发烧烧的,赶紧给他吃药。吃完药,他就睡着了,带着一身泥水,把个床也弄得稀脏。我只好给他脱掉衣服,用湿毛巾为他擦澡,重新换上床单。做这些事,他一点都不知道,睡在床上昏迷不醒的。别看他瘦弱,平日并不经常生病,可是一旦生病就很厉害。那天我有点害怕了,就出去为他请了个老中医来,老中医看过后,说是受了风寒,加上疲劳过度引起的,就开了一些中药。我天天为他熬药吃,还按照老中医的吩咐,在冰箱里冻了一些冰,为他冷敷,主要是压住高烧。不然会引起更大的麻烦。前三天真是吓人,烧得嘴唇开裂起皮,还不断说胡话,一会亢奋得大喊大叫,一会哭泣,哭得哽哽咽咽。这几天终于退烧了,也能吃点粥了,人也清醒了,却又不说话了。就是躺在床上发呆,安静得像没有这个人。

许一桃能想到,这女人和石陀一起生活,一定是寂寞的。可在她的述说中,更多的却是疼爱。石陀一时看看她,一时看看天柱,一时看看许一桃,脸色始终挂着木讷而单纯的微笑。他像是在听别人的故事。

王长贵一直对着石陀看,仿佛在回忆什么。看了一阵子,把天柱拉出门,悄悄说,天柱我看他是天易!天易小时候我见过,这人脸上有点小时候的影子。还有他的个头、皮肤,多像你大伯柴知秋!过会你先慢慢问,我得先回去,那边收的垃圾急等运走。说完匆匆走了。

天柱重新回到屋里时,那女人盯住天柱看,说你就是天柱?显然刚才许一桃告诉她了。

天柱说是,我就是天柱。

女人说你真的带人把几百块公共草坪变成了麦田?

天柱说是,石陀哥跟着干了四夜。

女人点点头,怪不得他那么兴奋。

天柱忽然搓搓手,请问你……怎么称呼?

女人说我姓林,叫林苏。

噢,林……大妹子,我想问石……大哥几句话,行不?

女人有点奇怪,但还是点点头,说你问吧。

天柱拉个凳子坐在石陀床前,抓住他一只手,忍住内心的激动,说大哥你知道我是谁吗?

石陀笑笑,说你是天柱啊,我当然知道的。

天柱说,我不是那个意思,我是说……你小时候叫啥名字?

石陀收起笑容,说小时候……

你小时候是不是叫天易?

石陀困惑地看着他,动了动嘴唇,却没有发出任何声音。显然,这问题太突然,就像被雷击一样,脑袋里成了一片空白。

天柱已收不住了,急切道,大哥,你还记得草儿洼吗?草儿洼!

石陀看着他,讷讷道:草儿洼……草儿洼……草……

对!草儿洼。草儿洼前头有一条蓝水河,你小时候常住在蓝水河边,和罗爷做伴,罗爷!还记得吗?那是个大英雄,都说他打赢过第一次世界大战,后来还打过日本人,他在一天夜晚,用一挺机关枪打死一百多个日本鬼子!记得吗?那个罗爷!那挺机关枪后来不见了,还记得吗?他最疼爱你了!……

石陀脸上显出痛苦的表情:罗爷……蓝水河……

对对!就是蓝水河,你常在蓝水河里游泳,那条蓝水河特别古老,里头有无数怪鱼水兽,都是远古遗留下来的,没人敢下去,只有你敢。老人们说,那些怪鱼水兽从不伤害你,它们和你玩。有时候你会一个猛子扎进水里,好半天不出来。老人们还说,蓝水河深不可测,一直通向海底。他们传说,你在河底深处发现过很多远古的遗存物,独木舟、木船什么的,可你从来不说……

石陀的脸上露出惊恐的神色,两眼直直地看着天柱,好像很怕他说下去,又希望他说下去。

天柱更紧地攥住他的手,使劲摇了摇,哽咽道:大哥,你都忘了吗?还有大瓦屋家族,那座几百年的老石屋子,曾祖母一直住在里头。她一年四季都穿一身大红衣裳。你常去看她,你靠在门框上。曾祖母的眼皮很长很长,她太老了,活了一百多岁,看人时要用指甲挑起眼皮……你是大瓦屋家第四代长门,正宗传人……大哥!……你叫天易,我叫天柱,咱们第四代堂兄弟二十几个,名字都用天字开头,大哥!我是你的弟弟,你是我真正的大哥啊!咱们是亲骨肉!一家人找了你几十年啊!……大哥!……天柱说着说着大哭起来。

石陀的脸已经扭曲变形,一副惊恐万状的神态。他直直地看着天柱,突然从喉咙里发出一种低沉的声音,怪异而恐怖,然后口吐白沫昏了过去。

女人一时被惊呆了,显然不知道眼前发生了什么事。

许一桃赶忙扑过来,一把拿开天柱的手,死死掐住石陀的人中,同时回头说,快拿湿毛巾来!

女人这才如梦方醒,慌慌张张拧了一块湿毛巾过来,捂在石陀额头上。

天柱吓坏了,站在一旁手足无措。

许一桃说你们别怕,他是受了刺激,受了惊吓,过一会就没事了。

女人转头狠狠地瞪着天柱,说你这个人怎么这样!你胡说些什么东西?你这个人是哪里来的?编些古里古怪的故事,看把他吓死过去了!……

天柱不敢再说什么,他知道自己说得太突然,太急促了。他现在最担心的是真把他吓死,找了几十年好不容易找到了,却把他吓死了,自己会后悔死。

天柱伸头凑过去看,发现他刚才青紫的脸色慢慢变了过来,呼吸也渐渐平缓,这才松一口气,小心问许一桃,许……许主任,他不要紧吧？

许一桃拿开掐人中的手,长出一口气,说他缓过来了。用手背抹抹额头,这才发觉因为紧张,自己竟出了一头汗。

女人用湿毛巾小心擦去石陀嘴角的白沫,又去把毛巾洗干净了,重新为他擦擦脸。这才直起腰喘了一口气。

石陀已沉沉睡去。

女人看着许一桃和天柱,说让他睡吧,咱们去另一个屋子。

另一个屋子就是东屋。

许一桃意外发现,东屋十分宽敞,平时不大进人的样子,里头居然放一架钢琴,用黑丝绒布蒙着,一看而知非常名贵。此外还有一些十分贵重的家具,两对紫檀椅子、一对紫檀花架、紫檀贵妃榻、黄花梨书案、琴桌等。因丈夫铁明和她都喜欢明清古家具,家里也收藏一些,故而许一桃认得。整个三间房虽没有住人的痕迹,却纤尘不染,可以想到主人对这些东西的爱惜。许一桃先是有些纳闷,在这样一条污臭的烂街上,在这样一个隐蔽的胡同和农家院里,怎么会有这些东西？但随即想到了天柱给她说过的梅将军,这些东西会不会和梅将军有关？这么说来,石陀和梅家真是有关了,如果和梅家有关,石陀很可能就是天易了！这么想着时,许一桃真为天柱高兴,更为石陀高兴。

天柱不懂这些东西的价值和它所隐藏的意义,只是随便看了一眼,便坐在一张紫檀椅子上了。看得出他有些心不在焉,心思仍在那个房间的石陀身上。

林苏提来水瓶,分别为他们泡一杯茶。天柱当然也不懂茶,但许一桃却发现是上好的普洱茶。心想这女人倒有生活品味。

三人坐定,开始时有点尴尬。

还是林苏打破僵局,对天柱说,刚才是我吓坏了,冲你发火,请你不要介意。

天柱忙说不会不会,也是我太性急。

许一桃说林妹妹,你不生气就好了。事到如今,我就把话明说了吧。我的确是来看望石总的。他七八天没上班,我是他的直接属下,担心他出了什么事。可巧天柱到出版社找他大哥天易,我们就一同来了。

看得出,林苏的内心也不平静。她问天柱,你怎么就能断定石陀就是你大哥?有什么证据吗?

天柱说,我没啥证据。可我相信他就是我大哥!

许一桃说天柱,你还是把给我说的话,再给林妹妹说一遍吧,你刚才断断续续的,人家听不明白。

于是天柱又把天易的故事以及寻找天易的故事说了一遍。

林苏一直在静静地听。天柱说完了,她好一阵没有吱声,似乎在做某种权衡和决定。显然她有些犹豫。

天柱用期待的目光看着她。

许一桃知道天柱心急,巴不得立刻把所有事情都弄清楚。但她已经看出,这件事并不那么简单。这个叫林苏的女人一定知道详情,可面对两个陌生人,她的心里还是有障碍的。于是笑着对林苏说,有些事已经很久了,林妹妹也许一时想不起来,要不你慢慢回忆一下,我们改天再来。说着站起身,冲天柱使个眼色,就往外走。

天柱站起来,却愣在那里,这么走他实在不甘心。

就在这时,林苏站起身,朝外叫道许大姐,你……别忙走!

许一桃已走到门外,听到叫声忙收住脚步,转回身说林妹妹你叫我?

林苏说,我想这一天早晚会来……也许我……我还是把我知道的一些事告诉你们吧。

许一桃重回房内,立刻充当了续茶的角色。一边说林妹妹,这件事有点突兀,真是打扰你了。

天柱搓搓手,说就是就是。

林苏说,石陀老家在哪里,以及他小时候的事,他本人从没有说过,我也没听别人说起过。但一九六七年夏天,梅姐从外地回到木城时,确实带来过一个十六七岁的男孩子,这个男孩子就是石陀。

天柱说,梅姐是谁?是不是一个老师?

林苏说,梅姐叫梅萍,是梅将军的女儿。她确实是一位俄语老师,当时在北方的一个县城中学教书。其实她的英语比俄语还好。只是那时候用不上,才教俄语的。

天柱突然说不对呀,天易失踪是一九六六年冬天,在北京被梅老师带走的。可她们怎么第二年夏天才回到木城?这中间有半年多时间,她们去了哪里?

许一桃抬手示意天柱,说你别打岔,那是小问题,你让林苏往下说。

林苏说,后来我听母亲讲,梅姐带着那个男孩回到木城时,梅将军已经死了。她看到的只是爸爸的骨灰盒。

许一桃心中一动,说对不起,我想问……你母亲是谁?

林苏犹豫了一下,说我母亲就是梅将军的女佣林妈。那时候我母亲才三十二岁。

许一桃点点头,刚才她已猜到了。

林苏说梅将军死后,那座将军楼暂时平静下来,不再有人冲击。我母亲就守在那里,她一直在盼梅萍姐回来,因为家里还有梅将军的遗产,她要亲手交给她。梅将军的遗产除了这些老家具,还有十三根金条和一些玉石珠宝、字画。另外还有不少钱。这些外人都不知道,只有我母亲知道藏在哪里。是梅将军自杀前几天告诉我母亲的。那几天,我母亲一直有个不祥的预感,觉得梅将军要出事情,见他每天挨批斗回来都闷闷不乐的,也不和人说话。半夜里,他会偶尔坐在钢琴前,按一下琴键,没有弹奏就戛然停止了。

母亲住在楼下,可她睡不着觉,一直倾听着楼上的动静。梅将军有时会踱步,但也就走几步,又停下了。他怕影响我母亲休息,他是个很细心的人。那时,我母亲怀着我还没有出生。我母亲不放心,有时就上楼敲敲门,说将军你睡吧,天太晚了。她不知道该怎么劝慰他。但她知道梅将军内心很孤独,很凄凉,妻子早就回美国了,女儿远在千里之外,又无法联系,身边没一个亲人可以分担他的痛苦。天下发生了什么事,他完全搞不明白。

一天深夜,大约凌晨两点,梅将军下楼敲开我母亲的门,把一个封好的信封交给我母亲,说这里头有重要内容,不要打开,等他女儿梅萍回来时交给她。当时我母亲就哭了,说梅将军你要想开点。梅将军笑了笑,说你不要担心我。母亲说等梅小姐回来,你亲自交给她不好吗?梅将军说放在我身边不安全,你一定要藏好,然后……亲了我母亲一下就上楼了。半个小时后,楼上传来一声枪响,很闷。我母亲吓得魂都飞了,跌跌撞撞爬上楼,看到梅将军直挺挺躺在床上,头上鲜血直流,一把手枪用红绸布包着,掉落到枕边。

梅将军是在冬天自杀的。梅小姐次年夏天回来时,我母亲已在将军楼守了半年多。那时我出生也一个多月了。

梅姐回来后,我母亲把梅将军自杀的经过告诉了她,也把那封信给了她。梅姐光流泪,没说话。她在楼上守着父亲的骨灰,一个星期没有下楼。第八天,她做出一个决定,离开将军楼,搬到我们家来住。

天柱说,就是这里吗?那石陀呢?

林苏说,就是这里。当然也把石陀带过来了。石陀像个木头人,什么也不懂,什么也不问。梅将军留下了很多书。他一天到晚就是看书。我母亲曾问过梅萍姐,说你从哪里捡了个傻瓜回来?梅姐说,他是个天才。就让他读书吧。

我家本来早已荒废,两间草屋也塌了,只剩一圈土墙。外公外婆先后去世,母亲是个孤儿。经人介绍,从十六岁到梅将军家做女佣,先是打扫卫生,后来做内管家,伺候梅将军。几乎从没有回过家。梅萍姐做出搬离将军楼的决定后,拿出钱重新盖了这座小院。从此就在这里住下了。

许一桃又听出了蹊跷,试探着问,你爸爸他……

林苏沉默了一下,说我没有父亲。我母亲没结过婚。

天柱张大了嘴,突然冲口而出,那你……哪来的?

许一桃忙使眼色,可是已经来不及了。

天柱也意识到了这话太粗,忙说对不起对不起,我是个粗人。

林苏倒没有生气,说是啊,我是从哪里来的?从小没见过父亲,母亲也从不提起,问她只说父亲早死了。直到母亲生病去世前,她才告诉我,我的父亲就是梅将军,我是他们的私生女,那一年我也是十六岁。母亲说,你不要怪我,更不要怪梅将军。我们在一起的确不是爱情,我也不懂爱情。我只知道,他仍然爱着他的妻子,他和在美国的妻子每年都有书信来往。我对他也只是景仰和尊敬,我们在一起只是互相寻找安慰。我从小失去父母,心里很苦。就是这样。你长大了就懂了。在他自杀前,他是知道我怀孕的,可他来不及为你负责任了。他要有尊严的死去。对一个将军来说,这是更重要的事。母亲说,他只能给你留下一笔遗产。在他自杀前让母亲转交给梅萍的信封里,其实是个遗嘱。他在遗嘱里告诉梅萍,林妈怀的孩子和你是同一个父亲,你们共同拥有我留下的遗产。

梅萍姐在决定搬离将军楼前,给我母亲看了梅将军的遗嘱,共同取出了藏在夹墙里的钱和金银珠宝。她当然早就知道我是她的亲妹妹。可不知为什么母亲不让她告诉我。梅姐心眼好,没有歧视我们母女。她把我母亲当成后妈,尽管我母亲比她大不了几岁。对我更是疼爱,真正看成她的亲妹妹。母亲去世后,一家人的重担全落在她身上了。所谓一家人,就是梅姐、石陀和我。这是个很奇怪的组合,但我们相处得极好。

石陀看上去木木呆呆,可他是个念书的料子。上世纪七十年代恢复高考,他几乎没费一点力气,就考上了木城大学。我上学就不行,学习成绩一直不好,母亲去世那年,我初中毕业没考上高中。梅姐让我复读一年明年再考,我死活不干。我说让我上学也是糟蹋钱。为此梅姐很生我的气,把我训了几天,可她到底没能改变我,"文革"后,梅姐一直没回千里之外的那个县城教书,她放弃了那个工作。可她没有闲着。那时木城已开始有人出国留学,梅姐就给人补习英语,做家教,东家跑到西家,很辛苦。但她挣的钱够我们三个用的。梅将军的那笔遗产,她一直没动。像梅姐这样从小娇生惯养的人,真没想到这么能吃苦。

有时候,她会向我谈起父亲的遗产。我说我不要,我要靠自己的劳动养活自己。她说你为什么不要?我说那不是我的钱。她说好吧,我先替你存着。你说你想干什么?我说我喜欢汽车,我要学开车。不久,她就把我送到驾校。半年后,我学会了开车。驾校毕业那天,她开了一辆新车在门外等我,那是送给我的礼物。也是我的第一辆出租车。在那之前,我完全不知道她还会开车。后来问她,她说她从十几岁就会开车了,是用爸爸的越野吉普偷偷练的。

许一桃有些好奇,说你们三个平时怎么相处呀?

林苏微微笑了,说我知道你的意思。你是想问梅萍姐和石陀究竟是怎样一种关系?说真的,我也说不清。

天柱忽然有些生气,说梅老师也是的,她把天易领走了,几十年不放手,她就没想到过我们家里人会多着急?

许一桃赶忙劝说,天柱,别这么说话。

林苏说,没关系。如果我是石陀的家人,我会比他还生气。真的。当初梅姐刚把石陀带来时,我母亲就很吃惊,以为她在哪里捡了个被遗弃的男孩。后来我渐渐长大后,一开始对梅姐也不理解。我不懂她为什么对他那么好,非亲非故,木木讷讷,人情世故一点不懂,可梅姐就是对他好,为他弄吃的,为他买穿的,为他洗衣服,什么也不让他做,就是让他安心读书。供他上大学。后来干脆把他送到美国去念博士,用的钱就是梅将军的一部分遗产,还有后来梅将军平反后,补发的一大笔钱。为了让石陀安心在美国念书,她甚至连她在美国的母亲都动员出来了,让她经常去照料石陀。

可惜石陀从美国学成归来,梅姐已经去世了。石陀没能看到她。

天柱和许一桃面面相觑,几乎同时惊呼:梅老师不在啦?!

林苏说,后来我才知道,其实在梅姐为石陀办理出国手续时,她已经知道自己得了子宫癌。可她瞒着我们,一边偷偷治疗,一边坚持做家教,直到后来真正病倒了,我才知道。我抱怨她为什么不早告诉我,她却笑笑,说告诉你们干什么,除了担心,帮不上任何忙。我抱怨她,你这是何苦呢,这么多年为一个不相干的人做牛做马做奴隶,你到底为什么?梅姐说,命中注定,也算一段孽缘吧。在学校和他接触不久,我就被这个痴迷于念书的小男孩迷住了,他的迷离和懵懂,恍惚间让我产生了强烈的冲动,既有精神上的,也有生理上的。我知道这有点变态,可我无法抑制。于是逃离学校,冒险追到北京把他带走。在大半年的时间里,我们去了很多地方,名胜古迹、森林草原、荒滩沙漠、渔村海岛……每到一地,除了游玩,就是疯狂做爱。我引诱了他。在荒滩,在沙漠,在森林,在海岛,在一切没有人的地方,我经常脱光了衣服走路、奔跑,他一次次被惊呆,一次次把我按倒在地。我们像两个野人,没有顾忌,没有廉耻,没有禁忌,那是一段多么好的时光。我曾经想到过,他的失踪会让他家人着急。可我们彼此已不能分离。我承认我很自私,但我同时知道,他早晚都会失踪,我不带他走,他最终也会走失。在和他相处的日子里,我感到他内心一直很压抑,有什么东西在挤压着他,束缚着他,他要挣脱。尽管他什么也没说过。我不知道他出生在一个怎样的家庭,在他的童年和少年时代,经历过什么。他就是要挣脱,要飞翔。他表面木讷,内心却是自由的,狂野的。他不会只属于家乡的一块小土地,他属于大地,属于天空。于是我带他来到木城,送他去美国留学,让他见识更多的物事。和他在一起这么多年,我们是师生,是姐弟,是情人,是母子,我曾以为走进了他的生活,其实根本没有。他的内心依然是封闭的,独立的。没有人能走进他的内心。他是一块顽石,他有自己的归属。对了,梅萍姐还说过,石陀这个名字就是他离开荒原时起的。当时梅萍还问他,为什么取这个名字,他说我的远祖就姓石,是个石匠,我喜欢石头。

天柱愣了愣,突然一拍大腿,恍然大悟,说可不是嘛!我们大瓦屋家的远祖就姓石,是个有名的石匠,当时全国很多地方的石建筑,都是经他手建的。据说现在很多地方还有遗存。我们家还有一座老石屋,是他一生最后一座建筑,是用条石垒的,很丑很小,但是很结实,再有五千年也倒不了。

许一桃被深深地震撼了,说原来人间有这么多奇事!

天柱激动地站起身,一下握住林苏的手,这么说,石陀就是天易?我真的找到我大哥啦!

林苏抽回手,怔怔地看着他,突然泪流满面,说你会……把他带走吗?

第十二篇　星光下的木城

那天谷子坐进刘松的吉普车,就像重新住进了他的小天鹅宾馆,虽然小了一点,可是觉得舒适。吉普车封闭并不严密,也是八面透风,不时有寒风挤进来,但谷子感觉是温暖的,主要是心里温暖。刘松显然是有准备的,车里放了两件棉军大衣,很厚,也很干净。刘松转身从后头扯来一件,往谷子怀里一放,说快穿上吧,这里是高寒地带,估计海拔在四千米以上。谷子坐在右旁,没有忸怩,也没有推辞,抖开了穿在身上,她闻到一股淡淡的肥皂味,身上很快暖和起来。在经历长途车上的噩梦和凄凉之后,让她一下子接受了这个男人的东西,这在以前是完全不可能的。

现在他坐在她旁边,穿一件绛红色的毛衣,紧握方向盘,紧紧盯住前面弯曲而陡峭的山道,让她感到了安全。尽管现在呼吸有点困难。

刘松转头冲她笑了一下,然后专心开车。谷子没有问他为什么追上来,她怕分散他的注意力。又觉得这么忙着问他什么,如果语气掌握不好,要么会显得自己受宠若惊,要么会让他感到自己对他不信任。这两种感觉,她都不想给他。那么,就不如不说什么,不问什么。

其实在长途车上路时,她曾在一瞬间有个念想,刘松会不会随后追来。因为离开小天鹅宾馆时,她没有看见他。但也就是一闪而过,随后就否认了。她已经在头天坚决拒绝了他,他没有理由再追上来。可现在他还是追上来了。同是一件事,情况不同了,心境不同了,她不再排斥他,还在心里存了一份感激。但她仍然保持着清醒的头脑,心底的戒备并未完全消除。

天渐渐暗下来。

到处都是黑黝黝的山体、山坡、山峰,全都模糊不清。偶尔能看到一些不知名的大鸟从山坡掠过,就像俯冲的黑色飞机。除了吉普车的声音,到处都静得令人发慌。谷子又有些不安起来。

车子似乎下了主干道,拐个弯走向一条小路。路很窄,勉强能走车,但路面极差,碎石很多,车子一蹦一跳的往下冲。刘松说抓好扶手,别动!谷子赶忙抓好了,同时往右边看了看,似乎是个悬崖,不知道有多深。谷子有些害怕,说刘松咱们去哪里?刘松说你咋不叫我刘总?听着多舒服啊。谷子说你真的喜欢叫你刘总?刘松笑起来,说开玩笑呢。谷子说你还有心情开玩笑。刘松说我看你太紧张了。谷子说能不紧张吗?咱们怎么离开主干道走小路呀,这是什么路面啊!刘松说眼看天要黑了,咱们老在山上跑,夜里咋办?上头空气太稀薄,睡觉会难受。下到半山腰就有树木了,草也多,说不定会找到放牧的人家,也好借宿一晚。谷子听着有道理,就不再吱声了,心想事到如今,只能相信他了,心却绷得很紧。

大约过了半个小时,天已完全黑下来。隐隐约约能看到大片的树木了,像是原始森林。刘松说,山顶太高,只长一些小灌木和稀疏的花草。看到乔木森林,就说明我们已到三千公尺以下了。谷子说这里好像更吓人,到处黑乎乎的。刘松说不怕,有我呢。咱们应当能找到人家。谷子不知道能不能找到人家,但她明显感到喘气顺畅多了。

吉普车开得很艰难,前头似路非路,沟沟坎坎。刘松早已打开车灯,半站着伸头往前看,车子开得很慢,前头是什么情况完全不了解,他不敢开,又不能不开。谷子怕他着急,安慰说刘松你不要着急,实在找不到人家,咱们在车子里坐着也能过一夜。刘松说再开一段试试,就握紧了方向盘,踩着脚闸,一点点往下放车。车子是从高处往低处开,斜度很大,稍有不慎就会失控。谷子已吓出一身冷汗,大声说刘松咱们停车吧,就在这里过夜,天明再走!

就在这时,吉普车突然失控,加快速度往下滑去,谷子尖叫起来:"啊!……"

刘松猛蹬刹车,吉普车头一偏,一下撞在一棵大树上不动了,左旁的车灯也撞灭了。两人急忙跳下来。刘松拿一把手电照了照,一只车灯被撞得粉碎。谷子说没事吧?刘松抹一把额头的汗水,故作轻松道没事,只坏了一个灯。可当他用手电往前照时,不由倒吸一口气!前头十几米的地方,就是一条横着的沟壑,深有几十米,宽有十几丈,如果不是撞在树上,再让车滑下去,真是不堪设想!

谷子也看到了,捂住嘴浑身哆嗦,惊得一句话也说不出,就像傻了一样。

刘松知道她吓坏了,忙说对不起对不起,都怪我,都怪我。

好一阵谷子才回过神来,说我没怪你,是咱们命大。

刘松说谷子,你离远一点,我把车子倒回去,抵在这里太危险,万一滑下去,咱们就没法走了。

谷子忙说,行吗?还是等天亮再说吧!

刘松打着手电,围着车子转了一圈,说没问题,这辆吉普车别看破,马力很大,倒回去应该行。说着把手电递给谷子,说你给我照着点,又慢慢爬上车去。

谷子站在旁边,用手电为他照着路。刘松轻轻喘一口气,让自己放松一点。现在他知道,最重要的是不要紧张,不要弄错了程序,尤其不要弄错前进挡和倒退挡。

车子重又发动了,离开那棵救命的大树,慢慢向后倒退。谷子在后头照着来时的路,倒退着走,不时大喊向左!向右!俨然一个指挥官。

吉普向后倒退了差不多五十多米,终于脱离险境。刘松捡一片稍微开阔的地方,把车头调转,停了下来。

当天晚上,他们就在车里过了一夜。刘松坐在前头,谷子躺在后排,各盖一件棉大衣。一开始谷子睡不着。她是平生第一次在车里睡,又是在这么荒僻的地方,车上还有一个年轻的男人,心里总不踏实。但躺着躺着就睡着了,她实在是太累了。

这一夜,刘松只是打了一个盹,几乎没睡。他怕出现意外的危险,主要是担心有野兽出没。他知道这边的森林里有熊、豹、狼等大型动物。等谷子睡着后,他从后车厢里取出一把砍刀,悄悄拿到前头来,以防不测。天亮时又悄悄藏到座位底下。他不想让谷子知道。

谷子醒来时,看刘松不在车里,忙向窗外看,发现刘松正从一片林子里走出来,手里提了一小桶水。谷子跳下车迎上去,说你醒这么早啊?刘松笑道你睡傻了吧。谷子不好意思道,我也不知道,一下就睡到现在。刘松说,我给你打了一桶水,洗洗脸刷刷牙吧。谷子往他出来的林子张望着,说那边有水啊?刘松说,那边有一条小溪,水很干净的。谷子迟疑了一下,说我还是去溪边洗漱吧。刘松说也好,我用这桶水洗洗车。

谷子拿上洗漱工具来到小溪边,四周看看很隐蔽,就先上了厕所,一泡尿早把她憋坏了,这也是她避开刘松到溪边洗漱的原因。谷子一边蹲在树后撒尿,一边还在想,以后上厕所都只能这样了。

早晨的阳光从树隙中透出来,形成无数光的扇面,五彩缤纷,有着童话般的美丽。溪水清澈透亮,一看就忍不住想撩拨。谷子一伸手,立刻就感觉到水凉得透骨,可她还是喜欢。在她刷牙洗脸之后,余兴未尽,又撩起衣服,用湿毛巾在前胸后背擦了一遍,顿觉神清气爽。

谷子回到车前,刘松笑道这么久呀,我还担心你被黑熊吃了呢。

谷子说别瞎说,这森林里有黑熊吗?

刘松认真说,咋没有? 不仅有熊,还有豹子,有狼。都是会伤人的。

谷子回头望一眼,害怕道你咋不早说!

刘松笑道,咱们在森林边上,又是白天,不会有事的。来! 咱们吃点东西吧,好赶快上路。

刘松真是个细心人,他还带了很多吃的,面包、饼干、香肠、罐头、矿泉水等。一张油布铺在草地上,上头应有尽有。

谷子情绪大好,昨晚没吃东西,现在真的饿了。说刘松你很有旅行经验啊。刘松说到这种地方来,肯定要有所准备的,快吃吧,我也饿坏了。

两人吃过早点,重新上车。时间不长,吉普车又回到山上的主公路上,继续前进。

在后来的很多天里,他们就这么走走停停,在山区草原上到处转游。有时住在车上,有时住在牧民、山民家中,有时也会住进小客栈。谷子知道自己不是来游山玩水的,每到一处,总忘不了首先打听柴门的下落。但没有人知道,一点头绪也没有。这让谷子怀疑是否犯了判断上的错误。刘松不断鼓励她,说不要泄气,在这么大的地方寻找一个人没那么容易。谷子很过意不去,说这事和你毫无关系的,连累你费时费力费钱,把生意上的事都丢了。刘松笑道,我赚大了呢! 趁机玩了那么多地方,还有你这个大美女陪着,心旷神怡啊!

谷子也笑了。她现在已经完全相信他。这么多天在一起,刘松处处照顾她,保护她,看不出有任何别的目的。一路上他们谈了很多,谷子甚至向他谈了自己的孤儿身世,这让刘松更加同情。刘松当然也谈了自己的经历。他说他曾迷恋文学多年,但离开文学的理由却十分简单,就是文学除了让他做梦,不能帮他解决任何问题。于是他放下文学,从卖菜开始,开小餐馆、开粮店,一直到开了一家小宾馆。现在衣食无忧了,可心里还是惦着文学,惦着诗歌。他知道那是个圣堂,自己永远也走不进去。可他想往,并且尊敬和崇拜一切和文学有关的人。谷子笑了,说这就是你一直对我好的原因吗?刘松点点头,说除了这个,还因为你这个人。谷子惊奇道我人怎么啦?刘松道我说不上来,只觉得让人舒服。谷子警觉起来,你可别给我说这些话,我不爱听。刘松说,你别误会,我没别的意思。我这么一个俗人,腿又瘸,不会想入非非的。他这么一说,又让谷子觉得伤害了他,忙说,你其实挺优秀的,你看春红那么出色的女子都爱你呢。刘松苦笑一下,说她爱我的钱。她原先是个业余模特,偶然认识,和她有了一段感情经历,结了婚。后来发现她根本瞧不上我。谷子奇怪道,你们不是还在一起吗?而且她还在前台帮你收银管钱。刘松说我和她订了一个协议,宾馆两年内的赢利收入都归她,两年后她走人。她现在管的是她自己的钱。

原来是这样。怪不得刘松可以离开宾馆当甩手客。这两年内,小天鹅宾馆其实属于春红。

谷子不想再打听他们之间的事。她觉得自己知道得已经太多了。如果谈话这么继续下去,说不定会把自己绕进去。

那天在一个小镇上,两人休整两天。刘松让人修了车灯,买了两桶油,又补充了很多吃的和矿泉水,打成包装,一部分放进后备厢,一部分放在前车厢。

第三天,两人又上路了。

临出发前,刘松没忘记给春红打个电话,向她报告了自己的行程和要去的地方。春红在电话里不咸不淡。她相信刘松已经迷上那个住店的女子。电话里当然不会热情,但也懒得生气,她和刘松除了一纸合同,已经没关系了。

但刘松没想到,这个电话却最终救了他和谷子的命。

梁子和黄鹏飞到成都,只用了一天时间,就找到了谷子曾住过的小天鹅宾馆。

这主要是靠黄鹂。

黄鹂不愧是个刑警,办事干练,单刀直入。她带梁子首先到成都市公安局,亮明身份和目的,要求协查。天下警察是一家,又见黄鹂这么一个漂亮的女刑警,当然乐意帮忙,马上布置下去,要求全市大小宾馆、客栈,立即查找有没有一个叫谷子的女孩子住宿记录。结果下半天就在小天鹅宾馆找到了。

黄鹂和梁子直奔小天鹅宾馆,成都警方还派了一名女警跟随协助。接待人就是春红。根据住宿登记和春红描述的情况,梁子断定,这个登记住宿的谷子,正是他要找的人。春红不知发生了什么事,有些害怕。黄鹂说你别害怕,还有什么情况,要如实报告。春红又说了刘松追随谷子去阿坝的事。并且说三天前还通过一次电话。

这消息让梁子喜出望外,他没想到会如此顺利。

黄鹂当即让春红和刘松联系,电话里却说不在服务区,联系不上。一连打了七八次,都没有信号。

成都女警说,阿坝地区山高林密,很多地方没有人烟,电话打不通是正常的事。

梁子问黄鹂,怎么办?咱不能等啊。他有些急了。一个小老板男子和谷子在一起,让他想得多了。

黄鹂想了想,说当然不能等。转身对成都女警说,我们要求贵局派一辆警车,送我们去阿坝地区寻找。

女警有点犹豫,说警车可能有点紧张。

黄鹂说紧张也得派车,说不定已经发生刑事案件。这样吧,我和你一同去局里汇报,看你也做不了主。

女警说这样最好。

三人风急马快回到局里,黄鹂以木城警方的名义再次求援,刑警队向队长二话没说就同意了,说黄警官,我派个副队长陪你一同去！

黄鹂说这太好了，我们能不能连夜就走？

向队长看看手表，已是下午五点，说快吃晚饭了，我去安排一下再说。

晚饭就在食堂吃。就那位女警陪同。刚吃完，向队长就匆匆走来了，说车辆已经安排好，孙副队长在外头等着呢。

孙副队长是个四十多岁的中年人，像睡不醒似的，警帽拿在手上，有点谢顶。向队长介绍后，黄鹂看了他一眼，又看一眼三十多岁的向队长，说你怎么派了这么个破人，蔫头蔫脑的，行吗？

孙副队长也不吭声。向队长却笑了，说你别看他睡不醒似的，两只小眼睛贼亮，是我们这里破案高手。还有一个特长，能熬夜，三天不睡觉都没事。另外，他对阿坝地区很熟悉，好帮你找人。

黄鹂没话说了，主动伸手和向队长告别，说你手机开着，我要随时和你联系。

向队长微笑道，遵命，黄姑娘。

三人上路。黄鹂坐在前头副驾位置上。

孙副队长开车，说黄姑娘，你要不放心我开车，就睁大眼看着，要是放心就只管睡觉，我保证安全到达。

黄鹂说向队长把你夸得像花骨朵，我还能不相信你。

孙副队长笑道，有我这样的花骨朵吗？

黄鹂忍不住笑起来，说孙副队长，劳驾你先开一段，累了我替你开。

孙副队长说你行吗？

黄鹂说开玩笑，刑警还有不会开车的吗？

梁朝东坐在后排，一直不插话。他的心早飞向阿坝地区。他老在想，谷子涉世不深，别让那小老板算计了。

一路上三人轮流开车，第二天中午到达春红说的那个小镇。这个小镇只有上百户人家，在一条公路边上。镇上所有人家都做过路车辆和行人的生意。

孙副队长直接把车子开进小镇派出所,通过民警很快查到刘松和谷子住过的客栈。经过核对,确认春红提供的线索没错。刘松曾告诉春红,他和谷子准备去四姑娘山区。这里距四姑娘山只有一百多公路。据客栈主人说,他们离开已经三天了。

黄鹂按照春红提供的刘松手机号码拨出去,还是接不通。

梁朝东急了,说这咋办?

孙副队长说,进山!

三人草草吃点东西,直奔四姑娘山。当地派出所又派出两个民警,带上唯一的一辆警车也跟去了。

有当地警察跟着,梁朝东稍稍心安。可他唯一担心的是,谷子已经发生了危险。自己是不是来迟了。

谷子的确已经发生了危险,不过是和刘松一道。

两人三天前离开小镇来到四姑娘山。吉普车一直开到四千多米高的盘山公路上,停下车又往上爬了一段路。高空冷风刺骨,加之缺氧,呼吸都有些困难。但他们看到了六千米处的冰川。

好大的冰川!

上山前,他们就听说了,四姑娘山的冰川已有两百多万年。果然,远远看去,冰川已有些微黄,那是岁月留痕,为它抹上一层包浆,离得这么远,都能感到它逼人的寒气。

两百万年,天地无语,冰川无语。

谷子站在那里,仰望冰川,眼里充盈着泪水。她相信柴门来过这里,也曾和她一样仰望冰川。自己感到的是天地的苍茫,是生命的短暂和渺小,柴门悟到了什么?他会像自己一样流泪吗?

刘松欣赏的是冰川的景致,站在一旁连连称赞,还踮起脚尖朝冰川大声吼喊了一阵:噢噢噢!……

两人开车下山时,却迷路了。

车子开进一片峡谷,天已黑下来。

谷子说别再瞎撞了,弄不好掉进沟里。

两人决定在车上凑合一夜,等天亮再说。前些日子,他们曾在车上睡过的。对这样的生活,几乎已习以为常了。

两人凑着车内灯,吃了点东西。谷子下车小解时,无意间发现不远处有一些点状的绿光,十分漂亮。再往周围看,又发现不少绿光,一动不动。谷子以为这是萤火虫。她在木城长大,光从书本上知道萤火虫,却没见过真的,印象中好像不是这种颜色,也许大山里萤火虫不一样吧。谷子有些兴奋,于是朝车内喊,刘松快出来看,周围都是萤火虫,绿色的!

刘松闻讯下车,朝周围黑暗中瞄了一下,耸耸鼻子,刹那间毛发竖起,抓起谷子就往车里塞,随后自己也跳上车,砰一声关上车门,还把门插也按下了。

谷子莫名其妙,说刘松你干什么?

刘松说你知道那些绿光是什么?

谷子说不是萤火虫啊?

刘松说那是狼!狼的眼睛!

谷子"啊"了一声,说你别吓人了。

刘松说你没闻到臊腥味啊?

谷子说闻是……闻到了,我还以为是我……撒的……

刘松说傻瓜!人尿哪是这味呀?那是狼臊!周围全是狼,咱们被狼群包围了!

谷子吓坏了,直瞪瞪看着刘松,说那咋办?……咱们快开车走吧!

刘松关了车内灯,车厢里顿时一片黑暗,外头倒有些天光。两人从车里往外观察,能看到一簇簇幽幽的绿光,正缓缓摇动着,向车子逼过来,已经影影绰绰能看到狼群的身影。

刘松估摸了一下,起码有一二百头!

谷子也看到了,只觉浑身发软、呼吸困难,魂都没有了。

刘松倒还镇静,说它们已把车子包围了。天这么黑,看不清路,没法冲出去。

谷子从牙缝里抖出几个字,咱们就……等死吗?

刘松说咱们只要紧闭车门,它们进不来的,只能坚守到天亮再说了。

谷子蜷缩在座位上,两眼惊恐地盯住外头。她清楚地看到,一头大狼正用爪子抓挠车头,接着一跃而起,落到挡风玻璃前的车前盖上。谷子尖叫一声,扑到刘松怀里。

刘松一只手搂住她,一只手从座位下抽出那把砍刀,说谷子不怕,它进不来的,我手里有刀!

显然那头大狼知道车里有人,它用鼻子抵在挡风玻璃上,似乎在向里闻。刘松冲它挥了一下刀,刀光一闪,大狼稍微闪开一点,返身冲狼群叫了一声,群狼立刻快速围上来,纷纷用爪子抓挠车身,在车里能清晰听到吱吱嚓嚓的声音。吉普车转眼之间,成了狼群攻击的对象,那阵势,好像很快就能把车子撕碎。

刘松情急之下,突然按响了喇叭,狼群惊得纷纷闪开,退到十几米外的地方站住了。它们不明白这家伙怎么也会叫。

喇叭惊退狼群,让刘松和谷子稍松一口气。他们知道,无论如何,不能任凭狼群啃撕车子。

这一夜,刘松和狼群斗智斗勇,狼群围上来时,不是猛按喇叭,就是突然发动车子冲几米,再退回来。他不敢开远,因为前头地形不熟。但这样保证了狼群和车子保持一点距离。

天微微亮时,狼群仍然围住车子不走。现在他们看清了,野狼足有两百多头。一夜的较量,它们仿佛被激怒了,决心要和车子较量到底。

这一夜因为高度紧张,两人都疲惫不堪。刘松曾试着打过手机报警,但没有信号。这是意料中的事,大山太深了。

刘松从箱子里取出一些饼干,说吃点吧,咱们准备突围。

谷子说我吃不下,就拿出一瓶矿泉水,拧开喝了一口,又交给刘松。她连水也不敢喝了,喝了水就要撒尿,在车里怎么办?

刘松猜出她的心思,生气道都啥时候了,身体当紧还是害羞当紧?伸手取出一盒硬壳方便面,撕开抠出里头的东西,把空盒子塞她怀里,说憋了一夜,到后排撒尿去!撒尿丢人吗?

刘松故意把撒尿两个字说了两遍,他相信把话说到底说明白了,反而就不害羞了。

谷子还在犹豫,脸憋得通红,除了害羞,还的确因为憋了一泡尿。

刘松大声道,这么多天你难道还不相信我?我是小人吗?

谷子有点难堪了,这才拿起盒子,爬到后排,抖抖索索撒了一泡尿。

刘松没有回头,只伸手到后头接过盒子,说你就坐后排吧。然后摇开车窗一截玻璃,把盒子扔了出去。这时二百多头狼散散落落围住车子,最远的有几十米,最近的也有十几米。几乎都坐在草地和沟坎上,朝车子观望。

刘松和它们斗了一夜,已经有了一些经验,知道它们对突然发生的事闹不明白,会略作思考,不会贸然行动。他仔细观察好了,所有狼都在静态观望。他决定下车撒一泡尿,其实他也憋坏了。他可以教训谷子不要害羞,自己一个大老爷们当着一个姑娘撒尿,他还是觉得不妥。

他决定冒一次险。也试探一下狼群的反应。于是他悄悄把车门推开一条缝。谷子看到了,说刘松你干什么?你疯啦!

刘松笑笑,说没事,你只管闭目养神,说着已推开半个车门,一条腿在车上,一条腿落到地上,撒起尿来。

狼群立刻发现了他的这个举动,有几十头狼呼啦站了起来。刘松紧紧盯住它们的一举一动,他知道自己不能慌,这泡尿无论如何要撒完。他算了一下,最近的一头狼大约十二米远,从它跃起到冲过来,起码要三秒。而自己两秒之内就可以回到车内关上门。

狼群的确没弄明白这个人一条腿站在外头干什么,但它们闻到了人肉味。在犹豫思考了三分钟后,有几头狼突然跃起,向刘松扑来。

刘松刚好完事,果然不到两秒就钻进车子并且哐当关上车门。几头狼收腿不住,纷纷撞到车厢上,发出哐当哐当的声音。撞得最重的是一头体型很大的狼,它好像是个头狼。昨天晚上爬上车前盖的可能就是它。

刘松恶作剧般地笑起来。

谷子也笑了。

这是他们从昨晚到现在第一次笑。

但几头狼却恼羞成怒,特别是那只头狼,直立起来在玻璃上又扒又咬,但它咬不住,只能疯狂地乱抓。显然它觉得自己被戏耍了。

刘松可不管它的感受,回头对谷子说抓好,咱们冲出去。

现在他已能看清路了。往前有沟沟坎坎,只能像头晚遇险一样,原路退回。

刘松按了一声喇叭,让狼跳离一点,发动车子,原地转个头就往回开。

谷子松一口气,终于可以脱离狼群了。

但事情没那么简单。

二百多头狼在头狼带领下,如一阵狂风赶上来,并且前堵后追。车子不敢开得太快,地面高低不平,他怕翻车。很快被狼群又包围了。

这是一个智商很高组织严密的狼群!

刘松和谷子都发现了。谷子的心又悬起来。刘松放缓车速,慢慢推进,他知道车子不能停下,又不能开得太快。那头凶恶的头狼率领十几头狼堵在前头,如果从它们身上碾过去,肯定会翻车。

如此开了大约二十分钟,才跑了不过几公里。而狼群仍然死死缠住车子,不肯放松。

这时要命的事发生了!

原来车子没油了。

昨天跑了一天,刘松原打算傍晚休息前加油的,后来迷路已无可能,碰上狼群,又把这事忘了。后备厢里倒是有两桶油,但现在被狼群围着无法下车取油。

刘松脑袋轰地一下,这下遇到真正的麻烦了。

谷子也意识到了,说是不是……没油啦?

刘松没吭气,看着油表,狠狠在腿上砸了一拳。

第四天,黄鹂一干人马找到这条峡谷,发现他们的吉普车时,狼群还没有退去,但只剩几十只了。也许其他的狼已失去耐性。

两辆警车冲下来,警笛同时拉响,一时峡谷里回荡起瘆人可怕的声音。黄鹂拔出手枪,探出头对准狼群连开数枪,几头狼应声倒地。当地一个民警在另一辆车上大喊别开枪,狼是受保护的动物!黄鹂并不理睬,直到把枪里子弹打光,才恶狠狠地说屁话!本姑娘打的就是狼!

剩下的几十头狼一看阵势不对,顿时溃逃了。头狼逃到一块岩石上,不甘心地回头望一眼,对着山峰叫了一阵,终于消失。

谁也不知道这几天发生了多少可怕的事,谁也说不清他们是怎么坚持下来的。

吉普车已严重破损,轮子全被狼咬破爆了胎,车身遍体鳞伤,车窗玻璃也烂了一个洞,可以伸进一只狼头去。车下有十几具狼的尸体,都是用砍刀割断了脖子,地上几摊血迹。

刘松和谷子也是血头血脸,头发散乱。刘松拿把砍刀,谷子握一把老虎钳,两人的表情绝望、僵硬、呆滞而凶狠,两眼都充满了血丝。看到两辆警车赶跑狼群,几个人下车冲来时,两人只是呆呆地看着他们,既没有兴奋,也没有说话。

梁朝东冲在最前头,使劲拽开车门,一把抱起谷子,谷子只是惊奇地望了他一眼,便立刻昏倒在他怀里。

刘松看到几个警察,手一松,丢下手里的砍刀,断断续续地说:"我知道狼是受……保护的动物,可……它们……把头伸进来了……我只好……用刀割……割……断它们的喉管……"

孙副队长说,没人怪你,快下来吧,你得救了!

一位当地警察上前把他搀下车,说你们咋跑到野狼谷来了,这里野狼无数,当地人都没人敢进来。可刘松没回答,刘松也昏过去了。

黄鹂摇摇头,这场景连她也被震撼了,喃喃道,幸亏你们熟悉山里情况,再晚来半天,他们就完了。

另一个当地警察说,快上车走吧!说不定狼群还会回来,咱们有枪也抵挡不住的。

几个人手忙脚乱把谷子和刘松弄上警车,丢下已成废铁的吉普车,一路警笛向野狼谷外冲去。

一个星期后,谷子随黄鹂和梁子乘飞机回到木城。

经过在成都的治疗,谷子的皮肉伤很快就痊愈了,但精神上依然恍惚。

达克社长在了解到谷子的遭遇后,大大发了一通脾气,说简直是胡闹!我早就说过,根本就没有这个叫柴门的人,完全是石陀臆想出来的。你们看,把谷子放出去漫天寻找,差点把命也丢了!柴门的文集怎么样?印了一万套,总共才订出去几百套,都是些胡言乱语,谁买呀?

梁朝东说,社长也别发那么大脾气,没找到柴门,不等于没这个人。谷子在敦煌客栈,明明问道有一个叫天易的人登记住宿,服务员说,那人就是个作家,住了几十天,天天写东西呢。

达克说,这和柴门也不搭界呀,你说的那个人叫天易,谷子找的人叫柴门,不搭界嘛!

许一桃心里一惊,天易不是石陀小时候的名字吗?咋这么巧,又出来个叫天易的人!

许一桃当场没说。事后拉着梁子去看谷子,路上给他说了那天陪天柱找到石陀住处的事,把前前后后的事学说了一遍,听得梁朝东一愣一愣的,说天底下真有这样的奇事?我就觉得石总身上有一股神怪之气,果然如此!

许一桃沉吟着,说怕是怪诞还不止于此。

梁朝东说还有啥怪诞之处?

许一桃说你刚才说谷子在敦煌客栈查到一个叫天易的作家,石陀小时候不就叫天易吗?

梁朝东呆了呆,说那又怎么样?天底下重名的多得很,反正那个天易不会是石总。

许一桃没再说话,心里说,是呀,石总一直在出版社上班的,至多偶尔有几天不来,不可能跑到敦煌住几十天的,除非他有分身术。心里这么想着,可她还是有一种强烈的预感,觉得这件事还有蹊跷。见到谷子,一定要详细盘问一下。

谷子住在出版社分给她的一套五十平米的房子里。回到木城,心里踏实了许多,精神也好了一些。她有点牵挂刘松了,不知他完全恢复了没有,如果不是他,不是他的那辆破吉普,自己肯定回不来了。

许一桃和梁朝东来看她,让谷子很高兴,冲许一桃笑道,许主任你咋来啦?

许一桃说还笑!差点让狼吃了,你胆子也真大,你们怎么会闯进狼窝里去啦?

梁朝东说许主任你没看到,谷子可勇敢了,刚看到她时,披头散发,脸上全是血迹,两眼冒着凶光,手里拿着一把老虎钳,上头全是狼血……

谷子脸红了,说还不是逼的,不和狼搏斗就真的没命了。

许一桃说好了好了,说说你寻找柴门的事吧。谷子就把寻找的过程说了一遍。

许一桃说在敦煌时,你有没有问客栈服务员,那个叫天易的长什么模样?

谷子回忆道,我问了,说是个子很高,头发蓬松着,腰有点佝偻,戴一副深度近视镜,对了,还穿一件蓝布长衫,老是脏兮兮的。

许一桃和梁朝东对望一眼,一副吃惊的表情。

谷子说怎么啦?

梁朝东说,谷子你真听服务员这么说的?

谷子说是呀,我想既然没能碰上他,总要问清楚他的长相特征,以后再找也有个目标呀。

许一桃说谷子,你没觉得这个人的长相特征像一个什么人?

谷子说我当时就出现过幻觉,觉得这个人咋这么熟悉,还觉得特别亲切,一点不觉得陌生。后来就没再想。

梁朝东喉咙有点发干,抖抖地说,那个……天易……,像不像咱们石总?石陀?

谷子渐渐把嘴巴张开了,愣了片刻,忽然叫起来:像!太像了!我咋就没想起来呢?太像了,他的个头相貌、衣着行为全像!

许一桃和梁朝东又对视一眼,几乎同时说:这太奇怪了!

谷子如坠五里雾中,说……怎么奇怪?

许一桃说你有没有发现他在客栈丢什么东西?比如一件衣服、一本书、一支笔、一只袜子,甚至一根头发什么的?

谷子说那倒没有。我住的房间,还真是他住过的房间。别的没发现什么,就是发现了抽屉里一张废纸条,上头有些地名,我就是根据那张纸条上的地名,去了成都,去了阿坝的。

许一桃高兴道,那张纸条还有没有?

谷子说应该还在。说着起身拎过箱子打开,在夹皮层里掏出一把票据,都是车票、住宿发票什么的,胡乱堆了一地。

许一桃和梁朝东帮她一起翻找,找着找着,梁朝东叫起来,说谷子你离开敦煌还去了哪里?

谷子说没去哪里,就是直接去了成都。

梁朝东说不对呀,扬起手里一张车票,这里怎么会有去内蒙的火车票?

许一桃说这里有一张去新疆的车票。

梁朝东说这是一张到舟山的车票,还有一张船票。

谷子莫名其妙,自己也翻出一些全国各地的住宿发票、汽车票、火车票。她抬头看看两人狐疑的目光,一下子哭了,说我真的不知道这些发票从哪来的,我不是捡来的,我不是弄虚作假想多报销钱的,真的!……

梁朝东呆住了。

许一桃说,看你想哪去了,我们没怀疑你弄虚作假。你再想想,是不是去过那些地方?

谷子说我没去过。

梁朝东说没去过咋有这些票据的?

谷子摇摇头,说我也不知道。仍是一脸无辜的样子,泪水还挂在脸上。

许一桃摇摇头,又点点头,看来又是一桩奇怪的事。她相信谷子绝不会撒谎,却又不知道这些票据的来历,只能说谷子有一段时间失去了记忆。就是说在寻找柴门的过程中,有一种神秘的力量让她失去了记忆。

这很荒诞。

但事情的确发生了。

谷子终于找到那张废纸条。梁朝东抢过来只看了一眼,就神情紧张地交给许一桃,好像那是一道符咒。

许一桃拿在手上,仔细看着,也是神情异常。她觉得自己快成神经病了,因为这张纸条上的字迹明明白白是石陀的!她和梁子都太熟悉他的字了:龙飞凤舞。潦草,个头大,完全不合规范。而且谷子票据上所显示的地方,这张废纸条上全有。

真是匪夷所思!

许一桃看着一脸不安的谷子,没有给她多说什么,她怕吓着她。她刚从一场惊吓中醒来,不能让她陷入一个更大的惊吓,那将是比狼群还可怕的惊吓。

梁朝东问谷子,还有什么东西吗?

谷子想了想,回身从小桌上拿过一只天青色的小瓷器,说这是敦煌那个小客栈的东西,我要来做纪念的。那个叫天易的人,用它做过烟缸。客栈服务员说,那个人抽烟很凶的,夜里老是咳嗽。

这又不对了。

石陀从不抽烟。此天易非彼天易?

梁朝东和许一桃分别拿在手上看了看,一脸茫然。最后许一桃还是给谷子说,这张纸条和这只小瓷碗我先拿走,有点用处,以后再还你,行吗?

谷子摇摇头,说不用还……这里头有太多的玄机,是吗?

两人都吃一惊。

梁朝东说你已经意识到了?

谷子点点头,我在敦煌时就意识到一点,但没往深处想。就说了在玉门关遇到那个巫婆样的老太太和黑面老汉的事。谷子说我并没有给他们说什么,可他们似乎都知道我在找谁,当时我就觉得挺奇怪的。

许一桃说好了,谷子你休息几天吧,我们该告辞了。

两人离开谷子的住处,决定去烂街看望石陀。石陀身体还没好,仍然在家呆着。

梁朝东开着车,缓缓而行,一副沉思的样子。许一桃也沉默着,不知说什么好。

梁朝东终于开口,说许姐,你是个有神论者吗?

许一桃想了想,说我不知道。我只觉得在这个世界上,我们知道的其实很少。

一路上,两人再也无话。

石陀的病情并没有根本好转,几乎每天都要发一次烧,一点力气也没有。

林苏说,他长期不注意身体,亏空得太厉害了。

两人到石陀家时,林苏刚为石陀打完针。她早已学会了打针。

许一桃说,林妹妹,太辛苦你了。

林苏苦笑一下,说没办法,他又不肯去医院。

石陀看到他们很高兴,说梁子你去哪里了,怎么这些天不来看我?许主任都来几趟了。

梁朝东笑了,说石总,难得听到你说这样的话,原来你也需要人情味啊。

林苏说,这话连我也吃惊,他真是从来不说这类话的。但我知道,他内心其实有丰富的情感。他从美国回来后,知道梅萍姐死了,让我带他去城外的象鼻山,找到梅姐的墓地。梅姐的墓地并没有墓,她死前嘱咐我,要把她的骨灰埋在一棵树下,那样生命就可以延续了,她还可以继续关注着石陀。我在象鼻山上找到一棵香樟树,就把骨灰埋在下头了。石陀抱着那棵树号啕大哭,哭得像个孩子。那是我第一次见他哭。也是唯一一次见他哭。之后他就经常去象鼻山,都是夜深人静的时候,还不忘拿一枝玫瑰,而且一坐就是一整夜。只要他半夜不回家,就肯定去象鼻山了。黎明时,我开车去山下等,一定能等到他。无论春夏秋冬,再热再冷的天,他都会去。夏天秋天,在山上呆一夜,浑身被蚊虫咬得全是红疙瘩。

冬天滴水成冰,山风刮得像刀子,他还是一坐一夜,下山时一瘸一拐的。我看了直心疼,也劝过,可是没用。

梁朝东和许一桃很感动。他们没想到石总会是这么痴情的一个人。

林苏说,他一身毛病都是这么落下的。中医说叫沉疴。梅姐和他两个人感情太深了,深得心里容不下第三个人,哪怕是他们的孩子。

两人同时大吃一惊,梁朝东说他们有过孩子?

林苏说,就是石陀去美国头一年,梅姐生了一个女儿。可她毫不犹豫地让石陀把孩子送走了。

许一桃心中一动,问那是哪一年?

林苏说是一九八二年,我母亲刚去世没几天。后来石陀去了美国,梅姐也病倒了。我问过她,你让石陀把孩子送走,是不是知道你已经有病了?梅姐摇摇头,说我心里已经容不下第二个人。有这个孩子在眼前,我的心会乱的。我当时还责怪她不要骨肉之情,可梅姐惨然一笑,说我再没有爱给孩子,还不如送走。我做不了好母亲。我说孩子将来找不到父母,会怎么想?梅姐说一人一个造化。说这话的时候,你感觉她就是一块冰。

许一桃急切说这孩子送到哪去了?石陀后来去找过吗?

林苏说,是石陀抱着送走的,说是送到孤儿院了。这些年,他提都没有提过这个孩子。好像压根就没这回事。

许一桃心里怦怦乱跳,又问是什么季节?

林苏说,夏天。

你记准了?没错?你再想想?

是夏天。我记得很清楚,当时天很热。

许一桃微闭双目,似乎有些失望。她所以一再追问清楚,是因为她忽然想起谷子。谷子曾给她说过,自己是个孤儿,在孤儿院长大。她也是生于一九八二年。但她是冬天一个大雪的夜晚被人丢在孤儿院大门外的。所有的情况都对,就是季节不对。这让她有些失望。但这一瞬间她下了一个决心,一定要帮谷子找到她的父母!

梁朝东虽然也知道谷子是个孤儿,但不像许一桃知道得那么清楚,因此没往这上头想。还对许一桃的表情有些奇怪,说许姐你没事吧?

许一桃淡然一笑,说我没事。哎,石总咋又睡着了?

石陀果然睡着了,两手抱着头缩成一团。

林苏说,他一睡觉就是这模样。好像非常害怕的样子,看了叫人心疼。这个人呀,平日既不懂心疼自己,也不懂心疼我。给他买再好的衣服都不穿,老是穿那件蓝布长衫。我就给他做了好几件蓝布长衫,好让他替换着穿。对我呢,一句知冷知热的话都没有。跟他这么多年,就像跟一根木头。有时候想想也生气。可我一看他晚上睡觉的这副模样,就啥气都没有了。说着就要拿开他护着脑袋的手。石陀却忽然醒了,看到许一桃和梁朝东,一时有些迷糊,想了想才说,你们还没走啊?

许一桃从包里拿出那张纸条,笑道石总,想请你认两样东西,你先看这张纸上的字,你认得是谁写的吗?

石陀接过来看了一眼,说是我写的啊。

林苏也凑上来看,说没错,就是他的字体,又大又潦草。哎,上头什么呀,全是些地名。

梁朝东说石总,还记得什么时间在什么地点写的吗?

石陀摇摇头,说记不得了。不过这些地方我全去过。

三个人都吃惊了,林苏说你啥时候去过这些地方?这些年连木城都没出过。

石陀说,早年的事,梅老师带我去过。

三人面面相觑。

林苏说对了,大概就是当年梅萍姐带他离开北京以后。

许一桃又掏出那只小瓷碗,说你再看看这个,认得不?

石陀眼睛一亮,一把抓过说这东西我认得,在哪里见过,你们从哪里找来的?哈哈,这个东西可好玩了,里头还有只小青蛙。

梁朝东和许一桃四目相对,心脏都跳得厉害。天哪,这到底是怎么回事?

许一桃说,再告诉你一件事,谷子回来了,她跑了很多地方,没有找到柴门。

石陀一下坐起来,愣了半天,喃喃自语道:"丢了,丢了,找不到了……"

三个人都看到了,石陀眼里闪着泪光,满面都是凄苦绝望。

回去的路上,许一桃和梁朝东又一次沉默了。这一团乱麻样的古怪事情,让他们理不清头绪。许一桃喃喃道:"石陀……柴门……天易,这三个人究竟是什么关系?"

梁朝东没有搭话,他想到了,但没敢说。

许一桃忽然说,我有个大胆的猜测:"石陀就是柴门,柴门就是天易,天易就是石陀!这三个人应当是一个人。你说呢?"

梁朝东兴奋道:"你是说,石陀让谷子寻找的,其实就是他自己?"

许一桃说:"是啊,所以永远都找不到柴门。"

梁朝东又疑惑道:"我也这么觉得,可这怎么可能?他从来没离开过木城,咋会去敦煌住了这么久?再说那么多年,柴门给全国各家出版社投稿,也给木城出版社投稿,都是从外地发出的,而那时石陀一直在木城,并没有外出。如果是石陀本人干的,怎么也无法解释呀,除非他有分身术?或者灵魂出窍,只是他的灵魂在外游走?"

许一桃摇摇头,说我不知道怎么解释。

梁朝东一只手揉揉太阳穴,说我的头要炸了。

许一桃说,我也头疼死了。算了,梁子咱不说这事了,放个曲子吧,轻松轻松。

梁朝东说正好,刚有一个朋友从美国给我带来一张唱片,说是特别搞笑,我还没听过,咱们一块听吧。

许一桃来了兴致,说音乐也能搞笑?

梁朝东说还记得吗?我曾给你看过一张报纸,报道美国国防部长得一个"不知所云奖"的事?

许一桃说记得啊,那件事太可笑了。怎么又有续闻啊?

梁朝东笑起来,说有人把他的话做成了音乐。说着从车洞里拿出一张精美的卡片,说你看看,这是背景资料。

许一桃接过来念道:

《美联社旧金山5月12日电》旧金山两位音乐家在听了国防部长拉姆斯菲尔德在五角大楼新闻发布会上的讲话后,很自然地得出一个结论:拉姆斯菲尔德的发言所使用的词藻,分明是19世纪歌剧的腔调和联句词,特别适合编成室内乐。于是,他们拿来拉姆斯菲尔德的讲话,将其谱成风格轻快的古典音乐作品。

《唐纳德·拉姆斯菲尔德诗作及其他新美国歌曲》就收录了这部名为《不知道的作品》。

许一桃读完了,说梁子快放音乐!

梁朝东早已准备好,一按键钮,立刻传出一个美妙的女声:

> 据我所知,
> 我们已经知道一些,
> 我们知道我们已经知道一些,
> 我们还知道,
> 我们有些并不知道,
> 也就是说,
> 我们知道有些事情,
> 我们还不知道,

但是,还有一些,
我们并不知道我们不知道,
这些我们不知道的,
我们不知道。
……

乐曲还没放完,两人都笑弯了腰:
"哈哈哈哈!哈哈哈哈哈!……"
"咯咯咯咯!……啊啊啊啊!……"
许一桃眼泪都笑出来了。但笑着笑着,许一桃的面色又僵硬起来,僵硬中透着茫然和惶恐。她感到身上一阵阵发冷,好像起了一层鸡皮疙瘩。

钱美姿突然疯了。
这之前,钱美姿在收集百科知识准备出书的同时,又几次拜访举报英雄刘三。她对放弃举报还是不甘心,而且她从内心里崇拜刘三,甚至有一种爱慕之情,这让她内心汹涌澎湃。但刘三冷言冷语,十分不耐烦。后来刘三再也无法忍耐,大吼一声出去!出去出去!……
钱美姿眼泪汪汪地回来了,内心委屈得厉害。她觉得遇到了初恋,可是初恋被刘三一脚踹扁了。
钱美姿重新开始收集资料,情绪有些低落。这天她把一堆报纸拿到家里,慢慢翻检,忽然发现一张报纸上有个标题:《地球上人类只能存活250万年》,这让钱美姿心里一惊,天哪,人类只存活这么点时间呀?
人类消失后20年,大街和农作物将接着消失。乡村道路会被野生植物覆盖。城市街道的消失将花费多一点时间。但即使像伦敦这样的城市街道,最后消失也用不了50年。
人类建筑也将快速腐朽,首先是那些木制房子,所有这些房子都将在100年内消失。而由玻璃和钢筋建造的摩天大楼,将在200年内倒塌。即使像纽约这样的繁华大都市,也用不了多长时间就会瓦解。纽约将彻底被外来植物占领,树根会顶翻人行道路面和撕裂地下管道。纽约中央公园将有成群的野狼出没,商业酒吧的啤酒池内会蛙声四起。马路会变成沟堑,就像1906年前曼哈顿一样,纽约至少出现40多条河流。没有了空气污染,城市的断墙上会布满青苔、爬山虎、毒蝎。曾是人类佳肴的胡萝卜、花菜、卷心菜、辣椒、茄子等将全部退化成野菜。

人类从地球上消失后,地球上一万五千多种濒危动物,将迅速繁殖到惊人的数量。虎、狼、豹、野象将遍地都是。

人类所有驯化的一些动物,将退化到原始状态,马匹变成野马,狗变成野狗,猫变成野猫,老鼠将变成巨型鼠,并成为地球上可怕的动物,到处乱窜……

钱美姿一生只怕一样东西,就是老鼠。读到这里时,她突然一阵尖利的嚎叫,吓得家里那只猫也弓起身子嘶叫起来,然后她和猫同时疯掉了,然后就狂奔到大街上。等她丈夫追上来时,猫已不知去向,钱美姿正在街上裸奔,一边大喊大叫:"老鼠老鼠!……"引得许多人追着看。丈夫几把没有抓住,只好一拳将她击昏,扛起来就往家跑。

春天到来的时候,木城三百六十多块草坪上的麦子迎风旺长,渐渐现出原形。

木城引起一场轩然大波。

市民、媒体、政府全卷进来了,争论之激烈实在难以描述。

周市长和天柱被推到了风口浪尖上。

但查来查去,这里没有贪污挪用。

争来争去,麦田趋向保留。

那是庄稼,是粮食啊!说到死,粮食也比草金贵呀!

先是六十岁到八十岁的老年人站出来,每天结伙成群,从晨练到昏练都在草坪附近进行,顺带防止有人破坏麦田。他们中很多人原本都是早年从乡下出来的。

然后是五十岁上下的中年人站出来说,多好的麦子啊,不能毁了。当年我们下乡,从没种出过这么好的麦子。这些人大都当过知青。至此问题已解决大半。一般来说,在城市里只有中老年人关注社会问题,他们有极大的参与热情,他们对这件事的态度,具有决定性的作用。至于年轻人,他们有自己更感兴趣的事,对于草坪上种麦子这类荒唐事,不大愿意凑热闹。既然父母爷爷奶奶们喜欢,就由他们去吧,也就懒得反对。

谁也没想到,支持保留麦子态度最坚决的是学校和孩子们。一个春天,不断有中小学、幼儿园组织孩子们参观麦田,从麦子拔节,到扬花抽穗,都有老师带着学生参观。孩子们本来五谷不分的,这下有了感性认识。老师高兴,孩子们更高兴。

市政府始终没有公开表态。没有表态就是表态。媒体很会察言观色,渐渐也转了风向。开始用很多画面镜头展示一块块都市麦田的奇异景色。茁壮的秸秆,沉甸甸的穗头,金灿灿的麦粒,看了实在让人喜欢。这中间,电视台甚至还播放了一个日本京都街头稻田的专题片,好像以此证明木城的麦田并非绝无仅有。

麦收季节终于到了。一阵阵新麦的香味溢漫在木城的每寸空间,闻着都让人舒坦。全城像过节一样,到处欢声笑语。还有人放起了鞭炮。收割这些麦子,本来不够天柱带人干的。但天柱却按兵不动,只让手下人买了很多镰刀,分放在三百六十多块麦田边上,任由城里人自己收割。这一招有点阴险,他要以此培养城里人对庄稼的感情,进而唤醒他们对土地的记忆。

这一下不得了,麦子一夜之间被抢收精光!那些迟疑着动手稍慢的人家颗粒无收,纷纷抱怨这太不公平!于是收到麦子的邻居就劝说算了算了,等明年吧,早点动手。

其实用不着等到明年。

就在人们把麦子收割完毕后,才忽然发现,这个城市的各个角落,凡是有土的地方,早已长出各种庄稼:高粱、玉米、大豆、山芋、谷子、稷子、芝麻、花生……还有各种蔬菜:黄瓜、茄子、辣椒、丝瓜、扁豆、青菜。甚至还发现了西瓜、南瓜、甜瓜……一时间,这成了木城人最重要的话题。以前是说张三道李四,现在是说高粱道茄子。大家都很亢奋。下了班匆匆回家,匆匆吃饭,喊上老婆骑上自行车满城乱转,大街小巷寻找,说不定突然在某个隐蔽的角落就会发现一棵西瓜,秧子已经很长,开着一朵朵黄花,喏!那片硕大肥胖的叶子下,已长出一个拳头大小的西瓜,毛茸茸的可爱极了!老婆高兴得像个小女孩,忍不住想摸一摸,男人赶紧拦住说别动!很有经验地告诉她千万别用手摸,一摸掉毛就不长了!

周市长把天柱叫到办公室,说满城的庄稼蔬菜瓜果,都是你的人种的?

天柱说周局长你冤枉我了,只有一小部分是我手下人种的,大部分是别人种的。

别人?还有谁会种这些东西?

周局长你别忘了,木城有三百多万农民工,他们的手早就痒了。

周市长说,天柱你真是操蛋!把木城搞成这模样,你满意啦?

天柱抱歉地看着他,说周局长……你不会怪我吧?

周市长叹口气,说我怪不怪你并不重要,因为很多年后,木城人会忘记我,但会记住你。

天柱挤巴挤巴眼,一脸都是困惑,他还是没明白周市长的话。

但不久,木城出台了一系列措施:

污染企业限期整改,否则停产。

不再提亮化城市,现有霓虹灯、装饰灯一律拆除。各单位门前的举报箱一律拆除。

小汽车今年限量出售,明年起不再增加。现有汽车周一至周五按单双号出行,并不得鸣号。双休日所有机动车不得上街(救火车、急救车、警车除外),提倡步行和骑自行车出行,允许并鼓励毛驴车、马车进城,作为运载工具。特殊需要,须经特批。五年后,除公交车、救火车、急救车、邮车、警车外,将禁止所有机动车通行。

……

这次出台的一系列管制措施,无异一场大地震,又一次引起轩然大波,争论又是十分激烈,执行起来难度很大。有关部门请示周副市长,周副市长斩钉截铁地说:"这是市政府决定,必须执行!"

有人急了,大声问什么道理?

周副市长板着脸说:"没道理!"

政协主席马万里听说后大声喝彩:回答得好!

有人问马主席,回答得真有那么好?

马主席所答非所问说国外有一座城市规定,出门必须微笑。有人在街上拦住市长问,家里死了人,出门也必须微笑吗?

市长微笑道,是的。

那人大声质问,为什么!

市长耸耸肩,微笑道没有为什么。

那人也耸耸肩,只好微笑着走开了。

到初秋时,石陀终于不再发烧,但身体还是虚弱,达克也来看过,说看来一时半会好不了。林苏和天柱共同感觉,他不适合再去上班了。就由林苏起草一份辞职报告,让石陀签上名,送到出版局去了。出版局很快批准,并随即任命许一桃任木城出版社总编。

许一桃上任第二天,谷子和刚接任二编室主任的梁朝东,神色慌张地来到她的办公室,送上一部厚厚的书稿,书稿的题目是《地母》,作者署名居然是柴门!

许一桃惊得站了起来,说啥时收到的?

谷子说刚刚收到,是寄给我的,还没有看内容。我很奇怪,咋会寄给我呢?

梁朝东指指包装袋,说从邮戳上看,这部书稿是从本市寄出的。

就是说柴门又出现了,而且是在木城!

许一桃什么也说不出,赶忙翻书稿,是在一张张白纸上用手书写的,又是那个龙飞凤舞的字体!

石陀辞职后有时间了,时常去天柱的绿化队帮忙。他一直没有承认他就是天易。可他喜欢天柱。有时候,他也出来溜达。但他从不看人。他的注意力都在树木花草和鸟儿蝴蝶上。自从木城树木结构发生变化,又种了那么多庄稼瓜果蔬菜,特别是一系列对大气污染、光污染、噪音污染的管制措施出台后,木城环境明显净化。有人统计,说城区出现了几十种鸟类,白鹭、喜鹊一片片落在树上。很多树上甚至家庭阳台上都筑有鸟巢。过去从未见过的蝴蝶、蜜蜂也成片成群出现,在花草间忙得不可开交。石陀还发现过一个巨大的野蜂巢,悬挂在公园一棵隐蔽的树上。他像个探险的孩子,趴在草丛里看了很久,快活得直哼哼。

那天他刚出公园,就被人拦住了,抬头看了半天,认出是黄鹂。黄鹂一身便装,不远处还站着一位年轻英俊的警官,正微笑着看他。

石陀一时不明白,说黄姑娘,那人……是谁?

黄鹂笑了,说石老师我结婚了,他是成都的向警官。还有,告诉你个好消息,梁子和谷子也要结婚了。

石陀说噢噢!样子忽然很激动,喃喃道谷子……谷子……

黄鹂说石老师,听说你辞职了?

石陀点点头。神情又有些黯然。

黄鹂说你答应过请我喝茶的。

石陀猛醒说行！赶忙摸口袋,却没摸到一分钱。

黄鹂笑了。向警官却笑着走开了。

黄鹂说,石老师,我请你喝茶吧！

石陀摇摇头,说我要回家了。林苏在等我。

黄鹂说,我要向你请教呢,理论的基本属性是什么,还记得这个问题吗？我还是没弄明白。

石陀淡淡地说,是片面性。

噢！是这样……那男人和女人的根本区别是什么？你搞清了没有？

石陀摇摇头,有些茫然,说我看了很多书研究这件事,很难用一句话概括。

黄鹂笑起来,突然脸红红的,回头看丈夫离开了,就俯他耳朵上小声说,其实三个字就说清了,就是×××！说罢,一副坏坏的模样,转头跑走了,一路笑得咯咯的。

石陀目瞪口呆,是呀,不就这么简单嘛！

那天,天柱找到林苏,说我想带大哥回老家一趟。

林苏立马紧张起来,说你想干什么？

天柱说我想让他看看草儿洼,看看我们的老石屋,还有蓝水河,说不定他能恢复记忆。

林苏迟疑了一下,说你得保证把他带回来。

天柱笑了,说你放心,我不会再让他跑丢了。哎！要不你也一块去？那地方值得一看！

林苏高兴得像个小女孩,几乎跳起来,说那太好啦！

第二天,三个人就上路了。石陀什么也没问,跟着两人上了火车,好像他知道要去哪里,神情有点激动。

这是个秋天的夜晚。

一弯月亮早早就升起来了,显得特别清晰,正从楼顶上缓缓滑过。木城人已经很多年没看到月亮了,甚至曾以为月亮是个很乡下很古老的东西,早已消失。今天却发现,原来月亮还在。真好。爷爷们说,过去乡下的故事都发生在月亮底下,发生在高粱地、玉米地里,今晚会有故事吗?

因为是双休日,马路上没有汽车,却不断有马车、毛驴车载着客人匆匆驶过,发出有节奏的嗒嗒声。赶车人一声吆喝:"驾!"正忙得很呢。

一头驴子看到前头拉车的驴子,突然兴奋地大叫起来:"啊哈! ……啊哈! ……"

路旁的行人先是被吓一跳,但随即都哈哈大笑了。

月牙儿落得很快,紧接着就是满天繁星。天也一下子暗下来。大地上的一切都变得朦胧而神秘了。

荒野的风漫进木城,大大小小的树木和玉米地都发出簌簌的声响。三百多块麦田收割后,又栽上了夏玉米,玉米棒子长得像牛角一样粗壮,近日就要收获了。玉米地里似乎有憧憧人影,不知是有人偷情,还是有人偷玉米。

还有散落在各个街角旮旯里的高粱棵,也在风中轻轻摇动,让人怀疑里头藏着什么人。在这种地方约会和在酒吧里约会,真的感觉不一样。

木城只有路灯的灯光照出一小片一小片的光亮。整座城市沐浴在天光之下,到处黑黝黝的,着实有点吓人。木城人似乎又恢复了一点对大自然的敬畏之心。

但满天繁星下的木城,从来没有这么安静过。忙碌了一天的人们,心终于沉静下来。这一夜,几乎所有人都睡得那么安稳、那么香甜。

次日,《木城晚报》登出两个惊人的消息:

其一：据一赶毛驴车的老汉称，昨夜凌晨三时，数万只黄鼠狼在子午大道上集结，毛驴惊惧不敢前行。半个小时后，黄鼠狼又突然消失了。

其二：据网上报道，在中国的其他十多个大中城市，也相继发现了玉米、高粱和大豆……

2007年7月24日下午5时59分于南京黑墨营

2007年8月10日凌晨3时30分改毕

2007年8月16日22时再改毕。

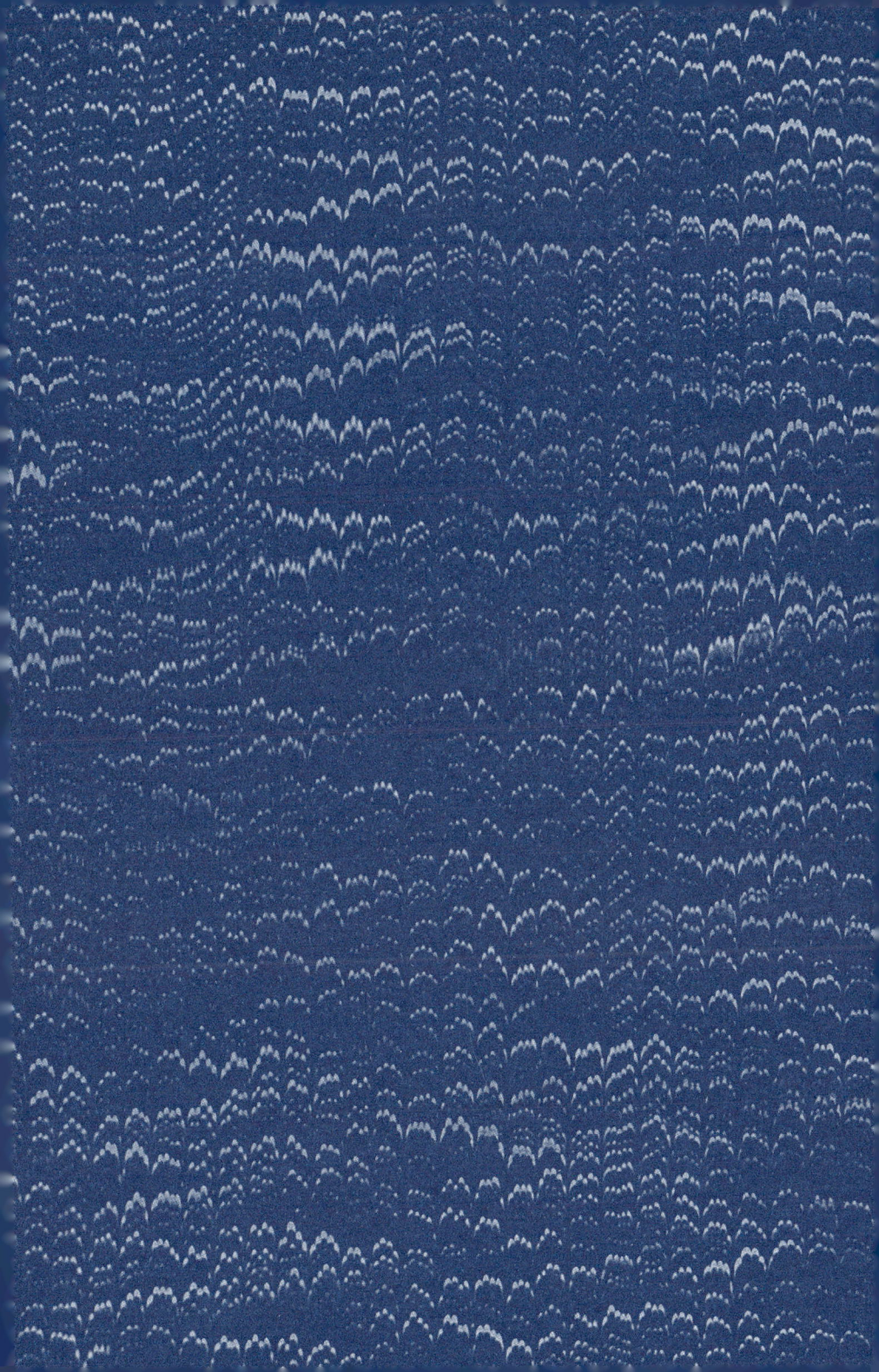

WUTU
SHIDAI